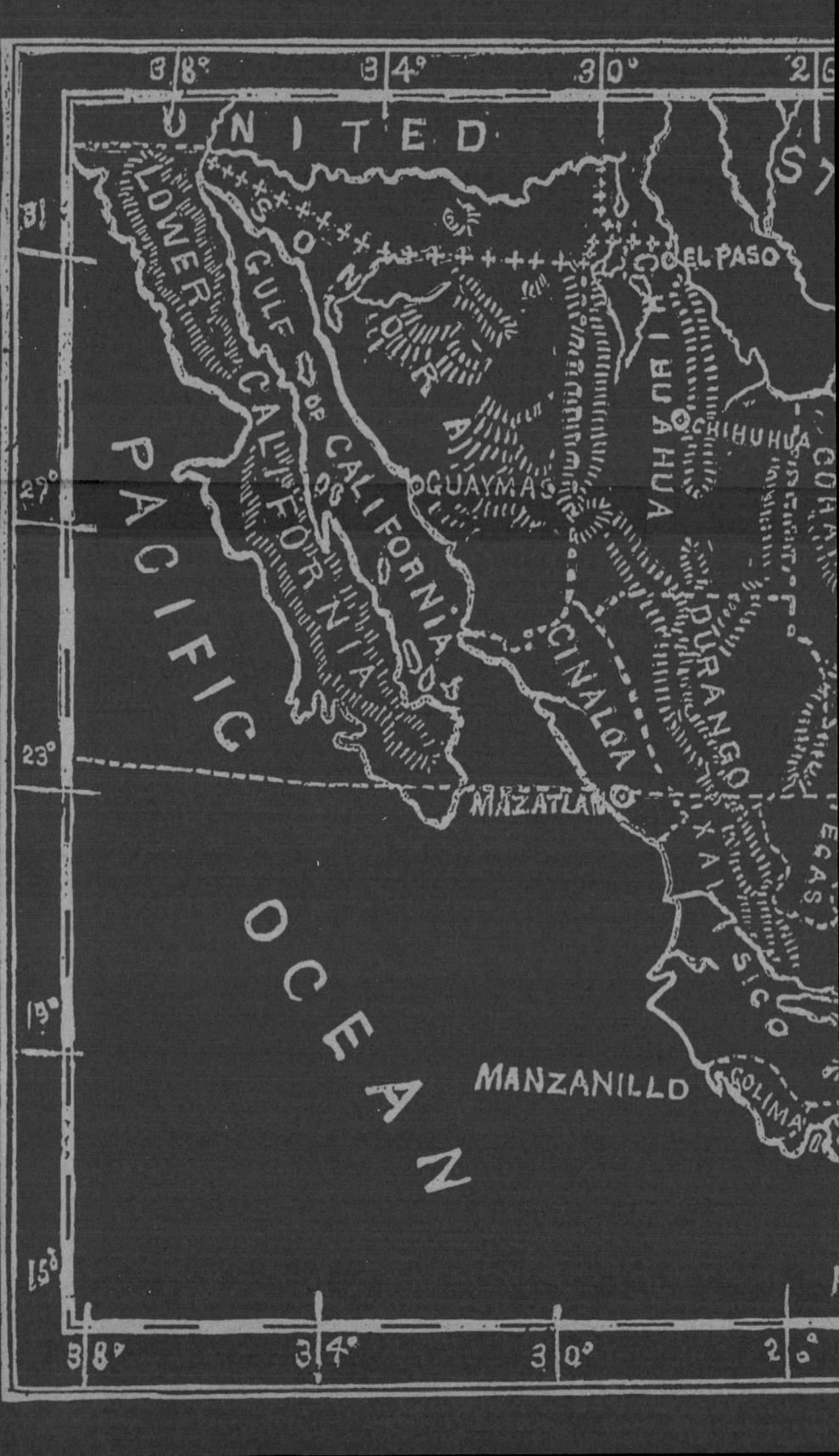

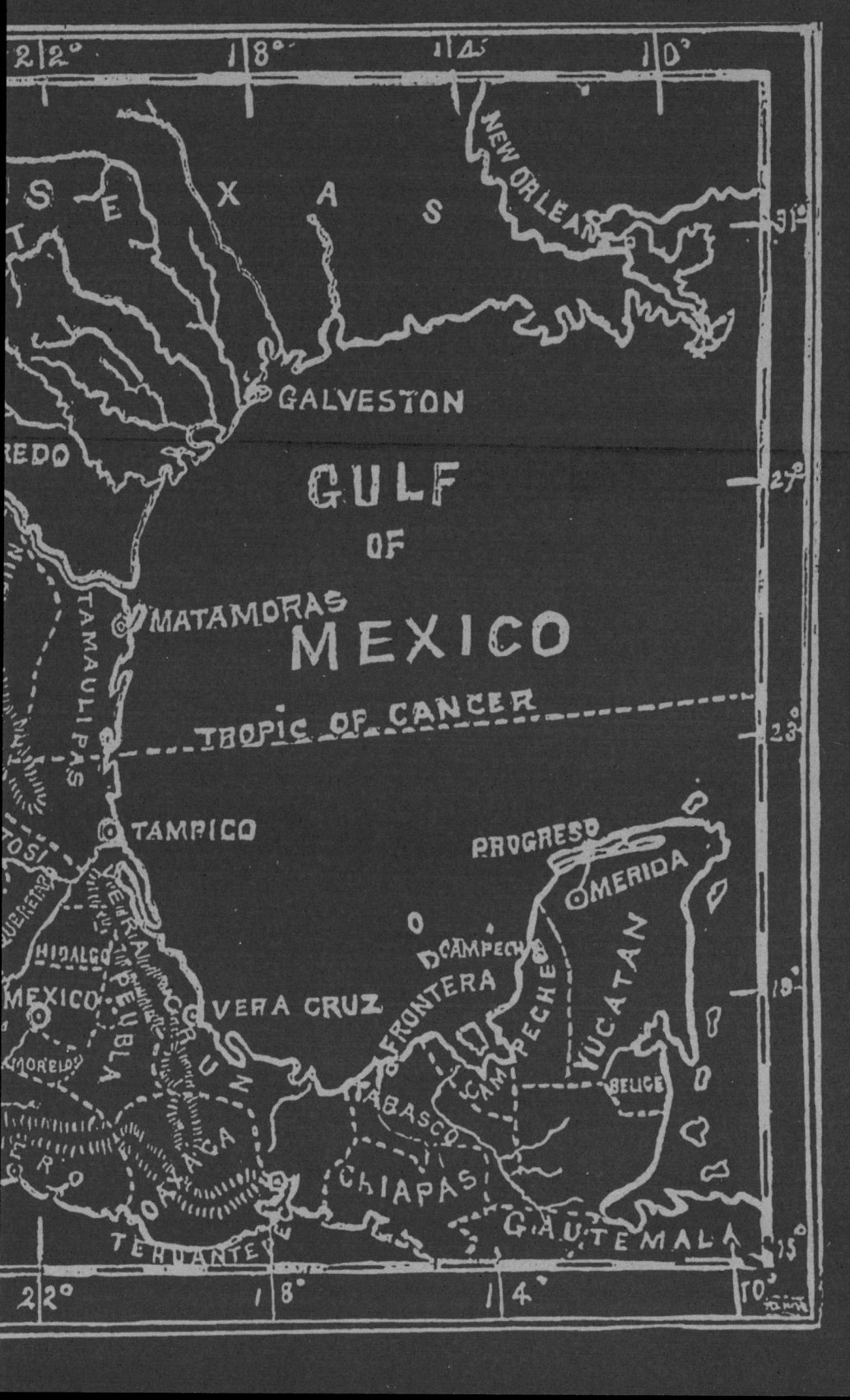

DADOS INTERNACIONAIS DE
CATALOGAÇÃO NA PUBLICAÇÃO (CIP)
Jéssica de Oliveira Molinari CRB-8/9852

Iglesias, Gabino
No limiar do inferno / Gabino Iglesias ; tradução de
Renato Brett. — Rio de Janeiro : DarkSide Books, 2023.
304 p.

ISBN: 978-65-5598-305-0
Título original: The Devil Takes You Home

1. Ficção norte-americana I. Título II. Brett, Renato

23-1945   CDD 813

Índices para catálogo sistemático:
1. Ficção norte-americana

Impressão: Leograf

THE DEVIL TAKES YOU HOME
Copyright © 2022 by Gabino Iglesias
Imagens do Projeto Gráfico
© Ricardo Bettazzoni
Todos os direitos reservados
Tradução para a língua portuguesa
© Renato Brett, 2023

Ser y no querer ser… esa es la divisa,
la batalla que agota toda espera,
encontrarse, ya el alma moribunda,
que en el mísero cuerpo aún quedan fuerzas
— "Canción Amarga", Julia de Burgos

Fazenda Macabra
Reverendo Menezes
Pastora Moritz
Coveiro Assis
Caseiro Moraes

Leitura Sagrada
Cristina Lasaitis
Dayhara Martins
Maximo Ribera
Tinhoso e Ventura

Direção de Arte
Macabra

Coord. de Diagramação
Sergio Chaves

Colaboradores
Jefferson Cortinove
Jessica Reinaldo

A toda Família DarkSide

MACABRA™
D A R K S I D E

Todos os direitos desta edição reservados à
DarkSide® Entretenimento Ltda. • darksidebooks.com
Macabra™ Filmes Ltda. • macabra.tv

© 2023 MACABRA/ DARKSIDE

NO LIMIAR DO

INFERNO

GABINO IGLESIAS

TRADUÇÃO RENATO BRETT

MACABRA™
D A R K S I D E

A mi familia
E à cidade de Austin, por tentar me matar

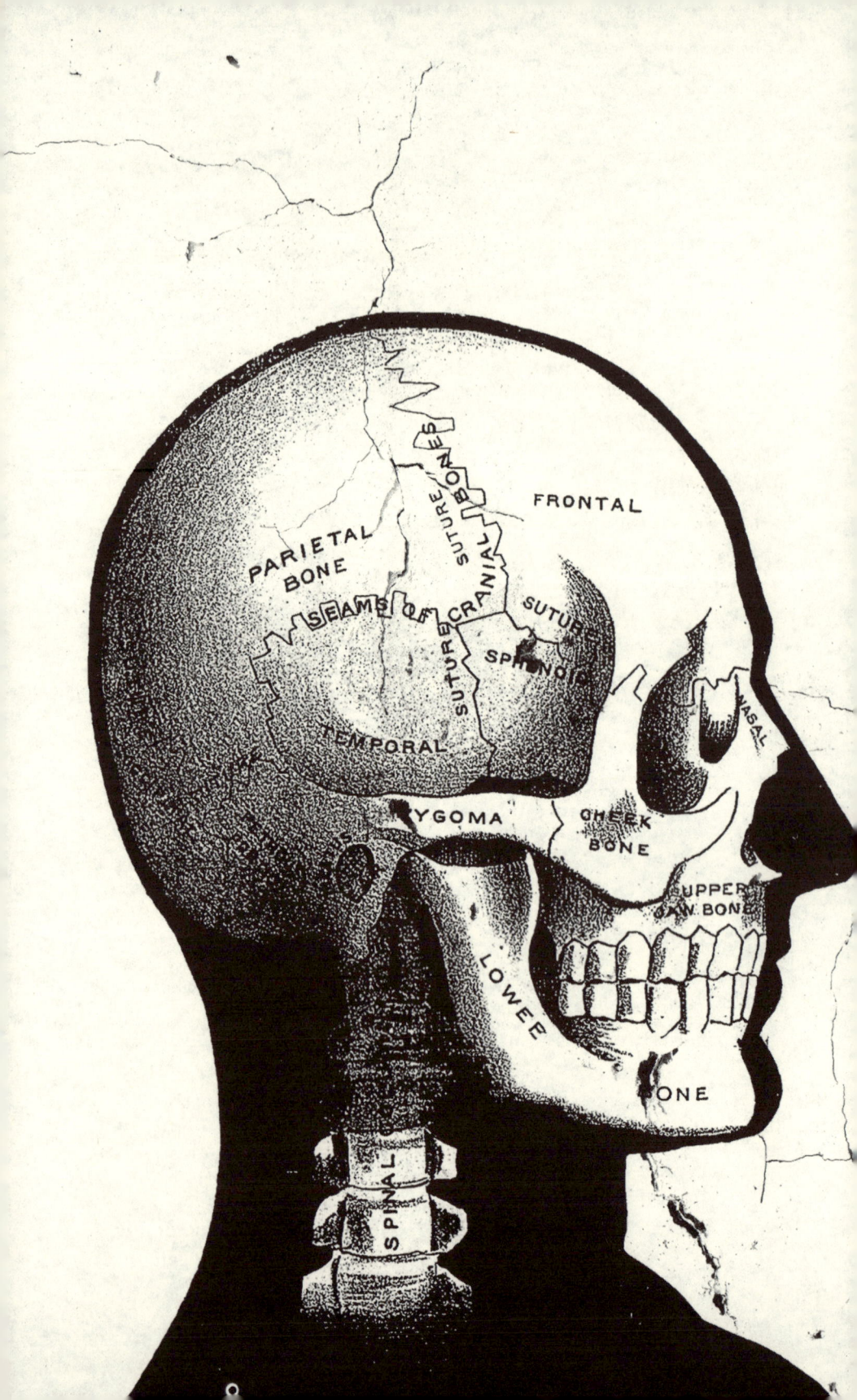

1

Leucemia. Foi o que a médica disse. Ela era jovem, branca e bonita. Seu cabelo castanho caía como uma cortina sobre seu olho esquerdo. Ela falava com a gente num fiapo de voz, no tom que a maioria das pessoas usa para explicar as coisas para uma criança, sobretudo quando acham que a criança é idiota. Sua boca se abria apenas o suficiente para deixar as palavras fluírem. Ela disse que nossa filha de 4 anos tinha câncer nas células sanguíneas. A nossa Anita, que aguardava na outra sala, brincando com Legos, ainda envolta em inocência. Leucemia linfoblástica aguda. Essas palavras estranhas foram pronunciadas em uma voz ao mesmo tempo afiada e aveludada de um jeito impossível. A fala mansa da médica em nada ajudou. Você pode até embrulhar uma espingarda numa guirlanda de flores, mas isso não torna o disparo menos letal.

A médica jovem, branca e bonita nos disse que era muito cedo para ter certeza, mas havia uma boa chance de Anita ficar bem. *Bem*, essa é a palavra que ela usou. Às vezes, três letras são a coisa mais importante do mundo inteiro. Ela imediatamente acrescentou que não poderia fazer nenhuma promessa. As pessoas temem ser a esperança alheia. Eu a entendia, mas queria que ela fosse nossa esperança.

A médica nos deu um momento para assimilar o que disse. Em nenhum lugar do mundo o silêncio é tão frio e estéril como nos hospitais. Eu e minha esposa, Melisa, respiramos em meio a esse silêncio e esperamos. Não nos entreolhamos, mas pude sentir o pânico se instalar, circulando em torno de minha esposa como se ela fosse radioativa.

Eu queria abraçar Melisa, confortá-la e dizer que tudo ficaria bem, mas tive medo de fazer qualquer movimento brusco. Com delicadeza, pousei minha mão fechada em copa sobre a dela, mas ela rechaçou meu gesto retirando a mão com a rapidez e violência de uma facada invisível; então, em vez disso, encarei o jaleco branco da médica. Em letras bordadas em azul logo acima do bolso, lia-se: *Dra. Flynn*.

A médica aspirou o ar. Da outra sala, o som da risada de Anita chegou aos nossos ouvidos. Tive a sensação de que Deus tinha me dado um soco no coração, e Melisa sufocou alguma coisa. Uma mulher triste é uma lâmina a pairar sobre o mundo, ameaçando desferir a facada a qualquer momento.

A dra. Flynn aspirou o ar de novo e em seguida nos explicou que a leucemia linfoblástica aguda é um tipo de câncer que afeta a medula óssea e os glóbulos brancos. É uma falha relativamente corriqueira no corpo, o câncer infantil mais comum de todos. Um defeito na medula óssea, ela disse. Em seguida olhou para nós e explicou que a medula óssea é o tecido esponjoso dentro dos nossos ossos, onde as células sanguíneas são produzidas. Você sabe, porque ela provavelmente pensou que éramos burros. Quando você tem sotaque, as pessoas quase sempre pensam que você tem o intelecto de um poste.

A dra. Flynn queria que soubéssemos que muitas crianças têm uma recuperação relativamente rápida da leucemia, contanto que o diagnóstico seja precoce e o tratamento tenha início imediato. Mas reiterou que não podia fazer nenhuma promessa, porque o câncer é sempre uma coisa complicada, "um adversário esquivo", ela disse, numa tentativa de amenidade e leveza que um dia, em algum lugar no passado, deve ter arrancado um sorriso tenso de algum pai atordoado e desde então a boa médica manteve em seu repertório.

Quando seu filho está saudável, você pensa em crianças doentes e tem vontade de chorar, de ajudar. Quando seu filho está doente, você não dá a mínima para as outras crianças.

A dra. Flynn inclinou a cabeça, usou os dedos para ajeitar um centímetro para o lado a cortina de cabelo sobre o olho e pousou uma das mãos bem-cuidadas sobre o ombro trêmulo de Melisa. A empatia ensaiada da médica parecia tão legítima quanto suas unhas perfeitas. Eu sabia que éramos apenas mais um caso em sua pilha de prontuários, e que ela estava nos lançando uma lasca de esperança para que pudéssemos nos agarrar a essa migalha, nos apegar a qualquer coisa. Ainda assim, acreditamos nela. Precisávamos acreditar nela. Olhei para seu jaleco branco como a neve e pensei em um anjo. Ela nos daria um milagre. Não havia outra opção. Não acreditar nela significava algo tão horrível que meu cérebro se recusava a admitir.

Quando a médica saiu da sala, minha esposa começou a dizer "Mi hija". *Minha filha.* Ela se sentou. Ela chorou. Ela repetiu "Mi hija" de novo e de novo. Ela disse essas palavras até que se tornassem o batimento cardíaco do nosso pesadelo.

Mi hija. Mi hija.

Eu não disse nada, por temer algo que eu não podia ou não queria enunciar. A única coisa em que eu conseguia pensar era entrar na sala ao lado e pegar Anita em meus braços e aninhá-la junto ao peito para sempre. Os grandes olhos castanhos de Melisa estavam desvairados. Ela engoliu em seco e olhou em volta, certamente tentando se acalmar para que pudéssemos ir ver nossa filhinha sem assustá-la. Engraçado como os pais podem levar um tiro e sorrir, se acharem que isso evitará que seus filhos se preocupem ou chorem.

Anita estava com apenas 4 anos, e até então sempre fora uma menina saudável. Nunca teve nada pior do que um resfriado, algumas infecções de ouvido, uma ou outra febre de primeira dentição ou uma dor de barriga aleatória. A quimioterapia faria maravilhas por ela. Tinha que fazer. A medicina já havia feito enormes avanços nessa área. Nós vivíamos no futuro. Tudo ficaria bem. A nós bastava apenas permanecer fortes. Nosso anjinho entraria em remissão em pouquíssimo tempo. Deus era bom. Ele não deixaria uma menininha sofrer. Ninguém é mais merecedor de milagres do que anjinhos azarados. Tudo daria certo. Deus e quimioterapia, uma dupla vencedora, né? Estávamos convencidos disso. Nossa menininha era muito cheia de vida, muito resoluta, para perder aquela batalha. Nossa menininha era amada demais para morrer.

Por fim, Melisa soltou um suspiro trêmulo e olhou para mim. Alguma coisa gélida havia rastejado, sorrateira, para dentro de seus olhos. Ela torceu a boca num esgar semelhante a um sorriso enquanto suas sobrancelhas pelejavam para trazer todo o rosto para baixo.

"Vamos buscar nossa menininha", ela disse.

Melisa entrou no quarto e pegou nossa filha no colo, enterrou a cabeça dela em seu pescoço e fez cócegas com beijos para esconder seus olhos e nariz vermelhos. Abracei as duas e senti o medo esfaquear meu coração.

Passei dois dias sem conseguir respirar direito. Eu me sentia como um alpinista cujo cilindro de oxigênio se esgota perto do cume do Everest. Mas aí eu via o sorriso de Anita, e a esperança florescia em meu peito. Era uma sensação morna e reconfortante que me permitia começar a respirar normalmente de novo.

Depois vieram as surpresas horrendas.

2

No fim ficou claro que não detectamos o monstro tão cedo quanto eles pensavam. Acontece também que garotinhas latinas com leucemia linfoblástica aguda tendem a ter uma taxa de cura menor do que crianças de outras raças. Ah, e a incidência de leucemia é maior entre os hispânicos. Até mesmo as doenças terríveis são racistas. E sabe qual é a pior parte? Os maravilhosos médicos do hospital não sabiam nos dizer por quê. Sim, a diferença entre um curandeiro que cospe rum na sua cara e um médico que olha para você aparvalhado e sem respostas é um jaleco branco e o cheiro de desinfetante em volta do doutor.

O veneno nas veias de Anita não se contentou em invadir o sangue dela; quis também saber no que ela estava pensando, devassar o conteúdo dos sonhos dela, então atacou seu líquido cefalorraquidiano. Le invadió los pensamientos. Se metió en sus sueños, y lentamente mató os nossos.

A coisa mais estranha de todas, a coisa que me deixou tão furioso que durante algum tempo esqueci de ficar triste, era que ao longo de toda a minha vida eu tive um dom. Quando coisas ruins estão prestes a acontecer, sinto um frio na barriga. Eu ouço coisas. Uma palavra. Um sussurro. Um sonho acordado. Algo que fica zumbindo ao meu redor até eu prestar atenção. Sempre que isso acontece, fico alerta, permaneço atento, sentidos aguçados. Sou assim desde criança.

A viciada da minha mãe sempre me disse que anjos flutuavam acima de mim. Eu nasci dentro da bolsa amniótica, e ela alegava que isso me deu a capacidade de enxergar dos dois lados do véu. Nas tardes escuras e tranquilas, quando minha mãe só saía do sofá bege para ir ao banheiro, ela olhava para mim e declarava que conseguia ouvir os anjos a conversar, polvilhando o topo da minha cabeça com os segredos do que estava por vir. Ela me dizia que eu tinha que aprender a ouvi-los. "Escucha a los angelitos, mi hijo", repetia. Em seguida ela pegava suas coisas de uma caixinha ao lado do sofá, preparava no fogo mais um pico e enfiava em suas veias destruídas uma seringa repleta de visões mornas. Acho que queria que os anjos falassem com ela também. Não estava totalmente certa com relação às vozes, mas tampouco estava totalmente errada. Ninguém falava comigo, mas eu sabia das coisas, ouvia coisas. Às vezes, até mesmo na ausência de som. Por exemplo, certa manhã acordei em meio a um silêncio sinistro e soube que a ausência de uma segunda respiração em nosso trailer significava que a Mamãe tinha ido embora. Nem precisei me levantar e verificar. Antes que meus pés tocassem o chão, as lágrimas já escorriam pelo meu rosto. Um dia, pensei no meu amigo Hector enquanto fazia o dever de casa, e então o mundo parou de zunir por alguns segundos. Eu sabia que ele tinha ido embora. No dia seguinte, na escola, eles nos contaram que o pai de Hector estava dirigindo embriagado. O homem arrebentou o carro contra um poste, matando a si mesmo, sua esposa, Hector e a irmãzinha dele, Martita.

A questão é que meu anjo sempre foi bonzinho, e eu nunca tive a sensação de que algo terrível estava para acontecer. Nada de sonhos, nada de preocupações, nada de palavras ao vento, nenhum sussurro na calada da noite, nenhum medo, ni una corazonada. Quem ou o que quer que tenha se encarregado de me avisar sobre as coisas ruins que estivessem por vir, decidiu se aquietar sobre a coisa mais importante da minha vida. Desta vez, infelizmente, los cabrones ángeles decidieron quedarse callados. No que dizia respeito a Anita, nada parecia fora do lugar. Melisa nem sequer pensou em mencionar que o pediatra havia notado um inchaço incomum no check-up anual de Anita e pediu alguns exames de sangue adicionais "apenas por precaução". Melisa provavelmente não queria que eu perguntasse se nossa porcaria de plano de saúde cobriria essa despesa.

Poucas semanas após o diagnóstico, nossa Anita se transformou de uma bola de energia imparável em um passarinho magro de asas quebradas. Eu segurava seu corpinho minúsculo contra o meu e sentia tudo dentro de mim se destroçar de uma vez. Um monstro invisível a estava devorando, banqueteando-se com sua inocência, e não havia nada que eu pudesse fazer.

A nós restava rezar. Melisa e eu rezávamos de mãos dadas e dentes cerrados. Rezávamos apertando um rosário com tanta força nas mãos que durante horas nossas palmas exibiam minúsculas meias-luas. Rezávamos expelindo gotículas de saliva pela boca e com os olhos marejados. Rezávamos e fazíamos acordos, fazíamos promessas e pactos, fazíamos ameaças. Rezávamos até exaurir a última gota de energia em nosso corpo. Pedimos a La Virgencita para salvar nossa menininha. Pedimos a Deus que intercedesse. Pedimos aos anjos que nos dessem uma ajuda. Pedimos aos santos que nos ajudassem a vencer a batalha. Todos permaneceram quietos, e nesse silêncio vivia a morte.

Quando Melisa começou a acender estranhas velas, amarrar fitas benzidas na cama de hospital de Anita e usar água benta para fazer cruzes na testa de nossa menininha, não fiz perguntas nem tentei impedi-la. Ela estava triste e desesperada. Estava disposta a tentar qualquer coisa para levar o sagrado para dentro daquele quarto de hospital. Ela carregou nossa filha dentro de si por nove meses, e perdê-la era o mesmo que ter o coração e os pulmões arrancados. Nos dias bons, eu a compreendia e rezava com ela. Nos dias ruins, eu fazia hora no refeitório, bebericando um café atroz, pensando em esmurrar os médicos por não fazerem seu trabalho e penando para digerir o fato de que Melisa se tornara uma figura patética, implorando por um milagre que obviamente não aconteceria.

A pessoa não conhece o horror até passar algumas horas dentro de um hospital a fitar o sono espasmódico de um ente querido que está sendo tirado dela. A pessoa não conhece o desespero até que cai a ficha de que as orações são inúteis. Eu parei de comer e de dormir. Eu me tornei uma vaga cópia do homem que costumava ser, uma ruína ambulante com a barba por fazer, repleta de raiva, dor e lágrimas. Me llené de ódio y desesperación.

Depois de algumas semanas imersos em nossa nova realidade, uma especialista em recursos humanos ligou do meu escritório. Era alguém que eu não conhecia. Ela disse que lamentava saber sobre o estado de saúde de Anita, e depois disse que lamentava me informar que tinham que me dispensar porque eu havia esgotado todos os meus dias de licença médica, minhas folgas remuneradas, e quebrei todos os recordes de absenteísmo na empresa. Desliguei. A sua filha está com câncer, mas você não está sendo produtivo, filho da puta, então vamos demitir você. Bem-vindo ao sonho americano.

As despesas médicas já começavam a se avolumar.

"Cada vez que respiramos dentro daquele hospital, alguém nos entrega uma cobrança, e agora perdemos o convênio médico", Melisa disse. Sua voz estava impregnada de raiva silenciosa. Ela havia emagrecido, e as maçãs de seu rosto encovado pareciam armas ameaçando constantemente o mundo.

"Vamos conseguir o dinheiro de alguma forma."

"Você sempre diz a mesma coisa. Nós vamos conseguir o dinheiro de alguma forma. Nós vamos dar um jeito. Nós vamos ficar bem. Eu estou cansada, Mario. Estoy tan cansada. A cada dia que a Anita passa lá, a cada novo tratamento e teste que ela faz, a pilha de contas só aumenta. O que temos não é suficiente agora e não será suficiente tão cedo. Nunca é o bastante! Faz tanto tempo que estamos dando o nosso melhor, e ainda estamos mais ou menos no mesmo lugar onde começamos. E agora a nossa menininha..."

Sua voz se despedaçou feito um copo arremessado contra o chão por um movimento veloz e brusco. Eu me levantei do sofá e a abracei. Era a única coisa que eu podia fazer. Seu corpo tremia em meus braços. A doença de Anita era uma nova realidade para a qual acordávamos todos os dias, mas essa cena não. Abraçá-la já parecia um gesto antigo, como algo que eu tinha feito vezes demais e estava disposto a nunca mais fazer. Falar sobre dinheiro era pior. A discussão parecia um pesadelo que carregávamos conosco desde antes de nos conhecermos, e depois criamos um maior ainda ao juntar nossos problemas. Todas as vezes que o carro enguiçava. Toda vez que precisávamos ir ao dentista. Toda vez que as contas se acumulavam e tínhamos a sensação de estar perdendo o controle, acabávamos assim. Eu gostaria de abraçá-la por diferentes razões.

Melisa olhou para mim. Seus olhos castanhos reluzentes, seu rosto vermelho e ainda lindo.

"O que vamos fazer?"

"Vamos pensar em..."

Ela me empurrou. Com força. Por essa eu não esperava.

"Não diga isso. Não diga isso, porra. Deus sempre tira de quem não tem nada pra dar, e eu cansei disso."

No dia seguinte, Deus continuou esmurrando. Primeiro falamos com a dra. Flynn. Ela disse que estava surpresa com a ineficácia do tratamento. Pediu a um de seus colegas, um homem gordo com orelhas grandes e dentes amarelados, que conversasse conosco.

"Este é um caso fascinante", ele disse. "O índice de sobrevivência é de cerca de 98% e a pequena porcentagem de óbitos que vemos pode ser atribuída sobretudo a diagnósticos tardios. No caso de Anita, não estamos dentro da janela de tempo ideal em termos de detecção, mas também não estamos muito longe disso. A agressividade da leucemia dela é bizarra. Ela é um caso verdadeiramente fascinante."

Enquanto ele tagarelava sem parar, algo se agitou dentro de mim. O médico falava pelos cotovelos, uma metralhadora verbal disparando comentários sobre Anita como alguém falaria de um lagarto de três cabeças. Em seguida ele tirou de dentro de uma pasta um punhado de papéis. Enquanto o médico folheava as páginas, senti uma súbita ânsia de arrancá-las daquelas mãos carnudas e enfiá-las goela dele abaixo. Qualquer coisa para fazê-lo parar de falar. Melisa apertou meu braço. Ela sempre sabia quando eu estava prestes a sair de sintonia. Apertar meu braço era sua maneira de me dizer para prestar atenção.

"Existe um tratamento experimental que eu gostaria de mencionar a vocês. Vimos ótimos resultados com anticorpos monoclonais em crianças que não respondem à quimioterapia da maneira que esperávamos. Não quero alugar o ouvido de vocês, mas a Anita pode fazer parte desse ensaio clínico. Estamos falando de anticorpos artificiais realmente potentes que podem se ligar a certas proteínas encontradas nas células. O que..."

"Desculpe, dr. Harrison, mas quem paga por esses testes clínicos?", Melisa o interrompeu.

"O plano de saúde deve cobrir a maior parte dos custos. Assim que vocês pagarem o valor da franquia, não vai ser um problema." Ele riu de novo. "E é claro que vocês precisam ter um convênio médico credenciado, e sempre há os custos de remédios extras..."

Antes mesmo de perceber que eu tinha dado um salto da cadeira, minhas mãos estavam no dr. Harrison.

"Vá se foder, foda-se o tratamento, foda-se o plano de saúde, e que se foda a porra deste maldito hospital!"

Os papéis que ele segurava voaram e depois se espalharam pelo chão como pássaros feridos. Durante um momento, todos ficaram em silêncio. Um par de tênis rangeu no assoalho, e as mãos de Melisa pousaram em meus ombros. Ela estava dizendo algo, mas era como se alguma coisa dentro de mim tivesse assumido o controle.

Eu queria machucar o idiota que chamou minha menininha de "caso fascinante", mas Melisa me puxou, pedindo desculpas, enquanto a dra. Flynn assistia, horrorizada, com seu único olho visível arregalado de medo.

"Este não é você, Mario", Melisa disse enquanto caminhávamos em direção ao estacionamento. "Neste momento eu preciso do homem doce com quem eu me casei, e não de... quem quer que isto seja."

Eu não tinha nada a dizer. Chegamos ao nosso carro e entramos.

Melisa se virou para mim, respirou fundo, trêmula, e apertou minhas mãos com mais força.

"*Agárrate de mi mano, que tengo miedo del futuro...*"

Sua voz suave encheu o carro. Era uma velha canção de Ismael Serrano. A escuridão retrocedeu.

"Olha pra mim, Mario. Nós vamos sair dessa. É o que a gente faz. Nós vamos dar um jeito. Nós vamos conseguir o dinheiro."

3

Visitei alguns sites e enviei alguns currículos, mas nada aconteceu. Eu tinha me acostumado com isso. Se o seu nome tiver muitas vogais, conseguir um emprego é dez vezes mais difícil do que se o som do seu nome lembrar os créditos de um filme de Hollywood.

Quando a pessoa é pobre, ganhar dinheiro ocupa sua mente o tempo todo, mas isso era diferente. Precisávamos de mil dólares por mês apenas para cobrir os remédios de Anita para o teste clínico, e isso não incluía custos dos planos de saúde ou as viagens de ida e volta entre nossa casa em Austin e o centro médico de Houston. Por fim, quando ficou claro que nem mesmo o McDonald's estava interessado em uma entrevista, liguei para Brian.

Tínhamos trabalhado juntos anos antes na agência de seguros. Agora Brian era traficante de drogas e fumante habitual de metanfetamina. Não éramos exatamente amigos, éramos duas almas presas no mesmo emprego sem alma, e por causa disso estávamos sempre na órbita um do outro, falávamos sobre filmes e lugares que gostaríamos de visitar, celebridades com quem gostaríamos de transar. Depois que ele foi demitido da seguradora, supostamente por aproveitar o horário de almoço para vender filmes piratas que ele estocava no porta-malas do carro, mantivemos contato trocando mensagens de texto ocasionais.

Mais ou menos um ano depois que ele saiu, Brian me pediu para surrupiar informações de cartão de crédito na seguradora e entregá-las a ele. Ele conhecia alguém interessado em comprá-las. Terceiros usariam as informações.

"Se investigarem, ninguém vai ser capaz de rastrear você", ele jurou de pés juntos. Eu processava pagamentos com cartão de crédito de toda a América Latina, então teria sido fácil, e, além disso, precisávamos do dinheiro. Rapidamente compilei as informações, mas na hora H eu desisti. Fiquei com muito medo de ser pego em flagrante e deixar Anita e Melisa tendo de se virar sozinhas enquanto eu apodrecia na cadeia. Brian entendeu e me disse que sempre tinha uns trabalhinhos disponíveis.

"Tranquilo, cara, não tem problema", ele disse. "Você é gente fina. Se a corda apertar demais, me liga, beleza? Eu te dou uma força."

Quando enfim aceitei a oferta de Brian, Melisa estava no hospital para onde eles nos transferiram em Houston. A essa altura ela pernoitava no hospital na maioria das noites. No início eu e ela nos revezávamos, porque somente o pai ou a mãe poderia ficar, mas, depois de algum tempo, hospedar-se num hotel deixou de ser uma opção, porque estávamos falidos. Muitas vezes eu dormia no carro. A cada par de dias, um de nós voltava com o carro para casa a fim de lavar a roupa e pegar outras coisas para levar ao hospital. Eu estava em casa numa dessas viagens quando decidi ligar para Brian. As despesas médicas ficaram altas demais, o plano de saúde que pagávamos do próprio bolso mesmo sem ter nenhum dinheiro ia de mal a pior.

Brian atendeu no segundo toque.

"De quanto você precisa?"

"Eu preciso... de todo dinheiro que eu puder arranjar."

"Eu posso conseguir dinheiro pra você. Essa parte é fácil. Você está disposto a fazer qualquer coisa?"

A pergunta era inquietante, mas o tom de Brian permaneceu alegre. Eu disse que sim. E estava falando sério. As contas da porra do hospital estavam por cima de todas as outras. Os boletos de aluguel, eletricidade, seguro de carro e telefone não davam a mínima para o fato de nossa filha estar lutando contra a morte.

Brian apareceu algumas horas mais tarde. Ele se contorceu como um brinquedo quebrado enquanto tirava do bolso um pedaço de papel amassado no qual estava rabiscado um endereço, em algum lugar nos arredores de Waco, a meio caminho entre Austin e Dallas. Depois ele me entregou a fotografia rasgada de um homem grandalhão vestindo um terno azul mal-ajambrado na frente de uma porta bege. A foto estava úmida. O nariz avermelhado do homem denunciava bebida, noites mal dormidas e pressão alta.

Brian levantou-se com um grunhido e levou o braço para trás. A mão voltou segurando uma arma.

"Esse aí é o cara", ele disse enquanto inspecionava algo na lateral da arma. Suas palavras pareciam ignorar o fato de estar segurando uma arma.

"Você vai precisar disto aqui." Brian me entregou a arma enquanto murmurava alguma coisa sobre a trava de segurança e insistia que a pistola deveria terminar seus dias no fundo de um lago e não dentro do meu carro. Peguei a pistola da mão dele e a examinei. Era parecida com as armas dos filmes, só que mais pesada do que eu esperava. Havia algo escrito nela: 9 mm LUGER. SMITH & WESSON. Meu conhecimento sobre armas era limitado, mas eu sabia que aquela coisa poderia cuspir a morte, e isso era tudo o que importava. Os homens vêm se estrangulando e se espancando uns aos outros com pedras e paus desde que paramos de arrastar os nós dos dedos pelo chão e balançar nos galhos das árvores. As armas são o passo seguinte mais natural. Há algo de perturbador na maneira como recebemos a vida e depois passamos grande parte dela tentando criar maneiras melhores de matar outras pessoas. Mesmo assim, o metal frio e duro causou em mim uma sensação de bem-estar.

Brian arrancou a arma da minha mão, virou-a para o lado e apontou para o dispositivo de segurança de que falava. Ele me mostrou como usar a pistola:

"Duas mãos. Não fique virando a arma de lado como os idiotas dos filmes fazem e, pelo amor de Deus, não se esqueça da porra da trava de segurança."

Suas mãos estavam trêmulas, mas entendi o jeitão geral da arma. Quando a breve aula acabou, Brian me disse para ir de carro até o endereço que ele havia me dado. Chegando lá, eu veria uma perua Kombi abandonada.

"Apareça lá tarde da noite", ele disse. "Vá durante a semana. O cara sempre sai do escritório por volta das sete ou oito da noite. Ele é um daqueles idiotas que pensam que vão ficar milionários se matando de trabalhar. De qualquer forma, ele sempre para no bar a fim de tomar um ou três drinques e procurar um rabo de saia. O gordo é chegado numa birita e adora pegar umas novinhas, mas geralmente chega em casa antes da meia-noite. Ele tenta parecer normal e tal, sacou? Então chegue antes dele e estacione a alguns quarteirões de distância. Vista-se como quem sai pra fazer uma caminhada, tipo como se você estivesse tentando perder uns quilos ou algo assim, sabe? Se ninguém estiver vendo, fique escondido atrás da perua do lado de fora da casa dele. Espere até o babaca andar até a porta e aí você atira na nuca dele. Depois dê o fora de lá o mais rápido possível."

A tranquilidade com que essas palavras saíam de sua boca me deixou perplexo. Ele estava falando de assassinato. Não mencionou o som do tiro. Não falou sobre vizinhos intrometidos. Não estava preocupado com a chegada instantânea de policiais à propriedade, com lanternas acesas e armas em punho. Ele falou sobre matar um homem com o tom que outras pessoas usam para contar como preparam seu sanduíche favorito.

"Então, é só... atirar nele?"

"Isso aí", ele respondeu. "Você chega lá. Bum. Volta. Pega 6 mil. Moleza. Ah, e não esqueça de se livrar da arma. Esse é o tipo de coisa que se você esquece mais tarde volta pra carcar tua bunda."

Ele respondeu com algo semelhante a um sorriso no rosto. Eu ganharia 6 mil pelo trabalho, o que era muito mais do que o meu salário de um mês inteiro na seguradora. Mais importante: o dinheiro cobriria os gastos com os remédios da Anita. Brian olhou para mim e, colocando a mão direita no meu ombro, disse:

"Esse sujeito é só malvadeza. Você está fazendo um favor ao mundo, cara. Porra, juro pra você. Nem queira saber o que esse filho da puta faz quando pensa que ninguém está olhando. Apenas confie em mim, cara. Esse cara é a escória, sacou? Você está fazendo um favor ao mundo."

Ele estava exagerando. Eu sabia que estava sendo usado por Brian, que ele ia faturar muito mais grana do que me pagaria. Eu não me importava. Precisava do dinheiro. Era tudo por Anita. Seis paus não seriam suficientes para nos tirar do buraco. E esse montante não daria nem para arranhar a pilha de raivosas cartas e notificações de cobrança e avisos de boletos vencidos. Mas, se a coisa se resumia a uma escolha entre Anita ou esse filho da puta, eu sabia o que tinha que ser feito. Disse a mim mesmo que, se Deus estava ocupado deixando os anjinhos adoecerem em vez de protegê-los, não havia nada de errado em assumir a responsabilidade e acabar com a vida de quem realmente merecia ser apagado. No entanto, nada disso funcionava desse jeito. Matar é matar. Eu me sentia preso dentro de uma pele que não me pertencia. Eu nem sequer sabia se o tal cara era tão malvado quanto Brian dizia, ou se ele estava inventando um pretexto para me convencer a fazer o trabalho. Talvez o cara só devesse algum dinheiro à pessoa errada. Talvez tivesse pisado no calo de alguém que não era corajoso o bastante para eliminá--lo. As possibilidades eram infinitas, e todas deixariam de importar no segundo em que eu pressionasse a porra do gatilho. Balas não acreditam em releituras, novas versões ou segundas chances. O pensamento viajou do meu cérebro para o meu coração e se enrolou em volta dele feito uma trepadeira que se arrasta árvore acima e se cobre de espinhos.

Depois que Brian foi embora, liguei o computador. A ideia de apertar o gatilho em um bairro residencial não me agradava. Será que havia algum jeito de eu construir um silenciador caseiro? Eu tinha visto essa coisa em filmes, e o som sempre era de uma cusparada em vez de um tiro.

Se uma arma materializa tudo o que há de errado com a humanidade, a internet por sua vez é um espelho pustulento que nos mostra o que acontece quando a humanidade está completamente perdida.

Rapidamente aprendi um bocado de coisas. Está dentro da lei fazer seu próprio silenciador, embora os entendidos no assunto gostem de chamá-los de supressores. Li centenas de comentários sobre o uso de um filtro de óleo de carro, batatas ou travesseiro. Eu duvidava que isso realmente funcionasse, e todos os sites que ensinam como construir um supressor pertencem ao tipo de supremacista branco que gosta de usar a palavra patriota em vez de racista. Comprar um supressor era uma opção, mas isso levaria tempo e deixaria um rastro. Como eu não tinha interesse em aprender como usar meu supressor para sobreviver quando as minorias tomassem conta do país, decidi fazer logoff e simplesmente torcer para que atirar no homem e fugir correndo funcionasse.

Tomei uma chuveirada, vesti uma roupa de caminhada e saí de casa.

Melisa me ligou enquanto eu me vestia. Ela parecia bem desperta, quase feliz, e queria saber se eu tinha colocado alguns peitos de frango na panela elétrica para poder levar para ela quando voltasse a Houston dali a dois dias. Eu sabia que era capaz de dar cabo do tal cara e arranjar para ela uma refeição que não fosse da lanchonete do hospital antes mesmo que ela tivesse a chance de sentir minha falta.

Encontrar o endereço foi fácil, graças ao GPS do meu celular. A voz robótica pronunciava errado os nomes das ruas, fazendo-me pensar em um androide que também era um anjo da morte.

Algumas horas depois, parei atrás de uma Kombi enferrujada em cujos vidros havia pequenas cortinas estampadas de flores. Meu coração martelava no peito. Não havia vivalma por perto. Fiquei atrás da perua e por um minuto fingi consultar meu celular. A rua era ladeada por calçadas e árvores silenciosas. Alguns postes vomitavam luz amarelada sobre calçadas rachadas e tufos de grama. Quatro casas abaixo, caídos num quintal gramado, havia alguns brinquedos cujas cores berrantes eram notas estridentes numa suave sinfonia suburbana. Eles apunhalaram meu coração com lembranças que lutei para manter trancafiadas.

Convencido de que ninguém estava olhando, eu me escondi entre a perua e uma cerca de madeira. Videiras transbordavam do quintal vizinho e formavam um belo escudo. De súbito a arma ficou pesada demais e estava me puxando para baixo, me fazendo querer derreter no chão e desaparecer.

Trinta minutos se passaram. A rua estava quieta. Esconder-me desse jeito me fez lembrar das brincadeiras de esconde-esconde com Anita. As crianças nunca se escondem de verdade. Elas acham que não podem mais ser vistas, contanto que escondam o rosto ou a cabeça. Nós costumamos rir disso. Achamos fofo. Não é. Todos os adultos fazem a mesma merda. Estamos à plena vista de todos, mas nos escondemos porque usamos uma máscara, ocultando do mundo nosso verdadeiro rosto. Sempre que brincávamos, eu nem precisava procurar os pezinhos de Anita saindo de detrás do sofá ou um dos bracinhos dela segurando a lateral de uma cômoda. Toda vez que brincávamos, sua risada a denunciava. "Onde será que ela se escondeu?", eu perguntava, fazendo-a cair na gargalhada. Quando dei por mim, lágrimas escorriam pelo meu rosto. Agora ela não estava brincando. Havia tantos lugares legais para se esconder naquele hospital, mas nunca tínhamos brincado de esconde-esconde lá. A arma parou de parecer tão pesada. Eu estava lá por Anita e faria o trabalho pelo dinheiro. Eu mataria mil homens para tirar meu anjinho da porra daquele lugar.

Mais meia hora se passou. A escuridão ao meu redor grudou na minha pele com a insistência de uma criança que faz uma pergunta incômoda.

Por fim um carro estacionou, o homem gordo e careca da foto bateu a porta com força e subiu a vereda esburacada até a casa, respirando como um porco ferido ao longo do curto caminho. Passei para a frente da perua, entre a grade e a porta da garagem, e foquei no meu alvo, deixando todo o resto desaparecer. Mesmo a poucos metros, pude ver que as pupilas do sujeito estavam dilatadas, provavelmente um resquício do coquetel de drogas e álcool que ele havia ingerido naquela noite, e pareciam dois buracos negros assentados em seu rosto feioso. O homem brincava com as chaves enquanto subia os degraus. Seus dedos atarracados feito tocos eram como insetos inúteis que não sabiam para onde ir. Isso me fez lembrar daquele médico desgraçado que chamou Anita de "um caso fascinante".

De repente, tive vontade de arrancar as chaves das mãos do homem e usar as bordas serrilhadas para trespassar suas órbitas sombrias. Eu queria matá-lo, infligir a ele o máximo de dor possível, e não sabia explicar por quê. Ele era um homem ruim, mas eu não sabia até que ponto. Eu não sabia se ele merecia morrer, mas isso não era um impedimento — e eu sabia que deveria ser. Talvez ele tivesse roubado uma bolada de idiotas tão ricos quanto ele. Talvez gostasse de dar uns tecos de cocaína nos fins de semana e tivesse cheirado mais pó do que conseguia pagar. Eu não conhecia seus crimes, mas o desejo de puni-lo estava lá, mais forte do que qualquer coisa que eu já sentira na vida. A sensação me assustou, mas eu também meio que gostei dela.

Saí de trás da perua quando o homem enfim enfiou a chave na porta e girou a maçaneta. Dei quatro passos rápidos para a frente, encostei a arma na nuca dele e pressionei o gatilho.

A noite explodiu nos meus ouvidos.

A cabeça do homem foi arremessada para a frente com um violento solavanco ao mesmo tempo em que uma golfada de sangue espirrou contra a porta. Seu corpo se inclinou e desmoronou amontoado em um ângulo impossível; seu rosto — ou o que restava dele — deixou uma bizarra mancha de sangue na porta. No breu, não consegui ver o estrago que a bala havia feito na nuca dele, mas percebi que meu trabalho estava terminado. Ele não fez menção de se levantar, e não me senti mal por isso. Eu me senti bem. Isso me fez surtar um pouco, e eu não conseguia respirar, mas também tive a sensação de que um jorro de energia percorria minhas veias. Aquele corpo caído no chão com um naco de cérebro vazando por um buraco era um homem ruim. Ele mereceu. Era tão culpado pela doença de Anita quanto todo mundo.

Esses motivos me pareciam ótimos, mas não explicavam, tampouco desculpavam, a sensação de alegria que aflorava em meu peito e ameaçava escancarar um sorriso na minha boca.

Algo agarrou a borda da minha visão periférica e eu olhei para baixo. Vi que poças de líquido vermelho ainda cobriam o rosto do homem, mas havia alguma coisa ondulando sob a pele. Parecia uma bolota de vermes que fervilhavam e se contorciam escavando as feições planas e imóveis de seu rosto. As larvas deslizavam pelas curvas do pescoço, e em seguida ouvi um espesso som de esmagamento.

Era como se algo estivesse se banqueteando com a carne do homem, mas por dentro de sua pele. Fosse o que fosse, eu não ia ficar lá para descobrir. Quando saí correndo, o disparo da arma era um fantasma no meu encalço, batendo os dentes na tentativa de morder meus calcanhares. Só quando cheguei ao meu carro e tentei pegar as chaves do bolso é que percebi que a arma ainda estava na minha mão. Merda. Abri a porta, joguei-a no banco do passageiro e liguei a ignição. Acelerei até chegar ao fim da rua.

Eu estava prestes a passar zunindo pelo cruzamento quando uma mulher a pé atravessou a rua na minha frente. Usava um vestido branco sujo, e uma cabeleira comprida cobria seu rosto. Ela se virou para mim e eu vi uma face esquálida e dois buracos negros onde deveriam estar seus olhos. La Huesuda. A morte estava seguindo meu rastro.

Tive a impressão de que ela ia falar, mas eu não precisava de nenhuma mensagem do outro lado depois que os filhos da puta me abandonaram quando eu mais precisava deles.

Pisquei e vi os olhos dela. Os buracos eram um truque da luz, sombras brincando com meu medo enquanto ela, uma mulher magra — provavelmente uma moradora de rua — caminhava sob a luz de um poste. Meu coração não desacelerou, mas meu medo diminuiu um pouco. No entanto, permaneci alerta, olhos abertos esquadrinhando a rua e as calçadas à frente. Podia ser que uma mensagem estivesse a caminho.

Durante a minha vida inteira tive esse tipo de sonho desperto. Por muito tempo, pensei que todas as pessoas tivessem. Que era isso que queriam dizer quando mencionavam "sonhar acordadas". Minha segunda namorada, uma jovem porto-riquenha chamada Katia, que acabara de se mudar para Houston e odiava todas as pessoas na nossa escola, me disse que não era assim. O assunto surgiu numa conversa em que ela me contou que sabia onde as pessoas tinham morrido em acidentes de carro porque era capaz de ver os corpos, embora não estivessem mais lá. Ela era obrigada a ir à escola todos os dias e ver o cadáver decapitado de uma criança perto da entrada. Eu lhe perguntei se os cadáveres faziam parte de seus sonhos acordados. Ela não fazia ideia do que eu estava falando.

Lembrar de Katia me fez pensar em Melisa e Anita.

Esses meus sonhos ou visões geralmente vinham quando algo ruim estava prestes a ocorrer e algo terrível já havia acontecido. Eu não tinha tempo para me preocupar com visões ou qualquer outra coisa agora, não se quisesse voltar para o hospital antes que minhas meninas sentissem minha falta. Pisei fundo.

Pessoas normais não são capazes de conceber a ideia de cometer um crime, muito menos matar uma pessoa. Com as pessoas que estão mortas por dentro é diferente. Una vez miras a los ojos vacíos de La Huesuda, todo cambia. La muerte recluta soldados sin anunciarse porque su poder es innegable. Além do dinheiro, o que Brian me deu naquela noite foi uma forma de fazer o mundo pagar por machucar mi angelito. Eu culpava a todo mundo e agora estava me vingando. Sim, qualquer vingança serviria. A violência era reconfortante, um estranho bálsamo que fazia com que me sentisse melhor. A ameaça de morte arruinava minha vida, e na morte eu tinha a esperança de encontrar algo parecido novamente.

Eu estava no carro a caminho de Austin quando meu celular tocou. Era Melisa. Tudo o que eu ouvi foi gritaria e choro. Eu a entendi claramente.

Deixei cair o aparelho. Parei o carro e instintivamente olhei para trás. A cadeirinha me encarava, seu vazio era um ataque, e meu mundo a um só tempo entrou e saiu de foco. Meus pulmões se recusaram a se expandir. Algo parecido com o fim do universo irrompeu da minha garganta. Na minha frente, o painel do carro tornou-se um destroço molhado e trêmulo.

4

Num dia, Anita estava lá; no outro, ela desapareceu.

Desapareceu.

Desapareceu mesmo depois de todas as nossas orações. Desapareceu sem piedade. Desapareceu enquanto eu metia uma bala na cabeça de um homem cuja maldade foi arrancada na marra depois do meu tiro.

Desapareceu era a única palavra que eu era capaz de usar. Todas as outras palavras dilaceravam a minha alma com a sugestão de caráter definitivo. *Desapareceu* funciona porque é apenas uma ausência e, no seu cerne, implica a possibilidade de retorno, de reaparecimento.

Nos dias que se seguiram à morte de Anita, Melisa e eu nos abraçamos e deixamos rastros de lágrimas e ranho nos ombros um do outro, mas a culpa e a raiva eram os cânceres crescendo dentro de nós. Odiávamos os médicos e as enfermeiras; odiávamos o cara que nos servia café na lanchonete do hospital porque ele ousava sorrir; odiávamos a nós mesmos. La muerte de Anita mató a Dios en mis ojos. A morte de Anita matou minha família.

A súbita e gigantesca inexistência de uma bela alma que teoricamente deveria estar sempre lá era o universo, y era un universo eternamente negro, triste y frío. Melisa y yo morimos en vida, e esse é o pior tipo de morte. Essa ausência destruiu nossa vontade de viver e ao mesmo tempo nos roubou a força necessária para nos matarmos.

Não tínhamos ninguém para culpar, então botamos a culpa em todo mundo, em qualquer um, el maldito universo, el cielo, la tierra, y el mismísimo infierno. Culpamos os brinquedos dela e a poluição. Culpamos nossos celulares, o tablet dela e a porra do micro-ondas. Culpamos a Deus e a comida que demos a ela e as roupas que ela vestia. Culpamos os médicos e as máquinas que eles usaram para ver dentro dela e a quimioterapia e as substâncias químicas que injetaram em seu corpinho frágil. Culpamos seu anjo da guarda preguiçoso e alcoólatra por adormecer ao volante e causar um acidente terrível e irreversível. Mais importante: culpamos a nós mesmos, e isso nos encheu de uma espécie de desprezo que era tão forte quanto o amor que sentíamos por nossa filha morta. Nós nos culpamos, e a dor e a culpa que brotaram dessa ferida nos mantinham prostrados na cama por horas a fio, fitando o teto enquanto as sombras rastejavam paredes acima e depois começavam a deslizar para baixo sob a luz cambiante.

Ningún matrimonio sobrevive eso. Ninguém deve testemunhar a morte de um anjo.

Cinco semanas depois de jogar flores brancas no minúsculo caixão de Anita e arruinar meu único terno porque minhas pernas não conseguiram me segurar enquanto baixavam seus restos mortais no chão escuro, coloquei minhas mãos em Melisa.

Estávamos na cozinha. Ela pegou um copo d'água ao meu lado enquanto eu lavava a louça. Ela disse que havia um vazamento embaixo da pia. O triturador de lixo estava com defeito de novo. Água suja respingava em tudo o que guardávamos embaixo da pia. Melisa disse que o cheiro de comida podre e água suja estava afetando seus nervos, fazendo-a pensar em coisas mortas. Eu disse a ela que entraria em contato com o zelador.

"Não, você não vai", ela retrucou. "Você sempre diz que vai fazer as coisas, mas um minuto depois esquece. Você sempre viveu dentro da sua cabeça. Pinche despistado. Você é um inútil de merda. Pode deixar que eu mesma faço isso amanhã."

A resignação em sua voz doeu feito uma ferroada. Ela não gritou. Ela não sacudiu as mãos com gestos agressivos como fazia quando brigávamos. Ela não vociferou as palavras como fazia quando eu aprontava uma cagada das grandes, o ódio em estado bruto retinindo contra seus pequenos dentes brancos. As palavras vieram de uma terra desolada, onde os únicos vestígios de amor eram fósseis enterrados cinco metros abaixo de uma camada de subsolo congelada. Eu ouvi as palavras e vi os monstros que se escondiam atrás delas. Olhei nos olhos de Melisa e vi duas pequenas poças de vazio onde antes a luz atingia suas pupilas. Ela estava destroçada, um buraco ambulante de raiva, assim como eu. Sua amargura estalou feito um chicote contra minhas costas e rasgou minha carne. Se me clavaron sus palabras como un millón de diminutos cuchillos.

A escuridão dela, seu peso, estavam tão perto de mim que eu não conseguia respirar.

"Um inútil de merda". As palavras pairaram no ar por um segundo. Para voltar à sala de estar tinha que me contornar, então se aproximou. Aí ela se deteve. Senti seu corpo atrás de mim, seu calor muito rente à minha pele.

"Um inútil de merda". Ela estava perto demais. Suas palavras eram muito afiadas, seu tom de voz uma faca nas minhas costas.

A raiva irrompeu em meu peito. Eu a queria longe de mim, então encolhi os ombros e me virei para avisar que ela estava invadindo meu espaço pessoal. Mas ela estava perto demais. E era baixinha demais. Meu cotovelo bateu em seu nariz. Ela ergueu os braços e cambaleou para trás; o copo que ela segurava voou, depois caiu no chão e explodiu. Melisa recuou dois passos, e seus pés tropeçaram em alguma coisa. Ela estava prestes a agarrar o rosto, mas seus braços saltaram novamente, um no ar, o outro atrás dela. A região lombar de Melisa atingiu nossa mesa de jantar barata, com um baque violento o bastante para arrebentar o tampo. O som do vidro se estilhaçando era o som de mil pesadelos.

Sentada no chão, o nariz ensanguentado, rodeada de cacos de vidro, Melisa me encarou. Sua boca e suas mãos tremiam, mas a raiva em seus olhos carregava um peso que me esmagou. Em um único olhar, cada grama de ódio, o fardo de todas as brigas e todas as acusações caíram sobre mim. O preocupado pedido de desculpas que vinha subindo pela minha garganta congelou e se extinguiu, tornou-se um caroço em vez de palavras.

Eu acertei uma cotovelada no rosto da minha esposa e da mãe da minha filha morta.

Eu tentei repelir o amor da minha vida do jeito que uma pessoa empurra um ladrão no momento em que ele tenta roubá-la.

Eu queria afugentá-la para longe de mim porque a dor que eu sentia era sua culpa, e suas palavras doíam feito aguilhoadas. Eu não era um inútil de merda. Nada daquilo era minha culpa. Os genes defeituosos dela é que mataram minha filha. Ocorreram-me duas dúzias de artigos afirmando que são desconhecidas as causas exatas da maior parte dos casos de leucemia infantil, mas naquele momento eu sabia das coisas. Eu era capaz de enxergar além do véu, certo? A culpa era dela. Por causa de sua falta de atenção como mãe, só percebemos que nossa menininha estava doente quando já era tarde demais. Melisa acreditava em Deus, mas talvez não o suficiente, e sua falta de fé havia nos negado um milagre. Ter um bebê havia sido ideia dela, e tudo o que aconteceu em seguida foi sua culpa.

Melisa se pôs de pé, com o corpo cambaleante, e levou a mão esquerda ao nariz que ainda sangrava. Ela tentou se aprumar, mas seu corpo oscilava como uma máquina quebrada; ela olhou para o sangue em sua mão, depois me encarou novamente. Havia muito vermelho nas suas escleras brancas, muitos minúsculos capilares mapeando meses de desespero.

As mulheres são pilares de sustentação. A única coisa que muda é o que ou quem essas colunas escoram. Tire uma mulher da equação e você ficará apenas com os espaços vazios entre os outros elementos e um monte de escombros. Quando Melisa levantou a outra mão e viu o sangue escorrendo do estrago que a mesa havia feito, suas pernas cederam e ela voltou devagar ao chão, fugindo da bagunça de estilhaços de vidro. Senti seu corpo pequeno arrastar consigo o mundo. Ela se sentou nos ladrilhos frios, seus braços enrolados em torno de si em um escudo protetor, embora eu soubesse que, se assim quisesse, eu poderia deslocá-los das juntas sem muito esforço. A raiva em mim era uma bobina de ignição pronta para explodir.

Uma parte de mim me instruiu a me dirigir a ela imediatamente, me ajoelhar e tirar Melisa do chão e implorar por perdão, explicar que tudo tinha sido um acidente, para de alguma forma voltar no tempo e desfazer o estrago. Outra parte, no entanto, uma parte que parecia mais forte e mais imediata, queria largá-la lá, expulsar da minha vida esse ser humano que tinha os mesmos laços fortes com nosso anjo morto e deixá-lo sangrar sozinho. Eu não conseguia lidar com Melisa, nem comigo mesmo; então, em vez disso, deixei minha esposa no chão e me tranquei no banheiro.

Tomei uma ducha quente que durou tanto tempo que minhas mãos ficaram enrugadas, pálidas aranhas alienígenas no final dos meus braços. A água fustigou meu rosto e acabou ficando fria. Eu não me importava. A realidade estava do outro lado de uma porta que eu me recusava a abrir. Depois de desligar a água, joguei minha toalha no chão e deitei nos azulejos do banheiro.

Em algum momento Melisa se levantou. Seus passos fracos eram uma tatuagem raivosa no chão, anunciando a possibilidade de uma explosão. Não veio explosão nenhuma. Mais cedo ou mais tarde acabei saindo do banheiro. Imaginei Melisa vindo até mim, arreganhando os dentes e com as unhas à mostra, prontas para arrancar pedaços da minha pele à guisa de retaliação por aquilo que eu tinha feito. Eu a vi entrar na sala carregando na mão um imenso estilhaço de vidro da mesa quebrada.

Mas Melisa se trancou no quarto de Anita. Uma trilha de gotas de sangue levava até a porta, uma mancha vermelha junto à maçaneta. Eu me aproximei da porta e a ouvi fungar do outro lado. Ela ficou lá por horas. Acabei desmaiando no sofá; a TV exibia um filme antigo sobre uma nave espacial que volta do inferno.

Quando acordei no dia seguinte, Melisa tinha ido embora. Encontrei um bilhete ao lado dos destroços da mesa da cozinha. Ela voltou para a casa dos pais, que moravam em Orlando. "Não venha me procurar", li na última linha. "O que nos mantinha juntos agora é comida para os vermes."

5

Dez dias depois de acertar uma cotovelada no rosto de Melisa e fazê-la se espatifar de encontro à nossa mesa, recebi pelo correio a papelada do divórcio. Assinei tudo e coloquei na caixa do correio no dia seguinte. Eu tinha dinheiro suficiente para sobreviver algumas semanas, mas só. E as contas continuavam chegando. A ideia de ter que interagir com outras pessoas no trabalho me causava arrepios.

Todo santo dia eu vagava pela casa sem rumo por horas a fio. Havia no ar um zumbido constante, feito estática na televisão de um vizinho. O som durava dias, me deixava louco e se amalgamava como um ruído de fundo ao zunido da geladeira. Para fugir disso eu entrava no quarto de Anita. Sentava-me ao lado de sua cama, e, se encostasse a cabeça no travesseiro, ainda podia sentir o cheiro de seu xampu antilágrimas.

Às vezes eu chorava até pegar no sono no chão do quarto dela. Outras vezes eu ficava acordado por dias e dias até a insônia me dar náuseas. Nas noites e dias em que eu conseguia dormir, os sonhos com Anita vinham à tona. Eu a abraçava de novo. Fazia cócegas nela de novo. Jugamos con sus muñecas otra vez. Sua voz, suas risadas e sua energia invadiam tudo. Toda vez que ela vinha até mim nos sonhos, eu acordava chorando e continuava chorando até desmaiar de exaustão.

* * *

Um dia, cerca de uma semana após Melisa ir embora, ouvi o tamborilar de passos de pés pequeninos do lado de fora do quarto dela. Prendi a respiração enquanto caminhava até o corredor para dar uma olhada. Vazio. Os quartos estavam todos vazios. Não havia pés pequeninos na casa. O som estava todo na minha cabeça.

Fiquei lá parado, ouvidos aguçados, esperançoso. Nada. Depois de algum tempo, minha mente perdeu o rumo, e eu decidi que precisava de um pouco de ar fresco. Eu nem sequer conseguia me lembrar da última vez que tinha saído de casa, mas quando pus os pés para fora da minha varanda, fiquei surpreso ao ver como todas as casas ao redor estavam em ruínas. Nunca morei em um bairro chique, e este não era melhor, mas as paredes manchadas, a pintura descascada e os gradis enferrujados das sacadas tinham sofrido uma considerável deterioração. Fazia tempo que ninguém aparava a grama. Carros com pneus furados, ou carcaças de automóveis queimadas, atulhavam a rua. Ao longe, uma jovem caminhava, aparentemente mancando.

A garota continuou andando na minha direção. Eu não me mexi. Sua camisa multicolorida estava suja e coberta de caricaturas de animaizinhos cabeçudos, todos eles chorando. Em seguida reparei no rosto da garotinha. Sangue jorrava de algum tipo de ferimento na cabeça dela. O vermelho escorria pelo lado esquerdo de seu rosto e cobria seu ombro e um braço. Ela parou no meio de uma passada larga e sorriu para mim. Tinha um dente lascado no mesmo lugar que Anita.

Senti um aperto no coração, mas dei um passo à frente para ver se poderia ajudá-la e topei com tudo contra a parede. A rua deu lugar ao corredor.

Eu estava perdendo o juízo. Eu nem sequer tinha chegado a sair de casa.

Nessa noite, não consegui dormir.

Pensei na minha mãe, desmaiada no sofá ou deitada o dia inteiro na cama, vez por outra gemendo algum fragmento ininteligível da conversa que acontecia no sonho químico que corria em suas veias. Talvez os anjos que ela via se tornassem reais se eu enchesse minhas veias de heroína. Talvez a heroína me ajudasse a ver Anita novamente. Talvez a combinação certa de drogas fizesse o mundo derreter.

Brian apareceu no dia seguinte. Ele tinha ido ao enterro de Anita, meu único amigo que deu as caras. No cemitério, ficou ao lado do carro e não disse uma palavra, mas vê-lo lá significou muito. Liguei para ele e disse que queria experimentar coisas. Ele chegou em algumas horas. Fumamos metanfetamina juntos. Tinha cheiro de plástico queimado e me causou a sensação de que alguém de dentro do meu crânio estava puxando as raízes dos meus dentes. Mas a agonia se dissipou por algum tempo e eu me senti estranhamente energizado, então fumamos um pouco mais.

Dez horas se passaram. Brian falou sobre filmes e negócios. Ele vociferou contra o governo e discorreu sobre países com sistema de saúde socializado. Falou sobre alguma *babuchka** ter sido o segundo atirador no assassinato de JFK. Eu escutei e senti choques de eletricidade descendo pelas minhas pernas. O conceito de sono sumiu da minha cabeça; ficamos acordados, conversando, vendo filmes e fumando mais um pouco. Eu queria correr e esmurrar as coisas. Depois fui mijar e caminhei pelo quarto de Anita.

Notei que algumas de suas roupas por lavar estavam dobradas no cesto. Por cima de todas estava sua peça favorita, um vestido de verão branco com bolinhas azuis e baleias. Peguei o vestido e deixei meus dedos percorrerem o bordado. Havia um fio solto na bainha que Melisa não tinha conseguido consertar. Tentei arrancar o barbante, porém isso só fez mais e mais fios começarem a se desenrolar. Um soluço ficou preso na minha garganta; tive vontade de pegar uma faca e abrir um talho na minha carne. Em vez disso, voltei para a sala e disse a Brian que odiava o que eu estava sentindo. Ele riu de mim. Com as imensas brechas em seu sorriso e as finas veias verdes visíveis ao redor de seus olhos injetados, ele parecia um cadáver.

---

* Vovozinha, vovó, velhinha (expressão de origem russa). Em quase todas as imagens da morte do presidente John Kennedy, em 22 de novembro de 1963, aparece uma mulher que aparentava ter idade avançada, usava um casaco longo, um lenço na cabeça e portava uma câmera nas mãos. Pela posição em que se encontrava, talvez tivesse gravado tudo. Sempre de costas para todos os ângulos de vídeos recolhidos pelas autoridades norte-americanas, era impossível identificá-la. O FBI decidiu apelidar a figura misteriosa de "senhora Babuchka", e divulgou um pedido público para que ela voluntariamente entregasse sua filmagem, que seria crucial para as investigações. [As notas são do Tradutor]

Eu não queria me transformar nele. Eu tinha certeza que ele podia ver o asco nos meus olhos. Provavelmente foi por isso que se sentou ao meu lado antes de sair e disse que estava tentando ficar limpo.

Ele tinha um bebê a caminho. Sua namorada, Stephanie, que de alguma forma conseguiu ficar limpa enquanto morava com ele, estava grávida de sete meses. Ele disse que não era capaz de imaginar minha dor e não disse mais nada sobre Anita. Havia lágrimas em seus olhos. Se eram por mi angelito muerto ou causadas pelo medo de trazer uma vida a este mundo é algo que eu nunca saberei. Depois ele se levantou e me deu outra foto com um endereço e uma nova arma.

"Achei que talvez você se interessasse por este aqui", ele disse. "Mas você não tem que matar o cara. Você decide."

Depois que Brian foi embora, continuei agitado por horas. Olhei para os livros em cima da TV e peguei um: Cormac McCarthy. A escrita perfurou meu cérebro. Li a coisa toda em uma sentada só. Assim que virei a última página, já não conseguia me lembrar de nada. Isso me incomodou. Abri o livro numa página aleatória e li uma linha. "Você vai ter que encontrar ou outra maneira de viver ou algum outro lugar no mundo para fazer isso."** Fechei o livro e o coloquei de volta na prateleira.

Depois que matei aquele primeiro cara, quase quis que alguém viesse me procurar. Fiquei esperando a batida na minha porta que levaria a uma viagem no banco de trás de uma viatura da polícia, as algemas mordendo meu punho e me lembrando de como todos nós sentimos dor. Uma semana se passou. Os acontecimentos daquela noite se desenrolavam na minha cabeça como um filme: eu me escondendo ao lado da perua. O disparo rachando a noite no meio. Sangue escorrendo pela porta. Os vermes fervilhando sob a pele.

** Trata-se de *Child of God* (1973) o terceiro romance de Cormac McCarthy; retrata a vida de Lester Ballard, jovem e violento serial killer que na década de 1960 perambulou pelas montanhas do Tennessee. Há uma edição portuguesa, *Filho de Deus* (Relógio D'água, Tradução de Paulo Faria, 2014).

No carro, voltando para Austin naquela noite, eu me forcei a ir na velocidade normal, embora parte de mim quisesse acelerar e voar da Congress Bridge e terminar ali mesmo. Em vez disso, joguei a arma pela janela no lago Lady Bird e continuei até chegar ao hospital.

Eu só fiz o que fiz para conseguir dinheiro para Anita. Agora eu era apenas um espancador de mulheres de merda esperando pela polícia que nunca apareceu. Pensei de novo em jogar o carro de cima de alguma ponte, acabar com tudo.

6

"Aqueles pinches cabrones vão pagar pelo que fizeram com meu irmão!"

O cara berrando sobre o irmão estava encurvado, provavelmente tentando deixar a raiva envolver seu corpo. As gotículas de saliva que voavam de sua boca como balas brancas e gordas aterrissaram por todo o bar. Normalmente eu me afastaria de pessoas como esse sujeito, mas ele estava pagando pelas bebidas, então decidi aturá-lo por mais algum tempo.

A pequena televisão pendurada em seu punho e a grossa corrente de ouro em seu pescoço falavam de dinheiro sujo e de uma paixão por jogá-lo fora. Gostei disso. No te lleves nada a la tumba; gástatelo todo. A morte não se importa se você aparecer usando um terno Armani e um Rolex ou se chegar pelado. Você também não deveria se importar.

Eu estava segurando minha quinta cerveja da noite. O homem furioso e estridente pagou para mim, assim como pagou as três anteriores. Eu pedia uma cerveja e ele não parava de jogar notas de vinte novinhas em folha no barman, um cara negro, magro, com uma cabeça enorme cheia de dreadlocks e um rosto amassado que, naquela mesma manhã, parecia ter enfiado o cano de uma arma na boca e não teve coragem para pressionar o gatilho. Eu entendia como ele se sentia. Se me pedisse com educação, eu mesmo pressionaria o gatilho por ele.

O cholo escandaloso veio para cima de mim porque todas as outras pessoas no bar já estavam conversando. El loco me disse que era de Guanajuato. Eu lhe disse que era de Zacatecas. Isso era mentira. Meu pai nasceu lá e acabou cruzando la frontera porque o Diabo estava à procura dele. Pelo menos era o que ele contava a todo mundo. *Yo me fuí porque me andaba buscando El Chamuco.* Acho que ele estava falando a verdade. Ele desapareceu numa tarde quente quando eu tinha 6 anos de idade. Anos depois de seu sumiço, minha mãe disse que o encontraram numa garagem com algumas coisas enfiadas na boca, as mãos e os pés decepados, então acho que El Chamuco finalmente conseguiu pegá-lo. Eu não estava surpreso. No final, o Diabo pega todos nós.

Minha mãe era outros quinhentos. Ela veio de Porto Rico. Mudou-se para a Flórida para fazer faculdade. A primeira universitária de sua família. Ela começou a namorar um bichote da ilha que tinha casas onde se esconder por toda a Flórida. Ele a viciou em cocaína e depois em heroína. Depois que ele morreu em um acidente de carro, ela voltou. Eu nasci, e meu pai, que ela conheceu depois de fugir do bichote, não demorou muito para sair de cena. O retorno dela durou apenas cerca de cinco anos. Ela nunca parou de usar drogas, e sua mãe se cansou dessa merda e ameaçou entregá-la à polícia e obter a minha custódia. Fomos embora. Eu deixei meu coração lá. Foi fácil, porque a minha mãe não parava de falar das praias e de cantar "Preciosa". Tinha uma voz decente. Essa música sempre acabou comigo: *"Preciosa te llaman las olas del mar que te baña, preciosa por ser un encanto, por ser un Edén..."*

O Eden é um clube noturno que não aceitava viciados nem seus filhos órfãos, mas eu consegui sentir o gostinho e vivia querendo mais.

Minha mãe e meu pai se conheceram em Houston. Ela estava tentando ficar o mais longe possível das más influências da Flórida, e ele estava fugindo do Diabo. Eles se casaram numa igrejinha, porque minha mãe era um caminho fácil para a cidadania de meu pai, e ele aparentemente tinha talento para ganhar dinheiro. Nasci menos de um ano depois, um garotinho latino com veias apinhadas de velhos fantasmas, colonização, dor, desespero e todas as outras coisas de que ambos estavam fugindo.

Não me lembro o suficiente de meu pai para dizer que sinto isto ou aquilo por ele, mas eu amava minha mãe de todo o coração. Ela acreditava que a educação era um caminho infalível para uma vida melhor e passou essa convicção para mim. Acabou seus dias como uma viciada num sofá imundo, vivendo de sobras e alegando ser capaz de ouvir anjos.

Eu acabei num bar esperando um drogado que ia me arranjar um trabalho. Quem inventou essa história de que a educação é a saída da sarjeta merece levar dois tiros na nuca.

Essa é a história da minha vida, mas eu não iria compartilhar tudo isso agora. Além do mais, quando um mexicano bêbado paga bebidas para você, você joga a carta raza al máximo. Porra, se o cara continuasse pagando, eu toparia até cantar "Cielito Lindo" com ele se ele quisesse.

O homem se inclinou para a frente mais uma vez e resmungou alguma coisa sobre ir à academia de musculação e repetiu que ia se vingar do bando que fodeu o irmão dele na Flórida. Algo sobre "muita mota" e "um grande mal-entendido". A maconha explicava a dinheirama que ele estava distribuindo aos montes. Tive curiosidade de saber quanta grana ele havia lucrado com o negócio, fosse lá qual fosse, que resultou na sova que o irmão dele levou. Ele interrompeu meus pensamentos sacando do bolso seu celular e me mostrando fotos de um sujeito com uma tarântula tatuada no pescoço e um rosto que aparentemente tinha feito o melhor possível para parar um trem de carga. Balancei a cabeça. Ele me deu um tapinha no ombro e desapareceu na multidão como um fantasma cambaleante. Fiquei sozinho em um mar de gente e barulho.

Eu ia me encontrar com Brian. No decorrer dos últimos meses, eu tinha matado mais quatro homens. Homens ruins. Homens que mereciam morrer. Homens que haviam passado a perna em outros homens. Homens que haviam tocado crianças da pior maneira imaginável. Homens que deviam muito dinheiro à pessoa errada ou que sabiam demais. Brian sempre me fornecia alguns detalhes vagos, mas eu não me importava. As almas dessas pessoas eram lixo. É como dizem: de alguma coisa eles eram culpados, e matá-los era a única coisa que atenuaria a dor da culpa.

Brian me ligou alguns dias depois do meu último trabalho. Achei que ele me entregaria outra foto, outro endereço, outra arma e outro envelope com dinheiro. Não foi isso que aconteceu. Disse que queria me oferecer um tipo diferente de trabalho. Ele me instruiu a ir a um bar específico e esperar por ele, e alegou que não poderia me passar os detalhes pelo telefone. "Essa parada vai ser diferente", ele disse. "Vai render um dinheiro de verdade pra gente. Estou falando de aposentadoria, amigo, chega de besteira, chega de correr feito baratas tontas na calada da noite com armas de merda."

Enquanto esperava por Brian, peguei meu celular e verifiquei as redes sociais de Melisa. Eu a conhecia, sabia que ela era reservada, portanto sabia que não postaria nada tão cedo, mas suas fotos de perfil estavam lá, com imagens de nós três em um passado distante e infinitamente mais feliz.

No minúsculo palco do bar havia uma banda tocando Rick James enquanto eu olhava as fotos de Melisa e me lembrava de quando nos conhecemos, dois indivíduos entediados numa leitura de poesia onde os leitores declamavam com a paixão de avós cansados após inalar clorofórmio. Ao meu redor, os brancos tentavam ignorar a vara enfiada na bunda enquanto se mexiam desajeitados pela grudenta pista de dança do bar, mas, na minha cabeça, Melisa e eu dividimos sanduíches e conversamos sobre filmes, nos apaixonamos, passamos pela faculdade, aprendemos a sobreviver à pobreza com amor e resiliência.

Brian aparentemente estava tratando de negócios importantes, então fui ao banheiro. Se ele chegasse, poderia esperar por mim. Pendejo.

Entrei no banheiro e vi um homem negro parado ao lado da pia. Sua pele era tão escura que parecia sugar a escassa luz da lâmpada do teto. A camisa azul e o chapéu esquisito me diziam que ele era de algum canto da África, ou pelo menos fingia ser. Ele sorriu para mim, mostrando todos os dentes. Um arrepio percorreu minha espinha. Ele não me era estranho. Parecia ser encrenca na certa. Tentei ignorar a sensação e caminhei até um mictório.

Quando terminei e me virei, o homem estava a poucos metros de mim, o sorriso cheio de dentes ainda estampado no rosto. O branco de seus olhos era de um amarelo-escuro como se fosse feito de gema ensanguentada. Ele segurava na mão uma bandeja de prata com alguns produtos. Empurrou a bandeja para mim.

"Você precisa de uma toalha, ore? Balinha? Desodorante?"

Seu sotaque era forte, sua voz era uma coisa molhada e estrondosa de filme de terror. O suor fazia sua pele retinta reluzir. Enfiei a mão no bolso, tirei alguns dólares amassados, coloquei na bandeja e mandei ele cair fora.

"E se. Um conselho como agradecimento: tenha cuidado, ore."

Da primeira vez achei que tinha ouvido errado, mas ele repetiu. *Ore* significa "amigo" em iorubá. Quando minha mãe e eu morávamos no pior acampamento de trailers dos muitos em que moramos em Houston, tínhamos um vizinho que me chamava de ore. Ele era um homem com um passado assombrado que tinha muito amor por seus deuses e muito ódio pelo resto do mundo. Era porto-riquenho, mas nunca falava muito com minha mãe ou com nenhum dos adultos, e isso os deixava nervosos. No entanto, eu sabia que era um sujeito decente. Ele me ouviu falar espanhol, e quando eu lhe disse que havíamos nos mudado de Porto Rico para os Estados Unidos, me explicou que os nigerianos foram arrancados de suas terras e trazidos para a ilha pelos espanhóis. Ele disse que a raiva de seu povo ainda vivia em nossas veias, que éramos uma mistura de sangue do conquistador maligno, sangue de índios tainos e sangue de escravizados africanos. Depois ele me contou que seus ancestrais vestiam seus deuses com as vestes dos deuses espanhóis e encheram as veias de todos os porto-riquenhos com um pouco de seu sangue ancestral. Eu sabia que ele era um homem bom porque deixava leite e latas de atum do lado de fora da porta de seu trailer para alimentar o exército de gatos vadios que perambulavam pelo local. Um dia ele parou de se sentar do lado de fora. Depois que alguém reclamou do mau cheiro, os policiais encontraram seu corpo nu, dobrado de maneira bizarra e enfiado à força no pequeno boxe de chuveiro do seu trailer. Quem o matou levou seus olhos como lembrança.

O homem na minha frente provavelmente nasceu em um pedaço de terra devastado semelhante ao do meu antigo vizinho. O xis da questão da pobreza é que ela apaga a geografia; no mundo inteiro as pessoas pobres têm o mesmo olhar assombrado. Todos nós temos em comum algo que nos torna parte da mesma raça, independentemente da cor ou do idioma. Esse homem podia até se parecer com meu vizinho, mas eu não tinha tempo para ele, então saí sem dizer mais nada. Nem sequer lavei as mãos.

Voltei para o mesmo lugar no bar onde eu estava antes de ir ao banheiro e saquei meu celular. Os números brancos indicaram 23h32. Nunca confie em um gringo quando ele diz "chego aí em dez minutos". Isso é o que Brian me dissera uma hora antes, e eu ainda estava lá esperando por sua fuça pálida e agitada.

Surgiu ao meu lado uma figura. O cara de Guanajuato. Ele jogou um braço sobre meus ombros e empurrou o celular na minha cara.

"Ei, cara, diga oi pro meu irmãozinho Emilio!"

Um homem cujo rosto parecia um punhado de presunto fatiado acenou para mim da tela. Tinha uma expressão confusa e envergonhada.

"Esse é meu irmão, cara! Mi hermanito. Voy a matar a los pinches culeros que foderam a vida dele, você me ouviu? Los voy a matar bien muertos a esos cabrones."

O odor que ele exalava era uma batalha entre birita e fedor de suor contra um perfume carregado de álcool. Em meio à música estrondosa, às mulheres brancas e corpulentas balançando a bunda na pista de dança e o mamón berrando comigo sobre vingança enquanto empurrava na minha cara seu celular iluminado em demasia, eu estava pronto para cair fora. Al carajo todo esto. Se Brian não desse as caras nos cinco minutos seguintes, podia pegar o tal trabalho e enfiar no rabo.

O homem no celular sussurrou algo que não consegui ouvir. O mexicano bêbado berrou alguma coisa sobre vingança. Sua voz ficou embargada. Ele tirou o braço dos meus ombros e se persignou enquanto murmurava uma oração. Depois se dirigiu novamente ao irmão e prometeu, aos gritos, que mataria os homens que o machucaram. "Te lo juro, hermanito", ele disse enquanto se benzia fazendo uma pequena cruz com o polegar e o indicador e a beijava. "A porra do sangue deles vai escorrer pelas ruas de Miami quando eu chegar aí. Te lo juro." Isso me fez pensar em como religião e violência andam de mãos dadas, ambas sempre flertando com a morte. Todos nós sabemos quem é que sempre vence no final.

O mexicano foi novamente sugado para o mar de corpos em movimento. Fiz minha própria oração: *Querido Deus, o oceano sempre nos devolve aquilo que ele leva, mas, por favor, fique com esse homem por um tempo.*

Brian apareceu um minuto depois e ocupou o espaço que o mexicano havia deixado.

"Porra, por que você demorou tanto?"

Brian disse alguma coisa, mas o barulho ao nosso redor engoliu suas palavras. Além disso, ele sempre falava como se tivesse pedrinhas enfiadas na boca, tentando evitar que escorregassem pelos vãos entre os dentes.

Brian era um pouco mais alto do que eu, talvez um metro e oitenta e três. O cabelo loiro oleoso lhe caía sobre o rosto e cobria o tipo de feições que a maioria das mulheres consideraria atraentes em alguém com menos anos de vida ruim para estragar tudo. Ele parecia o Jesus branco do acampamento de trailers que a gente vê pintado nas bugigangas das lojas barateiras em que tudo custa 1 dólar. Bem, só que sem a barba. Ele estava sempre atrasado para tudo e era tão burro que às vezes eu achava difícil acreditar que ainda estivesse vivo.

"Sobre o que você quer falar, B?"

"Eu te disse, cara, tenho um negócio interessante esquematizado pra nós, algo que vai tirar a gente do buraco pra sempre. Porra, esse bagulho vai puxar a gente tão pra cima que a gente vai esquecer a porra do buraco, as minhocas e até a porra da pá."

Ele respirou fundo, meio trêmulo, e olhou em volta:

"Não quero falar sobre isso aqui. Vamos pra casa. A gente vai ver uma pessoa. O cara já deve estar lá."

Uma pessoa normal pediria a alguém que a encontrasse diretamente em sua casa se lá fosse o local combinado para uma reunião de negócios, mas Brian não. Não, ele me instruiu a ir primeiro até um bar, me fez esperar por uma hora e depois apareceu para me dizer que não queria discutir negócios lá. Algunas personas nacen para joder a los demás.

Em vez de começar uma briga com ele, fiz que sim com a cabeça. Brian se virou. Eu o segui até a porta.

Meus ouvidos estavam zumbindo quando saímos do bar. O ar do lado de fora estava alguns graus mais frio e tinha um cheiro melhor do que lá dentro. Fiquei grato por ambas as mudanças. Comecei a andar pelo estacionamento quando a porta se fechou atrás de mim, abafando a música. Brian aparentemente havia estacionado na mesma fila, porque caminhou à minha frente, na mesma direção para onde eu estava indo. Ele andava a passos rápidos, com aquela energia estranha e espasmódica típica dos viciados em metanfetamina.

"Mano, esse sujeito que você está prestes a conhecer vai dar algumas informações quentes pra gente, cara. Vai ser um negócio dos grandes. Estou falando de muito dinero." Do jeito que ele falou, a palavra soou mais como *De Niro* do que *dinero*.

Eu ia dizer algo sobre sua pronúncia atroz, mas parei. O cara do banheiro estava parado ao lado do meu carro. Estava à minha espera? Como ele sabia qual era o meu carro? Eu tinha mais perguntas do que respostas, mas de uma coisa eu sabia com certeza: qualquer movimento brusco e eu cobriria o sujeito de porrada.

"Precisa de alguma coisa, cara?", perguntei quando me aproximei do meu carro.

O homem olhou para mim. Seu rosto não mostrava vestígios do sorriso que exibia no banheiro.

"O nilo lati şora."

"Não, cara, em inglês. Eu sei que você fala inglês. Não vem com gracinha."

"Você precisa tomar cuidado."

Dei um passo à frente. Um aperto frio envolveu meu peito e puxou a minha nuca. A coisa estava em vias de descambar para a violência. Então notei que os pés do cara pairavam cerca de cinco centímetros acima do asfalto.

"Buburu... coisas ruins. Elas estão vindo na sua direção, ore. Iwin kekere... foi ela quem me enviou."

Mensagens eram o tipo de coisa em que eu prestava muita atenção antes da morte de Anita. No momento em que cobrimos o corpinho dela com pazadas de terra, decidi parar com isso. Se você nunca recebe a mensagem mais importante da sua vida, o resto merece ser ignorado. Dei três passos e agarrei duas mancheias da camisa azul do homem. Tentei empurrá-lo contra o carro, mas foi como tentar mover uma parede.

"Eu não sei de que caralhos você está falando, mas..."

"Você tá legal, Mario?"

Eu me virei para olhar para Brian. O carro dele estava estacionado seis ou sete vagas abaixo. O homem que eu tentava segurar agarrou meus punhos e apertou. Olhei nos olhos dele. Tive certeza de que era meu antigo vizinho de Houston. Ele não tinha envelhecido um único dia.

A pegada do sujeito era tão forte que ele seria capaz de triturar pedras entre os dedos. Minhas mãos se abriram, desenrolando-se lentamente, feito papel molhado. Ele tirou minhas mãos de sua camisa e as dominou com seu aperto feroz. Olhei para baixo. Seus pés ainda estavam no ar. Olhei para o rosto dele, pensando que nunca mais queria esquecê-lo, mas não havia rosto para olhar. As órbitas estavam cobertas por pele, e o espaço onde antes havia um nariz e uma boca eram apenas crateras rasas. Afastei minhas mãos e ele me soltou. Os pés de Brian martelaram o asfalto atrás de mim. Eu me virei na direção dele. Brian estacou antes que eu pudesse lhe pedir isso.

"Que porra foi essa, cara?" Seus olhos estavam arregalados. Ele ergueu o braço, o dedo indicador apontando, trêmulo. "O que há de errado com o rosto dele?" Meus olhos dispararam de volta para o homem. Encontraram um espaço vazio.

"Que porra é essa? Pra onde foi o cara?" A voz de Brian estava alguns decibéis alta demais e se transformou em algo que você esperaria de um brinquedo estridente.

Olhei em volta e me ajoelhei para espiar sob os carros. O homem se escafedeu. Desapareceu. Agarrei o retrovisor do meu carro e me levantei; Brian parou ao lado do meu porta-malas. Sua tez pálida e pastosa agora sugeria que ele precisava estar num hospital e não num estacionamento.

"Cara, ele simplesmente sumiu! Caralho, ele desapareceu! Você viu isso? Você viu isso, porra?"

"Eu vi, Brian. Esquece isso. Entra no seu carro. Vamos cair fora daqui."

"Esquecer? O homem desapareceu feito fumaça, Mario!"

Eu me virei para Brian e o fuzilei com um olhar que ele não merecia. Ele levantou as mãos de maneira conciliatória, tentando aplacar as palavras que eu não disse.

"Tá legal, tá legal. Vamos."

Entrei no meu carro e liguei o motor. Esse acontecimento também seria ignorado. Se alguém ou alguma coisa quisesse falar comigo, azar. Deveriam ter feito isso quando Anita ainda estava aqui, quando uma mensagem teria me ajudado a manter minha vida de pé, minha família intacta. Eu teria escutado. Agora meus ouvidos estavam fechados.

O tempo de anjos e demônios sussurrando na minha orelha já era. Eu tinha negócios a discutir com um gringo loco e com o tal cara, sei lá quem era, com quem nos encontraríamos. Cada osso do meu corpo queria que eu rezasse para La Guadalupana, que eu lhe pedisse perdão e proteção contra o que eu tinha acabado de ver, que eu lhe pedisse para me trazer Melisa de volta, de modo que minha vida começasse a se assemelhar a algo normal. Eu queria que o crescente pesar dentro do meu peito fosse embora. Mas La Guadalupana estava morta para mim. Deuses silenciosos são deuses mortos. Então percebi que, diante do medo, meu instinto tinha sido rezar. Apareceu-me à memória uma imagem da minha mãe no sofá dela. O cabelo oleoso grudado na testa. Um manto verde-menta envolvia seu corpo macilento. Seu sorriso era uma coisa radiante, emitindo uma luz que, apesar de seus dentes amarelos, enchia toda a sala de estar. Eu ouvi a voz dela na minha cabeça: "Há angelitos sobre a sua cabeça, mi hijo. Eles estão falando com você". Minha raiva de La Virgencita, minha raiva de Deus, não significava que eu tinha que parar de rezar. Agora eu tinha minha própria Virgencita, meu próprio anjo no céu... e talvez meu antigo vizinho cuidando de mim.

7

Estacionamos em frente à casa de Brian, uma biboca de dois quartos que servia como casa, local de trabalho e ocasional motel para drogados. Antes que eu tivesse a chance de me virar e fechar a porta do carro, o cara já estava plantado ao meu lado. Viciados em metanfetamina são rápidos, mas os ansiosos ou assustados se movem mais rápido do que um guepardo sob efeito de cocaína.

"Cara, estou te dizendo, esse cara sabe do que fala", Brian repetia. "Vai ser dinheiro fácil. Muita grana, moleza pra caralho. Com o que a gente vai ganhar, você vai poder fazer o que quiser, e eu vou poder dar à minha lombriguinha que vai nascer um bom começo de vida. A Steph vai ter que parar de me encher o saco por causa do dinheiro de que a gente precisa pra comprar as porcarias de bebê. Ela vive tagarelando o tempo todo sobre berços, fraldas, roupas e um monte de outras merdas. Com isso ela vai ficar feliz e vai fechar a matraca. Cara, a gente pode até ir embora desta merda de cidade, sabe? Ir pra algum lugar que tenha, tipo, mais árvores e montanhas e esses bagulhos, em vez de tantas casas e prédios e terreno plano. Algum lugar melhor, mais agradável, onde a gente possa começar do zero. Hoje em dia, aqui em Austin, está cheio de hipsters e uma pá desses festivais do caralho. Não é a mesma cidade pra onde eu me mudei quinze anos atrás. Naquela época era divertido. Todo mundo se drogava. Eu já te contei que tocava numa banda? Uma banda punk. A gente era casca-grossa. Barra-pesada. 'Os Piores Anjos'. Fizemos uns shows muito loucos. O nosso lance era mais o show ao vivo do que a música, sacou? De qualquer forma, agora isso tudo é passado.

Eu estou rebolando feito um filho da puta pra pagar meus impostos. Quero ir pra um lugar onde as estações do ano sejam bem definidas e as árvores mudem de cor e você possa sair pra uma caminhada e tirar fotos do seu filho brincando num monte de folhas e essas merdas todas, sabe? Quero ir pra algum lugar onde possa aproveitar a vida sem me preocupar com o valor do IPTU. Acho que quando..."

"Ei, B, pónle un corcho, cara. Pare. Sua boca está a mil por hora. Relaxa. Deixa o cara lá dentro me dizer o que ele tem a dizer e aí a gente pode conversar sobre todos os planos que você já fez pro dinheiro que ainda nem está no seu bolso, combinado?"

Brian assentiu como se minhas palavras fizessem todo o sentido do mundo e começou a caminhar em direção à casa. Ele não era um cara mau, mas seu cérebro não funcionava direito por causa das substâncias químicas que ele colocava no corpo. Não me interpretem mal, ele era meio que um viciado funcional, mas apenas porque seu trabalho consistia principalmente em ficar em casa vendendo drogas para pessoas como ele. Por esse motivo, a empolgação dele não significava nada para mim. Eu já o vira animadíssimo antes, mesmo quando ele ainda tinha um emprego de escritório, e as ideias pelas quais ele estava louco na segunda-feira se mostravam estúpidas na manhã da terça ou eram simplesmente esquecidas na quarta. Vender filmes em DVDs piratas. Entregar compras de supermercado a domicílio. Consertar TVs e tocadores de DVDs doados ao Exército da Salvação e revendê-los online para caras descolados fãs de aparelhos vintage. Ele era um poço de ideias medíocres. A combinação "burro e drogado" é perigosa, e essa era a situação em que Brian estava empacado.

Ao nos aproximarmos da casa, pensei novamente em como era bizarro que ele ainda estivesse vivo. Ele usava a casa dele como quartel-general para todo tipo de coisa. Isso significava que ele e a namorada, Stephanie, comiam, assistiam à TV, trepavam e dormiam no mesmo lugar onde ele vendia drogas e, quando os clientes noiados não tinham para onde ir e precisavam se injetar, era nesse mesmo lugar que alguns deles caíam para dormir em dois grandes sofás na garagem enquanto passavam algumas horas na terra dos sonhos agradáveis. E agora Brian tinha um bebê a caminho. Todo traficante esperto sabe: no se mezcla tu casa con el panal de abejas. Se você dormir numa cama cheia de cobras, mais cedo ou mais tarde uma delas vai decidir cravar as presas em você.

Subimos os três degraus até a porta e entramos na casa. O último lote de metanfetamina que Brian havia fumado lá dentro foi misturado com algo que fazia a droga cheirar a plástico carbonizado embebido em água estagnada e produtos para o cabelo. O aroma se misturava com o fedor de tapete velho, o odor de amônia de xixi de animal e o fartum nauseabundo de suor.

"Steph, chegamos!", Brian anunciou.

Havia uma pequena cozinha à direita da porta. Stephanie estava lá, pegando algo na geladeira, um fino retângulo amarelo retirado de uma cápsula do tempo dos anos 1970. Ela fechou a porta e sorriu para nós. Era uma mulher deslumbrante de tão linda. Sua cabeleira castanho-claro era uma juba desgrenhada que sempre emoldurava seu rosto, e tinha o tipo de pele branca e lisa que só se vê em filmes. Agora, grávida de oito meses, ela cintilava como um anjo roliço.

Stephanie usava um vestido de gestante azul, e seus seios enormes insistiam em subir em direção ao pescoço. Mesmo inchada a ponto de estourar, ela era sensual. Toda vez que eu a via, pensava a mesma coisa: ela poderia ter feito uma porção de coisas, ido a lugares. Eu sabia que ela era inteligente, mas tudo em sua situação atual indicava o tipo de inteligência que desaparece quando chega a hora de tomar decisões. Pelo menos ela era esperta o suficiente para ficar longe da metanfetamina de que seu namorado tanto gostava. Ainda assim, eu não conseguia imaginar um futuro brilhante e feliz para ela, e isso me dava a sensação de alguém enfiando um dedo nas minhas feridas que ainda sangravam.

"Olá", cumprimentei Steph. Ela respondeu com outro sorriso que me fez lembrar de Melisa, e uma dúzia de lâminas se retorceram dentro do meu peito. Na minha cabeça, vi Melisa grávida. Redonda e linda, devorando nachos, dizendo que nossa filhinha viria ao mundo cuspindo fogo por causa de todas as coisas picantes que ela consumia. Havia dias e noites difíceis em que ela não conseguia se sentir confortável e ia ao banheiro vinte vezes, mas raramente reclamava. Algumas pessoas nascem para ser pais e mães, e Melisa era uma delas. Eu me concentrei de novo em Steph, o aperto em meu peito servindo como lembrete de que alguns buracos se preenchem com o tipo de dor que se transforma em concreto e para sempre impede que se coloque qualquer outra coisa lá dentro.

"Como vai, Mario? Faz tempo que não te vejo", ela disse.

Normalmente, sei que as pessoas não dão a mínima quando perguntam como você está. Perguntar faz parte daquilo que as pessoas chamam de contrato social. No caso de Stephanie, entretanto, algo em seus olhos dizia que ela realmente queria saber e que, se alguém começasse a lhe contar uma história triste, ela daria ouvidos. Eu me senti agradecido pelo fato de ela não mencionar o óbvio nem me perguntar como eu estava "segurando as pontas". Se Brian havia contado a Steph alguma coisa sobre os trabalhinhos que ele jogou no meu caminho, ela ou não se importava ou reconhecia seu estado de futura mãe do filho de um drogado como algo que a impedia de emitir julgamentos sobre os outros.

"Estou bem", respondi, porque mentiras são sempre mais fáceis do que a verdade. "Vim aqui pra ver se o que o B tem em mente vale o meu esforço, sabe?"

"Se for algo parecido com o que ele me disse, vai valer a pena todo o seu esforço. Talvez seja a última coisa estúpida que a gente tenha que fazer na vida." Ela pousou a mão direita sobre a barriga inchada. Pensei na criaturinha lá dentro, flutuando em um líquido morno e aconchegante, presa em um mundo entre mundos, alheia ao show de merda em que seria lançada.

Olhei de volta para o rosto de Stephanie. O sorriso ainda estava lá, mas a luz por trás dele havia diminuído e agora sugeria fantasmas raivosos que tinha dificuldade em manter acorrentados no porão de sua vida. Uma vida repleta de más decisões faz isso com uma pessoa. Olhar para ela mexeu com o meu coração, e tive que desviar os olhos, então mirei o micro-ondas que estava sobre o balcão. Em cima do aparelho havia vários frascos. Numa grande caixa vermelha li a palavra LEVOTIROXINA escrita no meio em letras brancas e graúdas. Do lado, vi um frasco de aspirina genérica e outro pequeno frasco alaranjado com alguma coisa branca dentro. Havia um vidro grande cujo rótulo dizia PRÉ-NATAL 1 e no qual aparecia em destaque a parte de cima do corpo de uma mulher cor-de-rosa. A mulher tinha cabelo cor-de-rosa cobrindo metade do rosto e segurava sua barriga protuberante. Ela meio que se parecia com Stephanie. O suplemento multivitamínico pré-natal que Melisa usava vinha num pote marrom e tinha MULTI + DHA escrito na frente. Foi assim que os identifiquei. Nunca descobri o que é DHA...

Brian me deu um tapinha no ombro, virou a cabeça para o lado e continuou avançando casa adentro. Sorri para Stephanie mais uma vez, bati no batente da porta como uma espécie de adeus e segui Brian até as entranhas fedorentas da residência.

Chegamos ao final do corredor de entrada e viramos à direita para acessar a sala de estar. O lugar estava sempre uma bagunça, mas Brian aparentemente limpou o sofá para que o homem que esperava por nós pudesse se sentar.

Ele era baixinho e estava sentado na beirada do sofá, com as mãos entrelaçadas. Levantou a cabeça, alternando o olhar de Brian para mim e de volta para Brian. Parecia assustado, pronto para pular na cara de alguém ou sair correndo em disparada feito um gato espavorido por qualquer abertura disponível. Ele tinha cabelo cortado bem rente, e olhos pretos e astutos empoleirados sobre um nariz que havia sido quebrado algumas vezes e se curado naturalmente, sem intervenção médica. Sua pele não era como a minha, o que significava sangue mais espanhol e menos africano. Seus braços e pescoço estavam revestidos de tatuagens, algumas das quais eram apenas um pouco mais escuras que sua pele.

"Juanca, este é Mario", Brian disse.

Juanca, que imaginei ser o diminutivo de Juan Carlos, acenou para mim, mas não se levantou nem estendeu a mão. Imediatamente olhou para baixo. Eu me sentei na cadeira mais próxima da televisão. Brian permaneceu de pé e nos ofereceu algo para beber. Ambos balançamos a cabeça.

Durante alguns segundos, ninguém abriu a boca. No silêncio pesado, olhei em volta. Sofá marrom surrado. Num canto, algumas caixas, com laterais e cantos deformados. Tapete bege sujo com manchas estranhas aqui e ali. Tudo parecia ter um tom de marrom ou cinza. A paleta da pobreza.

Quando o silêncio se tornou insuportável, Brian deu uma martelada nele.

"Tá legal, então escutem, acho que é hora de a gente tratar do que interessa, certo?"

Fiz que sim com a cabeça. Juanca fez o mesmo. Brian continuou: "O Juanca aqui conhece umas rotas do gelo.* Você sabe, desde o México. Eles saem de Juarez e entram no país dirigindo grandes picapes cheias de gelo líquido, fazem suas entregas em Houston ou Dallas e voltam com sacolas cheias de dinheiro. É assim que os grandes cartéis fazem agora, e ele sabe quando e onde, certo?".

Os olhos de Juanca pousaram em mim. E disseram que ele confiava em mim tanto quanto eu confio em médicos. O sentimento era mútuo.

"¿Quién es este güey, Brian?" Do jeito que ele falou, entendi *Breian*.

Juanca não fazia ideia de quem eu era. Ele estava sentado no sofá mofado e fedorento de Brian, supostamente disposto a oferecer informações sobre uma fortuna em dinheiro vivo a um gringo inquieto e um completo desconhecido.

Enquanto meus olhos se ajustavam à penumbra da casa de Brian, distingui as tatuagens acima dos olhos de Juanca. Ele tinha a palavra QUEBRADA tatuada sobre o olho direito e as palavras FEITO NA sobre o esquerdo, ambas em letras finas e curvas que terminavam em arabescos. No fim, ficou claro que a coisa em seu queixo era um par de letras, B e A. Barrio Azteca. Eu conhecia essa gangue dos meus dias em Houston.

Brian não parava de coçar os antebraços, como quem acidentalmente caiu em cima de um formigueiro e depois tirou uma soneca. Ele estava com os nervos tão à flor da pele que me deixou ainda mais desassossegado. Brian provavelmente conheceu esse cara enquanto pegava um carregamento de metanfetamina ou enquanto vendia um pouco e foi idiota o bastante para começar a discutir com ele o roubo de uma picape carregada de dinheiro de um cartel mexicano. Agora Brian precisava de mim aqui como tradutor. Ou talvez precisasse apenas de um comparsa a

---

* Nos EUA, a metanfetamina consumida na forma fumada em cachimbos recebe o nome de "*ice*" (gelo). A droga também é chamada de "cristal" ou "vidro", devido à sua aparência cristalina.

mais ou alguém disposto a engolir uma bala. Que sorte a minha. Pinche mamón. Quanto mais cedo eu descobrisse se o tal negócio era uma perda de tempo, mais cedo poderia ir embora para casa. Troquei de idioma.

"Brian me dijo que tenías información que compartir. No estoy aquí para hacer amigos o jugar juegos. Se você não tem nada a me dizer, então vou cair fora daqui." Meu espanhol era perfeito. Era a única língua que minha mãe usava para falar comigo. Era o idioma da minha avó, e ela não falava de outra forma durante os anos em que nos refugiamos em sua casa em Porto Rico antes de voltarmos para Houston. Era a língua que Melisa e eu falávamos um com o outro e com Anita. Na verdade, a única pessoa na minha vida que nunca falou espanhol foi meu pai. Ele nunca dizia uma palavra em espanhol porque temia ser identificado como um estrangeiro. Seu sotaque o denunciava. Sua tentativa de se esconder o tornava mais perceptível. Minha mãe odiava o fato de ele nunca falar espanhol, nem mesmo em casa. Não tenho muitas recordações dos poucos anos em que ele esteve por perto, mas me lembro de seu cheiro, de sua barba áspera e de seu sotaque. Meu espanhol veio da minha mãe. O único lado negativo disso era que eu não soava como um mexicano. Eu estava sempre consciente das minhas palavras, do meu sotaque porto-riquenho. O espanhol é um idioma, mas o espanhol mexicano e o espanhol porto-riquenho são duas variações diferentes, assim como o espanhol dominicano, o espanhol colombiano, o espanhol equatoriano, o espanhol cubano ou o espanhol argentino. Crescer em Porto Rico e depois em Houston me tornou fluente em duas variantes de espanhol, a porto-riquenha e a mexicana.

"Espere aí, cara, o que você está dizendo? Não fale tão rápido", Brian pediu.

Nada deixa um gringo monolíngue tão nervoso quanto não saber o que as pessoas ao seu redor estão dizendo. Nem todos os brancos têm o mesmo nível de privilégio, mas todos compartilham uma aversão a serem forçados a entrar momentaneamente na alteridade.

"Brian, este cara quer saber quem eu sou, o que significa que você não contou a ele. Eu não gosto do fato de você ter escondido a minha existência como um segredo até agora, e se vocês dois estão falando sobre o que eu acho que estão falando, podem ir os dois pro inferno. Eu não vou mexer com dinheiro do cartel, nem fodendo."

"Não é dinheiro do cartel enquanto o cartel não botar as mãos nele", Juanca disse em inglês com sotaque carregado. Seu comportamento mudou um pouco. Ele tinha se mostrado agressivo, mas agora me encarou com um olhar mais ameno. Talvez meu jogo o tenha feito perceber que eu não estava lá para fazê-lo perder tempo.

"O que isso quer dizer?"

"Há um monte de trocas* entrando e saindo com diferentes drogas", ele explicou, mexendo as mãos como se elas pudessem puxar as palavras certas do espaço à sua frente ou desenhar no ar mapas da fronteira e das estradas. "Tem muitos caras trabalhando para los carteles. Demora um tempão até os cartéis perceberem o que deu errado. Vocês sabem, quando o dinheiro desaparece. Los cachan en la frontera no más, antes de que entren o salgan. Vocês sabem, la Fronteriza. Eles jogam os caras na prisão. La lana no llega o el hielo no llega; se lo queda todo la pinche Fronteriza o los cabrones milicianos. As drogas entram, mas o dinheiro às vezes não sai, vocês sacam o que eu tô dizendo? Às vezes os homens fogem, ficam aqui nos Estados Unidos. Os cartéis sabem desse lance. Eles pegam as famílias dos caras e... los amenazan. Se os caras não aparecem, matam as famílias. Mas alguns dos homens não estão nem aí.

"Merdas acontecem. São parte do negócio. Além disso, há tantos olhos na fronteira que eles estão enviando mais lotes pra compensar os que não conseguem fazer a travessia."

"Você tá dizendo que los carteles vão pensar que algo ruim aconteceu e dar o assunto por encerrado? Como se perder uma picape cheia de dinheiro fosse apenas uma despesa operacional pra eles? Isso é uma estupidez. Eles não brincam em serviço", argumentei.

Juanca olhou para mim como se eu tivesse dito alguma coisa muito perversa sobre sua mãe. Antes que ele pudesse responder, Brian entrou na conversa:

---

* No espanhol do norte do México, *troca* é uma corruptela do inglês *truck*, ou seja, caminhonete, picape.

"O plano é fazer parecer que o pessoal encarregado de levar o dinheiro de volta ao México decidiu ficar com a grana", ele disse, sorrindo. A conversa em inglês o havia ajudado. Ele sabia do que estávamos falando e isso lhe deu confiança. Estranho como mudar de idioma pode fazer alguém que não está acostumado se sentir um forasteiro. Como Juanca e eu ficamos em silêncio, Brian continuou: "Escuta, o que a gente precisa fazer é deixar os caras realizarem a transação em Houston; em seguida, a gente pega o dinheiro deles no caminho de volta". Ele fez parecer tão fácil quanto ir à padaria comprar leite e pão.

"Pegar o dinheiro? E como você está planejando fazer isso, B? Você vai pedir com toda a educação do mundo? Vai sugerir calmamente que eles entreguem de mão beijada a fortuna que estão carregando?"

"Bem, eles têm que voltar pro México, certo? O Juanca sabe a rota que eles vão usar, qual túnel, ou o que quer que seja. Sério, este mano aqui tem todas as informações. Tudo o que a gente tem de fazer é parar os caras antes que cheguem lá e pegar o dinheiro deles. E aí nós... damos um sumiço neles. Pronto, já era. Os cartéis vão procurar os filhos da puta que nunca retornaram, não a gente."

"Exacto". Juanca reiterou. "Los desaparecemos. De esa manera lo primero que los jefes van a pensar es que los cabrones se volaron con la lana, você saca o que eu estou dizendo? Os chefões do cartel vão atrás deles, não de nós. No le puedes pedir dinero de vuelta al vacío del desierto ni a la incertidumbre, cierto?"

"Porra, isso não é um plano, mano. Esses caras são soldados. Deve ter uma dúzia deles dentro de uma picape, e eles vão atirar em nós no segundo em que a gente chegar perto, sem nem fazer perguntas primeiro."

"Pra isso a gente vai buscar ajuda. Uma arma secreta, você entende o que eu estou dizendo? Va a ser facilito. Neta. Confia em mim. Se você já estiver de tocaia à espera deles, não é tão complicado."

As palavras de Juanca jogaram um balde de água fria na conversa. *Los desaparecemos. Damos um sumiço neles.* Aí estava. Matamos todos eles. A grande solução. Olhei para ele, sem saber ao certo se ele estava falando sério. Ele voltou a esfregar as mãos, mas seus olhos fitavam os meus, inabaláveis. Ele estava falando muito sério, com convicção em cada palavra. A metanfetamina. O dinheiro. A matança. Homens maus trabalhando para homens ainda piores que não hesitariam em matar a própria família. Eu não conseguia nem pensar em colocar um preço na minha esposa e filha, e ser lembrado de que estávamos lidando com o tipo de homem que não tem escrúpulos em matar mulheres e crianças me deu vontade de dar o fora da casa de Brian o mais rápido possível e nunca mais olhar na cara de nenhum deles.

"Como você sabe tanto sobre todas essas coisas, Juanca?"

Ele olhou para Brian como se pedisse permissão para falar. Mantive meus olhos nele, tentando decifrá-lo, tentando ver se ele estava mentindo para mim. Acho que Brian acenou com a cabeça, ou ele parou de dar a mínima e continuou:

"Eu era um dos motoristas. O cartel está um caos, porque há um racha. Você sabe, Zambada contra Los Chapitos. Eles estão se descuidando, ficando ainda mais violentos do que antes. Despacham cada vez mais trocas, cada vez mais gelo líquido. Os outros carteles sabem, sentem o cheiro do sangue e estão tentando entrar em ação, você entende o que estou dizendo? Enviam mais drogas, compram mais armas, matam mais gente. Com toda a atenção na fronteira, é difícil. Some muito dinheiro. Eles confiscam muito gelo, maconha, coca e tudo mais. Agora é a hora de fazer isso e sumir. Confie em mim, güey. No hay pedo. A gente entra, pega o que quer e some do mapa."

Eu tinha visto imagens de mercenários do cartel correndo de um lado para o outro com armas em punho, ou montados na traseira de uma picape com uma metralhadora acoplada. Li sobre um dos filhos de El Chapo que foi preso pelas autoridades e depois solto porque não conseguiam lidar com o número de soldados e poder de fogo que o Cartel de Sinaloa levou para as ruas. Nesse dia, evaporou qualquer esperança de que Sinaloa fosse um lugar onde o governo e a lei ainda exercessem alguma autoridade. O mundo assistiu a tudo ao vivo pela internet e pela TV e, depois que acabou, esqueceu no dia seguinte, porque o idiota da Casa Branca disse algo ainda mais estúpido do que qualquer coisa estúpida que ele dissera antes.

"E aí você simplesmente desistiu e eles deixaram você ir embora?"

"Pois é. Fiquei em casa depois da última viagem. Los pinches hijue-putas no me pagaron lo mío. Alguns jefes de grupo seguram sua lana até o trabalho seguinte. É uma maneira de garantir que os caras continuem a aparecer para o serviço de novo e de novo. Mas foda-se isso. Eu queria sair. Quero ajudar minha amá a se mudar pra um lugar melhor e quero me amoitar pra não correr o risco de acabar com moscas rastejando nos olhos. Mais cedo ou mais tarde La Huesuda encontra você, mas quanto mais você a tentar, mais rápido ela chega. Todos tenemos fecha de caducidad, pero no hay por qué empujarla pa'lante."

Agora tudo começou a fazer um pouco de sentido. Juanca decidiu parar de trabalhar e queria dinheiro suficiente para desaparecer de uma vez por todas.

"De quanto dinheiro estamos falando aqui?"

Brian inclinou-se para a frente, ávido para voltar a se tornar parte da conversa, e disse:

"Se tudo correr bem, cerca de 2 milhões de dólares."

Isso é muito dinheiro. Dinheiro de sobra. O tipo de dinheiro atrelado à morte.

"Tá legal, já pode parar por aí mesmo", eu disse. "Vocês dois estão falando sobre sequestrar uma picape lotada de homens armados do cartel, fugir com 2 milhões de dólares e sumir de mansinho, cair no esquecimento pelo resto da vida, como se ninguém viesse procurar por esse dinheiro? Seja qual for o filme que vocês dois estavam assistindo antes de eu chegar aqui, a coisa fodeu de verdade o cérebro de vocês."

"Escuta, cara, você tem que ouvir o Juanca", Brian insistiu. "A gente não vai fazer isso sozinho; vai ser um trabalho nosso pro Cartel de Juárez, e o Don Vázquez nos va a ayudar. Como ele disse, vamos ter à nossa disposição uma pequena arma especial que ele vai deixar a gente usar. Tudo o que a gente tem a fazer é ir buscá-la e levá-la com a gente pra fazer o serviço. Se tudo correr bem, vamos deixar um rastro de devastação tão grande que os caras vão ficar cagando de medo de vir à nossa procura."

Eu não sabia o que ia dizer a seguir, mas ouvir aquele nome me deixou paralisado. Don Vázquez era o membro de mais alto escalão do Cartel de Juárez. Ninguém sabia muita coisa a respeito dele, mas quando Vicente

Carrillo, chefe da organização, foi preso em 2014, Vázquez assumiu seu lugar. Eu sabia disso porque, quando trabalhava na seguradora, fiz três cursos sobre prevenção à lavagem de dinheiro. Os cartéis adoravam dar dinheiro a pessoas nos Estados Unidos para que fizessem uma apólice de seguro de vida, esperassem alguns meses e depois inventassem uma falsa boa notícia ou o recebimento de uma herança e tentassem pagar adiantado a coisa toda. Depois disso, aguardavam algumas semanas e pediam o dinheiro de volta alegando inúmeros motivos. As companhias de seguro abocanhavam 15% como multa, e os cartéis recebiam um cheque limpinho de uma empresa norte-americana. Para eles os 15% eram apenas despesas gerais, o preço de lavar o dinheiro. Esse foi um dos maiores esquemas fraudulentos nos anos 1970 e 1980. Rendeu milhões de dólares às seguradoras. Até o traficante colombiano Pablo Escobar fez isso na época dele. Aí a Polícia Federal percebeu. Agora, as empresas precisam pedir aos segurados que mostrem de onde vieram os fundos, antes que tenham autorização para enviar grandes quantias de dinheiro para a empresa. Esse era o meu trabalho. Isso me manteve mais ou menos atualizado sobre os negócios do cartel porque regularmente recebíamos relatórios sobre a maior parte das ações do crime organizado e as novas maneiras por meio das quais tentavam enganar o sistema para lavar o dinheiro sujo para eles.

O que Juanca estava dizendo era perigosíssimo, provavelmente uma sentença de morte, mas se ele estava certo sobre a turbulência no Cartel de Sinaloa, então talvez tivéssemos uma chance. Um fiapo de voz sussurrava no meu ouvido que poderia haver algo de bom nessa história, alguma maneira de a gente se dar bem e fazer a coisa dar certo e render dinheiro suficiente para tirar das minhas costas a porra da companhia de seguros e os hospitais e depois ir embora de Austin para sempre. Dar adeus aos e-mails de cobrança. Dar adeus às mensagens de texto do tipo "Bom dia, Mario. Nossos registros indicam que você ainda tem um débito pendente..." que eu vivia apagando. Nunca mais ler cartas de CONTA VENCIDA, ÚLTIMA NOTIFICAÇÃO DE COBRANÇA, ÚLTIMO AVISO AO DEVEDOR e MULTA POR ATRASO. Chega de dever dinheiro ou lidar com os constantes lembretes de que, neste maldito país, perder um ente querido sempre vem acompanhado de uma conta a pagar. Porra, talvez eu conseguisse até trazer Melisa de volta...

"Tá legal, Juanca, o que a gente precisa fazer é o seguinte: eu vou calar minha boca, Brian vai calar a dele e você vai explicar a história toda pra nós. A única coisa que eu sei até agora é que você quer sequestrar uma picape do cartel carregada com 2 milhões de dólares em algum lugar no meio da porra do deserto, matar todo mundo como se fosse o tiroteio no O. K. Corral,* e depois levar a picape roubada de volta para Juárez e entregá-la a... nem sei onde. Não, isso não funciona. Me dê alguns detalhes. Preencha esses espaços em branco e vamos começar a partir daí."

Brian estava olhando para mim e balançando a cabeça. Com a mão direita, coçava insetos imaginários sob a pele de seu braço esquerdo. Ele provavelmente estava feliz por eu ter mais ou menos assumido as rédeas da situação. Viciado de mierda. Juanca olhou para Brian e depois para mim. Depois olhou de soslaio. Acompanhei seu olhar. Em algum momento, Stephanie tinha entrado na sala, carregando na mão direita um copo azul, e pareceu tentar adivinhar quem seria o próximo a falar. Juanca quebrou o silêncio e me encarou meio sem jeito.

"Si quieres detalles te doy detalles, cabrón. Se você e Brian aceitarem fazer isso, tudo bem, nós vamos lá e fazemos. A única razão pela qual eu estou compartilhando isso com você é porque o Brian me disse que conhecia um cara que topava qualquer parada. Acho que ele pensa que você é algum tipo de Rambo da quebrada que encara numa boa dirigir dez horas de carro pra matar algum filho da puta que você nem conhece com uma arma de merda que você nunca nem testou antes. Mas talvez ele esteja errado a seu respeito. Se vocês dois são... pinches cobardes,

---

* Troca de tiros de trinta segundos de duração entre homens da lei liderados pelos irmãos Virgil, Morgan e Wyatt Earp e membros de um grupo de bandidos (Billy Claiborne, os irmãos Ike e Billy Clanton e os irmãos Tom e Frank McLaury) ocorrido por volta das 15h da tarde na quarta-feira, 26 de outubro de 1881, em Tombstone, território do Arizona, considerado como o tiroteio mais famoso da história do Velho Oeste dos EUA.

tudo o que precisam fazer é manter a boca fechada. En boquitas cerradas no entran moscas y a Don Vázquez no le gustan las lenguas sueltas, você entende o que eu estou dizendo?"

"Estou te ouvindo em alto e bom som, cara", eu disse. "Se a gente não aceitar o serviço, fica tranquilo, nossa boca vai ficar fechada. Pra sempre. Agora explica a parada pra gente, e vai com calma, pra que o Brian consiga entender tudo o que você tá dizendo. Começa do começo. Eu quero saber como é que você sabe de tudo isso e o que você tem em mente pra gente sair limpo dessa sem precisar passar o resto da nossa curta vida olhando por cima do ombro."

Se meu comentário insultou Brian, ele não demonstrou. Em vez disso, estava com os olhos grudados no rosto de Juanca, esperando ouvir o plano que nos tornaria ricos. Juanca respirou fundo e começou a falar.

8

Dois milhões de dólares. Um par de dias. Alguns homens mortos. Um futuro diferente.

Quanto mais Juanca falava, mais eu percebia que seu domínio do inglês não era tão ruim quanto eu pensava. Ele me entendia perfeitamente e se comunicava com eficiência. Era o sotaque, muito mais forte que o meu, que me confundia. O espanglês costuma ser o dialeto das pessoas cuja primeira língua é o espanhol em vez do inglês, mas no caso dele parecia ensaiado, quase como se ele soubesse que ficar alternando entre um idioma e outro era a maneira perfeita de me envolver ao mesmo tempo em que mantinha Brian um pouco confuso. Ele estava sondando o terreno. Ou talvez a hesitação e a confusão no início não tenham sido encenação e ele era como muitos de nós, alguém com um pouco de dificuldade em se comunicar em um idioma que não era o seu, porque isso significava que ele tinha que pensar em tudo e traduzir primeiro antes que saísse de sua boca. O nervosismo sempre piorava as coisas. Seja qual for o caso, ele era mais esperto do que pensei a princípio. Tinha desenvoltura para contar histórias. Sabia exatamente quando olhar diretamente para mim e fazer uma pausa para ver a minha reação. Isso me assustou. Eu precisava saber mais.

"Como você ficou sabendo sobre *esta* viagem específica?"

"Tinha um cara em Juárez que estava ajudando a esconder o hielo dentro das trocas depois que ele veio de Culiacán. Ele trabalhava como mecânico numa loja na cidade. Eles pegam as trocas na oficina, misturam o hielo líquido com água, depois enchem um tanque de gasolina com a mistura e colocam um pouquinho de gasolina por cima, caso sejam parados para verificação na fronteira. Assim que o colocam onde precisa estar, fervem a água e recuperam o hielo. Um dos chefes estava se recusando a pagar o cara, que então reclamou. Ele tinha esposa e filhos. Bocas pra alimentar, vocês entendem o que eu estou dizendo? De qualquer forma, eles o espancaram e o deixaram pra morrer no deserto, devorado pelos animais. Mas ele sobreviveu. Perdeu a porra de um olho por causa da surra, mas levantou a bunda do chão e conseguiu voltar a Juárez. Ele sabia que não daria conta de enfrentar sozinho aqueles cabrones, então pediu dinheiro ao Don Vázquez pra se mudar com a família pra Monterrey, e retribuiu o favor dando informações sobre a última troca que ele tinha ajudado a preparar. O Don Vázquez lhe prometeu a lana. Ouviu a informação e depois deu o cabrón para seus cocodrilos comerem. Don Vázquez odeia chivatos. Qualquer pessoa que fala com você sobre outra pessoa vai falar com outra pessoa sobre você, entendem o que eu estou dizendo? A troca de que ele falou é a que a gente vai pegar."

"Cocodrilos? O Don Vázquez tem crocodilos?"

"Sim, eles ajudam a economizar tempo. Ninguém quer transportar todos os cadáveres e cavar buracos no deserto. À noite... bem, tem uma porção de coisas ruins lá, coisas que se alimentam tanto dos vivos quanto dos mortos. Se você demorar muito pra cavar um buraco, elas vêm atrás de você. E os corpos fedem feito merda quando você os queima. O cheiro atrai as coisas do deserto pra onde você estiver. A nova parceira do Vázquez, bem, ela achou que seria mais fácil alimentar os cocodrilos com as pessoas que precisam desaparecer."

"Viu só, Mario?", Brian disse. "Eu te falei que o Juanca sabe das paradas todas. Esse cara tá ligado, xará. Ele conhece a fronteira como a palma da mão. A gente chega junto, pega o dinheiro e pá-pum, cai fora num piscar de olhos. Aí a gente volta pra cá e se separa. Adeus, vida de merda!"

Juanca meneou a cabeça para Brian. Eu me concentrei no rosto dele. Se isso o deixou desconfortável, paciência. Eu queria ler os movimentos dele, encontrar uma mentira que fizesse seu rosto se contrair num mínimo espasmo.

"Quem é a parceira que você mencionou, e como essa mulher e o Don Vázquez vão nos ajudar a fazer o trabalho?"

Juanca sorriu pela primeira vez desde que estávamos ali. Ele olhou para mim do jeito que um predador olha para a presa. Seu sorriso me deu arrepios na espinha.

"A parceira não é da sua conta, Mario. Seu único negócio aqui é decidir se quer fazer isso ou não."

"Muito justo, beleza. Seu eu disser que sim, vou receber respostas?"

"Você vai obter respostas se disser que sim e for sincero. Se você disser que sim só pra eu te contar mais e depois decidir ir embora... aí talvez eu tenha que atirar em você, cabrón."

O sorriso desapareceu. Ele estava falando sério.

"Eu não gosto de levar tiro. No entanto, preciso saber mais uma coisa, e é algo que eu espero que você possa responder, porque é muito importante. Quanto...?"

"Doscientos mil cada uno."

Doscientos mil cada uno. Duzentos mil dólares cada. Em dinheiro vivo. Por um trabalho. Porra.

Brian e Juanca tinham mencionado o pagamento. Ambos disseram que era muito dinheiro, mas essa foi a primeira vez que ouvi falar de quanto cada um de nós embolsaria. Duzentos mil dólares para matar umas mulas de drogas. Duzentos mil dólares roubados de criminosos que inundavam as ruas com veneno. Eu nunca tinha chegado nem perto de ganhar 200 mil dólares na vida. Era mais dinheiro do que eu jamais conseguiria juntar em décadas me matando de trabalhar em empregos de merda e longos expedientes. Duzentos mil dólares eram suficientes para deixar Austin para trás, oferecer a Melisa um novo começo e comprar uma casinha no Maine, em Vermont ou em qualquer outro desses lugares cheios de ruas bonitas cheias de árvores que aparecem em cartões postais e programas de tv. Duzentos mil dólares era mais dinheiro do que eu jamais havia sonhado. Estar duro e quebrado não é uma situação financeira; é um estado de espírito que literalmente quebra você. Cada revés leva você mais perto de acreditar que não merece coisa melhor, que está passando por perrengues porque merece, porque não vale nada. Melisa merecia mais. Eu merecia coisa melhor. Anita merecia coisa melhor. Duzentos mil dólares me fizeram achar que uma ideia de merda parecia uma boa ideia, porque era dinheiro suficiente para eu poder respirar por algum tempo e alcançar tudo o que merecíamos de melhor.

Ou talvez fosse o contrário. Talvez custasse 200 mil dólares levar uma bala na cabeça.

"Tá legal, digamos que eu esteja a fim desse dinheiro. Digamos que eu aceite executar o plano. Seremos você, o Brian, eu e quem mais?"

"O Brian, você e eu. E só. Você não vai querer dividir mais ainda a parte que te cabe, certo? Depois que a gente entregar o dinheiro do Vázquez, cada um de nós pega sua bolada e cai fora. Toman la lana y se hacen los fantasmas mudos por el resto de sus vidas."

"Espere, eu não entendi a última parte", Brian disse.

"Ele disse que assim que a gente receber a nossa parte, todos nós vamos precisar desaparecer e nos transformar em fantasmas mudos pelo resto de nossa vida."

"Porra, com esse dinheiro no meu bolso eu posso fazer isso e muito mais. Se você quer um fantasma, eu vou te dar um fantasma. Posso interpretar também uma bruxa, um zumbi, um vampiro e a porra de um lobisomem que toca maracas enquanto saio valsando desta cidade."

"Já vou fazer as malas e empacotar tudo", Stephanie disse. Brian caminhou na direção da namorada, beijou-lhe a cabeça e passou os braços em volta dos ombros dela.

Atravessar a fronteira duas vezes parecia um péssimo plano: três homens para enfrentar sabe-se lá quantos era como uma sentença de morte. E eu não sabia por que razão precisávamos ir ver Vázquez antes da ação. Qualquer que fosse a arma que iríamos pegar lá provavelmente não compensaria fazer a viagem.

"É necessário ir primeiro a Juarez?"

"Muito necessário."

"Por quê?"

Juanca sorriu novamente e disse:

"Muitas perguntas de novo, güey. Você ainda não me disse se está dentro ou não".

"Estou dentro."

"Ele está dentro!", Brian exclamou, se desvencilhou de Stephanie e veio me dar um tapinha nas costas.

"Lembre-se do que eu te disse, cara: se você me deixar na mão, meto uma bala na sua cabeça."

Depois de estar tão perto da morte que perseguia Anita e sentir que nada mais me prendia à vida, ter algo por que aguardar ansiosamente me deu uma sensação de... alguma coisa, de que estar vivo não era um desperdício de tempo. Esse sentimento me levou a responder à ameaça de Juanca com uma outra.

"Eu ouvi o que você disse da primeira vez, e não duvido. Porém, se você tentar brincar comigo, me manipular, me obrigar a fazer o trabalho e depois não me pagar, aí eu é que vou meter uma bala na *sua* cabeça. E nos últimos tempos eu fiquei muito bom nisso."

Os lábios de Juanca se franziram num beicinho:

"Gostei desse filho da puta, B!", ele disse, apontando para mim, e dando alguns passos à frente. Achei que ele ia sacar uma arma e me matar ali mesmo. Em vez disso, ele estendeu o braço, e trocamos um aperto de mãos.

"Las cuentas claras conservan amistades."

Era algo que eu tinha ouvido a minha vida inteira. A tradução seria algo como *as coisas ditas às claras preservam amizades*, mas há uma expressão que se aproxima melhor de seu verdadeiro significado: *boas cercas fazem bons vizinhos.*

"Partimos na sexta-feira. Isso deve dar a vocês tempo suficiente pra... se prepararem ou o que for. Venho buscar vocês de manhã bem cedo."

Olhei para Brian. Ele fez que sim com a cabeça, dando a impressão de que estava pronto para partir. De certa forma, eu também estava. Eu não confiava em Juanca, e a história toda talvez fosse uma missão suicida, mas agora eu me apegava menos no passado, e dessa vez não me importava tanto com as possíveis consequências.

Duzentos mil dólares. Porra, era muito dinheiro. Era o suficiente para eu começar uma vida longe das coisas que me assombravam. Talvez em algum lugar onde neva no inverno e as pessoas se cumprimentam nas ruas. Mais uma vez meu cérebro me mostrou uma linda casinha com uma cerca branca e uma enorme árvore na frente. A porra do sonho americano. A casa tinha uma pequena varanda onde Melisa e eu poderíamos nos sentar para tomar café, observando as folhas caírem espiralando até a grama verde.

Empurrei para bem longe Melisa, as folhas, o café e a casinha. Eu estava a caminho de um lugar perigoso. Precisava me concentrar na tarefa iminente e esquecer todo o resto. Se La Huesuda me tirasse para uma última dança, beleza. Os bracinhos à minha espera do outro lado do mistério não eram um resultado de que eu me arrependeria.

Esse pensamento me paralisou. Depois de ter matado pessoas, eu ainda iria para o céu para ficar com a minha menininha? Eu sabia que o arrependimento poderia ajudar a apagar os pecados, e com certeza esperava que sim, porque me arrependia da cotovelada que dei em Melisa mais do que qualquer outra das minhas decisões estúpidas. Matar sem arrependimento fecharia as portas do céu na minha cara? Não havia como saber. Decidi que não dava a mínima. Eu matei filhos da puta que mereciam morrer, certo? Além disso, minha mãe costumava dizer que o sofrimento é um jeito infalível de ganhar uma passagem para o céu, e eu passei por um sofrimento que não desejaria nem ao meu pior inimigo. A pior parte de dizer que você não acredita mais em Deus é saber que Deus ainda está por aí, te ouvindo. É por isso que, quando o bicho pega e as coisas estão indo pro brejo, o ato de rezar se insinua de volta, sorrateiro. É por isso que não acreditar é simplesmente ficar do lado oposto do mesmo lugar onde você sempre esteve.

"Vejo que você está pensando, Mario. Está animado ou com medo?", Juanca perguntou, olhando para mim e ignorando Brian, o que significava que ele já sabia que o viciado em metanfetamina estava empolgado e ansioso para pegar a estrada.

"Só pensando em umas coisas que eu tenho que fazer antes da sexta-feira."

"Aí, sim!", Brian exclamou. "Os Três Amigos!,* senhoras e senhores!"

Juanca e eu olhamos para ele. Gringo boboca.

"Órale pues. Estarei aqui às seis, mais ou menos. Temos muita estrada pela frente."

Eu me levantei e me virei. Mais uma vez Brian se ergueu de um pulo e me deu um tapinha no ombro. Para um traficante de drogas, ele às vezes agia como uma criança. Parada no mesmo lugar desde que entrara na sala, Stephanie olhava para nós. O copo azul em sua mão estava vazio. Num gesto distraído e protetor que eu já havia visto antes, ela esfregou a barriga protuberante em círculos lentos. Isso me partiu ao meio com tanta força que pensei ter ouvido algo estalar dentro de mim.

"A gente precisa comemorar", Brian propôs, enfiando a mão no bolso e tirando um saquinho, que ele sacudiu no ar; a alegria estampada em seu rosto me fez lembrar de um cachorrinho ansioso. Eu não queria fazer parte da celebração, por isso murmurei algo sobre estar muito cansado para festejar e disse que os veria na sexta de manhã.

Eu estava no meio do corredor quando ouvi passos atrás de mim. Stephanie me seguiu. Abri a porta e me virei. Ela se inclinou um pouco no vão da porta.

"Obrigada, Mario."

Em seguida ela olhou para baixo e diminuiu o volume da voz alguns decibéis:

"Você sabe que o Brian provavelmente estragaria tudo sem a sua ajuda, então obrigada."

Algo parecido com uma bexiga morna se avolumou dentro da minha garganta e dificultou minha respiração.

"De nada."

---

* Referência à clássica comédia *Three Amigos!* (de John Landis, 1986) em que três veteranos de filmes mudos de faroeste (Steve Martin, Chevy Chase e Martin Short) vão a uma cidadezinha do México para gravar um filme, mas acabam sendo confundidos com heroicos caubóis de verdade e contratados para proteger o vilarejo.

Eu queria dizer que estava fazendo aquilo pelo dinheiro, fazendo aquilo porque matar homens maus fazia com que me sentisse menos terrível em relação a tudo, por motivos que eu não era inteligente o bastante para compreender. Eu queria dizer que minha mente doentia transformou o roubo de uma picape abarrotada de dinheiro de alguns membros do cartel em um futuro com Melisa numa casinha em uma dimensão alternativa onde eu nunca a empurrei contra a mesa da cozinha. Em vez disso, olhei para ela em silêncio, concentrando-me na mão que ainda protegia seu barrigão de grávida. Foi quando percebi que, tanto quanto pelo dinheiro, eu ia fazer aquilo por ela e pela criaturinha dentro de seu ventre. Merdas como essa certamente teriam um baita peso do outro lado da balança se acaso eu acabasse engolindo uma bala. Pessoas boas vão para o céu mesmo que façam coisas ruins. Dei meia-volta e caminhei até o meu carro, já pensando no silêncio cortante e frio que me rasgaria em pedaços no segundo em que eu entrasse em casa.

9

Dizem que com bastante esforço e força de vontade uma pessoa pode mudar sua essência, alterar seu humor, transformar sua realidade. Dizem que o pensamento positivo é uma coisa poderosa, e que, às vezes, rezar é a única solução. Isso é tudo besteira. Melisa sempre lia livros de autoajuda e acendia mais velas na igreja do que qualquer beata. Nada disso funcionou. Quando a vida da nossa filhinha foi rapidamente sugada por uma doença que não conseguíamos ver, nosso desejo, pensamento positivo e orações intermináveis nunca fizeram porra nenhuma.

Às vezes as coisas dão errado e não há nada que você possa fazer a respeito. Entretanto, geralmente nos recusamos a desistir. Em vez disso, inventamos deuses para nos ajudar a continuar existindo. A dor nos invade e encontramos motivos para seguir em frente. A morte se aproxima, braços ossudos estendidos, e lutamos contra ela com aquela vontade inexplicável de continuar vivendo.

A maioria das pessoas sempre quer pensar que a vida vale a pena ser vivida, que devemos fazer tudo ao nosso alcance para continuar, permanecermos vivos. Elas não percebem que o valor de sua vida é muito menor do que imaginam.

Pense nisso.

Quanto vale a sua vida? Vou te dizer: o valor da sua vida é menor que a ânsia de um drogado desesperado que invade sua casa para roubar suas coisas e dá de cara com você. Sua vida vale menos que um marido ciumento com uma ideia equivocada e uma arma na mão trêmula. Aos olhos de um cônjuge desalentado, o valor da sua existência é muito menor do que o de seu seguro de vida. Se você é negro ou latino, o valor da sua vida é menor do que a frágil masculinidade de um policial que quer se sentir superior ou de um racista que quer te tirar do caminho para não ser forçado a enfrentar alguém que não entende. Eu compreendo. El valor de tu vida es lo que vale el segundo en que alguien aprieta o gatillo, el segundo en que alguien pone toda su ira en su mano y te clava um cuchillo.

Ainda não é suficiente? Pense mais. Para a maioria das pessoas, o valor da sua vida é zero. É por isso que te vendem comida que vai te matar. É por isso que colocam veneno na água e não estão nem aí se você tiver câncer. É por isso que permitem que você confie em nosso sistema de saúde de merda e permitem que os planos de saúde neguem cobertura com base em uma lista ridiculamente longa de condições preexistentes, uma das quais provavelmente é você estar vivo.

Sua vida é preciosa para você, mas descartável para os outros. Essa é a regra do jogo, a única que importa. Depois que você aceita isso, está tudo bem. A certa altura, minha vida era importante para minha esposa e minha filha. Agora não era mais o caso. Agora eu mataria gente e embolsaria muito dinheiro. Talvez dinheiro suficiente até para ter um motivo para me levantar pela manhã novamente. Ou era isso ou eu morreria lá, sob as estrelas que assistem a tantas pessoas boas morrerem em sua busca para escapar de um pesadelo e vir a este país para lutar com unhas e dentes por uma fatia do sonho americano.

Eu estava pronto.

Na noite anterior à nossa partida, peguei no sono no sofá, com a TV ligada. Em algum momento nas altas horas da madrugada, meu vizinho de cima decidiu tomar um banho de chuveiro. A canção raivosa do encanamento velho me acordou.

Eu pisquei. Na tela da televisão apareceu uma mulher, tremendo muito e segurando uma arma enquanto as lágrimas escorriam pelo seu rosto. Isso me fez pensar em Melisa. Eu sentia falta do cheiro dela, da variedade de cosméticos que ela sempre tinha na pia do banheiro, do seu jeito impecável de dobrar as roupas, mas sempre deixando as toalhas e os lençóis para eu cuidar. Eu sentia saudade de como hacía pedorretas soprando a barriga de Anita e a chamava de mi enanita. Eu sentia falta de como colocava mechas soltas de cabelo atrás da orelha ou fazia algum outro pequeno gesto que me revelava a beleza silenciosa e devastadora da feminilidade. Sentia saudade de seus pés frios procurando meu calor à noite. Sentia falta de uma porção de momentos, de movimentos, de partes do corpo e gestos, de coisas que ela fazia e dizia. Eu não sabia se a soma disso era que eu sentia falta dela como um todo, se eu sentia saudade dela como pessoa, mas o fato é que eu ansiava pelas partes que a tornavam quem ela era.

A mulher na tela pressionou o gatilho. A câmera focou em seu rosto, ampliando a imagem num close. Ela tentou fazer seus olhos gritarem de horror, mas só conseguiu parecer confusa. Cortaram para um comercial sem mostrar em quem ela atirou. Ela estava viva, e é por isso que era importante. A última garota. A pessoa morta não era mais uma coisa do mundo... exceto para os que ficavam para trás.

Eu me levantei e fui até a cozinha pegar um copo d'água. Depois de beber, coloquei o copo sobre o balcão e me virei para sair da cozinha, que, sem a velha mesa, estava escura e vazia. Vi um vulto se mover na soleira. Comecei a recitar um Padre Nuestro.

"Padre Nuestro, que estás en el cielo, santificado sea tu nombre; venga a nosotros tu reino; hágase tu voluntad así en la tierra como en el cielo. Danos hoy el pan de cada día..."

Então veio uma palavra, uma pequena explosão perto do meu ouvido que matou a oração que jorrava da minha boca.

"Ore..."

A voz veio por trás de mim, então eu me virei, meu coração pulando do peito para a garganta, esmurrando o lado do meu pescoço de dentro para fora.

Em seguida a imagem do enorme homem negro do bar, aquele que parecia meu antigo vizinho, surgiu na minha cabeça, mas não havia nada além de uma parede atrás de mim. *Ore.* A porra do maldito mensageiro estava de volta. Ele era a figura sombria à minha frente. Ele era a palavra sussurrada atrás de mim. A coisa tentando chamar minha atenção e que eu estava decidido a ignorar.

"Ela ainda não está forte o suficiente, ore, não aceite essa ona. Apenas irora espera."

A voz vinha de todos os lugares e de nenhum lugar ao mesmo tempo, mas eu não queria ouvir. Continuei rezando, pedindo a La Virgencita que fizesse a aparição desaparecer.

"Dios te salve, María. Llena eres de gracia: El Señor es contigo. Bendita tú eres entre todas las mujeres..."

Depois de alguns segundos, foi exatamente isso que aconteceu. Num segundo a sombra estava lá, no outro sumiu.

Aturdido, voltei para o sofá e me sentei. Eu odiava Deus, mas precisava dele. Eu me ressentia de minha mãe por ter me passado a sua estúpida devoção. Às vezes, penso que a fé é como uma doença em nossos genes, algo do qual não podemos escapar, embora saibamos que deveríamos. No entanto, eu não pude deixar de sentir que o que havia acontecido, e a minha reação, significavam que havia alguém cuidando de mim.

10

Meu despertador tocou às cinco da manhã em ponto. Eu estava dormindo de verdade, o que era insólito. Comecei a assistir a um documentário sobre pessoas que viviam perto do Círculo Polar Ártico, e toda aquela brancura me relaxou. As pessoas caçavam e pescavam para viver, e o diretor estava obcecado com o som de botas rangendo na neve. Esse som me embalou em um sono sem sonhos.

Tomei uma ducha, me vesti e ponderei se deveria arrumar uma mala pequena. Passaríamos pelo menos alguns dias na estrada, então uma muda extra de roupas parecia uma boa ideia. No quarto, abri minhas duas gavetas, peguei algumas camisetas e duas calças jeans e enfiei tudo dentro de uma mochila preta que eu guardava no armário e reservava para viagens curtas.

Por causa do calor do Texas, o interior do meu carro parecia um forno pré-aquecido, apesar de ainda ser de manhã bem cedo. O ar-condicionado levaria alguns minutos para começar a funcionar, então abaixei todos os vidros das janelas e comecei a dirigir o mais rápido possível para não derreter no assento. No rádio, tocava uma batida de reggaetón, os graves do baixo tão encorpados que transformavam a letra da música em um zumbido irritante e irregular.

Brian estava sentado nos degraus em frente à porta de casa fumando um cigarro quando parei no meio-fio. Saí do carro e ele olhou para mim, mas não fez nenhum esforço para se levantar. Não apareceu seu habitual sorriso de chapado, que contorcia sua boca em um exemplo perfeito de por que a metanfetamina é uma droga horrível. Em vez disso, ele me encarou do jeito que a gente olha para um desconhecido que se aproximou demais da gente. Seus olhos estavam vermelhos, e uma gordurosa camada de suor de viciado cobria o rosto e o pescoço.

"E aí, B, tudo bem contigo?"

Ele soltou uma nuvem de fumaça que rapidamente desapareceu no ar da manhã.

"Tudo... tudo bem comigo, cara. Acordei algumas horas atrás e não consegui voltar a dormir."

"O que foi, você tá preocupado com o nosso serviço de logo mais?"

"Não, não tem nada a ver com isso."

"Então do que se trata?", perguntei, sentando-me ao lado dele na escada. Ele olhou para mim com olhos assombrados.

"A lombriguinha que vai nascer, cara. Eu... eu me preocupo com isso o tempo todo agora."

"É normal. Olha, se isto faz você se sentir melhor: a preocupação nunca vai embora."

A porta da frente se abriu. Eu me levantei e Steph apareceu. Vestia uma camisola branca, uma daquelas que dão aos pacientes no hospital. A veste larga e comprida balançava silenciosamente, embora nesse dia não soprasse nem a mais leve brisa. Atrás de Steph tudo estava escuro, apesar da claridade do corredor. Suas sobrancelhas estavam unidas, amarradas em um nó no centro da testa. Era o tipo de olhar que as mulheres lançam na direção dos homens quando eles estragam tudo. Sob os olhos tinha medonhas bolsas roxas. Não eram olheiras de cansaço nem aqueles círculos escuros que aparecem quando as mulheres vão dormir sem tirar a maquiagem. Era o tipo de roxo que surge três ou quatro dias depois que alguém te acerta um murro que te faz ver estrelas. Era uma espécie de roxo de sangue pisado.

Brian nem sequer deu pela presença dela; simplesmente continuou chupando o cigarro. Uma vez, quando eu era criança em Houston, vi alguém apagar um cigarro no antebraço como um desafio. Eu me lembrava de que o garoto uivou de dor quando a marca da queimadura formou uma nítida auréola.

Pensei em queimar o cigarro no rosto de Brian, como um anjo vingador. Depois minha mente voltou, rápida como um relâmpago, para a cotovelada que dei em Melisa, e de repente tive vontade de apagar o cigarro no meu próprio braço.

Quando me aproximei de Brian, ele torceu o lado da boca e soltou mais fumaça. Grossa e incrivelmente branca. A fumaça se solidificou na minha frente, e num segundo adquiriu um formato retangular. Eu me senti relaxado.

Olhei de relance para Stephanie. Ela pegou minha mão, virou-se e me puxou atrás dela pelo corredor. Não dissera uma palavra desde que cheguei, mas eu sabia que havia uma história, e isso estava me deixando ainda mais nervoso. Ela abriu a porta do segundo dormitório. Estava vazio, exceto por algo que parecia um aquário e uma cadeira de balanço. Steph me puxou pela mão e me fez chegar mais perto da coisa. Dentro do tal aquário havia uma criatura se contorcendo em cima de um travesseiro branco. Parecia um coelho esfolado, mas os ossos da perna se projetavam como um animal bípede. Havia um tubo em sua boca, e uma tira de gaze lhe cobria os olhos. Steph soltou minha mão e se aproximou do aquário, enfiou a mão lá dentro e arrancou a gaze com um som que fez me lembrar de alguém eviscerando um cervo. Você sabe, tipo quando cortam bem rente entre a camada branca sob a pele e o músculo e depois puxam a pele que reveste a carne. Vi duas abas rosadas de pele coladas na gaze. Olhei para a criatura no tanque e percebi que suas pálpebras haviam saído com a gaze.

Em seguida, novamente Stephanie enfiou a mão no aquário e ergueu a coisa, estreitando-a contra o peito enquanto se dirigia para a cadeira de balanço. Steph desabou na cadeira com um suspiro, e seu roupão se abriu. Seus seios estavam inchados, com veias descendo até o torso, os mamilos enormes e ensanguentados. Ela aninhou a criatura em seu peito e afundou na almofada, fechando os olhos.

"Mario, este é meu filho."

A voz dela parecia vir de uma galáxia que não existia mais ou algo assim; imagine a voz de um fantasma que faz uma ligação interurbana para você de um telefone antigo. Olhei para o bebê prematuro ou sei lá o que era aquela porra. Com certeza era um menino. Seu pênis era quase do tamanho das pernas, e sua pele era transparente, meio como uma salamandra. Minúsculas veias esverdeadas se entrecruzavam na cabeça careca e no peito. Os dedinhos terminavam em unhas amarelas e pontudas que pareciam sujas. Os dedos finos se contorciam enquanto a pequena criatura mamava.

A coisa se soltou do peito de Stephanie e abriu lentamente a boca. Deslizou a língua ao longo de uma fieira de dentes pequenos e afiados. E gritou.

O guincho se avolumou, estridente como uma sirene cada vez mais próxima. Ficou cada vez mais alto até que se tornou insuportável, e eu tive que cobrir meus ouvidos. Steph apenas ficou sentada lá, como se fosse surda. As paredes começaram a tremer. O aquário se despedaçou. O som me pressionava de todos os lados. Um instante depois, tudo parou. A criatura calou a boca.

Eu pestanejei de novo. Stephanie estava de pé na porta, uma das mãos embalando sua enorme barriga num gesto mecânico. Cheiro de fumaça pesada no ar. Eu não queria ficar pensando demais no que outro sonho acordado pressagiava.

Brian apagou o cigarro na varanda, levantou-se e abraçou a cintura de Stephanie.

"Meninos, tenham cuidado", Stephanie disse, inclinando-se para Brian, mas olhando diretamente para mim antes de voltar para dentro. Quando a porta se fechou, eu me sentei nos degraus.

"Merda, cara, não sei como ela consegue manter a calma", Brian disse. "Estou em pânico desde que ela me mostrou o teste de gravidez. Quanto mais perto do nascimento, pior fica. Eu imagino os caras me entregando um recém-nascido no hospital, e todas as coisas que eu não sei ou das quais não tenho certeza desabando em cima de mim como a porra de uma tempestade de facas. Aí eu começo a me perguntar se vou conseguir comprar todas as merdas que um bebê precisa. Eu me preocupo em ir ao pediatra e... bem, você sabe, com esta minha aparência, cara. Não é uma boa aparência quando você carrega um bebê. Eu... eu sei lá como vou fazer isso, cara.

Eu não tinha nada a dizer a Brian. Era óbvio que o cérebro dele estava tentando lidar com algumas questões, mas eu não era a pessoa certa para ajudá-lo a resolvê-las. Quando Melisa engravidou, passei por fases assim. Um dia eu imaginava meu bebê saindo do útero com uma protuberância roxa, horrenda e desfigurante no rosto. Outras vezes eu pensava na minha filhinha fazendo 4 ou 5 anos e ainda se recusando a falar porque havia algo errado com seu cérebro. Quando ela nasceu e estava tudo bem, por um segundo eu respirei aliviado, depois comecei a me preocupar com um monte de outras coisas. Acordava no meio da noite e ia vê-la no berço, porque Melisa tinha me obrigado a ler um monte de artigos sobre a síndrome da morte súbita infantil, e eles foderam com a minha cabeça. Todas essas preocupações pairavam como aranhas nos desvãos do meu cérebro. De jeito nenhum eu tinha como dizer a Brian que tudo ficaria bem. Eu não era o homem certo para fazer esse trabalho, então apenas olhei para as casas do outro lado da rua e fiquei de boca fechada. Eu esperava que de alguma forma meu silêncio e companhia o fizessem se sentir melhor.

"Quanto tempo você acha que isso vai levar?", Brian perguntou.

"Não tenho ideia. Uns dois dias, pelo menos. Tem certeza de que você está dentro?"

"Porra, claro que eu estou dentro. Não posso trazer um bebê pra viver nesta porcaria de casa. Não quero que meu filho cresça em meio a toda esta merda. Meu pai nunca esteve por perto, e eu pretendo ser o contrário de tudo o que aquele filho da puta foi."

Olhei para ele, e meus olhos aparentemente falaram por mim.

"Quero dizer, sim, eu sou um viciado agora, mas vou usar parte do dinheiro pra me endireitar. Acho que eu consigo sair da reabilitação antes que a lombriguinha venha o mundo. Quero estar limpo pra dar as boas-vindas ao bebê e tal, sabe? Eu vejo na TV os pais brincando com os filhos e... sei lá, cara, eu quero isso. A vida não é perfeita, e eu sei, mas é mais do que isso; há coisas melhores por aí. Esse bebê? Esse bebê é o que eu precisava pra colocar a minha cabeça no lugar. Eu estou pronto pra isso. Cansei de vender drogas, de usar drogas, de fazer trambiques e tudo mais. Se vamos ter esse filho, vamos fazer as coisas direito, você me entende?"

Mais uma vez: Brian precisava mesmo de um psiquiatra.

Ficamos sentados lá por um bom tempo. Vez por outra, Brian dizia algo sobre o pai dele ou sobre ser um bom pai. Eu apenas concordava com a cabeça. Eu tinha uma boa noção do que ele estava falando. Há uma estranha e efêmera doçura na domesticidade. Como homem, eu queria sair, dormir com mulheres bonitas e resgatar aquela estúpida sensação de indestrutibilidade que eu me lembrava de ter sentido no final da adolescência e no início dos vinte e poucos anos. No entanto, havia algo de bom em fazer amor com Melisa e depois não ter que pensar em dar o fora o mais rápido possível. Entre duas pessoas que passam juntas pelo inferno surge um vínculo que cresce e permanece lá, inquebrantável, para sempre. Se você for capaz de gostar desse laço, ele o mantém vivo. Se perdê-lo, como aconteceu comigo, ele o mata lentamente. O mesmo vale para a paternidade. Alguns homens fogem como covardes. A garrafa de birita ou os remédios ou as xoxotas ou a rua atraem esses homens mais do que o sorriso de seu filho recém-nascido. Isso nunca aconteceu comigo. Assim que Anita nasceu, eu sabia que fazê-la feliz e mantê-la segura eram minhas duas únicas tarefas, e me entregava a elas com prazer. Claro, havia noites sem dormir e frustração e duchas frias às três da manhã para abaixar a febre, mas um sorriso dela, um "Eu te amo, papai" na voz baixa e doce que saía de seus lábios era o suficiente para fazer tudo desaparecer. Porra, era o suficiente para fazer o mundo inteiro desaparecer. Brian não precisava ouvir nada disso de mim. Ele teria tempo para descobrir por si mesmo. Pelo menos a minha impressão era que, apesar do medo e da névoa química, seu coração e cabeça estavam no lugar certo.

Passei minhas mãos pelo rosto e percebi que estava com lágrimas nos olhos. Tossi para empurrar a dor de volta para seu lugar.

Por fim, uma velha Pathfinder preta parou na nossa frente. De tão estrondosos, os graves da música que estava tocando dentro do carro faziam as janelas vibrar. Juanca desligou o motor e desceu.

"Pinches mamones, ainda nem começamos e vocês dois já estão com cara de quem precisa de uma soneca."

Havia um sorriso em seu rosto. Ele parecia um homem diferente.

"Vamos, rayitos de sol, peguem o que vocês precisarem pegar y vámonos. O Vázquez quer que a gente busque uma coisa em San Antonio."

Brian entrou em casa, provavelmente mais para dar uma última fumada antes de a gente botar o pé na estrada do que para arrumar uma mala. Eu me levantei com um grunhido.

"O que é que tem em San Antonio?", perguntei. Não gostei da ideia de fazer mais uma parada no caminho.

"Você acredita em Deus, certo?"

A pergunta me pegou de surpresa. Eu não sabia o que responder e não estava com vontade de explicar minha fé a Juanca. Eu acreditava em Deus. Eu acreditava que Deus não me amava. Eu acreditava que esquecer Deus era a coisa certa a fazer, mas sabia que existia algo, e negar Deus seria negar o homem em cuja casa meu anjinho agora estava brincando.

"O Brian me contou que você é porto-riquenho. Isso significa que você provavelmente acredita num monte de merdas. Você reza pra deuses antigos, deuses negros, Nossa Senhora de Guadalupe... vocês lá da ilha topam todo tipo de parada."

"Essa é uma história diferente. E não é da sua conta."

Juanca riu.

"Vamos deixar um milagrito em San Antonio antes de partir", Juanca disse.

"No santuário de La Guadalupana?"

"Sim, você conhece?"

"Conheço."

Quando Anita ainda estava viva e fazendo aquele teste clínico, antes de ser internada no hospital, visitávamos La Virgencita, La Guadalupana, em Tepeyac, tanto no caminho para o centro médico em Houston quanto na volta. A viagem ficava mais longa, mas achávamos que valia a pena. Melisa colocava um milagrito na capela enquanto eu esperava no carro com Anita, que sempre adormecia no instante em que pegávamos a estrada, seu corpinho se curvando sobre si mesmo na cadeirinha.

Tudo besteira. Eu sabia disso, mas era boa a sensação de pelo menos recebermos uma bênção antes de fazermos o que íamos fazer.

Juanca olhou para a mochila na minha mão.

"Você trouxe algo com que se defender, pistolero?"

"Você quer dizer uma arma? Não, eu me livro de todas as armas depois que as uso. Além disso, pensei que o motivo de irmos primeiro a Juárez era conseguir armas. Entendi errado?", perguntei.

"Não, tienes razón, sicário. Eu só estava me perguntando o que tem na sua mochila."

Eu me mexi de lado, abri a porta traseira do suv e joguei minha mochila no chão do carro.

"Me lo imaginaba. Você pode falar o que quiser, cara, mas é que você emana todo um ar de sicário."

Ele olhou para mim e sorriu. Não tive vontade de responder.

Ouvimos Brian descendo os degraus. Sua linguagem corporal deixava claro que ele havia tomado uma dose química de energia.

"Vou usar seu banheiro rapidinho, B", Juanca disse.

Brian chegou bem perto de mim. Ele trazia sua própria mochila cinza que, eu tinha certeza, continha muito mais do que algumas camisas limpas. Pela segunda vez eu me perguntei como ele daria conta de fazer o trabalho, de que modo conseguiria se manter alerta e atento com todo aquele gelo em seu sistema.

"Você quer ir no banco da frente?", perguntei a ele.

"Não. Talvez quando a gente estiver perto de El Paso. Você pode ir na frente agora. Talvez eu durma um pouco. Neste momento estou nervoso demais pra fazer qualquer outra coisa. Essa história de ir pra San Antonio primeiro... não sei, não, cara. Eu não gostei nem um pouco. Eu só quero acabar logo com isso."

"Relaxa, B. Vamos apenas fazer uma pequena peregrinação à Virgem de Guadalupe. Provavelmente vamos acender uma vela, pedir a ela que nos proteja e depois voltar pra estrada."

Brian não parecia convencido, mas, por causa de seus olhos injetados, era difícil dizer. Juanca saiu da casa e desceu trotando a escada.

"Vocês estão prontos?"

Entramos no carro e Juanca ligou o motor. A música que estava tocando quando ele parou o carro explodiu nos alto-falantes por um segundo antes de Juanca silenciá-la com um rápido golpe do dedo.

Dirigimos pelas ruas tranquilas da zona leste de Austin, onde casas em ruínas e novos empreendimentos conviviam lado a lado, a diferença entre eles um lembrete visual dos efeitos da gentrificação. Um segundo depois de Juanca virar à esquerda e depois passar debaixo da rodovia interestadual I-35 para entrar na I-35 Sul, ele estendeu a mão e golpeou o rádio com o dedo indicador novamente. Uma batida pesada estrondeou nos alto-falantes. O carro inteiro chacoalhou. A música parou de repente. Alguém engatilhou uma arma e disparou algumas vezes. A batida voltou e um homem começou a cantar um rap em espanhol. Ele falou sobre matar os inimigos e ficar rico nas ruas. Eu me virei para olhar pela janela.

"Então, para onde exatamente a gente está indo, Juanca?", Brian quis saber.

"O Don Vázquez quer que a gente vá ver El Milagrito. Proteção extra pra nós."

"E o que exatamente é El Milagrito?"

Juanca olhou para Brian como se El Milagrito fosse um fato de conhecimento público e notório e ele, o último idiota do mundo por não saber disso.

"Se você nunca viu El Milagrito, está prestes a ter uma experiência maravilhosa."

Brian não disse uma palavra, então olhei para ele, que estava com a cabeça encostada na janela; sua boca escancarada parecia uma pequena caverna cheia de escuros tocos de árvores cobertos de musgo marrom. Os braços envolviam seu corpo magro do jeito que Anita costumava fazer nas nossas longas viagens de carro. O imbecil adormeceu antes mesmo de sua pergunta ser respondida, mas entre seu corpo macilento e a pele descorada, ele parecia mais um cadáver do que alguém cochilando no banco de trás.

Juanca era um desses caras que ou gostam de contar histórias ou acham que o som da própria voz é infinitamente melhor do que um silêncio incômodo. Enquanto Brian dormia, Juanca falou sobre a vida nas ruas e começou a me contar uma história esquisita. Fiquei quieto.

Assim que terminou de contar uma história sobre um cara que supostamente matou seis homens com as próprias mãos e desapareceu para sempre feito fumaça, Juanca fez um estranho relato sobre uns colombianos que tentaram entrar em algum território do Texas que pertencia ao Cartel de Juárez. Juanca e alguns amigos receberam um polpudo montante em dinheiro para prendê-los e depois matá-los, decepando seus braços e pernas e deixando-os sangrar até a morte. Eles foram instruídos a filmar tudo em seus celulares e depois enviar as imagens para alguns membros do alto escalão do cartel. Esses caras, por sua vez, encaminharam os vídeos ao mandachuva que estava dando as ordens. É por isso que não há muitos colombianos fazendo negócios no Texas.

Juanca continuou falando. Todas as histórias eram mais ou menos idênticas. Ele matou um cara. Ele e um amigo mataram um cara. Ele ganhou algum dinheiro. O cartel havia pedido que ele fizesse alguma coisa. Armas. Drogas. Dinheiro. Morte. Depois de mais algumas histórias, chegamos às cercanias de San Antonio, e o trânsito ficou mais denso e lento. Alguns minutos depois, Juanca saiu da I-35 e dirigiu pela estrada secundária por alguns quilômetros. Por fim paramos em um lugar chamado La Cocina de la Abuela. Ele estacionou em frente à porta e desligou o carro.

"Vocês querem café da manhã? Estou morrendo de fome. Vamos. Eu pago, pendejos."

O gemido que veio do banco de trás foi a concordância de Brian. Eu não disse nada, mas de repente o ácido que revirava meu estômago vazio se tornou uma presença, como se a mera menção de comida de alguma forma o tivesse convocado.

Juanca saiu do carro e fechou a porta. Olhei para o banco de trás para verificar Brian. Ele estava coçando os olhos.

"Onde a gente está, cara?"

"Santo António. Você ouviu o Juanca. Vamos comprar comida e depois acender uma vela. Você está bem?"

"Estou cansado pra caralho. Acho melhor comer alguma coisa agora antes de..."

Ele parou no meio da frase. Eu sabia o que ele queria dizer.

"Então vamos."

Saímos do carro e esticamos os braços e pernas. Juanca estava parado na porta, esperando por nós. Seu rosto pertencia a um homem a caminho do cinema ou do shopping, não de alguém no meio de uma missão que fedia a morte. O sorriso lhe dava um aspecto jovial que contrastava com as tatuagens no rosto e nos braços. Sob o sol cintilante do Texas, a coleção de imagens e palavras que cobria sua pele era de uma nitidez brutal.

Entramos no restaurante. A decoração no interior deixava claro que o tempo havia parado em algum momento do final dos anos 1970. Uma moça ridiculamente magra com um longo rabo de cavalo preto veio nos atender.

"Buenos días y bienvenidos a La Cocina de la Abuela. ¿Mesa para tres, señores?"

Juanca sorriu para ela em resposta. Eu disse que sim. A moça nos pediu para segui-la.

Ela apontou para uma pequena mesa perto dos fundos. Puxamos as cadeiras e nos sentamos. Brian e eu de um lado, Juanca à minha frente do outro lado. Assim que nossas bundas bateram nas cadeiras, a moça estava plantada lá de novo, colocando guardanapos e talheres e perguntando sobre as bebidas. Pedimos água. Juanca e eu pedimos também um café. A moça sorriu e se afastou com um jeito saltitante de andar que me serviu de lembrete de que os jovens são um desperdício de juventude.

Os cardápios estavam enfiados entre os potes de sal e pimenta-do-reino e um vidro de salsa com jalapeño. Cada um de nós pegou o seu, e durante um minuto de silêncio estudamos as opções.

Desayuno completo.

Chilaquiles.

Huevos rancheros.

Huevos divorciados.

Huarache.

Machacado.

O cardápio era curto e simples, mas eles acertaram em cheio no café da manhã. Quando a moça voltou carregando no braço uma bandeja cheia de copos com água gelada, fizemos nosso pedido. Huevos divorciados para todo mundo. Eu tinha certeza de que era o único que aceitava isso como uma piada triste, e não por causa dos dois tipos de molho.

Assim que a garçonete se afastou, Juanca apoiou os cotovelos na mesa, levou as mãos ao rosto como se fosse rezar e se inclinou para a frente. A parte inferior de seu antebraço direito exibia uma tatuagem de Satanás posando na frente de um carro rebaixado, uma garrafa de bebida numa das mãos e uma arma imensa na outra. A imagem estava circundada por cruzes, armas, uma mulher de biquíni com asas de anjo e uma tatuagem da Virgem empunhando duas pistolas. No braço esquerdo, uma sorridente Catrina — a moça-caveira — flutuava na fumaça ao lado do rosto de Jesus. Havia também algumas palavras em letra cursiva que não consegui entender, duas mãos unidas como se rezassem, exatamente como as de Juanca agora, e um pouco de fogo perto do punho. E nos dois braços havia muito mais coisas, mas ele começou a falar e eu me concentrei em seu rosto.

"Espero que vocês dois sigam as ordens. Preciso de dois soldados, não de duas crianças morrendo de medo de pressionar o gatilho se o bicho pegar."

"Você sabe que está tudo certo", Brian rebateu. "Eu disse que estamos dentro, cara. Não vamos te decepcionar."

"Ótimo. Que bom. A partir de agora, quem pilota é Diosito", Juanca disse, levantando o antebraço esquerdo para nos mostrar a tatuagem de um Jesus agonizante, com o rosto coberto de sangue, logo acima de uma grande cruz cinza com um pano enrolado em volta onde se lia EN LAS MANOS DE DIOS. Ele terminou apontando para a tatuagem de Satanás que eu tinha visto no outro braço. "Depois, quando chegar a hora de as coisas ficarem feias, quem comanda é El Chamuco. Vocês sabem, porque às vezes Deus é o copiloto, mas quem te leva pra casa é o Diabo."

11

Meia hora depois de devorar nosso café da manhã, paramos em frente a uma casa de madeira de pavimento único no bairro Eastside Promise Neighborhood.

"Onde estamos?", perguntei.

"Esta", — Juanca apontou um dedo na direção da casa enquanto estacionava — "é a nossa igreja."

Em algum momento da história o lugar tinha sido branco, mas a tinta estava descascando das ripas havia anos. Sob as duas janelas da frente da casa havia aparelhos de ar-condicionado enferrujados, pendurados e prestes a desabar, feito deselegantes tumores metálicos. Era uma casa que eu nunca tinha visto e ainda assim uma casa que eu já vira 1 milhão de vezes antes em barrios de Austin, Dallas, Houston, San Juan, Carolina e San Antonio. Era uma casa que sugeria pobreza e velhos apodrecendo sozinhos em frente a televisores antigos e rodeados por fotos de parentes que raramente os visitavam. Era uma casa que anunciava crianças sem nenhuma chance de ir para a porra da faculdade e de mães furiosas que tinham de caminhar alguns quilômetros até o ponto de ônibus mais próximo para conseguirem chegar ao emprego de merda como caixa de supermercado ou faxineira. Sim, era uma casa em frangalhos que fazia parte do DNA do país.

"É uma igreja muito esquisita", comentei.

"*Pois onde dois ou três estiverem reunidos em meu nome eu estou ali, no meio deles*",* Juanca recitou, desligando o motor.

"Mas eu achei que estávamos indo pra La Virgencita de Guadalupe." Tive a sensação de que havia algo entalado na minha garganta.

"Ei, você poderia deixar o ar-condicionado ligado, cara?", Brian, no banco de trás, entrou na conversa.

Juanca se virou.

"Você não vem?"

Brian balançou a cabeça.

"Não estou muito a fim."

"Qual é o problema, gabacho? Com medo de chegar perto demais de Deus e descobrir que ele não é o Jesus Branco?"

Havia um sorriso estampado no rosto de Juanca, mas era mais uma máscara do que um sorriso.

"Não, cara, estou cansado, só isso."

Juanca permaneceu em silêncio por alguns segundos, com os olhos fixos no rosto suado de Brian. O sorriso de plástico murchou para dar lugar a lábios crispados numa linha reta.

"Beleza, cara. Era sua única chance de estar na presença de algo especial, algo sagrado, mas faça do seu jeito. E nada de ar-condicionado. Vou abaixar um pouco os vidros, mas não vou deixar meu carro ligado nesta porra de barrio enquanto você está desmaiado aí atrás. Vão roubar o carro, e antes de você acordar já vão estar a centenas de quilômetros de distância."

Juanca e eu saímos para o calor escaldante e fechamos as portas. O mormaço que exalava do asfalto e da calçada me fez pensar no bafo de um cachorro. Alguns mosquitos zumbiam, envolvendo meu rosto e meus braços. Eu os enxotei. O ruído deles ficou nos meus ouvidos.

---

* Citação bíblica de Mateus 18:20.

No carro, Brian afundou no banco de trás, abraçou o próprio corpo com seus braços finos à guisa de cobertor e fechou os olhos. Esse movimento mais uma vez me fez lembrar de Anita. No entanto, ela era macia e saudável, ao passo que Brian parecia estar dando uns amassos com La Huesuda debaixo de alguma arquibancada no meio do dia.

Juanca se inclinou para mim e, quase aos sussurros, disse:

"Eu acho que ele está tentando ficar limpo pra fazer o serviço. Está fatigado, cansado. Parece que dejó el hielo. Luego hablo con él. Acho que ele deveria continuar usando aquela merda se isso vai mantê-lo ligado, você entende o que digo? Se ve mal el cabrón...".

Caminhamos até a porta e Juanca bateu três vezes. As tábuas do assoalho sob nossos pés gemeram com nosso peso combinado. Depois de um minuto, veio de trás da porta o som de passos vagarosos.

"¿Quién llama?"

Um som fraco e irritado; a voz de uma velha que cansou de gritar com a vida e quer ser deixada em paz.

"Es Juanca, Sonia. Vengo a recoger el encarguito de Don Vázquez."

Trancas e fechaduras estalaram com estrépito e uma corrente chacoalhou. Por fim a porta se abriu com um rangido. Uma velha com o cabelo grisalho preso em um coque bagunçado no topo da cabeça nos encarou, sua boca em um ricto severo. Tinha cerca de um metro e meio de altura, estava a trinta centímetros da soleira e nos fitava com olhos pretos profundos e brilhantes que pertenciam a um rosto cinquenta anos mais jovem. Seu rosto estava coberto de linhas profundas, minúsculos leitos de rio secos de experiência.

"¿Y este quién es?", a mulher disse, olhando para mim.

"Sonia, este é o Mario. Ele vai trabalhar comigo pra pegar o que o Don Vázquez precisa que eu pegue. Mario, esta é Sonia, La Protectora. Ela cuida de El Milagrito."

Sonia não respondeu. Seus olhos me absorveram com o interesse que as pessoas costumam demonstrar ao ler as informações nutricionais de uma garrafa de água mineral. Sonia usava um manto azul com flores brancas e chanclas. Ambas as coisas me lembraram minha avó. Sob a bainha de seu manto, suas pernas finas se projetavam como galhos brancos e tortos. Da garganta de Sonia saiu um som semelhante à aprovação de um homem de Neandertal, e ela deu um passo para o lado. Ergueu a mão nodosa e, com um aceno, nos convidou a entrar.

O interior da casa estava às escuras. Não havia luzes acesas, e as janelas cobertas com pesadas cortinas azuis estavam bem cerradas. O recinto em que entramos compunha-se de uma disposição que aparentemente funcionava como sala de estar e dormitório ou alojamento para alguém. Num canto do sofá vi um travesseiro e um lençol branco amontoado ao lado. O sofá parecia velho, mas a televisão era enorme e plana. Entre a TV e o sofá havia uma mesinha de centro retangular atulhada de velones de santos acesos, que banhavam o espaço ao redor com uma luz alaranjada dançante.

À nossa frente, uma cozinha pequena com utensílios modernos de aço inox tão deslocados quanto os olhos no rosto envelhecido de Sonia.

Sonia fechou a porta e trancou quatro fechaduras. Depois se virou para nós, ergueu novamente a mão nodosa, com a palma para cima, e a usou para indicar um corredor que se abria ao lado da cozinha. Juanca não se mexeu, então fiquei lá com ele. Sonia caminhou na nossa frente e nós a seguimos.

O corredor era mais escuro que a entrada, mas uma réstia da luz das velas penetrava no entorno. Sonia caminhava devagar, com a cabeça baixa, como se o chão a chamasse. As paredes do corredor estavam apinhadas de fotografias. Casamentos ocorridos ao longo de várias décadas, as diferentes épocas sugeridas pelos vários penteados e pelo tamanho das lapelas dos paletós e camisas dos homens. Formaturas. Bebês de fraldas agarrados a sofás e pernas de mesa. Crianças com sorrisos banguelas posando para fotos da escola. Reuniões de família. Um homem de aparência severa com olhos assombrados em um uniforme de gala da Marinha. Recém-nascidos dormindo diante daqueles intrincados planos de fundo que a gente só encontra em estúdios de fotografia de shopping centers. Era algo que eu já vira 1 milhão de vezes: centenas de fotos ruins que eram como impressões digitais, ao mesmo tempo singulares e universais.

No restante da casa não havia nenhuma janela aberta. Todos os cômodos, cantos e corredores estavam mergulhados na penumbra. O ar cheirava a lençóis sujos, desinfetante e naftalina. A primeira porta à direita era um banheiro escuro e sem janelas. Uma grande vela vermelha com uma imagem branca de Santa Muerte estava ao lado da pia, e a chama bruxuleante fazia a sombra da foice de Santa Muerte dançar na parede.

Sonia nos apontou uma segunda porta.

As paredes desse cômodo tinham o papel de parede mais bizarro que eu já vi na vida. Depois percebi que não era papel de parede; revestindo as paredes havia cruzes suficientes para convencer qualquer um de que se tratava de um depósito de parafernália religiosa e não a casa de alguém. Cruzes de todos os tamanhos, cores, materiais e texturas cobriam cada centímetro de todas as quatro paredes, do chão ao teto. Cruzes com um Jesus de tanga, sangrando sob as costelas, os olhos voltados para cima, aflitos de dor, a boca aberta em um silencioso pedido de misericórdia. Uma cruz com um luchador mascarado substituindo Jesus. Cruzes com retratos de pessoas pregados, amarrados ou colados nelas. Cruzes com estranhas manchas escuras, muito parecidas com sangue para ser qualquer outra coisa. Cruzes com palavras escritas.

A Paixão De Cristo

INRI

Jesús Es El Redentor

Santa Muerte, Protégeme

Miserere Mei, Deus

Bendito Es El Fruto De Vientre, Jesús

Cristo Salva

Abençoa-nos, Pai

Él Murió Por Nosotros

Bendita Sea Su Sangre

Esse nível de devoção não é saudável.

A única janela do cômodo havia sido coberta com plástico preto, e uma única lâmpada no teto emitia uma fraca luz amarelada. Consegui entrever que no meio do cômodo havia uma cama, na qual estava deitado um menino magro, aparentemente dormindo. Ao lado da cama, um enorme homem latino sentado numa cadeira, e uma mesinha atulhada com vários frascos de comprimidos e potes do que pareciam ser alguns cremes. O menino estava deitado do lado direito, de frente para nós, com os olhos fechados. Uma fralda era a única coisa que cobria seu corpo.

Meus olhos ainda estavam se adaptando à escuridão, mas vi que os ossos do menino pareciam estar tentando escapar da fina prisão de sua pele. Ele tinha uma testa enorme, e seu cabelo preto desgrenhado se espetava em ângulos estranhos. Ele abriu os olhos enquanto eu o fitava, mas não deu sinal de notar nossa presença. Um fio de baba que caía do canto da boca se acumulou no travesseiro já encharcado. Seus braços e pernas estavam dobrados como se ele tivesse sido congelado no meio de uma convulsão que fez seu corpo ter cãibras e paralisar.

Um mosquito borrachudo voou ao meu redor, seu chio persistente atingindo o fundo do meu cérebro enquanto meus olhos continuavam se ajustando à escuridão. Olhei para as mãos do menino, recurvadas em garras, que ele mantinha junto ao peito. Em ambas as mãos faltavam dedos, ou o dedo inteiro ou parte dele. Olhei para baixo. A mesma coisa com os pés. Faltava também a metade superior de sua orelha esquerda, que era a única visível. O áspero tecido cicatricial abria caminho para aparecer por baixo do cabelo feito uma pálida cordilheira emergindo de um oceano escuro. Pensei em uma centena de filmes em que heróis de guerra exibiam suas cicatrizes de batalha e em filmes de terror nos quais alguém se despia para exibir as consequências de alguma horrível tortura. A cena que vi era idêntica, exceto que não se tratava de uma porra de fingimento. Nos braços, pernas e torso do menino havia enormes cicatrizes, que davam a entender que alguém tentou arrancar nacos de sua carne ou retalhar seu corpo com um bisturi. Algumas das cicatrizes eram brancas, sua palidez fantasmagórica denunciando sua idade, mas outras eram de um raivoso e recente tom róseo que sugeria sangue derramado e dor infligida havia pouco tempo.

Eu precisava dar o fora dali.

O homenzarrão sentado junto da cama era uma montanha tão volumosa de carne marrom que eu não conseguia enxergar a cadeira que ele ocupava. Pelo menos eu presumia haver uma cadeira lá. Tudo o que dava para ver era seu corpanzil rotundo encolhido no canto, as pernas dobradas de uma forma que deixava claro que ele estava sentado. Seus olhos eram caídos, e sob eles havia grandes manchas de pele mais escura. O homem vestia calça jeans, boné branco e uma camiseta preta grande. Na camiseta lia-se ERES UN PENDEJO e embaixo, entre aspas, "VOCÊ É MEU AMIGO". Eu já vi essas camisetas antes, à venda no Mercado em San Antonio. Os braços do homem corpulento eram tatuados como os de Juanca. Na penumbra, não consegui enxergar nenhuma com nitidez. As mãos do homem estavam pousadas sobre o colo, a direita segurando uma pistola-metralhadora Uzi do jeito que algumas pessoas seguram um livro ou colocam a mão em um gato adormecido. Um pequeno tijolo de ouro e diamantes adornava seu dedo mínimo direito, e um enorme crucifixo pendia de seu pescoço num grosso cordão, ambos de ouro. Fosse lá o que aquelas pessoas estavam fazendo na casa decrépita com o menino todo fodido, aparentemente precisavam de um rigoroso aparato de segurança. O homem olhou para nós com olhos mortos e exalou o ar como um animal ferido que finalmente entrega os pontos.

"¿Tienes el dinero?", Sonia perguntou, parada ao pé da cama.

Juanca enfiou a mão no bolso dianteiro direito da calça jeans e tirou um envelope branco amassado. Bem grosso. Ele o entregou a Sonia, que o agarrou, avaliou na mão seu peso por um segundo e o jogou para o homem sentado. O envelope pousou em sua barriga e deslizou alguns centímetros antes de parar. O homem passou a Uzi para a mão esquerda, pegou o envelope e o colocou sobre a mesa ao seu lado. Ninguém contou o dinheiro.

"Você sabe que eu não gosto do Don Vázquez. Ele é o Diabo. Não volte a trazer dinheiro dele aqui. Não gosto do que ele está fazendo lá com o pessoal dele... ou com aquela bruxa que eu ouvi dizer que ele tem agora. Ele é encrenca na certa, e você deveria saber disso. As pessoas que chegam perto dele não duram muito. Ese hombre hace tratos con El Chamuco. Tiene un infierno negro donde debería tener el corazón. Só estou fazendo isso porque é você, mas é a última vez. Espero que tengas eso muy claro."

"Entendido, Sonia. Esta es la última vez que te pido algo para Vázquez. Eu te dou minha palavra. Prometo."

Sonia exalou o ar. Sua bufada transformou-se numa tosse catarrenta que a fez encurvar ainda mais o corpo. Seu peito chacoalhava como um carro velho tentando chegar a 130 por hora na estrada com um porta-malas carregado de pedras.

Quando o ataque de tosse passou, Sonia pigarreou e disse: "Osvaldito, tráeme las cosas".

O homem-montanha colocou as mãos sobre os joelhos e, com um grunhido, pegou impulso para ficar de pé. Ele era pelo menos trinta centímetros mais alto do que eu. Juanca e eu saímos de seu caminho enquanto Osvaldito murchava sua prodigiosa barriga para passar por nós. Ele encolheu os braços e encurvou os ombros para conseguir passar pela porta.

Sonia foi até a cabeceira da cama, levantou um pouco o colchão e tirou de baixo dele um saco plástico branco. Enfiou a mão no saco e pegou um pedaço de tecido branco e azul. Isso me fez lembrar dos tapetes higiênicos que os ricos colocam no chão para que seus amados cachorrinhos possam cagar dentro de casa em vez de ter que sair na rua com eles.

Sonia fazia as coisas com uma rapidez e agilidade que combinavam com a juventude de seus olhos e não com a decrepitude de seu corpo. Ela se deslocou para o pé da cama com o pedaço de tecido na mão esquerda e usou a direita para juntar os pés da criança e levantá-los. As pernas dele se mexiam mais como pedaços de pau do que como membros humanos, e agora pude ver claramente que faltavam o dedinho do pé esquerdo e o artelho ao lado. Restava apenas o dedão no pé direito.

Sonia enfiou novamente a mão no saco e tirou um pouco de gaze, lenços umedecidos com álcool e um pacote branco com letras azuis que colocou sobre a cama. Gaze hemostática avançada para coagulação. Marca QuikClot.

O homem voltou devagar para dentro do cômodo, arfando como se tivesse acabado de correr dezesseis quilômetros no calor do Texas. Ele se aproximou de Sonia e entregou a ela uma enorme bolsa de ginástica com uma medonha estampa de flores que me fez lembrar de um sofá revestido de plástico que certa vez minha mãe e eu pegamos na beira da estrada quando morávamos num acampamento de trailers em Houston.

O maldito sofá não passava pela porta, então minha mãe o empurrou contra a lateral do trailer e o deixou do lado de fora. Apodreceu rapidamente. Eu vivia jogando pedras nos ratos que o infestaram.

Sonia colocou no chão a bolsa com a estampa florida, se abaixou e enfiou as duas mãos dentro dela para retirar algo comprido e vermelho. Quando endireitou o corpo, estava segurando um alicate corta-vergalhão.

"Mas que porra está acontecendo aqui?" A pergunta saiu da minha boca antes mesmo que eu percebesse que estava falando. Na minha cabeça não existia um único cenário hipotético em que alicates e suprimentos médicos significassem algo de bom, sobretudo num minúsculo quartinho escuro numa biboca em ruínas com um cara grande e escroto segurando uma Uzi. Meus olhos dispararam na direção de Osvaldito. A Uzi já não parecia mais um brinquedo em sua mão enorme.

Juanca pôs uma das mãos em meu ombro.

"Relaxa, cara. Estamos só pegando o material de que o Don Vázquez precisa. Vai ser rapidinho. Vamos cair fora daqui em pouco tempo."

"Mas..."

Juanca apertou meu ombro. Com força. Seus olhos se arregalaram, e o branco neles era um aviso silencioso.

"Cálmate", ele disse.

Ele escandiu a palavra em três sílabas. *Cál-ma-te.* Foi muito mais do que um pedido para eu me acalmar. Era uma advertência envolta em promessas de violência.

Uma voz no fundo da minha cabeça sussurrou: *Nem fodendo, nem fodendo, nem fodendo*, mas fiquei lá parado como um idiota, uma testemunha silenciosa de um pesadelo que se desenrolava.

Sonia meneou a cabeça, Osvaldito se levantou com outro grunhido e se aproximou da cama. Agarrou as pernas do menino, enganchou o braço em volta delas e as aninhou contra sua generosa barriga, embalando-as como um bebê. Fez tudo isso sem largar a Uzi.

Sonia rasgou um dos lenços umedecidos com álcool e o usou para limpar o alicate, concentrando-se nas lâminas pretas da ponta. Em seguida pousou a ferramenta, limpou suas mãos e depois o pé do menino.

Os olhos do menino eram vazios. Isso fez algo estalar no meu peito. Ele não se mexia, exceto pela expansão rítmica de sua caixa torácica murcha. Permiti que meus olhos percorressem mais uma vez sua coleção de cicatrizes e pedaços ausentes, tentando entender.

Sonia agarrou o terceiro dedo do pé esquerdo do menino, que na verdade era o primeiro, porque os outros dois inexistiam, e o puxou para cima. Empunhou o alicate e usou a mão para guiar a ferramenta sob o pé do menino. Depois encaixou o artelho na boca metálica em forma de v da ferramenta.

"Mas que porr..."

Osvaldito me fuzilou com o olhar. Seus olhos eram poças escuras de ódio, sua encarada era um aviso: mantenha a boca fechada. A Uzi também estava olhando para mim. Engoli minhas palavras.

"Agárrale bien las piernas, Osvaldito, que voy a hacer fuerza", Sonia disse.

O homem se apoiou um pouco sobre as pernas e reajustou a pegada enquanto Sonia aplicava pressão. Os cabos do alicate se aproximaram, pararam. As alavancas se fecharam ao redor do dedo do pé, cravando-se pele adentro.

Sonia inspirou o ar, reposicionou o braço direito e aplicou seu peso na extremidade superior.

As alavancas se fecharam um pouco mais.

Então ouviu-se um ruído de esmagamento, seco e alto, quando as alavancas deslizaram contra a pele do menino e estalaram em uníssono.

O artelho pousou no pedaço de tecido com um baque surdo, seguido por um fio de sangue.

Bile subiu do fundo da minha garganta.

Sonia afastou o alicate corta-vergalhão do pé do menino.

Por um segundo houve um minúsculo círculo de osso e cartilagem onde antes existia o dedo do pé, mas o sangue rapidamente brotou e cobriu tudo, a nova ferida vomitando vermelho copiosamente.

Foi quando o menino reagiu.

Os olhos dele ficaram tão grandes que pareciam prestes a saltar para fora do crânio. Veias irromperam no pescoço e nas têmporas. Seus braços atrofiados se tensionaram, contorceram-se, começaram a se debater com os movimentos curtos e desesperados de um pássaro ferido que encara a boca de um predador.

Por fim o menino abriu a boca e emitiu um som que parecia um prolongado *n* saindo de sua garganta, mas estava longe de ser um grito. Com movimentos espasmódicos, ele sacudiu um pouco mais seus braços e pernas, como se estivesse tentando se descongelar, desenrolar seu corpo para lutar contra a dor.

Olhei para a boca aberta do menino. Era desprovida de dentes. Sua língua era uma protuberância cicatrizada pulsando entre as gengivas. Eu me afastei e olhei para as cruzes nas paredes enquanto Osvaldito segurava as pernas do menino, o sangue pingando no pano em uma canção arrítmica de dor.

Sonia terminou de limpar o alicate com o mesmo pano embebido em álcool que havia utilizado para limpar as mãos e jogou a ferramenta em cima da bolsa de ginástica. Depois pegou outro lenço, rasgou a embalagem e aplicou o pedaço retangular de pano desinfetante na ferida. O menino continuou emitindo o som tenso. As lágrimas acumuladas em seus olhos deslizavam pelo rosto, caindo na poça de baba no travesseiro. Pensei nos outros dedos perdidos, nas cicatrizes, na carne que parecia ter sido arrancada aos nacos. Sonia e Osvaldito eram monstros. Monstros de verdade. Senti frio, o tipo de frio que uma pessoa só sente quando está realmente com medo.

Sonia segurou o lenço contra o ferimento por alguns segundos e em seguida pegou a gaze hemostática QuikClot e a colocou por cima. Ela instruiu Osvaldito a manter as tiras dobradas no lugar e disse:

"Ojalá que deje de sangrar con esto. No quiero tener que quemarlo otra vez."

Quemarlo. Queimá-lo. Otra vez. De novo. Queimá-lo para cauterizar uma ferida. Queimá-lo depois de cortar um pedaço de sua carne sem anestesia. Queimá-lo.

O menino continuou a sacudir o corpo e gemer. Seus movimentos espasmódicos diminuíram um pouco, mas o som permaneceu o mesmo. Entrava em meus ouvidos e me fazia sentir frio, apesar do calor.

Enquanto Osvaldito segurava no lugar a bandagem para estancamento de sangue, Sonia rasgou alguns pedaços de esparadrapo e aplicou no pé do menino para fixar a QuikClot no lugar.

"Listo, corazón", Sonia anunciou, dando um tapinha na perna do menino. "Ahorita te doy algo para el dolor."

Então Sonia olhou para nós. O horror estampado no meu rosto deve ter sido óbvio. Ela disse:

"Vamos limpá-lo bem e colocar uma pomada antibiótica daqui a cerca de meia hora, quando tivermos certeza de que não está mais sangrando".

Em seguida ela se virou para a parede e rezou.

"Dios te salve, María, llena eres de gracia, El Señor es contigo. Bendita tú eres entre todas las mujeres, y bendito es el fruto de tu vientre, Jesús. Santa María, Madre de Dios, ruega por nosotros, pecadores, ahora y en la hora de nuestra muerte. Amén."

O som de suas palavras e o ruído sufocado que saía da garganta do menino se amalgamaram numa canção profana. Sonia respirou fundo e recomeçou, desta vez mais alto:

"Dios te salve, María, llena eres de gracia, El Señor es contigo. Bendita tú eres entre todas las mujeres, y bendito es el fruto de tu vientre, Jesús. Santa María, Madre de Dios, ruega por nosotros, pecadores, ahora y en la hora de nuestra muerte. Amén."

Quando Sonia reiniciou sua oração, um novo som veio se juntar ao coro formado pela reza dela e o barulho gutural do menino. A princípio pensei que fossem insetos, mil perninhas sobre a madeira ou mil asas entrechocando-se umas contra as outras. Quando ficou mais alto, percebi que não era nem uma coisa nem outra; o som vinha das cruzes.

Elas estavam chocalhando contra as paredes.

Sonia repetia a mesma oração, agora uma penitência monótona que não passava de um murmúrio sob o som das cruzes que esbofeteava e arranhava as paredes.

"Dios te salve, María, llena eres de gracia, El Señor es contigo. Bendita tú eres entre todas las mujeres, y bendito es el fruto de tu vientre, Jesús. Santa María, Madre de Dios, ruega por nosotros, pecadores, ahora y en la hora de nuestra muerte. Amén."

Existem dois tipos de pessoas religiosas no mundo. Na primeira categoria estão os verdadeiramente devotos. Fazem de Deus uma presença ubíqua em sua vida e se desdobram para viver de acordo com as leis da religião a que pertencem, seja ela qual for. Por algum tempo fui assim, um homem empurrado desde a infância para os braços imaginários de uma divindade protetora. Nos últimos tempos, entretanto, eu estava descambando para a segunda categoria, a das pessoas religiosas do tipo "Xi, deu merda!", gente que só recorre à sua divindade preferida quando as coisas vão por água abaixo. Aí elas se voltam para seu deus com orações e promessas.

O barulhento chocalhar das cruzes me obrigou a fazer exatamente isto: fechei os olhos e pedi à Virgencita que me tirasse em segurança daquela casa maligna, para o mais longe possível de Sonia e da porra de seu alicate. O fato de Sonia estar rezando para a mesma Virgencita não me passou despercebido, mas na minha cabeça as duas santas, a dela e a minha, não podiam ser a mesma. Que Virgem compassiva volve seus olhos misericordiosos e derrama bênçãos sobre a cabeça de quem passa a vida despedaçando uma criança indefesa?

Sonia terminou suas orações e, no momento em que parou de falar, as cruzes pararam de se sacudir. Os lamentos do menino tornaram-se mais prolongados, porém mais baixos em volume. Sua ferida estava momentaneamente enfaixada. Sonia voltou para a cama e instruiu Osvaldito a abaixar as pernas do menino. Acho que ele as segurou por todo aquele tempo a fim de manter o sangramento sob controle. Enquanto ele fazia isso, Sonia caminhou até a mesinha ao lado da cadeira e abriu uma gaveta logo abaixo, onde o homem havia colocado o envelope com o dinheiro. Um momento depois, Sonia voltou-se para nós com um lenço branco nas mãos. Ela o levou à testa e fechou os olhos.

"Padre celestial, Dios todopoderoso, Señor absoluto de los cielos, te ruego que este pedazo de tu santito proteja a estos hombres en cualquier cosa en la que tu sagrada protección sea necesaria. En tus manos lo dejo todo, Dios bendito."

Terminada a oração, Sonia foi até a parede e começou a andar em volta do cômodo, segurando o lenço junto às cruzes, roçando-o de leve nelas. Em seguida, voltou para seu lugar ao lado da cama e usou o lenço para pegar o dedo decepado. Enrolou-o no pano branco, persignou-se com ele, sussurrou alguma coisa, beijou o pequeno embrulho, segurou-o nos lábios por alguns segundos e por fim o entregou a Juanca.

"Eu não sei o que o Vázquez tem em mente, mi hijo, mas isso que você está levando pra ele é um poder tremendo. Seja lá o que for, se você estiver envolvido, cuide-se. Cuídate mucho. Você sabe que nunca há garantias, mesmo quando se trata de El Milagrito, ¿entendido?"

Juanca moveu algumas vezes para cima e para baixo a mão que segurava o artelho decepado.

"Con esto no vamos a tener ningún contratiempo, Sonia. Mil gracias por tu ayuda. Te prometo que tendré cuidado."

Sonia olhou para ele e estreitou os olhos, que em seguida se deslocaram para mim. Algo neles reluzia de forma impossivelmente brilhante naquele cômodo escuro. Atrás dela, o menino fazia um barulho diferente, algo entre um gemido e uma respiração ofegante.

"De nada. Agora deem o fora da porra da minha casa e me deixem cuidar de mi niño hermoso. Precisamos rezar em dobro hoje. Não podemos ter outra infecção. Osvaldito, leve os dois até a porta da saída."

Osvaldito se afastou do lado da cama, e repetimos nosso pequeno balé para deixar o grandalhão mostrar o caminho. Ao sair do cômodo, olhei uma última vez para El Milagrito, o pequeno milagre. Agora eu pude ver cada pedaço que faltava, cada cicatriz protuberante. Há quanto tempo ele vinha sofrendo nas mãos dessas pessoas? Quanto dinheiro elas ganhavam cortando-o em pedaços?

O problema da humanidade é que ela é sempre pior do que o pior que se possa imaginar. Somos criaturas mesquinhas e vis atoladas no lodo que nós mesmos criamos, nossos olhos voltados para um céu envenenado que povoamos com fantasmas para nos ajudar a dormir à noite, para nos permitir encontrar razões para fazermos as coisas que fazemos. Eu imediatamente soube que seria assombrado por minha silenciosa inação naquele quartinho escuro e apertado.

Nenhum de nós é tão corajoso quanto pensa que é.

Osvaldito abriu a porta da frente e deu um passo para o lado. Juanca parou junto a ele e perguntou:

"Você é novo. O que aconteceu com o outro cara?".

O homem grandalhão não disse nada.

"¿Qué pedo, güey? O gato comeu sua língua?"

Osvaldito abriu a boca. Dentro dela havia um caroço pequeno e rosado perto da garganta. Sua língua havia sido cortada.

"No mames...", Juanca disse com uma risada. "Estos huevones están todos locos", ele acrescentou e saiu. Osvaldito olhou para mim. Seus olhos me fizeram pensar numa cabeça de animal empalhada e pendurada como enfeite na parede. Ele moveu o braço para a frente do corpo e usou o cano curto da Uzi para coçar as bolas. Segui Juanca.

Não sei o que eu estava esperando ver quando saímos da casa, mas não esperava que o mundo estivesse lá, bem iluminado e com a mesma aparência. Eu não esperava que o carro estivesse no mesmo lugar e que todo o resto parecesse pertencer a um mundo no qual crianças são mutiladas em cubículos escuros.

No carro, Brian ainda estava encolhido e abraçado a si mesmo. Parecia ainda mais pálido do que o normal e tinha gotas de suor na testa e no nariz. Ignorava por completo o pesadelo sangrento que acontecera dentro daquela casa. Quase o invejei.

Juanca e eu entramos no carro. Em algum momento ele guardou o dedo decepado e pegou as chaves de onde quer que as tivesse guardado. Enfiou a chave na ignição e o carro voltou à vida com um rugido do motor, acordando Brian.

"Vocês... vocês já terminaram, caras?", ele perguntou.

"Sim, terminamos", Juanca respondeu. "Você deveria estar lá, cara. O Mario manteve a cabeça no lugar. Achei que ele ia surtar, mas esse filho da puta agiu com a calma de um profissional. Haha!"

A risada de Juanca saiu deslocada, um som bizarro numa situação impossível. Isso me deixou desconfortável.

Juanca ligou o rádio e apertou alguns botões. Sorriu e disse: "Eu tenho a música perfeita, compas". Ouviu-se o dedilhado de um violão. Juanca aumentou o volume. Um segundo depois, o som de uma sanfona explodiu nos alto-falantes do carro. Depois, uma voz um tanto confusa e soterrada pela sanfona estridente e pelo estado dos alto-falantes de Juanca. O homem começou a cantar sobre alguém que estava cruzando o deserto para chegar a Tijuana. A coisa da travessia me fez prestar atenção. A música contava a história de dois narcotraficantes transportando maconha num caixão. Juanca cantava com o rádio, com um sorriso no rosto.

"Vocês sabem que é sobre cabrones que de fato existiram, certo?", ele perguntou.

"Do que você tá falando?", Brian quis saber.

"Rosaura Santana e Juan Escalante. Eles existiram de verdade. Los cabrones se cansaram de ser pobres e tentaram trazer cem quilos de yerba através da fronteira na porra de um carro fúnebre, cara. Tentaram passar por Tijuana pensando que seria mais fácil. Vocês sabem, por causa do tráfego pesado e tudo. Quando os pinches oficiales de fronteira os fizeram abrir o caixão, Rosaura e Juan sacaram as armas e começaram a atirar. Nesse dia morreram catorze pessoas, incluindo eles dois. Toda vez que saio pra fazer um serviço eu ouço esse corrido que Chalino escreveu pra eles. É um lembrete de que as merdas podem dar errado... e que, se isso acontecer, vai ser uma chuva de balas."

No banco de trás, Brian emitiu um som, algo entre um suspiro e um gemido. Eu não disse nada. Juanca pisou fundo. Fomos empurrados contra nossos assentos. Essa sensação concretizou o que eu já vinha sentindo: eu era uma vítima da inércia.

12

Ninguém falou muito quando saímos de San Antonio pela rodovia interestadual 1-35 e depois entramos na 1-10. Olhando pela janela, eu lia os nomes dos lugares por onde passávamos e os nomes das lanchonetes que íamos deixando para trás. Era uma forma de tentar afastar meus pensamentos do que eu acabara de testemunhar. Quase funcionava como um mecanismo de enfrentamento. Quase.

O dedo do pé de El Milagrito estava dentro do carro conosco. Mesmo sem vê-lo, minha mente continuava voltando para as alavancas do alicate se fechando, o estalo do osso sob o aço.

Eu queria fazer perguntas, mas sabia que não estava pronto para as respostas, então continuei a fitar pela janela, ouvindo o som do deslizar das rodas na estrada, e tentei me distanciar da experiência enterrando-me cada vez mais fundo em mim mesmo.

Não demorou muito para eu começar a pensar em Anita. O cheiro dela. Seu sorriso. A suavidade de sua pele. Tinha sido amada. Ela ainda era amada. Nós falhamos, mas Melisa e eu tentamos protegê-la de tudo. Teve uma infância boa, repleta de risadas e brinquedos. O coitado do menino naquela cama, El Milagrito, levava uma vida exatamente oposta. Ele conhecia apenas sofrimento e dor. Eu falhei em salvar Anita e agora falhei em ajudar El Milagrito.

Eu tinha que pensar em alguma outra coisa, então minha mente se voltou para Melisa. O cheiro dela. Seu sorriso. A suavidade de sua pele. As mesmas três coisas de que eu vinha me lembrando sobre Anita, mas três coisas que eram mundos diferentes. O amor que somos capazes de mostrar a duas pessoas pode ser imenso e, ainda assim, incrivelmente diferente. Eu amava uma mulher de certa maneira e amava a menina que ela me deu de um jeito completamente diferente. Ambos os amores agora se transformaram em cânceres da alma que me acompanhavam a todos os lugares.

Talvez o dinheiro significasse uma segunda chance. O que as pessoas com dinheiro não entendem é que quase todos os problemas das pessoas pobres *podem* ser resolvidos com dinheiro. Há problemas que nunca vão desaparecer, por mais cédulas de dinheiro vivo que se joguem em cima deles, mas, para pessoas como eu, para pessoas cujos pesadelos têm nomes como fome e despejo, o dinheiro é uma coisa maravilhosa capaz de fazer as tribulações sumirem em questão de segundos.

Melisa e eu nos conhecemos numa época em que todos os dias nós dois chegávamos a um passo de passar fome. Estávamos pelejando para terminar a faculdade, temendo o dia em que teríamos que começar a pagar nossos empréstimos estudantis. A luta para sair desse perrengue fortaleceu nosso amor, mas esse mesmo obstáculo, esse estado de atropelo contínuo em que o mais importante era sobreviver, também prejudicou nosso casamento antes mesmo da doença de Anita. A pobreza esmurra, tritura e pulveriza sua força de vontade e sua felicidade até você ficar sem nada, reduzido a cotos. Ter dinheiro, dinheiro de verdade, trazia a reboque a possibilidade de reconquistar Melisa. O cheiro dela. Seu sorriso. A suavidade de sua pele.

"Ei, caras, eu estou com fome", Brian disse. "Alguma chance de a gente parar pra comer alguma coisa daqui a pouco?"

"Ainda não, gabacho", Juanca respondeu. "Quero escapar do tráfego de San Antonio. Você pode fazer um lanche quando a gente parar pra abastecer daqui a alguns quilômetros."

Brian interrompeu meus pensamentos. Isso foi uma coisa boa. Eu não queria que meus dois fantasmas me assombrassem durante todo o trajeto até El Paso, então me sentei mais ereto, li todas as placas que apareceram pelo caminho e ouvi com atenção a música. Juanca tocou uma playlist de corridos de Chalino Sánchez. Nunca fui grande fã, mas conhecia o suficiente sobre a música de Chalino para saber que não era minha praia. A voz dele não era tão boa, e os sons estridentes dos narcocorridos nunca me agradaram. Meu gosto musical veio da minha mãe. Salsa, principalmente.

No entanto, prestei atenção em Chalino porque queria pensar em outra coisa que não fosse Melisa e Anita. Uma canção terminava e a outra começava. A qualidade do som era, na melhor das hipóteses, medíocre, mas numa delas deu para entender a essência dos primeiros versos, e as palavras me atingiram em cheio. A letra falava sobre como nada permanece igual depois que você morre, e em seguida veio algo — que eu não consegui entender direito — sobre um túmulo frio à minha espera. No momento em que a canção mencionou que o fim estava próximo, eu saí de sintonia. As palavras que consegui decifrar me fizeram lembrar de Héctor Lavoe, o cantor de salsa preferido da minha mãe, que dizia que tudo tem um fim e nada dura para sempre porque a eternidade não existe.

Puta que pariu.

Eu havia escolhido o pior momento para começar a prestar atenção na música. As palavras — as da letra da canção que eu tinha acabado de ouvir e as que viviam na minha memória — me transpassaram e encontraram o medo que eu estava tentando ignorar. Parei de prestar atenção e olhei de novo pela janela, para os carros e os rostos dos motoristas. Eu não estava a fim de presságios.

O trânsito finalmente diminuiu um pouco. A playlist de Chalino terminou, e Juanca fuçou no celular para mudar a música. Uma batida de reggaetón explodiu nos alto-falantes. Atrás de nós, Brian cochilou de novo.

Minha mente ficou à deriva e se afastou do alicate.

As longas viagens de carro têm sua própria linguagem, seu próprio ritmo, sua própria realidade. No meu caso, sempre desencadeiam memórias. Eu dirigia muito quando trabalhava na seguradora. Eles me enviavam para treinamentos sobre lavagem de dinheiro em Orlando, Biloxi, Santa Fé, Baton Rouge, Oxford, Dallas e outras cidades. Eu sempre ia de carro. Isso era divertido e me mantinha longe do escritório. Eu adorava estar em casa, mas também adorava estar ao volante, ouvindo música a todo volume.

Eu adorava parar em lugares onde a história deste país, passado, presente e futuro, convergiam em uma sucessão de casas abandonadas repletas de segredos, cemitérios em ruínas, lojas falidas fechadas com tábuas pregadas, lanchonetes de beira de estrada capengas e postos de gasolina barra-pesada em confins no meio do nada.

Eu vivia para vislumbrar cidadezinhas com data de validade vencida, onde rachaduras, fantasmas e lembranças eram mais numerosos que os moradores. Esses são os verdadeiros Estados Unidos. A alma deste país vive nos sorrisos desdentados dos caixas dos postos de gasolina, no pelo emaranhado dos cães dos vilarejos, no zumbido dos letreiros de néon nas pequenas espeluncas e pocilgas onde uma camada de poeira reveste todas as superfícies, no espírito estilhaçado dos funcionários do *drive-thru* nos cafundós do judas, nos cheiros estranhos e no carpete manchado de motéis baratos cujas janelas dão para estacionamentos vazios.

Eu curtia parar em postos de gasolina em cujos banheiros havia máquinas que ofereciam água-de-colônia sem marca por uma moeda de 25 centavos e ficar imaginando quais produtos químicos galopavam nas veias dos caminhoneiros de olhos arregalados que passavam. Eu adorava os restaurantes sem nome e as lanchonetes de waffle com talheres sujos, onde a garçonete tinha um dente de ouro que brilhava mais do que a alma da maioria das pessoas.

Quando viajamos de carro, coisas que estavam emaranhadas em nossa cabeça começam a se desembaraçar ou a se mostrar irrelevantes.

Essas minhas jornadas rodoviárias tinham o poder de fazer com que me sentisse um sussurro perdido no tráfego de Austin ou um pássaro planando sem esforço sobre a bacia de Atchafalaya; um falso turista na costa de Biloxi ou uma memória perdida nas intermináveis estradas retas dos condados do oeste da Flórida.

Essas viagens também desencadeavam lembranças de Porto Rico.

Minha avó me dizendo para deixar os cachorros lamberem minhas feridas quando eu caísse e me ralasse, porque a saliva deles era sagrada.

Minha mãe cozinhando e dançando ao som de Héctor Lavoe, que entoava *"Tu amor es un periódico de ayer..."*

Os dedos tortos da minha avó acariciando meu rosto.

O oceano marulhando a meus pés.

Um verde cintilante, quase líquido, cobrindo todas as montanhas.

Um céu impossível de tão brilhante e tão azul que me obrigava a piscar para ter certeza de que não estava sonhando.

A voz acalentadora de minha avó me dizendo que meu sangue era sagrado, resultado da mistura de linhagens tainas, africanas e espanholas.

Explosões vermelhas na ponta dos longos e finos galhos dos flamboiãs.

Minha mãe, num daqueles períodos em que conseguia ficar sóbria, sorria para mim enquanto eu devorava arroz com habichuelas na minúscula cozinha da casa da minha avó. O sorriso de minha mãe sempre foi uma visão rara, exceto nos anos que passamos na ilha. O sorriso dela era uma supernova. O sorriso dela era meu mundo, meu bálsamo, meu sonho.

A quebrada atrás da casa da minha avó, seu murmúrio de água sempre fresca.

O som do coquí me fazendo dormir com sua trilha sonora repetitiva.

Moramos na ilha por apenas oito anos, mas foi a época mais feliz da minha vida. Onde quer que eu esteja, longas viagens de carro sempre trarão de volta essas lembranças, e eu serei grato, não importa o que eu venha a fazer.

Brian tossiu no banco de trás. O som despedaçou algo dentro de mim.

Eu precisava ouvir alguém falar. A voz de Chalino que saía novamente dos alto-falantes para cantar sobre armas e morte não estava ajudando.

"Qual é o lance do El Milagrito, Juanca?", perguntei, olhando pela janela para uma placa que me informava que estávamos passando por Roosevelt.

"O que é que tem ele?"

"Você está com a porra do dedo do pé dele no bolso agora, cara! Deixa de conversa fiada!"

Juanca riu e disse:

"¡No hay pedo, hombre! Relaxa. El Milagrito é sagrado, cara. Diosito tocou naquele menino. Ele o tornou especial".

"Especial como? Ele não me pareceu nada especial. Ele não consegue nem cuidar de si mesmo."

Juanca olhou para mim como se eu tivesse pronunciado as palavras *sua*, *mãe* e *puta* na mesma frase.

"Não, huevón, não é especial desse jeito. A mãe dele morreu. Ela era filha da Sonia. Era uma drogada. A Sonia diz que ela voltava pra casa e depois sumia de novo, o tempo todo. Ela nem sequer contou pra ninguém que estava grávida, até que não deu mais pra esconder. Cuando ya no podía esconder la panzota, ela contou à mãe. Ela não sabia quem era o pai. Alguno de los cabrones que se aprovechaban de ella, seguro. Pinches hijos de puta. O fato é que ela nunca parou de usar drogas. Morreu de overdose lá mesmo na casa. Sonia a encontrou no banheiro com uma agulha ainda espetada no braço. A Sonia começou a chorar em cima dela e sentiu o chute do chamaco. O homenzinho ainda estava vivo. A Sonia entrou em pânico. Tinha que tirar a criança, então correu até a cozinha, pegou uma faca, abriu um corte na barriga da filha morta e puxou a criança pra fora. Desde então ela vem cuidando dele."

"É uma história e tanto, cara, mas não explica como as coisas chegaram a... você sabe... o que eles são agora", aleguei, a frustração se insinuando em minha voz.

"Ah, ya entiendo", Juanca disse. "El Milagrito sempre foi especial. Ele já estava assim quando a Sonia o puxou para fora. Você sabe... encogido. Todos repetiam que el chamaco ia morrer, que Sonia o havia arrancado das mãos de La Huesuda no último momento possível e que ela ia voltar pra buscá-lo. Você sabe como as pessoas são. Todos disseram que não dá pra manter viva uma criança que deveria estar morta, que isso vai contra a vontade de Deus. A Sonia não deu a mínima. Ela o levou a um brujo que fez um trabalho nele. Le hizo una limpia. Lo protegió contra el mal de ojo. Ele disse que o menino havia caminhado com La Huesuda e sobreviveu. Dijo que era um niño sagrado. Poucos meses depois que ele nasceu, una vieja del barrio vino a casa de Sonia. Ela disse que teve um sonho com o menino, que ele era um filho de Deus com a capacidade de proteger as pessoas, e foi por isso que Deus o manteve vivo. Ela disse que ele era um milagrito, um pequeno milagre, entende o que estou dizendo? A senhora pediu a Sonia que lhe desse uma lasca de unha dele. A Sonia achou isso muito esquisito, mas ela gostava da velha, sabe? Cortou uma unha dele e deu de presente pra vieja, e foi isso. Cerca de um mês depois, a senhora foi visitar a casa da Sonia. O filho dela estava fazendo ponto nas ruas como michê e irritou os cabrones errados. Eles foram pegá-lo. Llenaron la casa de plomo. O marido e três filhos morreram. Ela estava sentada na frente da TV e nada aconteceu com ela. As balas voaram ao seu redor, e nenhuma delas a tocou. Ela disse a Sonia que isso era prova de que o menino era santo. A notícia se espalhou rapidamente. No hay correo más rápido que el chisme en el barrio. O pessoal do barrio começou a aparecer regularmente, pedindo uma apara de unha ou um tufo de cabelo ou qualquer outra coisa. Sonia percebeu que era a maneira perfeita de pagar as despesas médicas e comprar leite de fórmula e fraldas e todas essas merdas. A oportunidade de ganhar algum dinheiro caiu no colo dela, entende o que estou dizendo? Ela começou a cobrar. As pessoas pagavam sem pestanejar. Porra, elas estavam felizes em pagar. Acho que a Igreja fez as pessoas pensarem que a salvação e a proteção estão sempre disponíveis por um preço. De qualquer forma, um esquema brilhante, certo?"

Uma farsa. Uma mentira. Um menino que as drogas transformaram em algo imprestável e que de alguma forma se transformou em uma relíquia religiosa. No entanto, não saímos de lá com mechas de cabelo ou lascas de unha. Estávamos com a porra de um dedo do pé. E Juanca aparentemente pagou muito dinheiro por ele. Sonia era brilhante, mas também um monstro. Isso fazia de nós criaturas ainda piores. Eu me lembrei das cicatrizes no corpo do menino, das partes que faltavam. Não eram coisas pequenas. Isso significava muitas pessoas e muito dinheiro. Todas as pessoas que se apropriaram de pedaços dele, e todas as que permitiram que isso acontecesse, mereciam um destino pior que o dele.

Pensei em Anita, em seu corpinho submetido a todos aqueles exames, testes e injeções, e o pouco que restava do meu coração se despedaçou mais uma vez.

"Mas nós não pegamos esse tipo de coisa, unhas ou cabelo. Nós saímos de lá com a porra de um dedo do pé inteiro. Quando foi que isso começou?"

"Ah, você sabe como é, cara, as notícias se espalham", Juanca disse. "As mulheres tinham filhos, e esses filhos não queriam morrer. Mais cedo ou mais tarde, até os sicários começaram a aparecer na casa. Tinham ouvido falar que havia um niño milagroso naquele barrio, e que a pessoa que tivesse algum pedaço do corpo dele ficava imune às balas. Os sicários estão sempre preenchendo com orações e sacrifícios e tal o espaço entre eles e todas as balas dos tiroteios, então estavam dispostos a pagar muito dinheiro, mas queriam mais do que unhas e cabelo."

"A Sonia estava num aperto financeiro. Contas. Comida. Aluguel. Gás. Um sicário ofereceu muito dinheiro por um dente. A essa altura o menino tinha cinco ou seis na boca. O sicário queria usar a porra do dente no pescoço, revestido de ouro. A Sonia disse que não, aí o sicário apontou uma arma pra ela. Ela pegou o dinheiro. O próprio cabrón arrancou o dente usando a coronha da arma. É preciso ser um tipo especial de filho da puta pra dar uma coronhada na cara de uma criança, certo? De qualquer forma, foi quando ela contratou um segurança armado. A coisa toda do milagrito continuou crescendo. O sicário, um sujeito chamado Martín, ficou famoso com o apelido El Fantasma. Ele começou a eliminar cabrones a torto e a direito, e ninguém conseguia tocá-lo. De acordo com os boatos que corriam, os rivais despejavam rajadas contra ele e as balas passavam direto como se ele não estivesse lá. As histórias foram se avolumando. Mais e mais pessoas vieram. Agora a Sonia tem sua própria igreja e tudo mais. As pessoas vão lá no domingo pra rezar pro El Milagrito. Figurões e gente poderosa aqui e no México compram dela. Nessa porra de negócio, a proteção é muito importante, entende o que estou dizendo?"

Imaginei a quantidade de dor pela qual o menino passou e a dor que ainda estava por vir. Uma dor contra a qual ele não podia lutar nem sequer falar.

Imaginei Anita sendo submetida a um suplício parecido. Imaginei babacas como Juanca e eu entrando no quarto dela, pagando por um naco de carne e saindo com um pedaço do corpo dela. Era desumano. Eu não cortei nada, mas fiquei lá parado enquanto Sonia decepava o dedo do pé do menino. Eu era cúmplice. Eu era tão culpado quanto ela e Osvaldito, o cara que segurava os pés do menino como se Sonia não estivesse fazendo nada além de cortar as unhas dele. Viver com isso, se eu sobrevivesse, seria difícil. Decidi fazer uma denúncia do caso assim que voltássemos.

"Falta muito pra gente parar em algum lugar?", Brian perguntou do banco de trás, com a voz semelhante ao coaxar de um sapo.

"Daqui a pouco", Juanca disse. "Próxima parada: Ozona. Precisamos de combustível. E eu preciso de café."

13

Paramos em um posto de gasolina na interestadual. Brian saiu do carro e se segurou na porta.

"Estou com fome", ele disse. Parecia que estava tendo dificuldade em ficar de pé. Gotas de suor cobriam-lhe a testa, e seus cabelos pareciam nacos de tapete velho colados na pelagem de um cachorro doente.

"Você tá bem, cara?", perguntei. À nossa frente, as portas da loja de conveniência se abriram e Juanca entrou.

Brian deu dois passos para a frente e se inclinou um pouco, como um homem curvado pelo peso de um segredo.

"É... é o gelo, cara. Estou tentando ficar limpo. Eu quero voltar limpo depois deste nosso serviço. Pelo bebezinho. Assim que eu voltar com o dinheiro, a Steph e eu vamos poder arrumar nossas coisas e pegar a estrada, ir pra algum lugar melhor, mas sei que isso só vai funcionar se eu estiver limpo. Ela me disse um pouco antes de a gente partir. Eu fumei um pouco hoje de manhã, só que muito menos do que o normal. É isso. Desde então estou na fissura." Ele vasculhou os bolsos, tirou um cigarro amassado e um isqueiro. Acendeu, dando uma tragada no cigarro como se a droga tivesse a resposta para algo dentro de si.

Eu não sabia o que dizer. O vício é um monstro. Eu tinha visto esse monstro assombrar minha mãe, roubar sua juventude e seu sorriso, destroçar suas veias a ponto de obrigá-la a injetar nos pés e depois no pescoço.

"Tá tudo bem, cara", Brian disse, e o lado direito de sua boca se curvou em uma razoável imitação de sorriso enquanto ele soltava a fumaça. "Eu vou ficar numa boa. Só preciso comer alguma coisa."

Ele apagou o cigarro com a sola do sapato e entramos juntos na loja de conveniência. Peguei os tipos de salgadinhos que teriam feito Melisa franzir a testa e uma lata de café gelado que jurava ter gosto de *vanilla latte* — café, xarope de baunilha e espuma de leite.

Pagamos e voltamos para o carro. Juanca estava abastecendo e verificando seu celular. Brian entrou e se enrodilhou no banco de trás. Caminhei um pouco em direção a uma área verde próxima à última bomba. Um velho passeava com um cachorro. Ele tossiu violentamente e coçou o saco. Isso me fez lembrar de Osvaldito.

Em algum lugar distante, algo grande berrou. O som, longo e grave feito um mugido, fez meu sangue gelar. Olhei para a área de onde tinha vindo o barulho, mas vi apenas uma espessa névoa escura, como as chaminés de uma fábrica. Eu não conseguia enxergar nada além do final da rua.

A névoa rareou, e notei algo pendurado em um poste, balançando suavemente para a frente e para trás, movido por uma brisa que eu não conseguia sentir. Dei alguns passos e parei. O som lamentoso voltou, muito alto e orgânico para ser uma máquina, volumoso e estrondoso demais para ser coisa boa. Continuei andando e olhando para a coisa pendurada no poste. Parecia uma boneca grande.

Com seus dedos gélidos, o medo espremeu minha nuca.

Desatei a correr, o tipo de corrida em que você avança em um ritmo desesperador de tão vagaroso. Pouco antes de chegar ao poste, meus joelhos estalaram na calçada. Fitei a boneca.

O cabelo dela esvoaçava na brisa.

O vestido branco tinha bolinhas azuis.

Eu sabia que eram baleias.

A figura pendurada no poste era Anita.

"Ei, Mario, estou pronto."

A imagem se desintegrou. Minha menina se foi, a boneca sumiu. O velho estava de volta. O cachorro abaixou a cabeça na grama, as orelhas caídas sobre a cara. Eu precisava me recompor, e rápido.

Quando pegamos a estrada de novo, Juanca não pôs música pra tocar. Em vez disso, o som do ar-condicionado, as rodas girando no asfalto e nossa respiração encheram o carro com um zumbido estranhamente hipnótico. Pouco tempo depois, Brian adormeceu e sua respiração se alterou. Há algo na tensão que deixa a pessoa cansada, e o corpo dele estava às voltas com uma combinação de estresse, medo e os demônios de seu vício em metanfetamina. Tive pena do desgraçado.

Juanca dirigia com a mão direita em cima do volante. Mantinha os olhos fixos na estrada, mas dava para ver que estavam também em outro lugar, em algum lugar distante.

Encostei a cabeça na janela e observei o mundo passar. Eu sentia Anita e Melisa como dois planetas orbitando meus pensamentos, ainda não no centro, mas ainda assim grandes demais para serem ignorados; sua gravidade era tamanha que afetava minhas marés internas.

Anita se foi, e por mais que eu corresse para longe, nenhuma distância seria capaz de afastar seu fantasma de mim. Melisa era uma história diferente. Ela estava em algum lugar por aí, talvez pensando em mim, talvez encontrando nos braços de outra pessoa as coisas que ela merecia. Esse pensamento doía, mas eu tinha a sensação de que era o certo, exatamente o pensamento que eu merecia.

Estávamos namorando havia cerca de três meses quando conheci os pais dela. Eram pessoas severas e trabalhadoras. Carolas da igreja. Queriam que a filha arranjasse alguém que fosse alguém. Um médico ou um advogado. Eu não era nem uma coisa nem outra. Estava na pindaíba, sem um tostão furado no bolso. Fui jantar na casa deles usando um par de sapatos velhos. Era o único par de sapatos que eu tinha. Os pais de Melisa tinham um pit bull gigantesco que não parava de me encarar enquanto eu mastigava um bife à milanesa que a mãe de Melisa cozinhou demais e beliscava pequenas porções de uma salada feita com alface que já começara a escurecer. Respondi com a maior educação a todas as perguntas deles. De onde eu era? O que meus pais faziam? Eu ia à igreja? Tinha filhos de algum relacionamento anterior? Achei que tinha me saído bem no interrogatório. No dia seguinte, encontrei Melisa para um café. Ela me disse que, no momento em que saí da casa, seu pai perguntou se eu precisava de dinheiro para comprar sapatos novos.

Senti um vazio no peito tão absoluto que tornava difícil respirar. No canto do meu olho direito começou a brotar uma lágrima, mas eu a enxuguei com os nós dos dedos e pisquei algumas vezes. Fechei os olhos para me recompor e vi o sorriso de Anita, ouvi Melisa dizer "eu te amo". Tentei encontrar um lugar calmo dentro de mim, mas todas as coisas boas que não eram lembranças desapareceram. Eu estava vazio. Encontrei apenas dor, raiva e memórias. Nunca na vida me senti tão sozinho. Um soluço escapou da minha garganta. Disfarcei que era tosse. O carro permaneceu em silêncio, mas o berro doente dentro de mim estava afogando o mundo.

14

O tecido conectivo entre as grandes cidades do Texas é um nada marrom. Quando você chega perto o suficiente de uma cidade, edifícios brotam do chão plano ao longe, suas estruturas mais altas arranhando o céu feito os dedos escuros e maciços de algum gigante de uma raça alienígena enterrado, mas, até você chegar lá, as únicas coisas ao redor são terra, alguns arbustos surrados pelas intempéries e um céu azul sem fim que às vezes faz a pessoa achar que está tão próximo que consegue quebrá-lo se arremessar uma pedra nele.

É como se a divindade responsável por criar o terreno tivesse simplesmente desistido do trabalho, copiado e colado o mesmo quilômetro várias e várias vezes ao longo da rodovia interestadual I-10.

O lance engraçado é que essa paisagem sempre me faz lembrar de Porto Rico, um lugar de montanhas verdes onde basta a pessoa dar um pulo para vislumbrar o oceano. Nosso estado de espírito costuma ser moldado pela paisagem em que estamos. No carro, com Brian mais uma vez cochilando no banco de trás e Juanca cantarolando outra playlist de narcocorridos, o vácuo da paisagem no meu entorno me fez questionar se algum dia chegaríamos a algum lugar ou se de certa forma tínhamos entrado em uma dimensão de pesadelo em que tudo o que restava do mundo eram trechos retos de asfalto causticante e uma ou outra esporádica casinha com o telhado desabado, outra estrutura fantasma gritando em silêncio para o céu azul vazio.

Eu estava pensando em pegar meu celular, abrir o aplicativo do Facebook e bisbilhotar o perfil de Melisa. Talvez ela tivesse postado alguma coisa recente que responderia pelo menos a uma das minhas perguntas, todas as quais eu mais ou menos já havia respondido na minha cabeça: o que ela estava fazendo? Eu sabia que, fosse o que fosse, ela estava fazendo sem mim... e eu merecia isso.

O Facebook era uma jogada covarde. Eu sabia que tinha que ligar para ela. Eu tinha que tentar. A maneira como eu a havia rechaçado, a forma como a derrubei, voltava à minha mente o tempo todo. Aquele olhar nos olhos dela. Melisa não merecia. Eu tinha que viver sendo a pessoa que fez aquilo, mas também poderia me transformar em alguém que nunca mais faria a mesma coisa de novo, alguém que seria mais paciente, mais amoroso. Prometer isso a ela seria um bom começo. A única razão pela qual não liguei para ela foi que a possibilidade de um "sim" era muito mais atraente e menos dolorosa do que um "não" definitivo. Ela poderia desligar na minha cara ou me mandar para o inferno para sempre. Eu sabia disso, e o pensamento me assombrava. Querê-la de volta e merecê-la eram duas coisas diferentes. Eu sabia que me trancar no banheiro e deixá-la desaparecer tinha sido quase tão ruim quanto empurrá-la; portanto, ela não me querer seria uma reação normal. Por isso eu nunca liguei para ela. Talvez agora fosse a hora de fazer isso.

Antes que eu pudesse me decidir, Juanca moveu a mão e acionou a seta do carro. Alguns segundos depois, deu uma guinada à direita e entrou numa estradinha de terra que fazia uma pequena curva e morria em um trecho seco de terra em frente a um casebre que insinuava a promessa de churrasco.

Depois de tantas horas na estrada, sair do carro era um processo de desenrolar o corpo, um reajuste de ossos e um despertar de músculos que me fizeram esticar e retesar braços e pernas, depois bocejar. Esperamos um pouco, sentindo a circulação voltar ao nível máximo na parte inferior do corpo, nossas pernas doendo para andar, para obedecer ao balanço natural que mantém as bestas-feras bípedes avançando há milênios, apesar do abismo escuro que se abre diante de nós.

Havia outros três carros parados no trecho de terra que fazia as vezes de estacionamento. Nenhum deles parecia novo ou limpo. Nenhum deles era memorável. O meio do nada é incrivelmente coerente em termos de banalidade. O sol ia alto no céu, ameaçando nos queimar até a morte se ficássemos parados por muito tempo, por isso andamos para a porta.

O interior do local estava na penumbra, e meus olhos tiveram que se ajustar à meia-luz depois de terem sido submetidos ao clarão ofuscante do estacionamento. A temperatura estava muito mais fresca do que do lado de fora, e pairava no ar um pesado e irresistível aroma de churrasco, uma mistura de doçura, carne grelhada e temperos de dar água na boca.

Como acontece com a maioria das espeluncas de beira de estrada no meio do nada no sul do país, este dava a impressão de que alguém havia apertado o botão de parar em algum controle remoto em 1972 e nada havia mudado desde então. Do punhado de mesas que preenchia o interior, apenas duas estavam ocupadas. A decoração era a mistura de uma fracassada tentativa de elegância country texana de meados de 1970 e letreiros de néon anunciando as marcas de cerveja que as pessoas compram em lojas de conveniência de postos de gasolina a caminho de lugares dos quais gostariam de poder escapar.

Uma mulher branca e corpulenta com um coque loiro bagunçado no topo da cabeça e uma camisa branca suja apareceu da esquerda, agarrou alguns cardápios de plástico de uma mesinha e nos disse para sentarmos onde quiséssemos.

Juanca foi até uma mesinha com quatro cadeiras perto de uma janela. Seguimos, puxamos as cadeiras e nos sentamos enquanto nossa garçonete, ainda em silêncio, jogava os cardápios sobre a mesa e pigarreava como uma professora furiosa que espera a classe fazer silêncio.

"Eu já volto com a água de vocês", ela anunciou.

A mesa era coberta com uma toalha xadrez vermelha e branca sob uma folha de plástico tão velha que tinha marcas de queimaduras de cigarro do tempo em que ainda se podia fumar dentro dos restaurantes. Sobre a mesa havia um enorme frasco de molho barbecue, uma crosta vermelha e seca decorando o topo e escorrendo pelas laterais como cera de vela.

Brian pegou um cardápio e começou a estudá-lo como se contivesse as respostas para todas as perguntas de sua vida. Peguei um também e o examinei enquanto Juanca brincava com o celular.

"Sanduíche de carne de porco desfiada com salada de batata pra acompanhar", Brian disse. "Preciso tirar água do joelho."

Ele colocou o cardápio de volta na mesa e se levantou rapidamente. Parecia estar com um aspecto melhor desde que saímos de San Antonio. A proximidade da comida e o cheiro de carne grelhada aparentemente injetaram um pouco de vida nele.

Brian caminhou em direção aos fundos e entrou num pequeno corredor que, de acordo com a placa na parede, levava ao banheiro. Assim que ele desapareceu de vista, Juanca ergueu os olhos do celular.

"Escúchame", ele disse, numa voz mais baixa que o normal. "Fica de olho nele. El cabrón quiere lana. Ele tem um bebê chegando, sabe que vai precisar do dinheiro. Pode ser que ele esteja pensando que vai sobrar mais grana pra dividir se você não estiver mais por perto, você entende o que eu estou querendo dizer? Nunca sabes lo que va a hacer un hombre por dinero. Ese gabacho está desesperado. La distancia entre un desesperado y un muerto puede ser un puñado de dólares."

A distância entre um homem desesperado e um homem morto pode ser um punhado de dólares.

Depois de irromper de sua boca, essa frase dançou em volta do meu crânio como um pássaro ferido. Ao redor dela, o restante do meu cérebro decodificou as palavras de Juanca com um pequeno atraso, como se a mensagem fosse dirigida a uma mente mais aguçada. Eu havia ignorado o cara do bar — meu vizinho morto. Eu havia ignorado os sonhos. Eu havia ignorado as sombrias promessas da canção de Chalino. Isto era diferente.

"Não tenho certeza do que você quer dizer, Juanca. Você está falando que...?"

"No te hagas el pendejo. Estou dizendo que sobra mais bolo quando a festa é só pra duas pessoas. Você não precisa confiar em mim, güey. Nem espero que você confie. No me conoces de nada. Pero ese..." Juanca abaixou a voz e se inclinou um pouco mais para a frente: "Ese cabrón está comiendo hielo en el baño ahorita. Si yo fuera tú, tampoco confiaría mucho en él. Quiere un chingo de lana para empezar una vida nueva. Sin ti en el medio, los dos cobramos más. Talvez você pense que ele é seu amigo, cara, mas você tem que entender que você é apenas alguém entre ele e muito dinheiro."

"Você também. Se ele está pensando em me matar, o que te faz pensar que ele não vai fazer o mesmo com você?"

"É exatamente por isso que estou de olho nele."

"Por que você não apaga o cara, então? Ainda dá tempo de você arranjar outra pessoa."

"Dois motivos. Primeiro, é tarde demais pra conseguir alguém. Já vamos estar em menor número lá de qualquer jeito. Em segundo lugar, sabe aqueles caras que a gente vai matar lá? São os últimos homens que eu vou matar na vida. Minha cota já deu. Agora eu sei disso. Se eu matar mais alguém — antes, durante ou depois —, La Huesuda virá atrás de mim. É assim que as coisas funcionam. Eu preciso de alguém pra carregar alguns dos fantasmas nos ombros, entende o que estou querendo dizer?"

"Tuuudooo beeem", eu disse, prolongando as vogais, sem saber se Juanca estava jogando alguma espécie de manipulação mental perversa.

"Olha, você já foi ver aquele vidente que não pisca, lá em Austin?", Juanca perguntou.

Eu nunca tinha ouvido falar de um vidente que não piscava, por isso balancei a cabeça.

"Mano, aquele cara era danado de bom. Um cara branco. O nome dele era Isaac. Todo mundo ia falar com ele antes de fazer um trabalho. Era como se ele pudesse falar com Deus e o Diabo no mesmo dia e dizer o que iria acontecer."

"Porra, então, por que a gente não foi visitar esse cara aí em vez daquela merda lá em San Antonio?"

"Bem, aquele homem não deu às pessoas o que El Milagrito é capaz de nos dar. Além do mais, ele desapareceu. Se lo tragó la tierra. Depois de tantos anos lidando com o submundo, deve ter irritado o cara errado. Ouvi dizer que seis cabrones apareceram na casa dele, todos armados com uns trabucos. Entraram lá e iluminaram a porra do lugar. Alguém ouviu a barulheira toda e chamou a polícia. O tiroteio parou antes de os porcos fardados chegarem. Os vermes ficaram do lado de fora e berraram, você sabe como eles fazem, mas ninguém saiu. Por fim, entraram e encontraram seis cabrones mortos, todos com os olhos arrancados e enfiados na boca. A porra do lugar ficou toda esburacada por causa das balas, mas não havia um pingo de sangue no chão a não ser o sangue que tinha saído dos crânios dos sicários. Nunca encontraram o vidente."

"Aonde você quer chegar?"

"A questão é que eu fui ver o cara mais ou menos uma semana antes de ele desaparecer. E ele disse que a minha cota estava completa. Eu tinha que parar de matar por dinheiro. Caso contrário, eu era um homem morto."

"E desta vez é dif..."

"Não se preocupe com esta vez. Desta vez está tudo bem. Esses cabrones merecem morrer. Depois disso, acabou, parei. Qualquer cadáver a mais além dos homens que a gente pretende matar vai fazer a balança pender pro lado errado."

A ideia de que ele mataria apenas pessoas que a seu ver mereciam morrer era fácil de entender. Os homens que eu matei mereciam morrer, mas não assombravam meus sonhos. Melisa, por outro lado, era uma bigorna de culpa esmagando meu peito.

Às vezes o silêncio é a única opção, então eu fiz que sim com a cabeça para concordar com Juanca. Crescendo em Porto Rico rodeado por pessoas de todas as religiões, eu sabia que a morte era um assunto sério e que ninguém queria acumular mais fantasmas raivosos do que daria conta de enfrentar. Eu não tinha motivos para acreditar em Juanca e começar a pensar que, no mesmo instante em que assegurássemos nosso dinheiro, Brian me daria um tiro como forma de engordar sua parte da bolada. Por outro lado, eu não tinha razão para não acreditar. A mesma lógica se aplicava a Juanca. Brian e eu nos conhecíamos. Tínhamos passado um bocado de tempo juntos aqui e ali. Ele me viu colocar minha filha a sete palmos debaixo da terra. Nada disso significava que éramos amigos. Agora eu estava passando um tempo com Juanca, e isso tampouco significava que éramos amigos. Nada disso significava que Brian ou Juanca achavam que minha vida valia mais do que a minha parte do dinheiro. Talvez Brian estivesse lavando o rosto e pensando em ficar forte para seu bebê. Talvez estivesse fumando gelo e pensando em me matar para construir um futuro com minha parte do dinheiro. A vida é aquilo que acontece entre as coisas que pensamos saber e as coisas que aprendemos tarde demais para fazer algo a respeito.

"Bando de cucarachas malditos!"

As palavras vieram de algum lugar atrás de mim. Cortaram o barulho na minha cabeça como faca na manteiga e interromperam de repente meus pensamentos. Alguma coisa nas ofensas raciais surte esse efeito em mim. É como alguém gritando um palavrão cabeludo dentro de uma igreja. A ideia de alguém pensar que ser de uma determinada cor ou de um determinado lugar o torna melhor ou pior do que qualquer outra pessoa é de um nível de estupidez que não me entra na cabeça. Infelizmente, também é o tipo de estupidez profunda que me rodeia desde que voltei de Porto Rico.

Eu me virei para os clientes sentados às outras mesas. Um homem idoso com uma camisa xadrez azul e um boné da John Deere estava sentado sozinho a uma mesa à nossa frente, curvado sobre o prato, dando garfadas numa salada de repolho úmida. Seu nariz comprido e adunco e sua postura me fizeram pensar em um pássaro velho. Na outra mesa ocupada havia três homens. Eram todos uns meninos grandalhões. Dois eram gordos e pareciam irmãos, com as mesmas barbas marrons e calvície pronunciada. O terceiro era magro e tinha um queixo fraco que de alguma forma se transformava em pescoço. Todos vestiam roupas de operários da construção civil: camisas de manga comprida, botas grandes cobertas de sujeira, tinta e cimento, e calças jeans que, de tantas manchas de todos os tipos, pareciam roupas camufladas do exército.

"Relaxa", Juanca disse.

Olhei para ele e, de súbito, suas tatuagens faciais eram impossíveis de ignorar. Assim como as imagens que revestiam seus braços.

Quando você convive com alguém que sobressai, o contato prolongado com sua singularidade faz com que ela se esvaia, e as características distintivas dessas pessoas, tão óbvias no momento em que você as conhece, se misturam à sua própria realidade. Acontece com todo mundo. Tinha acontecido comigo. Juanca parecia um garoto-propaganda da violência de gangues, mas eu havia parado de notar como seu sotaque, suas constantes mudanças para o espanglês e a coleção de tatuagens que cobriam seus braços, pescoço e partes do rosto o tornavam um clichê ambulante saído de algum filme de ação de merda em que o mocinho é um homem branco musculoso com um coração de ouro.

"Eles nem estão falando com você, cara", Juanca argumentou. "Você não é um cucaracha, certo? O Brian me disse que você é Boricua* — um spic.**" O sorriso dele era genuíno; ele era apenas um homem latino reconhecendo a alteridade singular de um tipo diferente de homem latino.

"Sim, mas esses m..."

"Ignore. Está tudo bem. Esos güeyes se pueden ir a chingar a su madre. Nosotros tenemos cosas más importantes que atender. Tenemos..."

"Vocês já sabem o que vão pedir?"

Olhei para nossa garçonete. Numa das mãos ela segurava três copos de plástico com água gelada, e, com a outra, distribuía talheres embrulhados em guardanapos de papel. Fiquei em silêncio e olhei de volta para o cardápio.

"Sanduíche de carne de porco desfiada com salada de batata para o cavalheiro no banheiro e... vou comer o prato de duas carnes, peru defumado e peito magro, couve e salada de batata de acompanhamento", Juanca disse.

"E você?" A voz dela não era agradável.

"Eu quero a mesma coisa que ele", respondi, meneando a cabeça na direção de Juanca. Ela não anotou nada antes de ir embora.

Brian voltou para a mesa. Seu cabelo estava molhado. Ele parecia ter finalmente acordado de um sono agitado. Um arrepio percorreu minha espinha. Ele não era mais Brian; era um homem que talvez quisesse me ver morto.

"Acho que vocês já pediram?"

"Já pedimos", Juanca respondeu.

"Beleza. Então, daqui a gente vai pra... sua casa?", Brian perguntou.

---

*   *Boricua*: expressão de origem indígena que genericamente significa "porto-riquenho".
**   *Spic*: é uma palavra depreciativa usada atualmente para se referir a uma pessoa de origem hispânica vivendo nos EUA.

"Isso mesmo", Juanca confirmou. "Na verdade, é a casa da minha mãe. Vou contar tudo a vocês depois que a gente comer. Se bem que, na verdade, eu não quero ficar falando a respeito dos nossos planos aqui, entende o que estou dizendo?"

Brian assentiu lentamente. Juanca voltou a se concentrar no celular. Peguei o meu e olhei para a tela. Havia uma nova mensagem do hospital me lembrando de que eu lhes devia dinheiro. Apaguei e cliquei no aplicativo do Facebook, percorri fotos, textos e uma variedade de atualizações que ao mesmo tempo diziam nada e tudo o que se queria saber sobre as pessoas. A rolagem ajudou o mundo a deslizar para trás e evaporar. Minha primeira parada foi o perfil de Melisa. Fui até a pasta de fotografias e rolei a tela. Sete ou oito fotos de perfil atrás tinha usado uma fotografia em que aparecia na frente de um lago de carpas, com Anita nos braços. Anita estava com mais ou menos oito meses, bochechas rosadas e olhos brilhantes. Tínhamos feito uma pequena viagem a um museu de Houston e acabamos no Jardim Japonês. Eu me lembrava bem dessa foto porque o sorriso da Melisa brilhava mais que o sol. Mas quando estávamos arrumando as coisas no carro para sair, dois homens em um carro esporte pararam ao lado dela no estacionamento. Um deles apontou e gritou: "Olha, uma mexicana com uma menininha. Isso é o que eu chamo de kit de limpeza com reposição!". Eles aceleraram e caíram fora. Procurei uma pedra para jogar nos caras. Eu queria assassiná-los. Eu teria esfaqueado, feliz da vida, o homem que insultou meus anjos; com um sorriso no rosto, eu assistiria ao filho da puta sangrar até a morte na calçada. Fiz o possível para convencer Melisa de que foi um incidente isolado, mas ela já havia passado por coisas assim antes e sabia que voltaria a acontecer. Eu a abracei e lhe disse que algumas pessoas eram lixo, mas só a minoria, e que o número de pessoas boas era muito maior que as ruins. Quando alguém que amamos está sofrendo, mentir é a coisa mais fácil do mundo. A violência também.

Eu não conseguia lidar com mais lembranças, então voltei a deslizar a tela para percorrer a vida de outras pessoas, quando um fiapo de voz no fundo da minha cabeça me lembrou de que eu era um covarde por não ligar para Melisa e pedir desculpas. Alguém tinha feito pão. Uma mulher simpática ganhou um cachorrinho. Trump disse algo incrivelmente estúpido mais uma vez. Algumas pessoas tentavam ser espirituosas, outras desperdiçavam palavras falando sobre coisas que odiavam. Nós três sentados àquela mesa estávamos a caminho de fazer algo que poderia mudar nossa vida, algo que nos levaria o mais perto possível da morte, sem de fato cair nos braços dela. E ninguém sabia ou se importava. O mundo continuaria. A morte é uma pequena interrupção que afeta apenas as pessoas ligadas a quem La Huesuda leva consigo para casa.

Um vulto ao meu lado me fez voltar para a realidade da vida. Era nossa garçonete de novo, desta vez segurando pratos. Enfiei meu celular de volta no bolso e decidi não me punir por ver mais fotos do perfil de Melisa. Quem disse que é melhor ter amado e perdido do que nunca ter amado provavelmente foi um idiota que nunca na vida perdeu nada do que amava.

Comemos em silêncio, enfiando a comida na boca faminta com a intensidade de homens que não querem aceitar o fato de que talvez estejam fazendo sua derradeira refeição. Para mim, estar em movimento e sentir que fazia algo que poderia me colocar em uma situação melhor era o bastante.

Dinheiro.

Melisa.

Um novo começo.

Foda-se a morte.

Depois de alguns minutos, os três babacas da outra mesa começaram a contar piadas. Um dos caras barbudos era o que mais falava. Eles fizeram questão de levantar a voz para se certificar de que os ouvíamos.

"Ei, Frank, como você chama um bando de mexicanos correndo morro abaixo?"

"Eu não sei, cara. Como?"

"Um deslizamento de lama."

Suas risadas eram sem vida, o som de hienas antes de uma refeição de carniça.

"Essa é boa, mano."

"Tenho uma pra você, Chris: quatro mexicanos estão sentados em um carro. Quem está dirigindo?"

"Não sei, Frank, quem está dirigindo?"

"Agentes da Imigração."

Nova explosão de gargalhadas. As palavras deles pousaram em nossa mesa como mariposas mortas. Brian se concentrou em sua comida como se sua vida dependesse disso. Como muitos brancos, sua branquitude transformou-se em confusão envolta em vergonha diante do flagrante racismo.

Eu me senti mal olhando para Brian. No homem sentado ao meu lado estava a fraqueza de tantos outros. Desviei o olhar e meus olhos pousaram em Juanca. Algo no rosto dele havia mudado, um endurecimento sutil das feições a sugerir que placas tectônicas de ódio se deslocavam sob sua pele. Suas sobrancelhas estavam mais baixas, as palavras tatuadas FEITO NA e QUEBRADA mais próximas umas das outras. Sua boca se movia mecanicamente. Abrir. Fechar. Mastigar. Engolir. Repetir. Em seus braços, crânios pairavam na fumaça. A Virgem parecia triste, como todas as mães que perderam um filho. Um cifrão rodeado por pequenas estrelas expressava o amor dele pelo dinheiro. O rosto de uma bela mulher-caveira maquiada para parecer a morte olhava para mim. Satanás ocupava um grande espaço. A imagem em preto e cinza de Santa Muerte parecia maior do que antes. Mais perto de seu cotovelo direito estava a cabeça de um homem de bigode que não reconheci. As tatuagens não tinham nada a ver umas com as outras, mas algo me dizia que eram a história da vida dele. Quando meus olhos se desviaram para seu rosto, ele estava me encarando.

"Hay una pistola en la guantera."

A voz dele era grave e dura. Os olhos comunicavam com clareza uma coisa: ele estava me avisando que havia uma arma no porta-luvas, mas isso não era uma conversa, e eu não precisava perguntar nem responder nada. Ele estava pensando que a situação ficaria pior.

Estávamos quase terminando de comer quando os três homens se levantaram, jogaram algum dinheiro sobre a mesa e caminharam até a porta. Eu não estava de frente para eles, mas eram grandes o bastante para que eu acompanhasse seus movimentos com minha visão periférica. Quando chegaram à porta, um dos caras barbudos deu meia-volta e atravessou o restaurante a passos largos. Suas botas pesadas bateram com força no velho assoalho de madeira. Ele veio até a nossa mesa.

Por um segundo ele parou ao nosso lado, encarando Brian como se tentasse entender o que um cara branco tinha na cabeça por dividir o pão com dois homens latinos com sotaque. Nós três olhamos para ele, confusos, num misto de raiva e ansiedade.

"Espero que vocês todos estejam a caminho de El Paso", ele disse. Para começo de conversa, antes já não havia muito humor em sua voz, mas a minúscula quantidade que existira lá desapareceu de vez. Ele levantou a mão e a passou pela barba, cerrando o punho sob o queixo e puxando os pelos faciais. Nenhum de nós disse nada, então ele continuou:

"E quando chegarem a El Paso, quero que continuem dirigindo, estão me ouvindo? Quero que vocês sigam em frente e voltem pro seu país de merda e nunca mais arrastem a bunda pra este lado da fronteira. Está claro?"

O segundo barbudo apareceu.

"Vambora, Chris."

"Ainda não, cara", Chris disse. "Estou mandando esses cucarachas de merda voltarem pro país xexelento deles. Isto aqui são os Estados Unidos, porra! Vocês não podem entrar num restaurante e começar a falar espanhol. Façam isso no seu próprio país, *comprende*?" Ele levantou a mão novamente e apontou para Juanca: "E esse filho da puta aqui? Com o rosto tatuado desse jeito, provavelmente faz parte daquela gangue M-13 ou sei lá o nome dessa merda. O lugar deste filho da puta é a cadeia. Ele deve ser um estuprador ou traficante. É só olhar pra cara dele!"

Juanca assentiu, mas ficou quieto. Ele não estava a fim de briga. Estava tentando saborear sua refeição e fazer coisas maiores em El Paso. Ele colocou a mão em cima da mesa e por um segundo pensei que estava exibindo sua arma, mas apenas contou três notas de vinte, dobrou-as e cuidadosamente as colocou sob a caixinha que continha os sachês de açúcar e os adoçantes e disse:

"A gente já estava de saída."

O homem que se aproximou para buscar Chris colocou a mão no peito dele e lhe deu um suave tapinha:

"Vamos nessa, mano."

De olho em nós, os homens recuaram alguns passos antes de finalmente se virarem para ir embora. Quando chegaram à porta, Chris murmurou algo sobre quebrar o pé de tanto chutar nossa bunda se voltasse a nos encontrar. Eles abriram a porta. Uma explosão de luz encheu o restaurante por alguns segundos e depois se extinguiu. Assim que a porta se fechou, Juanca se levantou e quase correu até a porta. Eu o segui, convencido de que sua velocidade era por causa da raiva, porque ele mal podia esperar para dar o fora dali.

Eu estava errado.

Ao nos aproximarmos da porta, Juanca estendeu a mão direita para trás, levantou a camisa e puxou uma arma da cintura, enquanto abria a porta com a mão esquerda.

Homens corpulentos geralmente não são rápidos, muito menos com a barriga empanturrada de carne e chá gelado. Os homens estavam a cerca de três metros da porta, mexendo nos celulares e cigarros. O tal de Chris foi o último a sair e era o mais próximo da porta. O magricela estava à esquerda e o terceiro estava alguns metros à frente deles, enfiando a mão nos dois bolsos ao mesmo tempo.

Sem interromper a passada, Juanca ergueu a mão e acertou o rosto de Chris com a coronha da arma. O homem urrou de dor e cambaleou para o lado, levando as mãos ao rosto. Juanca aproximou-se dele, agarrou-lhe a camisa e pôs a arma debaixo do queixo. O homenzarrão arfou e ficou na ponta dos pés.

Os outros dois gritaram alguma coisa, mas recuaram assim que viram a arma.

"Que porra você pensa que tá fazendo?"

A bochecha direita de Chris ganhou um talho vermelho e profundo sob o olho. O corte se abriu lentamente, o sangue se acumulando no ferimento antes de começar a escorrer pelo rosto e desaparecer barba adentro.

"Cala a boca e se ajoelha, cadela!", Juanca falou.

"Eu não vou ajoelhar porra nenhu..."

A perna direita de Juanca voou, e ele acertou uma joelhada na virilha do homem. Chris gemeu e se curvou. Juanca soltou a camisa dele, agarrou-lhe a nuca e a empurrou na direção de seu joelho, que voou para desferir uma nova pancada. O rosto do grandalhão se chocou contra o joelho de Juanca com um baque e um rangido. Chris desmoronou de lado, e seu corpo inerte atingiu o chão com tanta força que chegou a quicar um pouco. O ar escapou de seus pulmões com um alto *uuunnf*.

"Eu mandei ajoelhar, filho da puta!" O rosnado de Juanca havia transformado seu rosto em uma máscara de demônio. As tatuagens lhe davam um aspecto sobrenatural. "Ajoelha aí agora, senão eu juro pela minha amá que vou atirar na sua cara e depois chutar sua cabeça até seu cérebro escorrer pelo nariz, *comprende?*"

Com um gemido, o homenzarrão colocou uma das mãos no chão enquanto mantinha a outra no rosto, depois ficou de joelhos. Juanca se virou e mirou a arma na direção dos outros dois. Atordoados, ambos estavam em silêncio, seus olhos saltando da arma para Juanca e depois para mim. Não gostei de estarem tão perto de mim. Não gostei de não estar empunhando uma arma.

"Vamos lá, digam alguma coisa", Juanca os instigou. Nenhum dos dois abriu a boca. "Acabaram as piadinhas agora? Vocês dois vão ficar aí parados feito dois imbecis?"

Juanca trocou a arma para a mão esquerda, enfiou a mão direita no bolso, tirou as chaves do carro e jogou em mim.

"Saca la pistola que te dije y mantén a esos dos pinches cabrones tranquilitos. Si se mueven, mátalos."

Achei isso ótimo. A coisa escura dentro de mim estava de volta. Eu queria machucar aqueles racistas filhos da puta, assustá-los. Eu queria dar vazão à raiva. Ver o porco racista de joelhos e sangrando pelo rasgo no rosto me deixou feliz de um jeito novo. A dor alheia nunca me trouxe alegria, mas agora, ver idiotas sofrerem — e fazer os babacas sofrerem — levava minha alma despedaçada a sorrir.

Fui buscar a arma no porta-luvas quando Brian saiu do restaurante, viu a cena e decidiu se juntar a mim em minha ida até o carro. Chegou tão perto que seu braço roçou em mim enquanto caminhávamos.

"Mas que merda o Juanca está fazendo, cara? E se a polícia aparecer? A gente precisa dar o fora daqui agora."

Olhei para ele. Eu não tinha nada a dizer. Apertei duas vezes a chave-controle do carro, dei um brusco puxão na porta do passageiro e abri o porta-luvas. Havia alguns papéis, um embrulho de bala amarelo e um envelope por cima de uma arma preta e pesada. Eu a agarrei. As coisas caíram todas no chão sob o assento do passageiro. Bati a porta e corri de volta para onde Juanca nos esperava. Algum estranho instinto entrou em ação dentro de mim e apontei a arma para os homens que estavam parados lá com os olhos ameaçando saltar da cabeça.

"Agora me escuta, seu filho da puta. Meu amigo aqui vai cuidar pra que esses dois cabrones fiquem onde estão, tá entendendo? E você e eu... você e eu vamos ter uma conversinha."

"O que você...?"

Chris tentou perguntar alguma coisa, mas a perna direita de Juanca voou novamente e sua bota direita acertou o rosto do grandalhão, que caiu enrodilhado de lado.

"Levanta essa sua bunda racista, pendejo! Eu e você ainda não terminamos."

Juanca se inclinou sobre o homem, agarrou-o pela camisa com a mão esquerda e o puxou para cima.

"Tire as mãos da porra do seu rosto!"

Chris estava começando a entender a enrascada em que se enfiou. Em vez de perguntar ou resistir, ele retirou as mãos. Lágrimas escorriam por seu rosto, misturando-se na ponta da barba com o sangue e o ranho que saía de seu nariz. Juanca viu o sangue e sorriu. Em seguida ergueu a arma e a apontou para o nariz do homenzarrão. Ouviu-se um estalo úmido seguido por um uivo gargarejado. Chris caiu de novo, encolhendo-se mais uma vez e emitindo um ruído úmido que ficava em algum lugar entre um ronco e um gemido. Por conta de suas repetidas viagens ao chão empoeirado, ele estava quase totalmente marrom.

Os dois idiotas que eu vigiava sob a mira da pistola ficaram olhando para mim e depois para o amigo ensanguentado. Levantei um pouco mais a pistola. Eles deram um passo para trás. As armas dizem muito sem precisar de palavras.

Juanca deu a volta para o lado de Chris e chutou as mãos que cobriam seu rosto. Depois deu outro chute.

"Me chama de cucaracha agora, cabrón. Me manda voltar pro meu país de merda. Vamos, dá uma de durão, faz como seu presidentezinho do caralho. Diz alguma coisa, hijo de puta!"

Juanca se reposicionou e desferiu outro coice. Desta vez, a ponta de sua bota acertou a têmpora de Chris. O som da pancada parecia o de um melão caindo de uma mesa. Os braços do grandalhão ficaram moles. Por alguns segundos ele parou de se mexer. Juanca se abaixou e o esbofeteou. Depois agarrou o cabelo de Chris e acertou outra coronhada em seu rosto.

"Porra! Acorda, cabrón!"

Chris gemeu mais uma vez. Suas pálpebras se abriram, trêmulas.

"Sorria pra mim", Juanca disse.

O magricela disse algo que eu não consegui entender, então apontei a arma para ele de novo. Isso o calou. Eu queria que ele me atacasse. Atirar nele seria ótimo. Eu queria deixar toda a escuridão sair na forma de um disparo. A violência ao meu redor estava me energizando, fazendo eu me sentir bem. Pressionei o gatilho.

O olho esquerdo do magricela explodiu, e bem no lugar onde antes existia seu globo ocular abriu-se um buraco. Em vez de despencar, o cara ficou lá de pé, balançando um pouco. Uma gavinha branca se moveu no buraco escuro e irregular. O que havia lá dentro estava se desenrolando, preparando-se para sair.

Eu vi Chris caído no chão, uma coisa com tentáculos chapinhando e abrindo caminho para fora de seu crânio...

"Vamos lá, sorria pra mim, pinche cabrón", Juanca disse de novo.

Pestanejei. Os dois homens ainda estavam na minha frente, o medo pintando seus rostos de branco, mas fora isso ilesos. Algo zumbiu perto do meu ouvido.

Ainda no chão, Chris olhou para cima e contorceu a boca em um formato estranho. Ele estava chorando. A mistura de sangue, ranho, lágrimas e sujeira transformou seu rosto numa máscara de Dia das Bruxas. Juanca desferiu outra coronhada no rosto dele, com tanta força que o punhado de cabelo que ele segurava ficou em seu punho quando a cabeça de Chris voou para trás e se chocou contra a terra no chão. Meio segundo depois, virando-se de lado, ele tossiu, engasgou e cuspiu dois dentes salpicados em sangue.

"Era *isso* que eu queria ver", Juanca disse. "Agora me escuta, e me escuta com atenção, cabrón, porque se eu cruzar com você de novo, vou encher seu corpo de tantas balas que sua família não vai nem conseguir identificar seu cadáver. E se aqueles dois idiotas ali estiverem junto, vou fazer a mesma coisa com eles quando acabar de brincar com você, entendeu?"

Chris assentiu entre gemidos e um som estranho que percebi que era choro. Um choro convulsivo. Eu quase sorri.

"Agora essa porra de boca feia que você tem já está com dois dentes a menos. Você nunca mais vai recuperar esses dentes, então vai se lembrar de mim toda vez que sorrir, hijo de la chingada. Lembre-se de que eu fiz isso com você. Olha pra minha cara! Lembre-se de que eu fodi sua boca porque você disse umas merdas racistas. Lembre-se de que eu fodi com você porque a única língua que a minha amá fala incomoda você." Juanca se aproximou de Chris e encostou a arma em sua testa.

"A partir de agora, sempre que você vir um latino, vai ficar de boca fechada. Sempre que você interagir com alguém chamado Martínez, García, Vázquez, Rodríguez, Torres, Hernández, Morales, Pérez, González, Sánchez... seja o que for, você vai ser legal com eles. A pinche frontera atravessou a gente primeiro, pendejo, então nunca mais mande ninguém voltar pra lugar nenhum. Esta terra não é sua; este lugar é nosso. Esta no es tu pinche casa. Da próxima vez que essa baboseira de suprema-cista branco brotar na sua cabeça, lembra que sua família veio pra cá a bordo da porra de um barco não faz muito tempo. E aí você vai lembrar que um cara latino te fez chorar como uma putinha num estacionamento depois de arrancar dois dentes da sua boca estúpida, entendeu?"

Eu tinha certeza de que Chris soltaria um rosnado selvagem e depois saltaria numa investida para cima de Juanca. Nenhum homem suportaria tamanha dor e humilhação sem retaliar, certo? Eu estava errado. Ele não fez nada disso. Pelo contrário, soluçou mais forte e fez que sim com a cabeça, fios de muco, sangue e saliva escorrendo sem parar e formando uma meleca de nojeira acastanhada que lhe cobria a parte inferior do rosto, a barba e o peito.

"Bom menino", Juanca disse. "Agora recolha seus dentes, limpe-os na camisa e dê pra mim." Algo mudou no rosto de Chris, e sua cabeça pendeu alguns centímetros para a esquerda, como a de um cachorro curioso. Ele não tinha certeza se tinha ouvido direito.

"Sim, você me ouviu, cabrón; recolha seus dentes do chão, limpe na camisa seus mocos sujos deles e os entregue pra mim. Eu vou ficar com seus dentes."

Chris não se mexeu.

"Agora!", Juanca insistiu, empurrando a cabeça de Chris para trás com o cano da arma.

Chris se encolheu de medo. Em seguida, colocou uma das mãos no chão, abaixou-se e recolheu os dois dentes. Com dedos trêmulos, limpou-os com a bainha da camisa e os colocou na mão estendida de Juanca. Assim que os pegou, Juanca os enfiou no bolso e deu meia-volta.

"O que vai acontecer agora é o seguinte, cabrones: meus amigos e eu vamos entrar no nosso carro e dar o fora daqui. Se vierem atrás de nós, a gente mata vocês. Se chamarem a polícia, a gente mata os tiras e depois volta aqui pra procurar e matar vocês. Estou tirando uma foto de cada uma das placas dos carros aqui. Se vocês me fizerem voltar aqui com mais amigos, esta porcaria de lugar vai aparecer no noticiário pela primeira e última vez, ouviram?"

Quando os homens olham para o cano de uma arma apontada para eles, a masculinidade se torna um castelo de areia construído perto demais da maré. Os dois idiotas que eu ainda estava mirando assentiram como colegiais. O silêncio deles era quase eloquente. Eles estavam apavorados. Haviam desistido, não estavam acostumados com aquele nível de violência. No chão, Chris resmungou algo molhado que soou como um pedido de desculpas e depois tossiu um pouco de sangue.

"Vámonos", Juanca disse.

Eu não sabia o que fazer. Apontar a morte para alguém e depois ir embora me pareceu perigoso. Aqueles caras poderiam entrar no carro e vir atrás de nós. Arrancar dois dentes da boca de uma pessoa era mais do que fazer mal a alguém. Não era um insulto: era um ataque sanguinário que jamais seria esquecido.

Juanca abaixou a arma e começou a caminhar na direção do carro. Brian saiu do meu lado e me seguiu, murmurando "fodeu" repetidas vezes e olhando em volta, provavelmente preocupado com a chegada da polícia. Andei até o carro, mas mantive a arma em punho.

No carro, Juanca ligou a ignição. A música explodiu dos alto-falantes, e meu coração disparou.

Juanca pisou no acelerador e deu um cavalo de pau, lançando uma nuvem de poeira seca no ar. Isso era para esconder a nossa placa.

Deixamos para trás aquela churrascaria de quinta categoria e voltamos para a estrada. Juanca dirigia com uma das mãos e, com a outra, segurava a arma. Eu ainda empunhava a minha.

Estávamos a mil por hora. O silêncio dentro do carro era tenso e espesso, mas por fim nossa respiração amainou. O fantasma do que havíamos feito nos acompanhava. Alguns quilômetros depois, Juanca falou, seus olhos saltando entre a estrada à frente e o espelho retrovisor.

"Eles não estão seguindo a gente."

De alguma forma as palavras dele me acalmaram. Meus pulmões se expandiram. Afrouxei a mão que apertava a arma.

"Que porra foi aquilo?"

A pergunta de Brian pairou no ar, ignorada e sem resposta.

Abri o porta-luvas e coloquei a arma lá dentro. Ao fechá-lo, lembrei-me das coisas que haviam caído e me abaixei para pegá-las.

Sob meus pés havia um envelope grosso. Pelo tamanho e textura, continha fotos. Quando o ergui, a aba se abriu e algumas das imagens deslizaram para fora. Eu as recolhi e olhei para a primeira imagem.

Terra.

Sangue.

Facas.

Céu.

Uma nuvem baixa.

Um bigode.

Levei um segundo para entender o que meus olhos viam, porque eu estava segurando a foto na vertical. O que denunciou meu equívoco foram o azul do céu e a nuvem recortada que dava a impressão de que alguém havia tentado arrancar um naco de papel de parede azul. Meu cérebro instruiu meus dedos a ajustar a foto antes que o restante dela comunicasse o conteúdo da imagem.

Virei a foto de lado quando os alarmes dispararam na minha cabeça.

A imagem mostrava um homem caído no chão. Um homem morto, com um bigode fino de pontas longas e curvilíneas como o de Dalí. Sem pés. Cotos ensanguentados encrostados de terra se projetavam da barra de sua calça jeans imunda. Ele estava deitado do lado esquerdo, as mãos inchadas amarradas com fita adesiva na frente do corpo, fazendo-o parecer uma criança adormecida. Facas de todos os tamanhos e feitios revestiam seu flanco como árvores pontilhando uma colina.

Três lâminas brotavam da lateral de sua cabeça como as antenas metálicas de algum inseto bizarro. Tinha olhos injetados, as feições deformadas por inflamações e hematomas. Uma das facas havia perfurado sua bochecha e, provavelmente alojada nos dentes, mantinha a boca aberta. A cena era horrenda, exalando o tipo de violência desenfreada que entra na pessoa e cutuca seu cérebro instintivo com um pedaço de pau.

"Guarde essa merda de volta no envelope."

Fiquei alvoroçado. Fitei o envelope na minha mão. As fotografias deslizaram umas por cima das outras, seus cantos idênticos revelando o fato de que as demais eram iguais. Parecia uma tela de computador com defeito, o mesmo pesadelo retangular ecoando na minha mão. Devia haver pelo menos dez cópias.

"O que... que porra é essa, cara?" Minha voz era um pássaro preso na garganta de um gato.

"Pon las pinches fotos donde estaban."

A raiva envenenou a voz de Juanca, tornando-a algo sombrio e pesado, com a promessa de mais violência. Devolvi ao interior do envelope a foto que estava na minha mão e acrescentei as poucas outras que haviam caído. Dei uma batidinha no envelope para ter certeza de que toda aquela morte estava contida, arrumada com esmero. Depois fechei o envelope e o coloquei de volta no porta-luvas. O resto das coisas ainda estava no chão, então eu me abaixei e recolhi tudo.

"Isso aí não é da porra da sua conta."

Eu não disse nada. Tinha que haver uma história por trás da almofada de alfinetes humana retratada nas fotos, mas eu não tinha certeza se queria saber. Talvez o plano de Juanca fosse tirar Brian e a mim do caminho assim que o dinheiro estivesse assegurado, e por isso ele me contou aquela história na churrascaria a fim de garantir que eu ficaria de olho em Brian e não nele.

Se Brian viu ou ouviu alguma coisa, não demonstrou. Ele estava olhando pela janela, esfregando as mãos nos antebraços, para cima e para baixo. Parecia mais uma criança do que alguém capaz de meter uma bala na cabeça de alguém.

"Você está bem aí, B?"

O silêncio foi longo o suficiente para me deixar desconfortável.

"Não, eu não estou bem porra nenhuma, Mario. Nem a pau eu estou bem. Que porra foi aquilo lá? Pode ser que aqueles caras tenham ido buscar armas, e a qualquer momento vão vir atrás de nós. Vocês não conhecem esse tipo de gente. Eu conheço. Cresci com caras dessa laia. Eles ficam com raiva e pegam armas, e todos têm armas, armas grandes, tipo canhões."

"Ah, agora o menino branco tem algo a dizer!", Juanca rebateu. "Cala a boca, Brian! Se você estiver com medinho, eu posso te deixar aqui mesmo. Boa sorte em conseguir uma carona de volta pra Austin."

"Por que você...?"

"Cala a boca e pronto! Pinche gabacho cagado. Você não disse uma única palavra quando aquele babaca estava na nossa mesa. Agora está falando um monte de merda sobre como você conhece caras como eles, mas lá na churrascaria, na hora do pega pra capar, você ficou feliz da vida de manter a boquinha fechada e não se meter na merda, né? Pinche sacatón. Mesmo quando a gente saiu no estacionamento, você não fez porra nenhuma. Você poderia ter esmurrado um deles se quisesse, mas não fez nada. Em vez disso, só se preocupou consigo mesmo. Culero."

"Eu não..."

"Ah, não, andar com caras latinos é bacana quando você está ganhando dinheiro, mas assim que alguém xinga a gente, o gato come a sua língua."

"Juanca, eu não..."

Brian mereceu esse esporro de Juanca.

"Cállate. Fecha a matraca. Não me venha com essa, cara. Eu não preciso ouvir la mierda que vayas a decir. Este não é o meu primeiro dia como um homem latino neste país. Aquele puto do seu presidente me chama de estuprador, e seu tio vota nele porque quer redução de impostos ou alguma merda do tipo. As pessoas do meu barrio são jogadas dentro de jaulas depois que algum idiota arranca os filhos deles, e você fica de boca fechada porque o pessoal da TV disse que nós estamos entrando no seu país e roubando seus empregos, certo? Nunca vi um único branco falar mal de outro branco em toda a minha vida deste lado da fronteira. Eu estou pouco me fodendo pro que você tem a dizer agora. Quando você vê alguma merda racista acontecendo, você se manifesta, porra. Suas palavras vão significar alguma coisa... e o seu silêncio também."

Brian não disse nada. Anos de vida cercado de racismo e silêncio estavam borbulhando à tona. O novo eu gostava de violência, sobretudo de violência justa, e tudo o que aconteceu desde que saímos da churrascaria parecia certo. Isso incluía Juanca esculhambar Brian. Ele estava ecoando meus pensamentos: um aliado que se cala não vale de nada.

Durante algum tempo prosseguimos em silêncio. Minha mente vagou e por fim foi sugada para o buraco negro no âmago do meu ser: Anita. Eu sentia saudade dela. Sentia saudade de sua energia e do som de sua risada. Sentia saudade do lado suado de sua cabeça descansando no meu braço enquanto ela dormia. Sentia saudade de suas mãozinhas chapinhando na banheira, seus dedinhos grossos envolvendo um barquinho de plástico pelo qual ela se apaixonou na loja de artigos de segunda mão.

Eu permiti que a dor viesse. A dor afugentou a raiva e substituiu tudo o que havia dentro de mim por um vazio frio e escuro. Depois isso trouxe a raiva de volta, uma coisa descomunal que deu pontapés no universo e exigiu represália.

A pior parte de lembrar de Anita sempre foi a própria Anita, um facho de luz cintilante no centro de um mundo estúpido. Ultimamente, isso havia mudado. Agora ela dividia esse lugar com a mãe. Eu via Melisa enterrando o nariz no pescoço de nossa filha, gargalhadas histéricas explodindo de sua boca como fogos de artifício sonoros. Eu as via na cama, Melisa no celular enquanto algum desenho animado na TV arrebatava os olhos de Anita. Eu via as duas juntas e os fragmentos do meu coração começavam a vibrar com propósito. Inevitavelmente, sempre me ocorria o pensamento: Anita se foi, mas Melisa ainda está aqui. Sua ausência não precisava ser definitiva. Sua companhia, seus braços, seu calor — eram possibilidades.

Olhei para Juanca. Ele havia guardado a arma e agora estava recostado no assento. Como se sentisse meu olhar fixo, ele endireitou a postura e se virou. Por um segundo, não disse nada. Dava para ver sua língua deslizando ao longo dos dentes, embora a boca estivesse fechada.

"Você tá legal, cara?" Ele estava sorrindo agora, mas seus olhos pareciam vazios.

Pensei no envelope e nas fotos do homem com o bigode de Dalí, os cotos ensanguentados no lugar dos pés, idênticos aos artelhos daquele coitado do menino.

"Tudo bem, só pensando", respondi.

Eu não podia lhe dizer exatamente no que eu estava pensando, mas ele pareceu satisfeito e fixou os olhos na estrada.

Estar na presença de monstros é bom, contanto que você não pense muito nas coisas que eles são capazes de fazer. O mais assustador é quando você se dá conta do que *você mesmo* é capaz de fazer.

15

As pessoas geralmente ficam surpresas quando chegam à fronteira e percebem que não há mudança na paisagem, nenhuma gigantesca linha divisória no céu. A terra não se importa com as estúpidas linhas que os humanos insistem em traçar nela, e a fronteira sul não é diferente. Não há nada lá que torne óbvio que você está se aproximando de um interstício de culturas, nada a dizer que pessoas de uma cor vivem de um lado e pessoas de uma cor diferente habitam o lado oposto. Em vez disso, há uma cerca baixa e escura na beira da estrada e mais espaço vazio, alguns arbustos e mais terra seca.

A minha ideia de outro país sempre esteve ligada a aviões, a viajar durante horas a fio e por fim chegar a um lugar diferente, onde as línguas dos residentes assumem a forma de outro idioma e a atmosfera e o ar permitem saber que você está alhures, em algum lugar diferente. Às vezes é também um lugar onde a violência está mais próxima da vida. Um corpo crivado de facas encontrado na cidade de Nova York ganharia as manchetes dos noticiários de todo o país, mas aqui era apenas mais uma vítima da violência dos cartéis. Diferenças como essa são relevantes. Houston não é Porto Rico. O Sul dos Estados Unidos não é o Caribe. Tacos, carne de peito bovino, pão de milho e tamales não são mofongo, arroz con gandules e tostones. O Atlântico acariciando e puxando suavemente seus pés não tem nada a ver com o Pedernales empurrando suas pernas, as pedras redondas do rio pressionando suas solas, as superfícies escorregadias e tingidas de verde deslizando sob você. As diferenças são imensas. Você pode ver sua chegada como uma mudança de lugar, uma alteração na geografia e na cultura.

Isso não acontece em El Paso. As coisas nos dois lados do rio parecem mais ou menos as mesmas, e as ruas de ambos os lados estão apinhadas de rostos latinos e brancos, a mesma comida, o mesmo ar, e as mesmas palavras em espanhol e inglês ressoam de um lado para o outro em vaivém. O que acontece em la frontera é tão problemático que é chocante. Visto da fronteira em si, o conflito não é entre dois países; é uma discussão entre vizinhos que ocupam o mesmo terreno, mas não compartilham os mesmos privilégios, e é uma discussão muitas vezes policiada por pessoas que nem sequer vivem nas redondezas.

Por fim, Juanca acionou a seta e guinou à direita. O carro deslizou para uma saída, e casinhas, postes de luz, cercas baixas e árvores substituíram o espaço aberto. Atrás de algumas janelas viam-se luzes acesas. Enquanto percorríamos a estrada, a escuridão que caiu sobre nós feito uma mortalha e o medo do desconhecido que se esgueirou, sorrateiro, pelos cantos do meu cérebro me deixaram no limite da tensão. Além do mais, agora eu também não me sentia confortável dormindo ao lado de Juanca. Sim, a violência que testemunhei no estacionamento do restaurante e o fato de ter visto aquelas fotos horríveis mexeram com meus nervos. A área residencial, com sua domesticidade e normalidade, me tranquilizou.

Em dado momento, Juanca diminuiu a velocidade e parou diante de uma casa baixa feita de tijolos vermelhos com uma árvore grande e morta na calçada da frente. Um Chevrolet Lumina cor champanhe estava estacionado na entrada da garagem, uma poça de água acumulada junto aos pneus. Juanca desligou o motor.

"Aqui é a minha casa", ele disse. "Quero dizer, é a casa da minha amá."

Repetimos o processo de desenrolar e desdobrar o corpo, esticar braços e pernas. O carro de Juanca tiquetaqueou a intervalos arrítmicos na rua quieta, e nossa respiração profunda e o ronco distante de carros algumas ruas acima eram os únicos sons na rua, apesar de ainda ser relativamente cedo.

No final da rua havia um muro alto e marrom; do outro lado estava o México.

"Eu tenho que mijar, cara", Brian disse com um grunhido. Ouvir sua voz me fez perceber que o que ele havia perguntado no carro e essa curta declaração foram as únicas palavras que ele pronunciou desde que Juanca lhe dera aquela bronca. Não passou de uma repreensão breve, suscitada por seu silêncio cúmplice, mas mudou o clima entre nós.

"Eu também", Juanca disse. "Vamos entrar. E fiquem atrás de mim. Mi amá está un poco sorda. Se ela não me vir primeiro, pode ser que atire em vocês."

O pensamento de uma senhora com problemas de audição sentada dentro daquela casa com uma arma na mão me deixou desconfortável.

Observei Juanca enfiar a mão no bolso. Presumi que ele estava procurando as chaves, mas observá-lo foi um lembrete de que havia outras coisas lá dentro também.

Em vez de um chaveiro, Juanca puxou uma única chave ao se aproximar da porta marrom e descascada da casa. Ele a enfiou na fechadura, girou-a e abriu a porta. As dobradiças soltaram um grito muito agudo. Juanca parou na soleira e gritou.

"Amá!"

Brian e eu nos posicionamos atrás dele. Do outro lado da porta havia uma pequena sala de estar com um sofá marrom e amarelo forrado de plástico; junto à parede oposta, uma mesinha com uma enorme televisão, quadrada, pesada e tão volumosa que, assim como uma árvore, isso significava que era velha. A antiquada capa plástica do sofá também era um retorno ao passado. Tive curiosidade de saber se Juanca, quando criança, alguma vez se sentou na frente dela com uma pilha de pedras ao lado dele, esperando ansiosamente que algum roedor saísse de baixo das almofadas.

Na luz fraca que vinha da lâmpada no meio do corredor, vimos uma mulher baixa e magra, de roupão. O cabelo dela era um halo esgarçado de cinza circundando sua cabeça. Isso me fez lembrar de como as pessoas ficam nos desenhos animados quando são eletrocutadas. O roupão azul que ela usava tinha enormes flores vermelhas. Amapolas. A roupa cobria seu corpo, mas pendia de seus ombros ossudos como se ela a tivesse roubado de uma mulher muito maior. Ela estava usando chanclas brancas. Algo graúdo pendia de sua mão direita.

"¿Eres tú, Juanito?", a voz dela era um vaso delicado balançando na beirada de uma mesa.

"Si, Amá, soy yo."

Depois de dar dois passos para dentro da casa, Juanca se virou e, com um meneio de cabeça, nos convidou a entrar.

Assim que entrei, a primeira coisa que notei na casa foi um cheiro estranho, que me fez pensar em chuva, mas também em cavar com Melisa no quintal. Tinha uma queda por rosas. Havia rosas amarelas ao lado da nossa porta. Nos fundos da casa, ela aproveitou todo o espaço disponível que encontrou para plantar. Tinha a mão boa para jardinagem. Pensar nela toda suada e suja era estranhamente reconfortante.

"Ay, mijito, ven aquí y saluda a tu madre."

Juanca obedeceu. O corpo dele parecia grande demais para caber no corredor, e a mulher pequenina desapareceu quando ele a abraçou. Ouvi sussurros e beijos. A mulher afastou Juanca um pouco e agarrou seu rosto com ambas as mãos. A coisa que ela segurava na mão direita era uma arma. Das grandes. Os dedos frágeis da mulher ainda estavam agarrados à arma quando ela levou as mãos ao rosto de Juanca. Um sorriso triste puxou para cima os cantos de sua boca e, ao mesmo tempo, arrastou as sobrancelhas um pouco para baixo. Felicidade, amor e algo parecido com dor lutavam pelo controle de suas feições. Ninguém ganhou essa batalha.

"¿Como tem estado, Amá? Como te sientes?", Juanca perguntou.

"Cansada, hijito. Me pesan los huesos."

Com isso, ela olhou em nossa direção e quis saber:

"¿Quiénes son estos señores, Juanito?"

"Son unos amigos de Austin. Los traje para que me ayudaran con algo."

"¿Vas a cruzar? Me dijiste que ya no..."

"Tranquila, Amá. Es solo una vez más. Te lo prometo. Después de eso te saco de aquí."

A mulher assentiu e abaixou a cabeça. Tive a sensação de que era uma conversa que eles tiveram muitas vezes antes. Depois de um segundo, ela levantou a cabeça e veio em nossa direção.

"Buenas noches, señores. Yo soy Margarita, la madre de Juan Carlos. Tomen asiento, por favor. Están ustedes en su casa", ela disse, erguendo a mão frágil em direção ao sofá amarelo. Brian e eu murmuramos um "buenas noches" e um "gracias" e nos sentamos."

"Mira, Juanito, si van a ir, por lo menos déjame que les de una bendición para que la Virgencita los acompañe."

Ela queria nos dar uma bênção. Dedos gelados apertaram minha nuca quando ela disse isso.

Juanca suspirou. Ele veio até o sofá e se sentou entre Brian e mim.

"Minha mãe quer rezar por nós. Ela quer que a Virgem nos proteja."

Não era hora de discutir. Se rezar por nós a deixava feliz, bom para ela.

A mãe de Juanca se aproximou de nós, fechou os olhos, ergueu as mãos e começou a rezar.

"Querida Virgencita, esta noche te pido que protejas a estos tres hijos tuyos con tu manto sagrado. Acuérdate, oh piadosísima Virgencita de Guadalupe, de que nunca se ha oído decir que nadie que te haya implorado protección, nadie que haya implorado tu santísimo socorro o que haya buscado tu intercesión ha sido abandonado por ti, Madrecita Santa. Animada por esta confianza que todos tenemos en ti, Virgencita, esta noche regreso a ti, Santa Madre, y me acerco humildemente a ti como una hija para que tú, Madre del Verbo Encarnado, no menosprecies mis peticiones, y en tu infinita misericordia me escuches lo que te pido y protejas a estos hombres de todo aquello que les quiera hacer mal. Amén."

Ficamos lá sentados, olhando para a mulher enquanto ela rezava. Quando ela terminou, aspirei o ar. Sem estar totalmente ciente disso, eu esperava que algo acontecesse. As trêmulas cruzes que revestiam as paredes do quarto de El Milagrito ainda estavam na minha cabeça, ocupando aquele espaço especial onde só guardamos coisas que deveriam ser pesadelos, mas que nos aconteceram enquanto estávamos acordados.

Brian perguntou sobre o banheiro e, em silêncio, Juanca apontou um dedo para um corredor escuro. Brian se levantou devagar, como se estivesse perdendo o equilíbrio, e se arrastou na direção que Juanca havia sinalizado.

Margarita se aproximou de Juanca e lhe pediu que tivesse cuidado. Ele assentiu. Ela disse:

"Sabes que no puedo perderte, mi hijo. Si te pierdo a ti ya no me queda nada en esta vida".

Você sabe que não posso te perder, filho. Se eu te perder, já não me restará mais nada nesta vida.

Ambos estavam sofrendo. Era óbvio que perderam alguém muito próximo a eles. O pai ou um dos irmãos de Juanca, talvez. Existe um lugar além da dor onde os sentimentos são tão fortes que não existem palavras para descrevê-los. Eu entrei nesse espaço. Em volta do meu pescoço, o fantasma fraco e suave dos braços de Anita fez pressão para me esmagar. Algo queimou dentro de mim, e eu desejei o fim do mundo.

A mãe de Juanca respirou fundo, trêmula. Seus olhos reumáticos se encheram de lágrimas. Nenhuma caiu. O rosto dela era cheio de rugas, mas tinha uma aparência suave. Juanca a abraçou de novo, sussurrando algo em seu ouvido. Não sei que promessas ele estava fazendo, mas funcionaram. A mãe se afastou, deu um tapinha nos braços do filho e disse que ia para a cama. Estava cansada e tinha ficado acordada até depois da hora de dormir para esperar o filho. Juanca lhe disse para ir descansar. Ela o agarrou pelo rosto novamente e o puxou para baixo. Beijou o lado direito do rosto do filho, sua testa e depois a face esquerda. Eu desviei o olhar. Era um momento entre eles.

"Que pase buenas noches, señor", ela disse. Seu rosto estava calmo. Então me ocorreu: ela me fazia lembrar de minha abuela.

"Usted también, señora. Espero que descanse."

Falei sério. Os olhos dela ainda estavam úmidos. Sob eles havia bolsas de carne arroxeada. Ela se aproximou. As linhas de seu rosto entraram em foco. Ela aparentava ser mais velha do que realmente era. Vi como a dor a havia danificado, roubado grandes porções de sua vitalidade. A dor em suas linhas de expressão era como a dor dentro de mim. Tive vontade de abraçá-la, de entregar os pontos e pedir que ela me abraçasse. Ela não era minha mãe, mas às vezes o toque de qualquer mãe serve.

"¿Usted cómo se llama?"

.A pergunta me pegou de surpresa.

"Mario, senhora. A sus órdenes."

"¿Le puedo pedir un favor, Mario?"

Alguns segundos antes, eu estava pronto para pedir a ela para me abraçar, para misturar sua dor com a minha. Agora ela queria me pedir um favor.

"Lo que usted quiera."

"Tenga mucho cuidado y cuide a mi Juanito, por favor. Usted tiene cara de bueno, por eso nomás se lo pido. Yo a veces veo cosas, especialmente cuando rezo mucho. Ayer en la mañana vi algo, algo feo. Don Vázquez es un hombre malo. La oscuridad que tiene adentro anda buscando víctima, y no quiero que sea mi Juanito. Yo le dije que no fuera."

Eu disse a ele para não ir.

"Le repito, Mario, solo le pido porque no tengo a nadie. Y como ya le dije, usted tiene cara de bueno. Yo sé de estas cosas. Usted tiene ángeles que lo cuidan."

Cara de bueno. Lá estava de novo. Ela disse isso duas vezes. A cara de um homem bom. Ela estava me pedindo para cuidar bem de seu filho porque alguma coisa maligna estava procurando por uma vítima, e ela não queria que fosse seu menino. Uma imagem me veio à mente: Juanca enfiando no bolso da calça os dentes daquele tal de Chris, gotas grossas de sangue pingando da coronha de sua arma. Os dentes ainda estavam lá... provavelmente ao lado do dedo do pé de El Milagrito.

Não consegui proteger nem a minha própria filha, señora.

Eu fiz que sim com a cabeça.

A mãe de Juanca me agradeceu e se afastou; suas chanclas mal se levantavam do chão, arranhando o assoalho num andamento ritmado que de alguma forma era barulhento demais na casa silenciosa.

Alguns segundos depois que ela desapareceu no corredor, ouvimos sua porta se fechar.

"A minha mãe toma muitos comprimidos", Juanca explicou. "Ela vai apagar daqui a um minuto. Ela tem problemas de audição, então não vamos acordá-la, não importa o que gente fizer."

Um vaso sanitário deu descarga, e a porta do banheiro se abriu. A luz de dentro se esparramou pela sala, transformando-se em um retângulo irregular no chão. Brian ficou parado na porta, sacudindo água de suas mãos. Depois ele as secou na calça jeans.

"Então, qual é o plano agora? Eu estou com fome", Brian disse.

"Ya estás otra vez con la pinche comida. Escuta, cara! Você vai comer depois."

"Tá legal. Desculpa."

"Nós vamos pegar... uma arma especial, digamos assim."

Juanca estendeu a mão para trás e sacou uma arma. Ele a segurou pelo cano e a empurrou na minha direção.

"Tenho outra arma comigo e uma no meu quarto. Você fica com esta. É a do carro. Você parecia confortável com ela. Guarde-a com você. Em breve vamos entrar nos túneis. Talvez você precise dela."

Agarrei a arma, conferi se a trava de segurança estava no lugar e a coloquei na parte de trás da minha calça jeans.

"Nos túneis?", Brian perguntou.

"Estamos prestes a descer", Juanca disse. "E, Brian, preciso que você seja cuidadoso e mantenha os olhos abertos. Só isso."

"Por quê?", Brian perguntou.

Juanca respirou fundo e exalou o ar com frustração suficiente para me fazer lembrar de todos os professores que já tive na vida.

"Porque há uma chance de não estarmos sozinhos lá embaixo."

16

Usei o banheiro rapidamente. Quando abri a porta para voltar à sala de estar, as fotografias na parede oposta chamaram minha atenção. Havia dois retratos em sépia acima de todos os outros. Sem dúvida eram os pais de Margarita. Embaixo deles, fotos de aniversários e da família reunida em volta da mesa preenchiam o espaço. Localizar Juanca foi a coisa mais fácil. Seus olhos eram os mesmos. Sem as tatuagens, ele parecia intocado pela vida. Havia algumas fotografias dos tempos de escola e algumas bem recentes. Os pigmentos gravados na pele de Juanca apareceram: perto do final da parede, uma foto bem recente mostrava sua aparência atual. Ele estava ao lado de um homem sorridente com olhos brilhantes. Ao lado do homem, uma loira bonita, de feições delicadas e vestido amarelo. Ela era mais alta que os dois homens. Ouvi Juanca e Brian conversando e me afastei da parede, todas as minhas preocupações voltando a inundar minha cabeça de uma só vez.

A ideia de outros homens no túnel era inquietante. Não há muito espaço para onde correr ou se esconder.

Juanca e Brian estavam sentados no sofá quando voltei. Sempre que se mexiam, suas bundas produziam guinchos agudos ao roçar a capa de plástico.

"Então você está dizendo que tem animais selvagens lá embaixo?" O rosto pálido e os olhos vermelhos de Brian fizeram eu me perguntar se ele estava alto de novo.

Juanca suspirou.

"Basta manter os olhos abertos, huevón. Assim que a gente sair desta casa, quero que vocês dois estejam preparados pro... que der e vier, vocês entendem o que estou dizendo?"

"Mas como é que os animais entram no túnel?", perguntei.

"Não são animais", Juanca explicou. "Eles são... criaturas, tá legal? Eles moram lá embaixo. Habitam muitos túneis. Eles vêm e vão. São magros, então cavam buracos menores. Entre eles e nós, toda a fronteira é como um pedaço de queijo. Se estiverem com fome, podem pular em cima de nós ou algo assim. Faz tempo que não usamos esse túnel, então eu quero que vocês dois estejam preparados pra qualquer situação, entendem o que estou dizendo?"

Vi no rosto de Brian que ele estava desconfortável com tudo o que Juanca dissera, mas a tensão entre eles e o tom de voz de Juanca o impediam de dizer mais.

"Agora vamos parar com essa baboseira e ir pra casa do Don Vázquez, sim?"

Brian olhou para mim. Seus olhos estavam vermelhos como se ele tivesse chorado ou usado um pouco de gelo. De qualquer maneira, eu não tinha energia para lidar com ele agora.

Juanca nos conduziu da sala de estar para a cozinha. Ele pousou as mãos ao longo de uma mesa de ilha com tampo de granito preto e olhou para nós com expectativa.

"Tá bom, então onde fica o túnel, Juanca?", perguntei.

"Você está bem em cima dele."

17

"Mario, vem cá me dar uma mãozinha com isso", Juanca pediu enquanto começava a empurrar a mesa.

"O acesso aos túneis fica na porra da sua cozinha?", Brian perguntou.

"Sim, sempre esteve aqui. Meio que uma coisa de família, entende o que estou dizendo?"

"Como foi que você se meteu nisso tudo, Juanca?", perguntei enquanto mudávamos as coisas de lugar. Ele parecia prestes a se abrir um pouco, e eu queria saber o máximo que pudesse sobre seu passado. Eu não confiava nele. As fotos que vi no carro ficavam lampejando na minha cabeça. Assim como o alerta do que aconteceu na churrascaria.

"Mi familia es de Ciudad Juárez. Eu nasci e fui criado lá. Meu pai trabalhava deste lado da fronteira e mandava dinheiro pra casa. Ele colhia limões, laranjas, melancias, pepinos, qualquer coisa. Às vezes ele não recebia, e quando reclamava, os babacas diziam que iam chamar la migra pra pegar ele.

"Ele se cansou de trabalhar na roça por quase nada e arranjou um bico transportando drogas pra um traficante local em El Paso. Se convirtió en mula. Esse serviço pagava mais do que colher frutas debaixo do sol, então ele começou a nos enviar dinheiro com regularidade. Minha amá odiava o que ele estava fazendo, mas as coisas melhoraram. Agora tínhamos bons sapatos e sempre havia o suficiente pra comer. Até conseguimos comprar algumas coisas pra casa. É fácil ignorar as merdas ruins quando você está de barriga cheia, entende o que estou dizendo? Mas aí mataram o meu pai."

Brian havia parado de empurrar os móveis e estava encostado no balcão, ouvindo a história. Eu fiz o mesmo, parado lá feito um idiota. Juanca olhou para nós e continuou:

"Eu ainda era un pinche escuincle. No dia seguinte, minha amá pegou a maior parte do dinheiro que conseguiu economizar e pagou para um coiote levar a gente a El Paso. Não era como você vê nos filmes, as pessoas enfiadas feito sardinhas na carroceria de um caminhão ou algo assim. Minha amá conhecia algumas pessoas. Eles trouxeram a gente aqui usando um túnel. Depois da nossa mudança, minha mãe recebeu a visita de alguns velhos amigos do meu pai. Eles cruzavam a fronteira de um lado pro outro o tempo todo como se não fosse nada, cara. Eles tinham conexões. Usavam túneis. Antes que eu percebesse, fomos morar numa casinha numa rua chamada Broadway, mesmo nome do famoso lugar de Nova York. Nós nos tornamos marionetas. Um piso falso cobria a entrada de um túnel na cozinha, igual a este aqui, e dois dos cômodos estavam abarrotados de sacos de terra que eles cavaram. Era um bom disfarce, uma senhora simpática com três filhos. Ninguém suspeitava de nada. Ela se parecia com qualquer outra mãe mexicana em El Paso. Era gentil com os vizinhos, ia à igreja. As pessoas tinham certeza de que ela trabalhava limpando casas ou coisas do tipo."

A imagem da velhinha beatífica que eu tinha na cabeça desabou.

Juanca respirou fundo. Pensei se ele não estava inventando essa história para dar a impressão de que sabia do que estava falando. Seus olhos tinham aquela expressão vidrada que algumas pessoas têm quando seu corpo é deixado no presente, mas sua mente recua no tempo. Ele passou as mãos pelas coxas e continuou falando:

"Meu irmão Guillermo começou a ajudar as pessoas a levar e trazer coisas. Ele era apenas um menino, apenas quatro anos mais velho que eu, mas sabia que era o homem da casa. Queria ganhar dinheiro suficiente pra tirar a gente de lá. Você sabe como é, crianças pobres sempre querem coisas melhores. Nisso ele não era diferente. Queria uma casa grande com piscina, e que nossa amá ficasse em casa e não tivesse que trabalhar. Ele sabia que as ruas eram a maneira mais rápida de conseguir dinheiro, e achou que seria capaz de cair fora antes de se envolver demais, mas fodeu tudo antes que isso acontecesse".

Juanca também havia parado de trabalhar. Com um dos pés encostado na parede, olhava para nós enquanto contava a história.

"Eu não sei o que aconteceu, pero se lo chingaron. Certa noite ele saiu numa viagem e nunca mais voltou. Os ossos dele provavelmente estão por aí em algum lugar. Ou talvez não. Muitos carteles trabalham com sopeiros, sabem? Caras que dissolvem corpos para que ninguém encontre nada. Talvez Guillermo tenha acabado em um buraco em algum lugar."

Juanca parou de falar por um minuto, uma bolinha descendo pela garganta enquanto ele engolia. Pensei na mãe de Juanca, em como havia me pedido para cuidar de seu filho, e nas derradeiras palavras que ela lhe disse: *Si te pierdo a ti ya no me queda nada en esta vida. Se eu te perder, já não me restará mais nada nesta vida.*

"Mas você perguntou sobre mim, não sobre ele, certo?", Juanca resmungou. "De qualquer forma, quando eu tinha 16 anos, fazia entregas em El Paso. Eu me juntei à gangue Barrio Azteca." Ele ergueu a mão e bateu com o dedo indicador nas letras tatuadas no queixo. "Eles eram os reis de El Paso naquela época. Em 2008 fizemos uma aliança com a facção La Línea, los duros del Cartel de Juárez. Eu era um bom motorista, sempre mantinha a calma e tal, então eles me deixaram continuar fazendo isso, mas agora o trabalho aumentou, entendem? As viagens ficaram mais longas e as remessas maiores. Geralmente eram sete ou oito cabrones armados até os dentes em cada viagem. Os caras de La Línea acharam que conseguiriam manter o controle da área, mas o Cartel de Sinaloa assumiu. Os manos começaram a cair feito moscas, meus velhos. Todo dia tinha matança. As ruas ficaram vermelhas de sangue. Todas as manhãs eu acordava pra saber de algum outro parça desaparecido ou morto. Todo mundo tinha um pai, um irmão, um amigo ou um primo que foi assassinado. Começamos a dar dinheiro aos gringos locos que patrulham a fronteira pra eles encontrarem rotas seguras pra nós. Cavamos novos túneis e mudamos um monte de coisas, mas los cabrones de Sinaloa continuaram, siguieron chingando. Tudo que eles faziam era pra dar a mensagem de que estavam no controle, entendem o que eu estou dizendo? Matar não era suficiente; eles tinham que de-capitar as pessoas ou cortar suas bolas e enfiá-las na boca dos manos ou fazer as pessoas em pedaços e colocar tudo na caçamba de uma troca ou qualquer coisa do tipo."

Minha mente voltou em disparada às fotos do homem bigodudo despedaçado. Juanca era claramente capaz de enviar uma mensagem desse naipe.

"Já chega dessa merda. Vamos em frente. Olhem pro canto", Juanca disse, apontando para o chão. Ao contrário do resto da casa, que tinha azulejos cinza, a cozinha tinha piso laminado. No chão, amontoado no canto, havia o que parecia ser uma bola branca de fio de náilon tran-çado. Eu me abaixei para pegá-la.

"Melhor você enrolar isso aí na mão pra não escorregar", Juanca me instruiu. "Assim que você conseguir uma pegada firme, me avise. Va-mos na direção da geladeira. Puxe com força. Os painéis de madeira são pesados. Quando a gente puxar, o chão vai se erguer. Quando estiver quase na vertical, a gente tem que pegar e abaixar com cuidado deste lado da cozinha, entendeu?"

Fiz que sim com a cabeça enquanto enrolava o barbante em volta da minha mão direita.

Juanca recuou um pouco e nós puxamos, mas nada aconteceu. Eu parei de puxar.

"Sigue jalando, cabrón. No te rajes."

Puxei de novo, desta vez com mais força. Um segundo depois, algo cedeu e o chão começou a se mover. Cerca de uns dois metros de chão estavam se levantando. Era como assistir à cozinha se dobrar sobre si mesma. Ficou pesada. Puxamos com mais força. Firmei meus pés e me inclinei para trás. Meus braços sentiram a tensão. O fio entrançado mor-deu minha carne. O chão continuou subindo. O pedaço que estávamos levantando tinha cerca de dois metros e meio por um metro e oitenta, mas pesava mais do que eu imaginava.

Quando o piso ficou na vertical, Juanca saltou para a frente e berrou:

"Agarrem, agarrem!".

Eu me estiquei à frente, com as mãos para cima; Juanca puxou um pouco mais e a gravidade fez o resto. Pesado e sólido, o chão bateu contra minhas palmas.

"Certo, agora abaixem devagar."

Recuamos. Bem no meio do trecho de terra que havíamos descoberto surgiu um buraco grande e escuro, com cerca de um metro de diâmetro.

"Isto é... isto é o túnel?", Brian perguntou.

"Não, pendejo, essa é a entrada do inferno", Juanca respondeu. "El Chamuco está esperando por nós. Vamos."

O buraco parecia tão convidativo quanto um touro enfurecido.

Juanca sacou o celular e acendeu a lanterna. A luz que vinha do aparelho iluminava uma escada enferrujada de um dos lados do buraco.

"Eu vou primeiro. Quando chegarmos lá embaixo, vocês vão ver uma caixa com lanternas. Cada um de nós pega uma e deixa na outra ponta."

"Qual é a profundidade dessa coisa?", Brian perguntou, com o rosto contraído como se tivesse acabado de ver larvas se contorcendo em uma pilha de animais atropelados.

"Uns quinze metros", Juanca respondeu.

"Quinze metros? Na sua cozinha tem um buraco de quinze metros? Isso é impressionante, cara, não vou mentir."

"Que nada, isto aqui é café pequeno. A única razão pela qual tivemos que ir tão fundo é por causa do rio e algumas das construções. Outros túneis menos profundos desabavam ou inundavam quando chovia forte. Este é pequeno, mas dá conta do recado. Agora, o que a gente vai usar pra voltar? Esse sim é impressionante. Vocês vão ver. Agora vamos em frente."

Juanca sentou-se no chão, as pernas penduradas escuridão adentro. Ele desligou o aplicativo de lanterna do celular e enfiou o aparelho no bolso. Em seguida colocou as duas mãos no chão, virou-se, encontrou com os pés a escada e começou a descer.

O peso de seu corpo fez a escada gemer. Eu não gostei desse som.

Assim que ele desapareceu de vista, Brian olhou para mim e disse:

"Você é o próximo".

"Você está com medo, B?"

Mesmo que ele não estivesse planejando me matar, eu meio que gostava de vê-lo se contorcer de constrangimento.

"Que situação fodida, cara. A porra de um buraco no chão... e tem algum tipo de criatura lá embaixo, lembra? Por que a gente não pode simplesmente ir de carro até lá? Essa história é fodida além da conta, cara."

O medo funciona como esteroide para a estupidez. Eu não disse nada. Em vez disso, me sentei exatamente onde Juanca se sentou antes, meus pés encontraram a escada, eu agarrei o aço frio e enferrujado e me enfiei na terra que esperava.

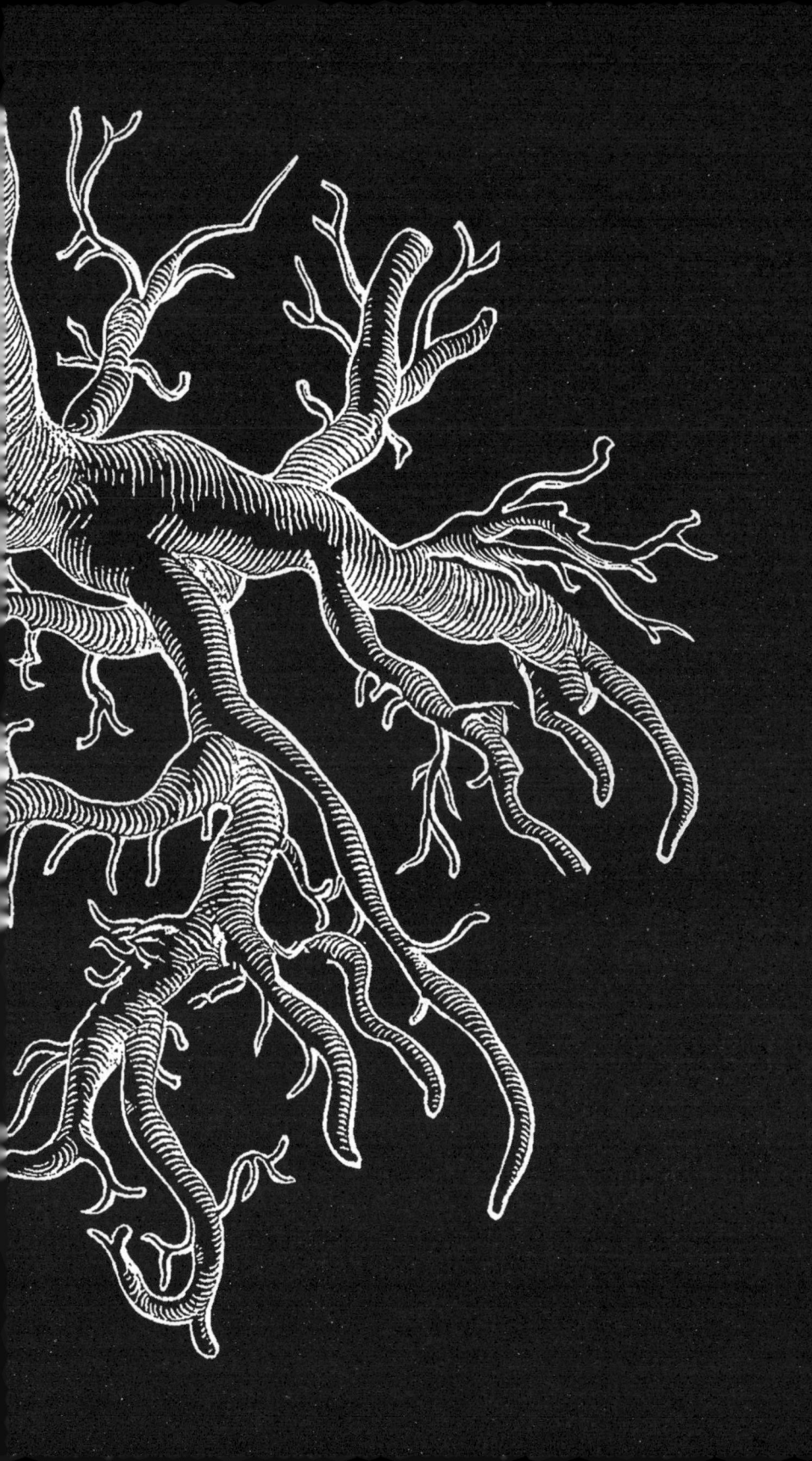

18

Descer foi relativamente fácil. A escada balançava um pouco e gemia como um animal cansado, e, conforme eu avançava, o cheiro de terra molhada atingiu em cheio minhas narinas. Meu cérebro arrancou de seus arquivos uma centena de clichês de filmes de terror e me mostrou alguma coisa sombria e tentacular me puxando abismo abaixo. Na minha imaginação, vislumbrei uma criatura com a boca repleta de dentes reluzentes serpeando ao pé da escada, de tocaia para agarrar meu tornozelo. Em seguida ouvi um clique. Veio uma luz suave abaixo de mim. Juanca. Ele havia encontrado as lanternas.

Lá embaixo, Juanca esperava a poucos metros da escada, porque não havia espaço suficiente para ficar ao lado dela. Ele me entregou duas lanternas grandes, pretas e pesadíssimas. Fucei numa delas e achei o botão de ligar. O facho de luz circular parou bem na minha frente. O túnel só tinha cerca de um metro e vinte de largura, e o lustro das paredes me pareceu antinatural. Tudo cheirava a bolor e putrefação.

"Vamos por ali", Juanca anunciou, iluminando com a lanterna o estreito túnel à nossa frente. A luz penetrou na escuridão por cerca de três ou quatro metros, mas o véu escuro por trás disso era impenetrável.

Apontei minha lanterna escada acima e acertei o solado marrom das botas de Brian. Eu me acheguei a Juanca para dar espaço a Brian.

Quando ele chegou ao chão, eu lhe passei a outra lanterna. Brian a acendeu imediatamente e disse:

"Tá quente pra caralho aqui".

"Beleza, vamos nessa", Juanca disse, e se pôs a andar.

Deixei Juanca ficar cerca de dois metros à minha frente para que não esbarrássemos um no outro. Não havia nada com que medir o nosso avanço, porque tudo parecia igual. O túnel poderia ter duzentos metros ou dez quilômetros de comprimento, e não saberíamos a diferença.

Em pouco tempo comecei a sentir gotículas de suor escorrendo pelas maçãs do rosto e minhas costas.

"Então, esse tal de Vázquez é um cara muito malvadão...", a voz de Brian desvaneceu para dar lugar a um ponto de interrogação.

No exato instante em que Brian disse isso a luz da minha lanterna incidiu sobre Juanca, e pude ver uma leve tensão nos ombros dele.

"Olha, o Vázquez não liga muito pra esse negócio de matar gente; ele quer saber é de dinheiro, e da última vez que eu cheguei, é por esse mesmo motivo que você está aqui também." A voz de Juanca era baixa e firme: "Agora cala a boca. Eu não ia gostar nem um pouco que aquelas criaturas com as quais você está tão preocupado acordassem porque estamos fofocando".

Minha lanterna pousou em um vulto escuro na parede. A figura indistinta parecia prensada na terra. Tinha o aspecto de uma estrela-do-mar preta e fina.

Juanca aparentemente não tinha visto, mas me fez prestar atenção. Depois de mais alguns metros, a luz voltou a encontrar a forma escura.

"Ei, Juanca, que porr...?"

A coisa saiu em disparada. Desta vez, estávamos mais perto e ouvi um chapinhar úmido enquanto a coisa se movia.

"O quê?"

Pisquei minha lanterna e esquadrinhei a parede. A coisa tinha sumido.

"Nada."

De tempos em tempos uma gota d'água caía sobre mim e meu coração martelava feito um cavalo em fuga tropeçando aos trancos e barrancos ladeira abaixo. Por fim, Juanca diminuiu a velocidade.

"Chegamos. Eu vou subir primeiro. Tem uma caixa bem ali", ele disse, seu círculo de luz incidindo sobre um pequeno engradado de madeira à direita de uma escada. "Esperem até eu chegar lá em cima e abrir. Depois vocês podem subir, um de cada vez. Esta escada não é muito sólida, mas sejam rápidos."

Juanca começou a subir; cada passo dele degrau acima exigia demais da velha escada carcomida pela ferrugem. O rangido foi substituído por um gemido agudo que perfurava meus tímpanos feito uma broca.

"Porra!", Juanca disse. Ele estava quase no topo, mas ainda não havia aberto a escotilha. "Vocês têm que esperar até eu abrir. A escada não aguenta mais de uma pessoa."

Por cima do barulho, dava para ouvir Brian resmungando "merdamerdamerda" enquanto iluminava o túnel. A luz amarelada da lanterna banhava a parede mais próxima de nós, mas não conseguíamos ver nada além dela.

Brian pôs o pé no primeiro degrau e a escada rangeu com o peso.

"Você precisa esperar!", Juanca gritou. "A coisa toda vai desmoronar!"

Puxei a camisa de Brian e ele desceu no mesmo instante em que a lamúria trespassava o túnel novamente. Senti um hálito quente em meu ombro. Havia algo atrás de mim.

Metal deslizou contra metal, e em seguida ouviu-se um baque surdo e abafado. Juanca empurrou alguma coisa que estava lá em cima e a luz artificial explodiu em um buraco redondo.

A coisa que estava atrás de mim disparou para longe e ouvi o som de seus pés raspando a terra.

"Certo, um de vocês já pode subir agora!", Juanca gritou.

Brian balançou de um lado para o outro, os movimentos bruscos de sua lanterna dançando pelas paredes e descendo até o chão. Eu o deixei ir primeiro. Ele agarrou a escada e começou a subir, com tanta pressa que atinei que a coisa que tínhamos ouvido havia plantado horrores indescritíveis em seu cérebro.

Brian subiu rápido. Mantive minha lanterna acesa e alternei o facho de luz entre seu corpo que subia e o breu impenetrável à minha frente. Quando Brian chegou à metade do caminho, da escuridão à minha frente surgiu um silvo colérico. Meu coração parou por um segundo. Havia alguma coisa lá, e aparentemente estava enfurecida. Segurei a escada.

Quando Brian alcançou o topo, seu corpo bloqueou a maior parte da luz. Eu me virei, desliguei a lanterna, joguei-a na caixa com as outras duas que já estavam lá e comecei a subir o mais rápido possível.

19

Em vez de uma cozinha, o buraco no lado mexicano do túnel se abria no que parecia ser uma sala de reuniões comum. Era espaçosa, com lâmpadas fluorescentes e teto falso. Ao longo de uma parede havia cadeiras de plástico empilhadas, e num canto via-se um piano coberto com uma lona preta. Algumas caixas aleatórias estavam espalhadas junto à parede à nossa frente. Uma porta branca no final da sala grande parecia ser a única maneira de entrar e sair.

Juanca sacou o celular e mandou uma mensagem de texto para alguém.

"Onde é que a gente tá, porra?", Brian perguntou.

"Iglesia Gracia de Dios Soberano", Juanca respondeu. "Uma igreja. Estamos esperando um amigo meu, o padre Salvador. Vamos pegar o carro dele emprestado."

"Então tem um padre aqui que trabalha pro cartel? Que história mais fodida..."

"Não, aqui tem um padre que cuida do povo dele", Juanca o corrigiu. "Ele e o Vázquez montaram um orfanato aqui que abriga crianças cujos pais e mães foram assassinados pela violência do cartel. O Vázquez dá dinheiro o tempo todo. As crianças só têm comida e sapatos porque o Vázquez financia o orfanato, e porque pessoas como o padre Salvador cuidam delas. Quando foi a última vez que você fez uma doação pra uma igreja, B? Você tem algum problema com o que eles fazem? A última coisa que eu estou a fim de aturar é um filho da puta de um viciado me enchendo o saco..."

A porta na extremidade da sala se abriu. Entrou um homem na casa dos 50 anos, com cabelo grisalho e uma barba que eclipsava seu pescoço e escondia sua boca. Ele vestia uma camisa de botão branca e calça preta.

"Olá, senhores", ele disse em inglês perfeito.

"Como vai, Salvador?"

O homem se aproximou, deu um abraço em Juanca e depois apertou nossas mãos enquanto se apresentava.

"Eu sei que vocês estão com pressa, então, por favor, sigam-me."

Salvador deu meia-volta e nos conduziu para fora da sala. Saímos em um pátio de terra e o atravessamos, seguindo o padre. Contornamos o prédio e passamos por um portão que dava para um estacionamento. Salvador se deteve e se virou para nós.

"Vocês vão usar aquele usar Honda azul ali", ele disse, tirando do bolso um molho de chaves que entregou a Juanca. "Podem deixar o carro na frente da El Imperio, e La Reina vai buscar depois. E tomem cuidado. Tenho ouvido algumas coisas sobre essa nova mulher com quem o Vázquez está trabalhando."

"Gracias, padre. Eu vou tomar cuidado."

"Não há de quê, Juanito", o padre respondeu, e emendou: "Como está sua mãe?".

"Ela tem dias bons e dias ruins. Ultimamente há mais dias ruins do que bons, mas o senhor sabe que ela quase nunca reclama."

"Eu vou rezar por ela. E também vou rezar por você, Juanito." O padre Salvador suspirou e disse: "Perder un hijo es algo muy doloroso. Ninguna madre debería pasar por eso. Perder dos hijos es demasiado. Eso es algo que te puede destruir el espíritu. Perder tres es algo que la mataría".

O padre fitou o céu noturno. Talvez ele estivesse rezando por nós. Talvez estivesse se perguntando se realmente existia algo lá em cima. Suas palavras ecoaram na minha cabeça. *Perder um filho é algo muito doloroso. Nenhuma mãe deveria passar por essa experiência. Perder dois filhos é um fardo pesado demais. É algo que pode destruir seu espírito. Perder três vai matá-la.*

O padre Salvador voltou a falar:

"O fato de sua mãe ainda ter a fé intacta diz muito sobre o relacionamento dela com Deus. Ela não deveria ter que lidar com mais perdas. Você precisa acabar logo com isso e cuidar dela, ouviu?".

"Sí, padre. Eu vou cuidar dela pessoalmente. Eu vou voltar pra cuidar dela depois. Este é o meu último serviço. O senhor sabe disso."

Lá na casa, Juanca havia mencionado Guillermo, e ninguém mais. Por que ele não disse nada sobre outro irmão?

"E use um pouco do dinheiro pra apagar algumas dessas coisas no seu rosto, por favor. Eu sei que isso vai trazer alegria pra sua mãe. Deja que tu pobre madre mire a su hijo a la cara sin tener que ver cosas que le recuerdan a la suciedad que le robó dos hijos."

Deixe sua pobre mãe olhar para o rosto do filho sem ter que ver lembretes da imundície que roubou dois filhos dela.

Juanca assentiu.

Dois filhos. De novo a referência.

O padre Salvador suspirou mais uma vez. Deu um tapa no ombro de Juanca e depois olhou para nós.

"Boa sorte pra vocês, cavalheiros. Os homens que fazem coisas más pelas razões certas são sempre perdoados aos olhos do Senhor, especialmente quando o fazem com um coração puro. No Salmo 94, Deus é chamado de 'Deus de vingança', e isso porque há pecados que merecem punição. Lembrem-se de Colossenses 3:25: 'Pois o malfeitor receberá a paga da injustiça que fez; e não há exceção para ninguém', e de Êxodo 21:24-25, que é uma das minhas passagens favoritas: 'olho por olho, dente por dente, mão por mão, pé por pé, queimadura por queimadura, ferida por ferida, golpe por golpe'. Sei que o Juanito não pediria a vocês que se juntassem a ele nisso se não os tivesse na mais alta conta. Deus esteja com todos vocês."

O padre Salvador estava enganando a si mesmo se achava que algum de nós era puro de coração. Na minha mente, vi Melisa caída no chão, me encarando. A mesa despedaçada. Eu fiz aquilo. Eu era um maldito monstro. Orações e culpa nada fariam para apagar o que estávamos prestes a fazer.

Salvador deu um último tapinha nas costas de Juanca: "Pronto los hombres que mataron a tu hermano van a pagar por lo que hicieron".

Juanca jogou as chaves que havia recebido alguns metros no ar, agarrou-as e começou a caminhar na direção do Honda.

"Vamos nessa."

Alguma coisa se revirou no meu cérebro. *Olho por olho. Em breve os homens que mataram seu irmão vão pagar pelo que fizeram.* Minha respiração ficou sufocada nos pulmões. Não se tratava apenas de dinheiro. Juanca queria vingança. E se ele era capaz de guardar um segredo como esse, seria capaz de fazer coisa muito pior.

20

Juanca saiu com o carro do estacionamento da igreja e encontrou uma rua larga de mão dupla. Ele ligou o rádio. Música regional mexicana começou a tocar, mas os alto-falantes estavam quebrados, e o som era em sua maior parte um zumbido que vibrava na lateral da minha panturrilha e ao redor das minhas orelhas.

As ruas estavam escuras, e o mundo mudou para o modo noturno. Não havia muitos estabelecimentos comerciais por perto. Vastos e desolados trechos de terra atrás de cercas compunham a maior parte do que eu conseguia ver à nossa direita. Mais do que uma área residencial, o cenário me fez lembrar de uma espécie de zona de armazéns, onde os caminhões são muito mais comuns do que os automóveis.

Estávamos fazendo uma curva à esquerda numa avenida mais ampla quando Brian falou:

"Você vai mesmo tirar essas tatuagens da cara, Juanca?"

"Vou. Minha amá vai adorar. Mandei fazer as letras do Barrio Azteca no queixo quando tinha 16 anos. Ela ficou várias semanas sem falar comigo. Ela sempre odiou as ruas. As ruas tiraram muita coisa dela, entendem o que estou dizendo? Ninguna madre debería enterrar a un hijo, y ella ha enterrado a dos."

Fiquei surpreso por Juanca ter respondido à pergunta tão rapidamente e por nos dar tanta informação. Algumas pessoas são abertas, outras são mais reservadas, mantêm seu mundo perto delas e longe de todos os outros. Juanca me parecia ser do segundo tipo. Parecia que estar em casa, ter visto a mãe, o amoleceu.

"Juanca, o que aconteceu com...?"

Deixei a pergunta pairar no ar.

Juanca ergueu o celular. Na tela havia uma foto dele com outros dois homens. Estavam com os braços em volta dos ombros um do outro, sua proximidade indicava familiaridade e amor. Seus rostos eram três rascunhos da mesma pintura. Os irmãos dele. Um deles me pareceu familiar, mas eu não conseguia descobrir o porquê. Ele tinha um bigode ralo que começava a se enrolar de um jeito cômico nas pontas.

"O Guillermo é o da direita. O da esquerda é o Omar. Ele me ensinou tudo o que sei sobre... tudo. Mi viejo no estaba, así que Omar se convirtió en mi padre."

Os sorrisos na foto não eram sorrisos sádicos de assassinos, tampouco máscaras de criminosos tentando parecer respeitáveis — eram os sorrisos de homens que se amavam, que tinham histórias para contar e haviam passado por coisas horríveis juntos. Eram sorrisos genuínos e calorosos. Aposto que essa fotografia era uma das que a mãe de Juanca mais amava.

Juanca puxou o celular de volta, ligou o rádio e disse: "Estamos quase lá". Não havia raiva em sua voz, mas eu não queria abusar da sorte depois de ter visto o que ele era capaz de fazer com uma dúzia de facas e um pedaço de carne. Entretanto, sobre uma coisa ele estava certo: nenhuma mãe deveria enterrar um filho... ou uma filha.

Pensei em Melisa. Minha esperança era que ela estivesse dormindo. Sua dor tinha que ser como a minha. Não, provavelmente era maior. Ela carregou Anita dentro de si durante nove meses e depois a empurrou para o mundo. Elas compartilhavam o vínculo forjado naquele ritual estranho, violento, barulhento, sangrento e doloroso que chamamos de parto. Eu era apenas um idiota lá, de prontidão para segurar a mão dela e lhe dar água de coco sempre que ela pedisse, mas não fiz nada além disso. Muitas vezes me pus a pensar com meus botões como é que nossas dores, por mais imensas que fossem, disso não restava dúvida, diferiam por causa da ligação que toda mãe tem com os rebentos que elas trazem à vida.

Do lado de fora da minha janela, passava por nós um mundo diferente daquele que havíamos deixado para trás. Eu lia as placas e absorvia tudo. Um posto de gasolina Oxxo. Restaurante La Nueva Central. Motel La Villita. Motel El Refugio. Restaurante La Avenida. Taquería La Golondrina. Capilla San Sebastián Martir. Muebles La Colonia. Iglesia Cristiana Cristo es Paz. Oficina Mecânica Manoel. Com base nos estabelecimentos comerciais que eu vi, as pessoas que moravam em Ciudad Juárez não faziam outra coisa além de comer, foder e rezar.

Juanca dirigia em silêncio. No banco de trás, Brian se segurava de novo, a testa contra a janela, os olhos perdidos no mundo lá fora. Eu me concentrei na estrada. Muitos dos lugares que eu estava vendo eram novos para mim. No entanto, havia breves lampejos do mundo que eu conhecia, um mundo que fiquei surpreso ao ver do outro lado da fronteira. Um McDonald's. Um Applebee's. Um banco BBVA. Era uma estranha mixórdia, uma mistura que falava de um lugar onde as culturas se encontram, onde as línguas se metamorfoseiam em um híbrido, onde as pessoas vêm e vão o tempo todo entre um espaço onde têm oportunidades limitadas e outro que é obcecado em expulsá-las, negando-lhes o mesmíssimo sonho sobre o qual o maldito lugar foi erguido.

Continuamos o percurso em silêncio por um bom tempo, a música quebrada e vibrante enchendo o interior do carro. Vez por outra, uma ou duas palavras ocasionais rompiam a estática, dando-nos uma versão fragmentada demais para entender, uma história fragmentada demais para acompanhar. De certa forma, fazia sentido que essa fosse a nossa trilha sonora.

"Quem é esse tal de Reina de quem o padre estava falando?", Brian perguntou.

"La Reina não é um cara; é uma mulher", Juanca explicou. "Ela é do Don Vázquez... digamos que você não chega até ele sem antes passar por ela."

"Então ela é tipo uma... secretária?"

"Não, B, secretárias digitam em computadores e atendem o telefone e essas merdas; La Reina atira na cara de filhos da puta e os dá de comer aos crocodilos. Com ela não tem gracinha. Ela é uma gabacha, mas tem um dos maiores pares de cojones do México. Não mexa com ela. Nunca. E não diga nada sobre a aparência dela. Não estou brincando sobre ela atirar na cara das pessoas e dar de comer aos crocodilos."

Juanca virou à esquerda para pegar uma rua mais estreita e diminuiu a velocidade. De um lado da rua havia casas, do outro alguns pequenos comércios. Carros estacionados ocupavam ambos os lados da rua, e os suvs e picapes maiores avançavam até o meio das calçadas. Paramos em frente a um prédio comprido de andar único com paredes brancas salpicadas de sujeira e manchas de infiltração. Em cima, uma placa grande com letras azuis em que se lia EL IMPERIO. Um som grave, alto e repetitivo, fazia parecer que o lugar tinha seu próprio batimento cardíaco. Meu palpite é que ninguém reclamava porque ninguém queria mexer com Don Vázquez. Melhor viver com dor de cabeça do que morrer sem cabeça.

Juanca olhou em volta, esticando o pescoço como se quisesse enxergar além da porta, e continuou dirigindo. Cerca de dois quarteirões abaixo, encontrou um local de que gostou e encostou no meio-fio.

"Chegamos."

Uma viagem mais curta significava que não havia necessidade de desenrolar o corpo e esticar braços e pernas. Saímos do carro, e Juanca foi na frente.

Enquanto caminhávamos rua abaixo, observei as casas, cujo tamanho era mais ou menos igual às do bairro onde Juanca morava. No entanto, pareciam diferentes. Em muitas delas, blocos de cimento aparente faziam as vezes de paredes, e as edificações que tinham um segundo andar deixavam óbvio que o pavimento extra havia sido um acréscimo tardio e precário à construção original — e feito com um orçamento apertado. Em algumas das casas havia pichações, e os pedaços de gramado que consegui ver eram amarelados, touceiras mortas que havia anos não eram desbastadas. Enquanto eu olhava para a parte de cima de uma casa cujo segundo andar improvisado estava pela metade, apareceu uma estranha sombra, uma escuridão mais profunda que a noite circundante. Meu coração deu um pulo. O vulto latiu para nós. Os dentes brancos do cachorro brilharam na escuridão, uma ameaça eloquente.

O homem parado na porta da El Imperio era descomunal. Sua camisa preta mal dava conta de conter seus músculos. Ele tinha a minha altura, cerca de um metro e oitenta, mas devia ter uns quarenta quilos a mais, e cada quilo era puro músculo. Nas laterais de seu rosto havia fatias de carne prendendo sua mandíbula ao crânio. Essa carne facial extra lhe dava o aspecto de um Cro-Magnon que se barbeava regularmente. As veias de seu bíceps eram pequenas cobras que se moveram sob sua pele quando ele apertou a mão de Juanca e, com um aceno e um sorriso, nos mandou entrar.

O interior da El Imperio estava às escuras. Luzes de néon azuis pairavam sobre a pista de dança. O lugar era um grande quadrilátero com um bar junto à parede oposta à porta, banheiros e algumas mesas de sinuca nos fundos, e uma cabine de DJ enfiada num canto próximo à pista de dança. Corpos suados requebravam ao ritmo da house music. O ritmo era repetitivo e pesado, o mesmo batimento cardíaco constante e frenético que ouvimos ao passar de carro.

No bar, alguns homens estavam sentados em banquinhos sem encosto redondos, a maioria deles com os cotovelos apoiados sobre o balcão, de costas para a pista de dança. A cena me fez pensar no mexicano que eu conheci no bar enquanto esperava por Brian. Então me lembrei do homem no banheiro e do que aconteceu no estacionamento.

Tenha cuidado, ore.

Os homens não olharam para nós quando nos aproximamos. Estavam todos bebendo em copos de plástico vermelhos ou latas de cerveja. A bartender era uma jovem com o rosto crivado de metal e o lado esquerdo da cabeça raspado. O cabelo do lado direito era tingido de verde e caía sobre a metade do rosto até o ombro esquerdo. Ela usava uma blusa preta sem mangas. No braço direito havia um dragão verde torcido, cuja cabeça ocupava a maior parte de seu ombro e desaparecia brevemente sob as alças da blusa antes de ressurgir mais uma vez no peito, sua cabeça vomitando fogo vermelho e alaranjado que atingia o ombro oposto da mulher.

Juanca atravessou o salão inteiro sem parar nem olhar para ninguém. Foi até a lateral do bar, ergueu uma aba do balcão, passou e fez sinal para que o seguíssemos. A garçonete olhou para nós, a raiva cintilando em seus olhos escuros, a mão direita procurando algo sob o balcão, mas então ela reconheceu Juanca. Os olhos dela se suavizaram. Ela acenou para ele com um sorriso antes de voltar sua atenção para os homens sentados no bar.

Uma cortina preta cobria a parede. Por causa da luz escassa, eu não a tinha notado. Quando Juanca a empurrou para o lado, revelou-se uma porta. Ele a abriu e entrou, usando um dos braços para segurar a porta e a cortina. Fomos atrás dele.

Em vez de uma rua, saímos numa espécie de pátio. Tinha algumas centenas de metros de largura, apenas terra seca e torrões de grama morta entre cercas que mal podíamos distinguir na escuridão. Do outro lado de onde estávamos, havia uma segunda edificação. Ao contrário do prédio que abrigava a El Imperio, neste as paredes eram cobertas por chapas de zinco corrugado enferrujadas, e o espaço como um todo era muito parecido com um armazém. Tinha uma porta dupla no meio e nenhuma janela. Dois homens estavam parados junto à porta, ambos segurando fuzis AK-47.

"¿Qué onda, Manuel?", Juanca gritou.

O homem da esquerda semicerrou os olhos. O rosto dele se abriu em um sorriso.

"Hijo de la chingada, llegó el elegido", o homem disse.

Atravessamos o pátio e nos aproximamos dos homens. Eles estavam claramente felizes em ver Juanca. Em seguida, Juanca nos apresentou e trocamos apertos de mãos. Eles cheiravam a cerveja e óleo lubrificante de armas. O nome do homem que havia chamado Juanca de "escolhido" era Gerardo. Ele disse que o outro homem, Antonio, estava feliz em nos conhecer, mas não podia dizer nada a respeito disso porque não tinha língua. Minha mente saltou para San Antonio e as duas línguas cortadas que eu tinha visto naquela casa horrível...

"¿Vienes a ver a Don Vázquez, no, culero?"

"Pues a ver tu cara de pendejo no vengo, güey."

Os homens riram e abriram as portas para nós.

Entramos em um lugar que ficava entre uma casa noturna, um bar, uma arena de boxe e um depósito. O barulho lá dentro era de uma natureza diferente, um zumbido constante de vozes em vez da house music estrondeante. Fumaça de cigarros, charutos e, a julgar pelo cheiro agridoce, maconha pairavam no ar como uma presença física tão densa que se poderia cortar com uma faca.

Mais para o meio do recinto, cerca de cinquenta pessoas formavam um círculo, gritando como loucos. Juanca nos levou para perto da ação e nos esprememos no círculo.

À nossa frente havia um fosso redondo de cimento cujo chão era pintado de verde-limão. Dois galos explodiam no ar e se entrechocavam. Um era quase inteiramente branco, o outro chegava a ser quase preto de tão marrom. A cada movimento que as aves faziam, as pessoas ao nosso redor entravam em frenesi, como se um choque elétrico tivesse passado pelo recinto.

A rinha de galos não é um esporte; é um espetáculo, sangrento e dinâmico. E é ilegal. Estive em algumas rinhas com minha abuela em um club gallístico atrás do único restaurante da cidade de que ela gostava. Quando minha mãe estava ocupada ou desaparecia numa de suas farras, minha abuela me levava com ela. Não era lugar para crianças. Também não era lugar para uma velha, mas ela adorava. Ela costumava me dizer que o truque para escolher um galo de briga vencedor era observar o movimento da cabeça. Se fossem espasmódicos e nervosos, o animal não era capaz de se concentrar. Engraçado como isso também se aplica às pessoas.

À nossa frente, os galos de briga saltavam de novo, o adejar das asas inaudível em meio à balbúrdia. Os pássaros colidiam no ar antes de se afastarem um do outro. Minúsculas penas flutuavam até o chão.

Os galos rodearam um ao outro, balançando a cabeça, e depois alçaram voo, desferindo um novo bote. O branco enfiou uma espora no flanco do marrom. Ambos caíram juntos, numa bagunça frenética de penas. Quando se desvencilharam, sangue jorrou de algum lugar do pássaro ferido. O sangue traçou um arco no ar e pousou no flanco esquerdo do galo branco, transformando-se imediatamente em uma silenciosa e carmesim linha de poesia nas penas brancas reluzentes. A plateia urrou. Em sua maioria os espectadores eram homens com punhos cerrados e rostos suados. A pele deles refulgia sob as duras luzes halógenas que pairavam sobre o fosso. Eles gritavam, boquiabertos, e a luta entre os galos era um ritual de sangue para apaziguar algum velho deus; o resultado era a diferença entre ir embora para casa falido e voltar para casa bêbado e com um maço de pesos no bolso.

O nosso entorno estava impregnado com o odor de corpos quentes fumando, suando, gritando e bebendo. Os galos voltaram a se aproximar, o marrom se movendo como se algo estivesse quebrado dentro dele; nesse instante, Juanca me deu um tapinha no braço e sinalizou com um meneio da cabeça que eu o seguisse. Eu me desvencilhei da massa de pessoas entusiasmadas e ruidosas e fui atrás dele.

"Que porra é esta?", Brian perguntou.

"Pelea de gallos", Juanca disse. "Rinha de galos. Você nunca viu?"

Brian balançou a cabeça. Juanca sorriu.

"É um jeito fácil de ganhar dinheiro se você souber o que está fazendo. As pessoas adoram. Galos campeões são um negócio lucrativo pra caralho em muitos lugares. O Don Vázquez também organiza brigas de cães no outro estabelecimento dele. Essas são feias, cara. Os cachorros geralmente acabam com a cara toda arrebentada e fodida. Todos os galos têm os espolones e os bicos, mas os cães têm a boca cheia de dentes pontiagudos e mandíbulas poderosas, vocês sacam o que estou dizendo? E eles conseguem continuar lutando por um bom tempo. Eu tinha um primo que treinava cães de briga. Ele os amarrava numa vara e os segurava no meio de um lago e os mantinha lá até quase se afogarem. Transformava cachorros em máquinas de matar. Quando os cães lutam, se a briga for barra-pesada de verdade, você tem que levar o perdedor lá pra fora e matar com um tiro. Às vezes, os donos ou treinadores levam um tiro junto com os cachorros. É terrível. A mesma coisa acontece aqui, mas com menos frequência. Eu prefiro este lugar aqui."

Atravessamos o salão grande e chegamos a uma outra porta, onde havia apenas um homem na função de leão de chácara. Ele acenou com a cabeça para Juanca e abriu a porta para nós.

O recinto era escuro e tinha um grande bar nos fundos com uma parede inteira de garrafas de bebida atrás dele. Em vez de um ringue de briga de galos, havia mesas de bilhar, vinte-e-um, pôquer e roleta. A maioria das mesas estava ocupada por homens e mulheres, imensas pilhas de dinheiro na frente deles. As lâmpadas compridas que pendiam do teto lançavam sobre todas as coisas uma fraca luz branca. Aparelhos de ar-condicionado decoravam as paredes aqui e ali, mas conseguiam deixar o ar apenas um pouco mais frio do que do lado de fora.

No bar, uma mulher alta e loira de braços musculosos conversava com um homem baixinho com um chapéu de vaqueiro bege. Ela se virou para nós assim que nos aproximamos. Os olhos dela se iluminaram e a boca se curvou em um enorme sorriso que revelou dentes perfeitos demais para serem de verdade. Tive a sensação de já tê-la visto antes.

"Espero que meus olhos não estejam me enganando e que seja realmente o primeiro e único Juan Carlos vindo para os meus braços neste exato segundo!" O inglês dela era perfeito. Combinando com sua pele, altura e o cabelo loiro, imaginei que ela fosse uma mulher branca de algum lugar ao norte da fronteira.

A extremidade do bar estava aberta. Ela chegou lá em três passos e se virou para nós. Usava um vestido cor-de-rosa fino que terminava logo acima dos joelhos e revelava uma silhueta curvilínea.

Juanca e a mulher se abraçaram. Existem diferentes tipos de abraços, e esse sugeria uma longa amizade recheada de bons momentos e uma pitada do tipo de calamidade que une as pessoas.

Quando seus corpos se separaram, a mulher esticou o braço para segurar Juanca a certa distância e sorriu novamente. Agora que ela estava mais perto de uma das luzes penduradas sobre as mesas, pude vê-la melhor. A maquiagem lhe dava um aspecto mais pálido do que realmente era, e um pouco de pó compacto se amontoou e rachou de leve ao redor de seus olhos castanhos.

"Você está ótimo, seu filho da puta gostoso!" Depois ela se virou para nós: "E quem são esses belos cavalheiros que o acompanham esta noite?".

"Reina, estes são Mario e Brian. Mario, Brian, está é La Reina."

Ela deu um passo à frente, com a mão estendida. Fui o primeiro a apertá-la. Tinha uma boa pegada, e nos músculos magros de seu braço pude ver que ela estava avaliando minha própria pegada.

"O nome é Jessica Kayden King. Todos me chamam de La Reina. Vocês podem me chamar de Reina ou podem me chamar de Jessica se não conseguirem pronunciar bem o R. Nunca de JK. Se me chamarem de qualquer outra coisa, atiro na sua cara e jogo as bundas magras de vocês para os crocodilos lá atrás comerem, mesmo que no processo eu estrague uma unha."

O sorriso perfeito permaneceu no lugar enquanto ela falava. Eu tinha ouvido o termo *esfuziante* sendo usado para descrever alguém, mas esta foi a primeira vez na minha vida que conheci uma pessoa que me fez pensar na palavra. La Reina apertou a mão de Brian e depois voltou ao bar.

Ela enfiou a mão sob a balcão e puxou a maior arma que eu já vi. Ela a beijou e olhou para nós.

"Os senhores estão vendo esta bela peça de aço inoxidável?"

La Reina esticou o braço e apontou a arma entre Brian e mim. Mesmo na escuridão, pude ver as letras gravadas na lateral: SMITH & WESSON.

"Sabe o que é isto aqui, menino branco?", La Reina perguntou, olhando para Brian.

"Sim, é uma arma ridiculamente grande usada pra derrubar elefantes."

"Ah, um menino branco que não é louco por armas! Bem, que Deus te abençoe. Isto aqui, senhores, é um milagre da engenharia bélica. São quase dois quilos de potência e morte. Eu o chamo de 'vara da Deusa', porque, se Deus existisse de verdade, seria uma mulher, e isto aqui seria o pau dela. Isto aqui é um S&W500 Magnum. Sabem por que o tambor contém apenas cinco balas? Tenho certeza de que não, então vou dizer: só cabem cinco balas porque você nem precisa de seis. Eu poderia perfilar vocês três e, com uma leve pressionada deste belo e brilhante gatilho, estourar suas cabeças como melões jogados do topo de um prédio."

"Então... é com isso aí que você vai atirar em nós se te chamarmos de outra coisa?", Brian perguntou.

La Reina sorriu.

"Você não é tão burro quanto parece."

La Reina puxou o braço para trás e aproximou o enorme revólver do rosto. Olhou para o cano da arma, mostrou a língua e lambeu lascivamente o metal. De alguma forma, o gesto não foi tão estranho.

"Já chega disso", ela disse enquanto colocava o canhão de volta sob o balcão. "Tenho certeza de que o Juanca está louco para conversar com o Don Vázquez e pôr as mãos à obra. Sigam-me, cavalheiros."

Enquanto caminhávamos, a gritaria da outra sala aumentou violentamente.

"Merda", La Reina disse, virando-se.

Ela correu a passos curtos até a porta pela qual tínhamos passado e a abriu. Do outro lado, um alarido frenético vinha das pessoas aglomeradas ao redor do fosso. Nós nos aproximamos. La Reina abriu caminho à força entre os corpos. No centro da ação, um baixinho de calça jeans e camiseta azul balançava o cadáver do galo marrom.

"Que porra está acontecendo aqui?", gritou La Reina.

"O galo num tem... num tem cicatriz!", o homem com o galo na mão respondeu.

"Não tem cicatrizes?"

Uma mulher deu um passo à frente. Tinha olhos pretos, e uma cabeleira de cachos escuros emoldurava seu rosto.

"Ele tá dizeno que o pássaro num tem ferimento, sabe? Nunca foi numa luta antes. O sujeito falou que era galo campeão, só que nunca brigou."

A fluência de La Reina no inglês era muito melhor.

"Ah", La Reina entendeu. "Alguém tentou ser inteligente demais querendo se dar bem." Ela agarrou o galo morto e o ergueu: "Quem é o dono desta ave?".

Um homem foi empurrado na direção de La Reina. Estava tremendo, sua camisa branca de botão empapada de suor.

"¿Es tuyo?", La Reina perguntou. O homem assentiu. La Reina voltou-se para o enfurecido homem de camisa azul e ordenou:

"Você precisa cuidar disso. Agora."

A mulher dos cachos traduziu. O de camisa azul sorriu, estendeu a mão para trás e puxou um canivete. A lâmina saltou faminta, sua ponta rasgando o ar.

"Pois bem, a falta de honestidade tem um preço", La Reina sentenciou. Ela olhou em volta e viu um baixote cuja barba desgrenhada lhe dava a aparência de um homem das cavernas. "Traga um pouco de plástico para ele."

O baixinho saiu de cena. La Reina se aproximou do homem que tentou trapacear e o agarrou pelo pescoço. Ela o virou e o fez olhar para todos os demais. O homem mantinha as mãos contra o peito, como se estivesse se protegendo do frio.

"¿Ven ustedes a este cabrón?", La Reina perguntou em alto e bom som em um espanhol com sotaque. "Na casa de Don Vázquez, às vezes você ganha e às vezes você perde. Mas você nunca trapaceia."

Até então a multidão estava relativamente quieta, mas, quando ela disse isso, algumas pessoas expressaram com gritos sua concordância.

La Reina ergueu a mão esquerda e fez sinal para que o homem com o canivete se aproximasse. Ele deu um passo em direção a ela, a lâmina em sua mão refletindo a luz das lâmpadas do teto. O homem que La Reina segurava pelo cangote começou a balbuciar pedidos de desculpas e olhou ao redor, provavelmente procurando por um amigo, um salvador, alguém disposto a dizer uma palavra que fosse em sua defesa. Encontrou rostos suarentos que o fitavam com uma escuridão se movendo no fundo dos olhos.

O baixote que tinha saído para buscar o plástico voltou segurando uma lona branca, dessas que os pintores usam para cobrir os móveis enquanto trabalham. Ele a sacudiu e a deixou cair suavemente no chão.

"Clávale el cuchillo", La Reina ordenou. Dois homens apareceram e seguraram os braços do trapaceiro. O homem de camisa azul levantou a mão e, com um gesto veloz, esfaqueou o outro na barriga. O homem uivou de dor. La Reina soltou o pescoço dele. Os homens que imobilizavam o trapaceiro o soltaram e ele desabou no plástico.

Os homens enrolaram o plástico em volta das pernas dele e começaram a arrastá-lo para os fundos do recinto.

Parte da multidão havia se dispersado, de volta à jogatina e à bebedeira. Os que ficaram já estavam às gargalhadas e gritando.

"Se lo chingó por tramposo", uma mulher de camisa preta e calça jeans justíssima afirmou.

La Reina olhou para o homem. Ele ainda estava empunhando o canivete. O trapaceiro guinchava feito um porco enquanto os homens o arrastavam para fora por uma porta ao lado do bar.

La Reina fitou o chão e disse:

"É melhor eles não fazerem bagunça. E se fizerem, é melhor que limpem".

"Viram só?", Juanca disse. "Falei pra vocês que de vez em quando o bicho pega, a coisa fica feia." Ele sorriu.

"Peço desculpas por isso, cavalheiros", La Reina disse. O homem que havia trazido o plástico apareceu ao lado dela e disse:

"Tudo certo, patroa".

"Para onde vocês levaram o sujeito?"

"Beco."

"Boa. Vocês dois terminaram o trabalho?"

Em vez de responder, o homem olhou para os próprios sapatos.

"Ah, puta que pariu!"

Caminhando com afetação, La Reina voltou por onde viemos. Ela abriu a porta no fundo do salão e olhou para nós. Juanca correu até ela.

"Permitam-me verificar a situação, bem rapidinho. Não quero problemas amanhã, e aquele pobre coitado..."

Ela virou à direita, caminhou até um portão junto à cerca e o abriu. Em seguida, virou ligeiramente à esquerda para entrar em um beco entre as duas casas. De onde estávamos, dava para ver o beco.

O homem estava torcido em cima do plástico. Gemia e segurava os intestinos.

"Estão vendo? Esse pobre otário vai levar horas para morrer. Ele pode tentar se levantar e voltar para casa enquanto sangra por dentro. Não é uma boa maneira de morrer. Trapacear nas lutas é uma coisa ruim, mas não é tão horrível assim, porra!" Ela olhou para Juanca e perguntou: "Você tem uma faca?".

Juanca enfiou a mão no bolso de trás, tirou um pequeno canivete com cabo de madeira e o deu a La Reina. Ela acionou a lâmina com um clique, caminhou até o homem, puxou a cabeça dele pelos cabelos e cortou a garganta de fora a fora. O sangue jorrou no plástico. La Reina o deixou cair. O homem gorgolejou algumas vezes, e suas pernas escoicearam. Depois ele se aquietou para sempre. La Reina se inclinou para a frente e limpou a lâmina na lateral da calça jeans do homem antes de fechar o canivete e devolvê-lo a Juanca.

"Assim está melhor." Ela encarou Juanca nos olhos: "Agora ele não está sofrendo".

Sem dizer mais nada, La Reina refez seus passos e voltou ao bar. Uma vez lá dentro, continuou andando e nos levou até outra porta na parede esquerda. Essa porta se abriu para uma nova sala, vazia. Ela entrou e começou a caminhar paralelamente à parede. Perto da parede do fundo havia uma porta branca. Ela a abriu para nós e ficou do outro lado segurando a porta, um sorriso estampado no rosto.

O espaço em que entramos parecia um escritório. As paredes estavam revestidas de fotos emolduradas e cartazes de toureiros. Um imenso aparelho de ar-condicionado gemia numa parede. Perto da parede do fundo, dois homens com fuzis AK-47 estavam de guarda, embalando suas armas com tanto carinho que tive certeza de que dormiam com elas. Um dos homens era musculoso e se parecia com Juanca em muitos aspectos, inclusive nas tatuagens que cobriam a maior parte de seus braços, mãos, pescoço e rosto. Atrás deles, um dos maiores aquários que já vi na vida. Grandes formas escuras nadavam dentro dele, mas a água era tão marrom e turva que eu não conseguia vê-las com clareza.

No meio da sala, um homem rechonchudo e latino com um bigode grisalho estava sentado atrás de uma escrivaninha. Usava uma guayabera branca com intrincados desenhos bordados que começavam no topo dos bolsos da camisa e desciam por seu torso de ambos os lados. De seu pescoço pendia uma grossa corrente de ouro com uma enorme cruz com Jesus. Don Vázquez.

Ele se recostou na cadeira e cruzou as mãos sobre a barriga. Anéis dourados decoravam alguns de seus dedos curtos e grossos. Ele se levantou e disse:

"Juanca. Ven aquí y dame un abrazo".

Juanca foi até o homem e eles se abraçaram. Don Vázquez fechou os olhos, depois beijou Juanca no rosto antes de se desvencilhar dele com um tapinha na bochecha. Depois virou-se para nós.

"São esses os americanos que vão te ajudar?" O inglês de Don Vázquez tinha um sotaque carregado, mas ele parecia confortável com a troca de idioma. Um verdadeiro homem de negócios.

"Sim, Don Vázquez. Estes são Mario e Brian."

"Mario", Don Vázquez repetiu devagar, suas espessas sobrancelhas grisalhas se contraindo e chegando mais perto uma da outra. Algo empurrou a maior parte do ar para fora dos meus pulmões. Se alguém colocasse numa linha reta todas as pessoas que morreram por causa desse homem, provavelmente a fila de gente chegaria a Austin. Meu nome na boca dele foi demais para mim.

"Un placer conocerlo, Don Vázquez." Que porra eu ia dizer?

Don Vázquez riu ao se aproximar de mim com a mão estendida.

"Conocerme nunca es un placer, Mario. Conocerme a mí es una obligación, el resultado de una mala decisión o una pesadilla. ¿Tu amigo habla español, Mario?"

"No, señor, Brian entiende un poco, pero no habla español."

"Ah, então vamos falar em inglês. Quero que todos se sintam bem-vindos e que todos entendam exatamente o que devem fazer."

Brian sabia que estávamos falando sobre ele. Sabia também que o homem havia trocado de idioma para o benefício dele. Brian deu um passo à frente e estendeu a mão.

"É um prazer conhecer o sen..."

"Obrigado, Brian, mas acabei de dizer ao seu amigo Mario que me conhecer nunca é um prazer; me conhecer é algo que acontece com as pessoas porque elas tomaram uma decisão ruim."

A voz de Don Vázquez era grave e calma. Ele era um pouco mais baixo que eu. Rotundo. Sua pele lembrava a da minha avó — uma tonalidade que evocava moedas antigas e me fez pensar no sangue dos índios tainos que tinha. Para mim não foi difícil imaginar os ancestrais de Vázquez erguendo os corações ainda pulsantes dos inimigos em oferenda ao deus-sol, antes da chegada dos espanhóis.

"Tenho certeza de que vocês estão todos cansados, certo? Proponho então que tratemos logo dos negócios; vamos ao que interessa, para que vocês, cavalheiros, possam descansar um pouco esta noite." Don Vázquez voltou-se para Juanca: "Você me trouxe o que eu pedi?".

"Claro que sí, jefe."

Juanca colocou a mão no bolso e se aproximou de Don Vázquez como uma criança querendo agradar. Tirou o lenço com o dedo do pé enrolado dentro. Minha mente trouxe de volta as paredes do quarto de El Milagrito, o chocalhar das cruzes como o som de mil insetos furiosos.

"Aqui está, Don Vázquez."

Com cuidado, Don Vázquez pegou o artelho e começou a desembrulhá-lo. Atrás dele, algo deu um baque pesado contra o vidro do aquário. No interior do recipiente, alguma coisa escura parecida com a criatura em formato de estrela-do-mar que eu tinha visto no túnel se deslocava rapidamente para a esquerda. Seus longos tentáculos escuros causaram um arrepio na minha espinha.

"Há coisas neste mundo que não têm explicação", Don Vázquez sentenciou, o que fez meus olhos se desviarem da criatura. "Quando você se depara com essas coisas, tem duas opções. A primeira é tentar atribuir sentido lógico a elas. É o que a maioria das pessoas faz. Elas vivenciam algo e tentam moldar o acontecimento às suas experiências, entender racionalmente o que aconteceu a partir do filtro daquilo que já sabem. Isso nunca funciona. Isso só resulta em confusão e frustração, certo? A segunda opção é aceitar que coisas estranhas acontecem, que o impossível às vezes é real. Quando você aceita, pode seguir em frente com sua vida. por esse motivo os nossos ancestrais inventaram os deuses, e assim eram mais felizes."

Don Vázquez parou de falar, com os olhos cravados em nós. A pele sob seu olho esquerdo estava inchada, como se houvesse algo por baixo tentando escapar.

"Eu digo isso apenas a fim de preparar os senhores para o que estão prestes a ver", ele anunciou. "De nada adianta tentar entender. Vocês precisam saber apenas que o que vai acontecer lá do lado de fora é uma coisa boa, que vai facilitar o trabalho de vocês. Manterá vocês sãos e salvos."

De todas as coisas que encontramos desde que tínhamos cruzado a fronteira, a eloquência tranquila de Don Vázquez foi a mais surpreendente. Encarar seus próprios preconceitos e constatar que estão errados é uma coisa poderosa. Eu não tinha nenhum problema em pensar em mim mesmo como uma pessoa inteligente, apesar da situação de merda da minha vida, apesar da minha mãe viciada, do meu sotaque e da minha cor. Eu sempre li e estudei muito porque acreditava que a educação era o caminho infalível para a ascensão social. Devorei livros porque não queria acabar como a minha mãe ou qualquer um dos nossos vizinhos em Houston. Aprendi a falar inglês e espanhol da melhor maneira possível porque estava convencido de que me expressar de forma inteligente abriria portas para mim, que isso manteria longe de mim um pouco do racismo que meu pai tanto temia. Eu estava plenamente convencido de que essa merda me tornava alguém especial. Então continuei me aprimorando porque nunca quis ter a sensação de que Melisa, uma mulher brilhante, precisaria me menosprezar, que ela me faria dizer algo inacreditavelmente estúpido na frente de seus amigos do trabalho ou das outras mães do seu clube de leitura, algumas das quais estudaram nas melhores universidades de elite do país. No entanto, nunca esperei encontrar a mesma inteligência em outras pessoas. Don Vázquez, na minha cabeça, não passava de um traficante, um assassino cujo objetivo era dominar o mundo do tráfico e ganhar todo o dinheiro do planeta inundando os Estados Unidos com drogas e Juárez com violência. Eu tinha certeza de que ele era tudo isso, mas as palavras que saíram de sua boca me fizeram pensar em um paciente professor de teologia conversando com alunos que precisavam entender a possibilidade de um deus interventor, a possibilidade de milagres acontecerem no cotidiano.

Don Vázquez terminou de desembrulhar o dedo do pé. Ele o ergueu para que pudéssemos ver.

"Isto é um pedaço de Deus." Ele se virou para os homens na parte de trás: "Este es un pedazo de Dios hecho carne. Con esto en mis manos soy invencible".

Agora o artelho parecia ligeiramente acinzentado, e o sangue havia secado na unha, tornando-a preta e suja. Don Vázquez levou o dedo à boca e o beijou antes de refazer o embrulho com todo cuidado e colocá-lo no bolso frontal esquerdo de sua guayabera.

"Sigam-me."

Era uma ordem, não um convite.

21

Don Vázquez nos conduziu para fora de seu escritório, passando pelo bar onde tínhamos encontrado La Reina, e de volta ao pátio. Lá, virou à direita. Os homens que estavam em seu escritório começaram a andar conosco. Percebi que nas mãos de ambos faltavam dedos.

Caminhamos ao longo da lateral do prédio e viramos mais uma vez à direita, onde a parede terminava. Assim que contornamos o prédio, chegamos a uma piscina de concreto pelo menos três vezes maior que o fosso no lado de dentro onde acontecia a rinha de galos. Era redonda e se elevava a cerca de um metro e vinte do chão. Nas laterais foram instalados dois postes de luz. Apesar de ser erguida do solo, era suficientemente baixa, de modo que eu conseguia enxergar dentro. A luz dos postes incidia sobre a água salobra e trêmula. Uma pequena laje de concreto pairava sobre a água com uma escada metálica fixada a ela. No centro da piscina havia uma ilha redonda de concreto sujo.

"Raulito, Manuel, traigan a la bruja y a Rodolfo."

Alguma coisa chapinhou na água. O ruído me fez desviar os olhos de Don Vázquez. Reconheci de imediato a forma. Era um crocodilo. O topo da cabeça estava acima da água, os olhos e narinas deslizando. Era enorme.

"Puta merda, a história do crocodilo era verdade!", Brian exclamou.

Don Vázquez sorriu:

"De fato, eles são de verdade, e costumam sentir muita fome também".

"Porra, por que você tem crocodilos aqui nos fundos do seu clube, cara? O senhor sabe... se não se importa que eu pergunte... senhor."

Don Vázquez sorriu. Brian estava obviamente nervoso. Eu queria que ele calasse a porra da boca e obedecesse às instruções. Quanto menos ele falasse, mais tranquilas seriam as coisas.

"Há muitos anos, li em um jornal que Pablo Escobar tinha hipopótamos em sua propriedade", Don Vázquez disse. "Os hipopótamos são burros e grandes demais, mas eu gostei da ideia de ter animais exóticos. Eu estava pensando em pegar um tigre ou um leão, uma criatura forte com uma boca poderosa capaz de comer quem fodesse comigo, mas aí assisti a um documentário com minha filha e mudei de ideia. Nesse documentário aprendi que os crocodilos têm um soro no sangue que os ajuda a combater infecções. Eles se machucam, mas nunca ficam doentes. Você pode cortar um deles com um facão, jogá-lo de volta naquela água nojenta cheia de merda e ainda assim ele não vai desenvolver uma infecção. Amei esse fato sobre eles. Você sabe por que, Brian? Porque eu sou como esses crocodilos. Eu estou sempre nadando. Eu nado na escuridão, rodeado de merda, mas nunca adoeço. Seja como for, enviei alguns dos meus homens para o outro lado da fronteira. Encontrei um cara com quem faço negócios que conseguiu me arranjar as criaturas de que eu precisava. Os animais aí dentro vieram todos da Louisiana. Você já esteve lá, Brian? Há muitos crocodilos por aquelas bandas. De qualquer forma, são meus funcionários norte-americanos."

O sorriso de Don Vázquez parecia diferente sob a luz do lado de fora.

"Então, se os crocodilos são de verdade, isso significa que todas as histórias são verdadeiras?", Brian perguntou, com os olhos grudados na superfície da água escura.

"E que histórias seriam essas?" As feições de Don Vázquez pareceram se reconfigurar. Alguma coisa dentro dele também.

"Bem... a gente ouviu falar muita coisa sobre... o senhor sabe, dar pessoas como comida pros crocodilos e tal. A senhora lá dentro... com a arma grande..."

"La Reina", eu o ajudei. Eu realmente queria que ele ficasse de boca fechada agora.

"Isso. A La Reina disse alguma coisa sobre atirar na nossa cara e depois jogar a gente pros crocodilos comerem se a gente chamá-la de outra coisa que não seja La Reina."

Don Vázquez riu. O som da risada não se encaixava em nosso ambiente.

"Se fizerem isso, com certeza La Reina em pessoa vai atirar no rosto de vocês e jogá-los ali dentro."

"Isso é... impressionante. Eu gosto de uma mulher que sabe cuidar de si mesma."

"As flores mais fortes são aquelas que crescem entre as fendas e frestas, meu amigo", Don Vázquez declarou.

"Como ela veio parar aqui? Quero dizer, se o senhor não se importa que eu pergunte. É que... ela não é daqui, é? Ela parece uma estrela no cinema ou algo assim."

O filho da puta queria transar com ela.

"La Reina veio para o México em busca de trabalho. Ela se mudou para cá porque o sistema de saúde nos Estados Unidos é um lixo. Tinha que tratar de algumas coisas e queria fazer uma cirurgia plástica no rosto. O rosto é importante. Já ajudei muita gente a mudar de rosto para sempre, às vezes para versões melhores e às vezes para um rosto que preferem esconder. Depende do que as pessoas merecem. De qualquer forma, La Reina era boa com armas, então, assim que ela começou a trabalhar aqui, fez muito barulho. Você sabe, uma gringa loira que matava homens como se fosse uma piada. Ela era destemida e, diziam, nunca estragava a maquiagem. Não demorou muito para eu começar a ouvir histórias sobre ela diariamente, então decidi estender a mão e enviá-la em uma missão suicida. Se ela sobrevivesse, eu a contrataria. Se morresse... bem, ela morreu. Alguém estava adulterando meu produto entre aqui e os túneis, então pedi a ela para descobrir quem era o sujeito. Não dei a ela nenhuma informação. Uma semana depois, ela voltou com um vídeo em seu celular de dois ratos batizando minha metanfetamina com leite em pó. Perguntei se ela poderia resolver o problema. Dois dias depois, ela apareceu usando um vestido de verão azul com flores amarelas e puxando atrás de si um carrinho vermelho com uma caixa térmica de isopor, dentro da qual estavam as cabeças dos dois traidores. Ela abriu a caixa e tirou as duas cabeças para que eu pudesse dar uma boa olhada nos ratos. Eu gostei do estilo dela. A morte em um belo vestido. A partir desse dia ela começou a trabalhar para mim. Proporcionei os cuidados médicos de que ela precisava. Agora ela comanda as coisas quando não estou aqui. Quando alguém se comporta mal, ela dá o encrenqueiro de comer aos crocodilos. Eu digo a ela para que continue ensinando respeito aos homens, porque o respeito é importante. É por isso que estou deixando Juanca fazer o que ele vai fazer, de modo que ele obtenha o respeito para sua família, para Omar. La Reina realmente amava Omar, então sei que ela está feliz por você estar aqui. Faça de tudo para que continue assim."

Olhei de relance para Juanca, a fim de ver se o rosto dele traía alguma emoção, mas sua expressão era impassível, os olhos grudados em Vázquez. Não gostei de saber que o irmão de Juanca tinha algo a ver com o nosso trabalho. A vingança é tão normal para os humanos quanto a fome ou a sede. Precisamos dela. Nós ansiamos por ela sempre que sentimos que alguém nos fez mal. Mas o desejo de vingança também leva a pessoa a fazer merda.

Brian abriu a boca para dizer alguma coisa, mas os homens que nos acompanharam até lá reapareceram na esquina do prédio. O homem chamado Manuel segurava pelo braço um cara cujos braços e o peito nu estavam cobertos de tatuagens. Manuel o puxava como se fosse uma cabeça de gado. Um pedaço de fita adesiva tapava a boca do homem, e suas mãos estavam amarradas nas costas. Acima da fita adesiva, o medo em seus olhos dizia tudo o que sua boca não podia.

Atrás deles vinha Raulito, a passos lentos. A seu lado estava uma figura curvada e coberta por uma comprida camisola branca ostentando uma variedade de manchas escuras. Quando entraram no perímetro de luz ao redor da piscina, vi a mulher com mais clareza. Ela era velha e parecia fraca. O homem meio que a amparava, meio que a arrastava. Quando se aproximaram, a mulher levantou a cabeça. Tinha olhos vazios, a carne rósea dentro de suas órbitas brilhava sob a luz, e seus braços terminavam em cotos em vez de mãos.

"Que porra é essa...?" A voz de Brian irrompeu rasgando o ar e me tirou do lugar onde eu estava antes, me despejando de volta à medonha realidade à nossa frente. Aquilo era real. A mulher era real. O dedo do pé do menino no bolso de Don Vázquez era real. Desejei estar na minha casa, embalando Anita enquanto ela dormia tranquila, olhando para o rosto lindo e sereno de Melisa sorrindo para mim. Desejei isso com todas as forças, e então me deparei com um espaço impossível entre a memória e a impossibilidade e encontrei ainda mais motivos para desejar isso, desejar estar com elas.

Manuel passou por nós. O homem que ele segurava pelo braço nos olhou, o pânico em seus olhos se avolumando, implorando. Invadiu-me num jorro súbito a mesma profunda sensação de mal-estar que tive no quarto de El Milagrito. Alguma coisa ruim estava para acontecer.

Desviei o olhar na direção da cerca distante. Depois dela havia uma rua vazia com carros em frangalhos estacionados em frente a algumas casas. Um único poste derramava luz suave sobre o asfalto e a calçada. Sob o poste, um vulto de pequena estatura. Eu não conseguia enxergar seu rosto nem suas roupas. Era uma nódoa preta sob a luz, uma silhueta sem detalhes. Parecia a coisa que eu tinha visto na minha cozinha.

"¿Tienes lo que necesitas, Manuel?"

"Sí, Don Vázquez, tengo todo", Manuel respondeu enquanto se dirigia para a escada.

O homem que Manuel segurava começou a se debater, plantando os pés no chão e recusando-se a se mexer. Palavras e gritos abafados vinham de trás da fita adesiva que tapava sua boca. Ele provavelmente sabia sobre os animais na água.

Don Vázquez enfiou a mão no bolso esquerdo da frente e tirou um celular. Deu algumas batidinhas de leve na tela e levou o aparelho ao ouvido.

"Reina, dile a Marta que traiga la troca. Vamos a empezar en un minuto y no quiero tener que esperar for la caja."

Agora Manuel estava lutando com o homem. Segurando o AK-47 de lado, ele parecia cogitar a ideia de colocar a arma no chão para poder lidar melhor com o homem.

"Mario, você poderia, por favor, ajudar Manuel?"

Meus pés se moveram antes mesmo que as palavras *mas é claro* saíssem da minha boca. O poder é uma coisa estranha. Alguns têm e outros não. As pessoas poderosas têm uma certa maneira de falar que tornam inexistentes as opções. Até agora, Don Vázquez tinha sido caloroso, inclusive amigável, mas estávamos no seu reino, nos seus domínios, e seu comportamento deixava uma coisa clara: me contrarie e num piscar de olhos você será transformado em merda de crocodilo.

"E você, Brian, dê uma mãozinha a Raulito. Queremos ter certeza de que tudo está sob controle e de que podemos fazer as coisas direito."

Lá estava de novo. Uma mão. Meus olhos voaram para os cotos nos punhos da velha. Por que eles a mutilariam daquele jeito?

Não me virei para olhar, mas ouvi o movimento de Brian. Eu não tinha ideia de por que o outro cara precisaria de ajuda para lidar com uma mulher que parecia estar com um pé na cova, mas eu não ia começar a fazer perguntas.

"Juanca, Marta va a estar aquí en cualquier momento. Cuando llegue, ayúdala a bajar la caja de la troca."

Agarrei o braço esquerdo do homem. Ele estava lutando com unhas e dentes. O que quer que ele estivesse dizendo por trás da fita adesiva ia ficando cada vez mais barulhento. A adrenalina estava deixando o sujeito mais forte do que deveria.

"Hay que subir a este pinche cabrón a esa plataforma."

Nós nos movemos juntos. O homem enrijeceu as pernas, então nós o levantamos e o carregamos para a frente. O corpo dele estava escorregadio de suor, mas conseguimos.

Chegar perto dos crocodilos foi surreal. Cada instinto gritava para eu me afastar daquela água, mas meu corpo, quase como se fosse uma entidade independente, obedecia às ordens de Don Vázquez.

Manuel e eu tivemos que empregar ainda mais força quando chegamos às escadas.

A plataforma de concreto projetava-se água salobra adentro. Tinha cerca de um metro e vinte de comprimento por um metro e oitenta de largura, então conseguíamos nos encaixar nela com certo conforto, mas não tinha laterais, nada em que pudéssemos nos segurar. O medo agarrou e espremeu meu coração. Eu me inclinei para o homem, temendo que ele decidisse levar um de nós consigo.

"Brian, eu preciso que você me escute, tudo bem?", Don Vázquez disse. "Você precisa ajudar Raulito a trazer la bruja para cá. Não seja gentil com ela. Tudo o que você achar que ela é capaz de fazer, multiplique pelo maior número que você conseguir imaginar. É por isso que tivemos que cortar as mãos dela. Puxe-a com força e tire-a daqui rapidamente e tudo ficará bem. Você está pronto?"

A julgar pela aparência, Brian parecia prestes a desmaiar. Ele não estava pronto. As olheiras sob seus olhos tinham escurecido pelo menos dois tons desde que chegamos àquele lugar. A luz dos postes não o estava ajudando em nada. Ele assentiu.

A bruja parecia flácida entre eles. Os cotos em seus braços me fizeram lembrar de El Milagrito. A mão em volta do meu coração apertou com mais força.

"Cuando estés listo, Manuel..."

"Agárralo fuerte!", Manuel disse. Apertei com mais força o braço do homem, usando meus antebraços para segurar seu braço dobrado contra o meu corpo, mantendo minha postura inclinada para o caso de ele tentar me rechaçar. Ele enterrou o cotovelo no fundo do meu esterno.

Manuel fez um estranho agachamento lateral e por fim abaixou a arma. Depois estendeu a mão para trás, puxou uma enorme faca-canivete preta e acionou a lâmina com um piparote do polegar. Quando ouviu o clique da lâmina retrátil, o homem que estávamos segurando começou a corcovear e dar pinotes como um cavalo bravo. Seu cotovelo cavou mais fundo em mim, e um dos pés dele acertou minha canela, mas eu o segurei firme. Abaixei meu corpo, abri as pernas para ampliar minha posição e joguei o ombro contra seu torso trêmulo. Em vez de tentar controlá-lo, Manuel empunhou com firmeza a lâmina e jogou o braço para trás. Seu punho cerrado passou voando do meu lado e enfiou a faca no abdome do homem, logo acima da calça jeans. A facada foi desferida com tanta força que ouvi a pele estourar.

Manuel enterrou a lâmina mais fundo na barriga, de modo que apenas o cabo da faca era visível. A boca do homem uivava atrás da fita adesiva, suas pernas escoiceando. Agora nós o estávamos segurando quase no ar. Manuel puxou a faca de volta para si como um pescador que puxa sua linha de novo para prender o anzol. A pele do homem se rasgou alguns centímetros, e então a lâmina parou. Manuel a puxou novamente. Um talho se abriu na parte inferior do abdome do homem, revelando carne, músculos e a gordura amarela que forrava as entranhas. Desviei o olhar. Os gritos abafados ecoaram em seu crânio. Eu tinha certeza de que a qualquer momento a fita adesiva se descolaria de sua boca e voaria.

O sangue jorrou do ferimento. A calça jeans sugou a maior parte, rapidamente mudando de cor no processo. O resto escorreu no concreto à frente dele e foi avidamente absorvido pelo cinza. Manuel soltou o braço do homem. Cambaleamos um pouco, e eu tive que pelejar para conseguir segurá-lo. Por um segundo, temi que Manuel fosse me deixar sozinho com o homem, mas ele se postou atrás do sujeito e passou-lhe o braço esquerdo ao redor do pescoço para imobilizá-lo e sufocá-lo. Depois estendeu o braço direito, a faca abrindo caminho. Enterrou a lâmina quase no mesmo lugar da primeira vez e em seguida a arrastou ao longo do baixo-ventre.

Manuel abriu mais um corte na carne do homem e depois pressionou seu corpo contra o dele e o puxou para trás pelo pescoço enquanto empurrava os próprios quadris para a frente. Parecia que ele estava comendo o cara por trás. Interrompida a circulação de ar, os gritos do homem cessaram. Soltei o corpo do sujeito, que deu um solavanco para trás. Os braços de Manuel o seguraram e o dobraram. O ponto onde Manuel abriu um talho era agora um profundo abismo vermelho de carne. O ferimento expeliu alguma coisa cor-de-rosa. Cem coisas impossíveis passaram como um raio simultaneamente por meu cérebro. Quando a primeira cobra rosada brotou de dentro do estômago, meu coração parou. Então percebi que não era um alienígena nem um demônio — a coisa rosada era o intestino do homem.

O homem curvou-se para a frente. Manuel empurrou e puxou de novo, com um brusco movimento do braço, ao mesmo tempo em que impelia os quadris contra a parte inferior das costas do sujeito. Espirais rosadas e brilhantes salpicadas de sangue irromperam do corpo do homem, desenrolaram-se enquanto tombavam pelas pernas e caíam na água imunda.

Uma explosão de dentes e escamas verdes eclodiu da água. As mandíbulas dos crocodilos agarraram os cordões rosados e os agitaram com veemência de um lado para o outro, espirrando água e arrancando mais tripas do homem.

"¡Ayúdame a detenerlo, güey!", Manuel gritou. É claro. Ele não conseguia segurar o homem, não enquanto os crocodilos puxavam as entranhas dele, tentando puxá-lo para dentro da água. Segurei o braço do homem. Seu corpo tremia, mas não havia como ele ainda estar vivo.

Cada vez que as mandíbulas dos crocodilos se fechavam, emitiam um estalo semelhante ao som de alguém martelando madeira oca. Os dentes eram incrivelmente brancos sob a luz, o interior de sua boca de um cor-de-rosa suave que era quase branco e parecia não combinar com um lugar tão mortal e sujo.

Ranho escorria pela fita adesiva que cobria a boca do homem, e seus olhos reviraram. O chapinhar abaixo de nós continuava. Algo estava espremendo meus pulmões e arrancava o ar de dentro de mim. Era difícil inspirar. O cheiro de sangue, água estagnada e merda subia pelo meu nariz. Minha garganta se fechou. Eu me forcei a desviar o olhar e não engasgar.

"Ya, güey, jálalo."

Manuel e eu puxamos o homem na direção da escada. Os pés dele se arrastavam. As entranhas se esticaram. Um dos crocodilos puxava uma longa corda rosada que se estendia do ferimento até a água. A coisa esticava e se recusava a ser rompida. Puxamos com mais força. O crocodilo sacudiu sua cabeça maciça como um deus antigo, verde e desdenhoso. O intestino arrebentou. Sentimos o estalo da ruptura. Meu coração viajou até minha garganta e colidiu nas laterais do meu pescoço como um animal preso se arremessando contra uma jaula.

Subimos as escadas de metal e colocamos o homem morto no chão. Dei um passo para trás, vacilante. Atrás de mim, o chapinhar na água continuou. Os crocodilos estavam lutando pelos restos.

A parte inferior do abdome do homem havia desmoronado. Nacos de... alguma coisa surgiam e saíam através da fenda esticada. O sangue escorria lentamente do talho. A frente de sua calça estava totalmente escurecida.

Brian e Raulito apareceram. Eles pousaram a mulher ao lado do homem. Manuel se abaixou e arrancou a fita adesiva da boca dele, onde havia sangue acumulado, em parte de seus ferimentos, em parte provavelmente de seus gritos sufocados, o pânico e a desesperança que arranharam sua garganta.

A mulher parecia prestes a desmaiar em cima do homem. Seu corpo curvado balançava. Seus braços flácidos pendiam ao lado do corpo. Então, com um brusco solavanco, ela ergueu a cabeça. Estava de costas para as luzes, que obscureciam seu rosto e faziam as órbitas vazias parecerem buracos negros. Suas narinas se dilataram. Don Vázquez surgiu ao lado da mulher, se abaixou e se aproximou do rosto dela.

"Es hora de comer, Gloria. Chúpale el alma."

Don Vázquez colocou a mão esquerda na nuca da bruja e a empurrou para baixo. Ela tombou para a frente, balançando os braços. Ao toque dela, o peito do homem morto se ergueu. Ela abaixou ainda mais a cabeça e começou a farejar o pescoço do homem feito um cachorro, enquanto o homem tiritava como se estivesse com febre alta. Levada pelo faro, ela o cheirou até chegar aos lábios dele. Por fim, abriu sua boca desdentada e a colocou sobre a boca ensanguentada do homem.

Eu tinha certeza de que o homem estava morto, tinha que estar, mas suas pernas começaram a tremer no instante em que a mulher pressionou a boca contra a dele. O rasgo na barriga tremulou como lábios finos. A mulher permaneceu onde estava.

Uma voz sussurrou algo próximo ao meu ouvido esquerdo. Eu me virei. Não vi vivalma. Ouvi a voz de novo. Tive a sensação de que uma palavra voava ao meu redor, e a voz que a pronunciou era um inseto invisível flutuando à nossa volta.

O homem parou de se mexer. A mulher afastou sua boca da dele. Ela se levantou com um movimento antinatural, feito uma boneca flácida erguida por molas escondidas embaixo dela. Um silvo longo e potente irrompeu de seus lábios manchados de sangue. A voz no ar se multiplicou em sibilos ininteligíveis. Em seguida, uma voz suave se juntou aos assobios, sussurrando palavras em um idioma que eu nunca tinha ouvido. As vozes se intensificaram enquanto o silvo da velha prosseguia. Brian olhou em volta, a confusão combatendo o pânico em seu rosto. Isso significava que eu não era o único que conseguia ouvir as vozes.

"Agárrenla bien", Don Vázquez disse, com voz imperturbável.

Raulito deu um passo à frente e agarrou o bíceps esquerdo da mulher. Um segundo depois, Brian fez o mesmo do outro lado. Juntos, puxaram a mulher de volta.

O corpo da mulher se contorceu; suas pernas deram violentos coices. Seu rosto se retorceu em uma máscara de raiva. Quando os buracos negros onde deveriam estar seus olhos pousaram em mim, alguma coisa gelada beliscou minha nuca.

Don Vázquez deu um passo à frente e segurou a cabeça trêmula da mulher.

"Gloria", ele disse. A mulher continuou a estrebuchar. Don Vázquez apertou a cabeça dela, os músculos dos antebraços tensos sob a pele ocre de Gloria, veias serpeando sob a pele fina que cobria as costas das mãos dele.

"Gloria, escúchame."

As palavras de Don Vázquez não surtiam efeito sobre a mulher, que abriu a boca novamente, o maxilar inferior se dilatando como o de uma cobra. No fundo da garganta, o grosso naco arroxeado que era sua língua decepada vibrou num grito silencioso. Virei minha cabeça para o lado. Na rua do outro lado da cerca, o vulto escuro sob a luz se solidificara um pouco. A julgar pelos carros próximos, tinha cerca de um metro e vinte de altura. Sua escuridão retinta parecia absorver a luz.

Da boca de Gloria irrompeu um som semelhante a um grunhido úmido e catarrento de uma criatura ferida. De repente, isso me trouxe de volta à realidade da situação à minha frente. O som gutural perdurou, desenhando no meu ouvido um formato que não combinava com a forma da boca da mulher. A divergência me fez lembrar de filmes dublados.

Em algum momento, Don Vázquez havia sacado uma arma, uma coisa volumosa com um cano curto. Ele a pressionou contra a testa de Gloria.

"Ya córtale, pendeja. Te necesito aqui, Gloria. Un favorcito más y te mando de vuelta a tu recámara."

Gloria sibilou de novo, mas desta vez era o som de algo murchando, a expulsão de ar de quem está cedendo. Os outros sons que eu tinha ouvido amainaram.

Uma veia no pescoço de Brian pulsava com o esforço de segurar Gloria. Ambos os homens estavam pelejando. Vendo-a assim, um corpo que era uma massa de músculos rijos e raiva, a falta de dentes e as mãos decepadas faziam sentido. Gloria não era humana. Se mesmo sem mãos e dentes ela exigia que Don Vázquez convocasse dois homens para controlá-la, eu só poderia imaginar o que ela seria capaz de fazer com dez dedos e unhas — ou garras — no final de cada dígito.

Sem mover a arma, Don Vázquez enfiou a mão no bolso da frente de sua guayabera e tirou o dedo embrulhado.

"Así me gusta, tranquilita. Agora escúchame bien. Estos muchachos", ele apontou a arma para Brian, para mim e depois para Juanca, "necesitan protección. Aquí tengo un pedazo de El Milagrito. Te lo voy a dar para que hagas lo que tienes que hacer."

Em algum momento deixei de criar expectativas ou tentar adivinhar o que aconteceria a seguir, mas ver Don Vázquez desembrulhar o dedo do pé do menino e colocá-lo cuidadosamente na boca de Gloria me pegou de surpresa.

No momento em que Gloria fechou a boca, o interior de suas órbitas tornou-se estranhamente luminescente, emitindo uma leve luz rósea que me fez lembrar dos bizarros peixes que vivem nas zonas abissais do oceano e produzem sua própria luz. O corpo dela começou a convulsionar.

"Mano, que porra é essa?"

Brian soltou Gloria e deu um passo para trás. A voz dele estava algumas oitavas acima do normal.

"Agárrala, pendejo!", Raulito disse.

"Os pés dela, cara!", Brian disse, ignorando a ordem. "Olha só a porra dos pés dela!"

Gloria não estava levitando, mas a região de seus antepés, que eram mais brancos do que eu esperava e cobertos de finas veias azuis, não tocava o chão. Os artelhos acariciavam a terra sem esforço, como se alguém estivesse segurando seu corpo em pleno ar. Minha mente voltou para o estacionamento do bar, meu vizinho morto flutuando ao lado do meu carro, sem rosto...

"Segure-a. Agora. Temos que mantê-la sob controle."

A voz de Don Vázquez, com a inegável autoridade que carregava, chegou até Brian. Ele agarrou novamente o braço da mulher, seus lábios murmurando algo que eu não consegui entender.

Enquanto Gloria se contorcia em espasmos, ouvi o ronco de um motor atrás de nós. Faróis vieram em nossa direção e depois viraram. Uma picape F-150 preta contornou a piscina, parou e deu ré em nossa direção.

Violentos engasgos me fizeram olhar para trás.

Mais do que vômito, o que saiu da boca de Gloria parecia fumaça solidificada. Era uma substância espessa, cuja cor ficava entre o branco e o cinza. Em vez de escoar como um líquido, pairou na frente do rosto dela da mesma forma que um líquido flutua em gravidade zero. A coisa entornou de sua boca e desenhou no ar uma forma arredondada.

Quando a gosma flutuante acabou de ser expelida da boca de Gloria, seu corpo se encolheu e se dobrou. Isso pareceu pegar Brian e Raulito de surpresa, porque eles sacudiram os braços para mantê-la de pé. Um segundo depois, a bolha cinza suspensa na frente do rosto dela caiu no chão, como se de alguma forma tivesse se transformado em líquido, que respingou nos pés de Gloria e formou uma pequena poça gelatinosa.

Não havia nem sinal do dedo do pé.

22

Manuel ajoelhou-se ao lado do morto. Enganchou o polegar na carne aberta e abriu o talho. Enfiou a mão na barriga do homem e fuçou um pouco antes de mergulhar a faca no ferimento. Sua mão desceu duas vezes.

"Porra, ele já está morto, cara", Brian disse. "O que mais você vai fazer com ele? Pra que essa porra toda?"

Manuel remexeu um pouco mais com as mãos e depois fez outro corte. Suas mãos emergiram da carne aberta. A direita segurava a faca. A esquerda segurava algo redondo e róseo com algo mais claro preso a ele. Ele o ergueu para mostrar a Don Vázquez. Tinha um tubo numa extremidade. Era o estômago do homem.

"Agora o..."

Brian se afastou correndo um metro, um metro e meio, curvou-se para a frente para vomitar. Colocou as mãos nos joelhos e vomitou seco.

Don Vázquez o encarou por um momento antes de continuar.

"Ele está pronto."

Manuel se virou e jogou o estômago na piscina dos crocodilos. O órgão bateu na água com um chape. Seguiu-se um tumulto, e a água explodiu no ar. Os dinossauros da Louisiana saborearam um último lanche, suas mandíbulas estrepitando numa sinfonia da morte.

"Pónganlo en la caja", Don Vázquez disse.

* * *

Uma porta bateu com força atrás de nós.

"Aquí le traje la jaulita pa'l amigo, jefe."

Uma mulher estava de pé ao lado da traseira da picape. Tinha cerca de um metro e meio de altura, mas era quase tão atarracada quanto o homem que vimos na porta. Sua cabeça estava raspada do lado direito, e toda a sua longa cabeleira preta caía sobre o lado esquerdo, cobrindo o ombro, assim como a primeira bartender que vimos. Ela usava calça jeans justa e uma camiseta preta sem mangas que exibia seus braços musculosos. As tatuagens não eram nítidas na luz escassa, mas o conjunto me fez lembrar as de Juanca.

Na carroceria da picape havia um engradado metálico, daqueles usados para transportar ferramentas grandes.

"Juanca, ajude Manuel com Rodolfo", Don Vázquez ordenou.

Juanca agarrou os braços do homem. Manuel agarrou as pernas. Eles o levantaram. O abdome do homem desmoronou, a carne flácida caindo no buraco vazio de seu torso inferior. Carregaram o corpo aos trancos e barrancos, naquela bizarra caminhada que as pessoas fazem quando transportam algo pesado e de difícil manuseio. Jogaram o corpo na traseira da picape, depois subiram na caçamba e o ergueram novamente. A mulher de preto abriu a porta da caixa e o homem desabou dentro dela com um violento baque.

A mulher deixou a porta de metal se fechar com um tinido, deslizou o ferrolho para encaixá-lo no lugar, enfiou o cadeado nos orifícios das duas peças metálicas e trancou.

Depois ela disse a Juanca que a chave estava no contato.

Enquanto os homens conversavam, Brian se aproximou. Parecia nauseado e tentava cuspir o gosto de vômito da boca. O nó entre suas sobrancelhas reluzia de suor. A pele estava mais pálida do que o normal. A escuridão havia se infiltrado nas bolsas sob seus olhos, que estavam lacrimejantes e injetados de tanto vomitar.

"Você está bem, B?"

"Não, cara, eu não estou bem. Isto aqui é... pra lá de fodido. A gente precisa dar o fora daqui. Tipo agora. Por favor."

Como se obedecendo a uma deixa, Juanca caminhou até a picape, ligou o motor e acionou o ar-condicionado, tudo isso sem entrar no veículo.

Don Vázquez veio até nós. Juanca juntou-se a ele.

"Seu irmão ficaria orgulhoso de você. Certifique-se de que eles vejam Rodolfo."

Juanca abaixou a cabeça. Don Vázquez virou-se para nós, com seu grande bigode de vovô curvado para cima em um sorriso.

"Vamos benzer você primeiro."

Don Vázquez deu alguns passos para trás e se pôs ao lado da poça da meleca que tinha saído da boca de Gloria. Juanca deu um passo à frente. Don Vázquez se abaixou, enfiou o polegar na poça e se levantou novamente. Ergueu a mão e passou o dedo de uma ponta à outra da testa de Juanca, que fechou os olhos. Don Vázquez se abaixou de novo.

"Sua vez, Mario."

Eu não sabia o que era aquele líquido, mas sabia que o vi ser expelido pela boca de Gloria e que não o queria nem perto do meu rosto. A contragosto, dei um passo à frente.

O dedo viscoso de Don Vázquez tocou minha testa. A gosma cinza era mais fria do que eu esperava. No mesmo instante me vi caindo para trás. Meus braços se ergueram. Meus olhos se fecharam por vontade própria. Algo frio se expandiu no centro do meu peito, simultaneamente me esvaziando de tudo o que havia dentro de mim e me preenchendo.

Eu me senti sem peso. Uma luz explodiu na minha frente. Era tão brilhante que queimou minhas pálpebras e entrou na minha cabeça, envolvendo meu cérebro até a brancura fria tomar conta de tudo.

Quando meus olhos voltaram a se abrir, a luz havia sumido.

À minha frente, Don Vázquez passou o dedo na testa de Brian, cujos olhos se fecharam por um segundo. Seus braços se sacudiram num espasmo, como se ele tivesse se chocado contra alguma coisa. Seus olhos se abriram rapidamente. Ele respirou fundo e olhou ao redor. Eu sabia que ele teve uma espécie de experiência.

"Cavalheiros, agora vocês estão sob o olhar vigilante de... acho que podem chamá-lo de Espírito Santo, certo? Se tudo correr bem, basta vocês abrirem a porta, observar a ação e recolher o dinheiro. Fácil, certo? Se vocês fizerem alguma coisa estúpida e foderem com tudo, eu vou procurar vocês, e eu sempre encontro as pessoas que eu procuro, está claro?"

Nós assentimos. O sorriso dele não vacilou, mesmo quando ameaçava nos matar se fodêssemos a coisa toda. A coisa sob sua pele se moveu de novo, desta vez apenas no lado direito do rosto. Juanca disse que daria um jeito de eles verem o rosto de Rodolfo. Eles se abraçaram mais uma vez. Don Vázquez apertou nossa mão brevemente e depois se afastou. Enquanto seus homens erguiam Gloria, ele se virou para nós e disse:

"Vocês estarão seguros por algum tempo, mas sugiro que ajam com rapidez. Tenho certeza de que até os anjos se cansam de esperar."

23

Juanca entrou de um salto do lado do motorista e eu me instalei no banco do carona. Brian, mais uma vez, entrou na parte de trás e imediatamente se enrodilhou no assento.

Os faróis da picape iluminavam o espaço vazio à nossa frente, mas dava para ver um portão nos fundos da propriedade. A mulher o havia deixado aberto. Quando começamos a avançar, olhei uma última vez para a piscina. Então me lembrei da figura sombria e fitei a rua lá fora. O vulto ainda estava lá, mais sólido do que antes e mais perto da cerca. Era, sem dúvida, uma forma humanoide. Parecia estar nos observando.

Passamos por um prédio de concreto, e perdi a figura de vista. Uma parte do meu cérebro queria investigar mais a fundo, ir até onde a figura estava e obter algumas respostas, obter... alguma coisa. Mas, como Vázquez disse, provavelmente era algo que eu jamais entenderia. Já tínhamos vivenciado coisas suficientes na longa noite que agora ficava para trás e com o corpo estripado na caçamba da picape.

A escuridão nas ruas parecia mais profunda agora, como se a ausência de luz tentasse esconder algo além do dia. Dirigimos por algumas ruas ladeadas por casas e pontuadas por um ou outro bar ou casa noturna ocasionais. Juanca ligou o rádio. Os alto-falantes do veículo eram novos. Gritos estridentes de acordeão encheram o carro por algum tempo.

"O que ele fez?", Brian perguntou depois de alguns minutos.

"Do que você está falando?"

"O cara morto ali na caçamba. O que ele fez pra merecer isso? Por que não apenas... sei lá, atirar na cabeça do filho da puta ou algo assim. Eu nunca vou conseguir tirar da cabeça a imagem dos olhos dele. Achei que iam saltar do crânio. E as... entranhas cor-de-rosa, cara. Porra, por quê? Por que fazer isso com ele?"

Eu queria estar em outro lugar, então olhei para os prédios escuros e os esporádicos letreiros de néon e pensei em mi angelito.

Anita tinha um enorme barco de plástico com o qual adorava brincar. O tal barco se abria no meio e tinha pequenas cabines e uma ponte de comando com um pequeno leme marrom. Quando o dinheiro estava mais apertado do que o normal, eu a levava a uma loja de artigos de segunda mão e a deixava escolher o que quisesse. Na maioria das vezes ela procurava um saco de brinquedos aleatórios, mas o barco foi amor à primeira vista. Ele se enchia de água e nunca boiava direito, mas ela brincava com ele durante horas a fio. O que ela não sabia era que partia meu coração vê-la tão feliz com um pedaço de plástico pelo qual paguei 4 dólares. Eu queria comprar o mundo para ela. Eu queria comprar para ela todos os brinquedos existentes, e depois uma casa maior onde ela poderia guardá-los. Nunca fiz nada disso, e essa merda dói em mim até hoje. Era um fracasso que me perseguiria para sempre. Mas talvez eu pudesse compensar isso. Talvez Melisa e eu pudéssemos ter outro filho ou filha, encher uma casa nova de risadas, beijos e brinquedos. Eu compraria para essa criança tudo que ela quisesse. Eu tatuaria o rosto de Anita no meu coração. Promessas não valem nada, mas ainda assim eu prometi a mim mesmo que faria tudo ao meu alcance para que tudo isso acontecesse.

Meus pensamentos me fizeram perder a noção do tempo, mas quando Juanca falou eu me sobressaltei, então eu soube que ele havia passado um bocado de tempo em silêncio. Provavelmente as perguntas de Brian ficaram no ar durante todo esse tempo, tornando as coisas estranhas mais uma vez.

"Vocês gringos simplesmente não entendem."

"A gente acabou de assistir a um homem ser estripado e depois ter as entranhas arrancadas e devoradas por crocodilos, cara! O que é que eu não estou entendendo aqui? Se você quer matar um filho da puta, pegue a porra de uma arma e atire nele. Pronto e acabou. Isso não é pessoal o suficiente pra você? Esfaqueie o cara. Pegue uma faca grande e enfie no fígado do cara ou algo assim, e em poucos minutos ele vai se esvair em sangue. Ou você pode esfaquear o cara centenas de vezes enquanto o olha nos olhos, se realmente quiser mostrar a ele o quanto o odeia. Fácil. O que a gente viu hoje? Isso era outra coisa. E eu sei lá o que a porra daquela velha estava fazendo, mas não está certo. Nem tenho certeza se quero entender tudo o que aconteceu."

"Quer saber de uma coisa, Brian? Eu realmente acho que você precisa calar a boca", Juanca disse. "Você topou participar porque quer a lana, certo? Eu entendo isso, você saca o que eu estou dizendo? Estamos todos chingados. Estamos todos no mesmo barco. Mas você tem que entender que este não é o seu mundo. Aqui, quando a gente mata alguém, tem que enviar uma mensagem. Aquele cuzão traíra ali atrás? Ele é um dos homens que mataram meu irmão, tá ligado? Pegamos o cara, arrancamos dele as informações de que precisávamos, demos a ele a morte que ele merecia, e agora ele nunca vai descansar em paz. Ele que se foda. Você acha que tem muita violência por aqui? Você nem quer imaginar como seria se a gente não enviasse mensagens."

"Nunca vai descansar em paz? E se a polícia parar a gente e revistar a caçamba? Que porra a gente faz com o corpo?", Brian perguntou.

"Em breve eu te digo", Juanca respondeu.

Era isso. *Enviar uma mensagem.* Vingança. Não saber me deixou desconfortável porque significava que o grande ponto de interrogação à nossa frente no dia seguinte tinha um punhado de pequenos pontos de interrogação atrelados a ele feito tumores pulsantes.

"Matar é matar, cara", Brian argumentou. Ele parecia derrotado, deslocado, triste. Qualquer que tivesse sido seu relacionamento anterior com Juanca, agora se transformou em algo feio. "Acho que você envia uma mensagem bastante forte quando despacha alguém pra se encontrar com o Criador. O resto é apenas, sei lá, teatralidade. De qualquer forma, a gente pode parar pra comer alguma coisa? Estou morrendo de fome."

"Deve ser porque você vomitou à beça lá", Juanca retrucou. Eu sabia que isso doeu. A falta de uma resposta de Brian era uma boa medida do quanto ele se magoou. Os homens costumam reclamar das mulheres porque elas sabem como nos ferir com palavras. Nós fazemos o mesmo. Acho que a única razão pela qual reclamamos das mulheres é porque elas fazem isso melhor.

Depois de um minuto, Brian falou de novo:

"Estou sentindo que toda esta porra é inútil, e não sei por quê."

"Quando foi a última vez que você fumou gelo?"

"Antes de a gente sair da minha casa."

"Seu cérebro está te dizendo coisas, cara. E pode acabar te mostrando algumas coisas também. Umas merdas estranhas. Monstros e tal. Fique calmo. Daqui a pouco a gente pega algo pra você comer, e assim que a gente chegar em casa eu vou arranjar alguma coisa pra ajudar com a sua abstinência."

"Sim, deve ser isso. Também deve ser por isso que neste exato momento eu estou com uma baita vontade de engolir um tiro, de um jeito que eu nunca senti na vida."

Ele estava olhando pela janela. Em seu rosto não havia o menor indício de sorriso. Estava sendo honesto. Desabafando. Ele queria se matar. Não era o rosto de um homem prestes a explodir os miolos de seu amigo. Eu nunca deveria ter deixado Juanca me plantar dúvidas.

"Fica calmo, B", eu disse. "Daqui a um dia já vai estar tudo terminado, daqui a dois dias a gente volta pra casa. Em breve você vai ser um homem rico. E a abstinência não vai durar pra sempre. Pense no quanto a Steph vai ficar feliz quando você contar que está limpo."

Brian fez um som que era meio uma tosse, meio um grunhido. Eu o deixei em paz. A batalha em sua cabeça não tinha nada a ver com a gente.

Depois disso, ficamos os três de boca fechada. O silêncio na cabine da picape era mascarado pela música que vinha do rádio, mas não havia nada para abafar a tensão. Quando você junta as pessoas, as personalidades colidem. A carnificina resultante dessa colisão depende de muitas variáveis, e o estresse adicional é um fator de enorme peso. O medo também. Nós éramos uma bomba-relógio. Se parássemos no acostamento para mijar e Juanca atirasse em Brian, ou vice-versa, eu não ficaria surpreso. Pensei no que Juanca havia me contado na churrascaria quando Brian estava no banheiro. A vozinha na minha cabeça repetia a mesma coisa sem parar: *Nunca confie em um drogado, pendejo. Nunca confie em um drogado, pendejo. Nunca confie em um drogado, pendejo.*

24

Perdi a noção de onde estávamos. Em algum momento, em vez de virar à direita e voltar para a igreja, ou para o lugar onde eu tinha certeza de que ficava a igreja, Juanca pegou uma saída diferente e começou a dirigir por uma estrada menor. O espaço entre as casas aumentou, e o comércio desapareceu. A área era pouco povoada.

Assim que se sai do centro da cidade, Juárez definha e termina abruptamente antes de chegar a uma área que, segundo alguns indícios, fica próxima ao Monte Cristo Rey. Se você chegar lá, estará basicamente a um pulo de El Paso.

Envoltos na escuridão na calada da noite, fizemos uma curva fechada à esquerda para pegar uma estradinha de terra sem iluminação. Juanca acendeu os faróis altos e seguiu em frente. Não havia nada lá. Alguns quilômetros adiante, apareceu na frente de nossos faróis um trio de oficinas mecânicas circundadas por pilhas de pneus velhos e montes de sucata. No topo, uma placa branca pintada à mão dizia OFICINA CARLOS em letras azuis garrafais.

Juanca diminuiu a velocidade, mas não parou. Nós nos aproximamos da edificação que ficava no meio, cuja fachada tinha portas de garagem duplas. Juanca abaixou o quebra-sol, onde estava o controle remoto preto da porta da oficina. Ele apertou o botão e a porta da direita começou a subir. Nenhuma luz se acendeu.

A luz de nossos faróis penetrou na escuridão cavernosa que surgiu atrás da porta, iluminando macacos e cavaletes enferrujados, um gigantesco compressor vermelho, algumas bancadas, dois elevadores automotivos e um monte de ferramentas e altas caixas de equipamentos encostadas nas paredes. Quando entramos, Juanca continuou a olhar em volta, esquadrinhando por todas as janelas e espelhos retrovisores.

O interior da oficina parecia tão besuntado de graxa, oleoso e apertado quanto qualquer outra oficina de carros que eu já vi antes. Dois elevadores automotivos amarelos ocupavam a maior parte do espaço no centro do recinto. No entanto, atrás dos elevadores havia um enorme espaço totalmente vazio. Juanca contornou lentamente os elevadores e estacionou lá. Ele apertou novamente o controle remoto. Um motor suspenso zumbiu e a porta deslizou para baixo.

"O que a gente tá fazendo aqui, cara?", Brian perguntou, irrequieto no banco de trás. Sua cabeça apareceu entre os bancos da frente.

"A primeira coisa a fazer é esperar. Queremos ter certeza de que estamos completamente sozinhos."

Quando a porta da oficina se fechou, Juanca abaixou os vidros das janelas e desligou o motor.

A escuridão engoliu tudo; nossos olhos se ajustaram ao breu. Outros itens na oficina tornaram-se visíveis, emergindo lentamente da escuridão feito aparições. Pensei na figura sombria que vi enquanto estávamos nos fundos da El Imperio e desejei que minhas pupilas se dilatassem mais rápido.

Juanca abriu a porta e saiu da picape. Fiz o mesmo. Juanca olhou em volta e se espreguiçou.

Olhei para baixo. O piso da oficina era o típico piso cinza e sujo de qualquer oficina. Em seguida, olhei ao redor. A cerca de dois metros de distância de mim havia uma linha preta e fina. Era reta demais para ser uma rachadura.

"Então a picape já está onde deveria estar, e agora a gente vai... dar um passeio lá embaixo?"

"Você está muito orgulhoso de si mesmo por deduzir isso por conta própria." Juanca quase sorriu.

Voltamos para a picape.

Quando me aproximei da porta, Juanca me mandou parar.

"O interruptor está do seu lado. Em cima da caixa de ferramentas ali."

Ele entrou na picape e ligou o motor, que rugiu grosso. Fui até a caixa de ferramentas e apertei o botão grande na parede. Alguma coisa imensa retiniu sob o piso, e em seguida ouviu-se o silvo do acionamento de um sistema hidráulico. O chão sob a picape tremeu e começou a se abaixar. Voltei para a picape e entrei.

Nossa descida foi mais suave do que eu esperava. Também me pareceu mais longa do que pensei que seria.

Estávamos nos embrenhando no interior da terra com um cadáver dentro de uma caixa metálica. Quem sabia que outras merdas o túnel nos reservava? A situação já era bastante bizarra, mas havia mais coisas em jogo, e todos nós sabíamos que estávamos longe de terminar.

De súbito as luzes desapareceram na escuridão. Por fim a parede de terra à nossa frente deu lugar à entrada de um túnel, grande o suficiente para a picape caber, o que fazia o túnel que tínhamos utilizado antes parecer ridiculamente pequeno em comparação. Este sim era impressionante. Escavaram o solo e a rocha e instalaram elevadores para a subida e descida de carros, tudo para o tráfico de drogas. Tive curiosidade de saber quanto tempo levou a obra e qual teria sido o custo. Brian aparentemente estava pensando a mesma coisa.

"Porra, como é que construíram isto?", ele perguntou.

"Dinheiro, B", Juanca respondeu. "Dinheiro é o motivo de você estar aqui, certo? Com dinheiro suficiente, você pode fazer o que quiser. Hielo pagou por tudo isto. O Don Vázquez até trouxe uma senhora da Universidade do Texas para ajudá-lo a assegurar que a coisa toda não desmoronaria em cima da nossa cabeça. Demorou, mas resolveram. Há alguns maiores aqui e ali. Conheço um na Califórnia onde cabem dois carros ao mesmo tempo, mas este aqui é um dos melhores do Texas."

A plataforma estremeceu até parar. Juanca engatou e soltou o freio. A picape avançou lentamente. Saltamos nos bancos quando as rodas dianteiras abandonaram a plataforma e aterrissaram no chão. Demos outro pulo quando as rodas traseiras fizeram o mesmo.

Estávamos no túnel. Fui tomado pela sensação de que tínhamos realizado alguma coisa. À nossa frente, os faróis banhavam as paredes de terra e penetravam na escuridão antes de se dissolverem no nada. Além delas, o túnel era um pedaço roubado da noite sem estrelas.

Juanca me mandou sair e encontrar o interruptor preso a um cabo perto do lado esquerdo do elevador. Eu me espremi para fora da picape e usei a lanterna do meu celular para encontrar o interruptor e apertá-lo, depois voltei para a picape, o elevador zumbindo atrás de mim.

Devagar, avançamos escuridão adentro. Vez ou outra as luzes nos mostravam buracos estranhos e irregulares cavados nas laterais do túnel. Tentei empurrar para algum canto sombrio do meu cérebro o silvo do túnel anterior. Foi um exercício inútil.

Juanca se debruçou em cima do volante, os olhos grudados na terra iluminada à frente. Ele estava apertando um pouco os olhos, tentando perscrutar na escuridão deserta de toda luz.

"Caralho!", ele gritou ao pisar no freio.

Minhas mãos voaram para cima e bateram no painel. Brian se chocou contra a parte de trás do meu assento.

À nossa frente, iluminadas pela metade superior dos faróis, duas pernas magras e cinzentas cobertas por alguma coisa lisa e lustrosa rapidamente recuaram escuridão adentro.

Um segundo *caralho!* irrompeu do banco de trás.

Seguiu-se um guincho estridente que nos alcançou através das janelas fechadas e do zumbido do ar-condicionado.

"Vocês viram aquilo? Vocês viram aquela porra? Que foi aquilo?" A respiração de Brian beirava um ataque de ansiedade. A minha não, mas a mão que agarrou minha nuca enquanto eu observava um homem ser estripado voltou tão rapidamente que cheguei a ouvir um tapa.

"Pinche hijueputa criatura... vou matar esse fidumaputa!"

"Aquilo foi... aquilo foi uma daquelas coisas sobre as quais você estava nos contando na sua casa?"

"Sim, B, foi."

"É melhor a gente... voltar? Dar o fora daqui?"

"Nada disso, vamos só esperar um minuto, dar tempo pra criatura encontrar algum um buraco e sumir."

"Encontrar um buraco? Você quer dizer que ela vai embora por conta própria?"

"Sim, é o que elas costumam fazer. Tomara que esteja sozinha."

"*Tomara*? E se não estiver?"

Juanca não respondeu.

"Juanca, e se aquela coisa não estiver sozinha?"

"Bem, aí...", ele disse baixinho, acelerando um pouco a picape e nos levando adiante.

25

Avançamos bem devagar. A luz à nossa frente revelava alguns centímetros de cada vez. Se a viagem de carro de San Antonio a El Paso muitas vezes se transforma numa incessante sucessão de quilômetros idênticos, a viagem neste túnel era sempre o mesmo pedaço infernal de terra. A única diferença era que, em vez de árvores ou celeiros em ruínas, no túnel havia buracos que me faziam estremecer com a possibilidade do que continham, e ocasionais pontos nas paredes de terra onde crescia um mofo estranho e um tanto luminescente. Esquadrinhávamos o espaço que elas deixavam à mostra como se nossa vida dependesse disso. Em qualquer outra circunstância, eu teria remexido palmo a palmo as coisas nas paredes, ou pelo menos tirado uma foto com meu celular, mas não eram circunstâncias normais.

Juanca pisou no freio.

À nossa frente surgiu uma coisa agachada, com a cabeça cinza abaixada como se farejasse a terra. Com um brusco solavanco, a coisa ergueu a cabeça quando a luz a atingiu. Seus enormes olhos brancos sem pupilas nos encararam. A boca era um pesadelo de dentes protuberantes, que se assemelhavam a presas amarelas e cintilavam sob nossa luz. A criatura se levantou; sua cabeça desapareceu novamente, e suas pernas eram dois cambitos viscosos e molhados que me fizeram pensar em um cachorro desnutrido. O guincho nos fez pular de susto.

"Caraaalho!", Brian berrou.

A coisa andou para a frente. O restante de seu corpo foi se revelando lentamente enquanto caminhava em direção ao carro e à medida que mais luz incidia sobre ela. Não tinha sexo discernível. Via-se uma pança cinzenta assentada sob um conjunto de costelas macilentas muito mais longas do que as costelas humanas. Seus braços musculosos pendiam à frente do corpo como se ela estivesse acostumada a andar tanto com os braços quanto com as pernas.

"Dê marcha a ré nesta por..."

TUM!

A picape balançou um pouco. Juanca afundou a mão na buzina, e o som saiu de baixo do capô. A criatura recuou, guinchou novamente e pulou em cima no capô.

"Merda, isso não funcionou!"

Juanca começou a abaixar o vidro de sua janela.

"Que porra que você tá fazendo, cara?!"

Em vez de responder, Juanca passou a arma para a mão esquerda e a enfiou pela janela. Ajustou o ângulo e deu um tiro. Errou a criatura. O ângulo estava errado. Abaixei o vidro da minha janela.

"Caralho!", Brian gritou lá de trás. "Levanta o vidro! A coisa vai entrar aqui!"

Empurrei minha cabeça e ombro para fora e mirei. Pressionei o gatilho. O tiro atingiu a criatura no ombro. Ela guinchou de novo.

Do buraco no ombro da coisa escorreu um líquido da cor e consistência de óleo usado. Seu braço musculoso tremeu. Ela se arrastou para a frente apoiada em um dos braços, sua cara mais perto de nós, o buraco coalhado de dentes tortos e pontiagudos a cerca de meio metro do meu rosto. Juanca atirou de novo. Dessa vez o ângulo foi melhor. O tiro também foi mais certeiro que o meu. O lado esquerdo da cabeça da criatura explodiu em uma mistura de cinza e cor-de-rosa. A coisa tombou de lado, sacudida em espasmos, antes de cair do capô e mergulhar na escuridão.

TUM. TUM. TUM. O som vinha de trás, no entanto.

"Mario, entra!", Brian gritou. Deslizei para dentro do carro o mais rápido que pude e fechei o vidro da janela. Se houvesse mais criaturas, os vidros provavelmente não aguentariam, mas eu também não queria me servir a eles numa bandeja.

Olhei para Brian e meneei a cabeça.

"É a porra da caixa. Está se mexendo. Acho que aquela coisa está tentando agarrá-la!", Brian gritou.

A picape deu uma arrancada. Ouvimos o que tenho certeza que foram garras cavoucando o plástico duro da caçamba da picape, mas a caixa ainda estava lá. Alguns segundos depois, outro guincho estridente veio da traseira. Juanca acelerou um pouco mais até que por fim conseguimos manter uma velocidade estável, mas durante o resto da viagem, a única coisa em que eu conseguia pensar era dar o fora daquele túnel e me afastar de vez daquelas criaturas estranhas com seus malditos dentes amarelos.

"Quanto tempo ainda falta, cara? Odeio estar aqui embaixo com essas coisas."

"Pois é, já eu adoro isto aqui, cara", Juanca retrucou. "Só cala a boca. Daqui a pouco a gente deve chegar à plataforma."

De quando em quando o solo sob nossas rodas rangia. Seixos ocasionais faziam um som diferente. Não apareceu mais nenhuma criatura, não ouvimos mais gritos horripilantes. No entanto, aquelas perninhas cinzas, olhos brancos e dentes afiados nunca ficaram longe de nossos pensamentos.

A rampa a que finalmente chegamos parecia idêntica à que usamos para descer no túnel. Juanca encaixou a picape e instruiu Brian a ativar o elevador e voltar para o carro.

"Nem fodendo! Eu não vou sair deste carro. Aquelas coisas estão por aí", Brian disse.

Ele tinha razão. Abri minha boca para argumentar, mas então pensei que cada segundo desperdiçado poderia trazer as coisas para mais perto. Com a arma em punho, abri a porta da picape, corri para ativar o elevador e voltei às pressas.

Assim que saímos da escuridão inferior, mais uma vez nossos faróis pararam abruptamente no solo exposto alguns centímetros à frente da grade.

O breu ao nosso redor se transformou em algo diferente, menos sólido. Passou de um breu impenetrável a algo semelhante ao pré-amanhecer, quando a densidade da escuridão se atenua magicamente como se temesse a chegada da luz que se aproxima. Perto do final da nossa jornada, ficou óbvio que alguém havia deixado uma luz acesa para nós.

Por fim, a terra deu lugar a uma oficina de automóveis semelhante à que servira de ponto de partida, e, por um segundo, temi que tivéssemos andado em círculos e na verdade ainda estivéssemos nos arredores de Juárez com um cadáver eviscerado enfiado numa caixa metálica, sem ter para onde ir a não ser voltar às entranhas raivosas da terra. Desejei estar minimamente errado sobre a parte do cadáver.

A plataforma sacudiu com estrépito até parar. O sistema hidráulico sibilou como um dragão furioso. Ao nosso redor, os encardidos equipamentos típicos de uma oficina mecânica cobriam cada centímetro do lugar, exceto a área ao redor da plataforma. Era um espaço menor do que o que tínhamos usado do outro lado. Este tinha um único elevador automotivo e alguns tambores de óleo usado empurrados em um canto. As paredes eram forradas de fotos de mulheres em biquínis minúsculos. Algumas tinham tatuagens e diminutos triângulos de tecido néon que indicavam nossos tempos, mas outras usavam peças maiores e tinham penteados de pelo menos algumas décadas atrás. A mistura era perturbadora.

"Agora vamos comer uns tacos, que tal?"

Juanca suspirou:

"Sim." Já não havia mais raiva na voz de Juanca. O tom que ele usou me fez lembrar do tom que eu mesmo usava com Anita, vez por outra, sempre que ela queria brincar da mesma coisa pela milésima vez enquanto eu respondia e-mails ou tentava assistir a um filme, ler algo no celular ou perder tempo nas redes sociais. Cada segundo que não passei com ela era agora um pequeno fantasma raivoso esmurrando meu coração.

"Sim, B", Juanca repetiu. "Agora vamos cair fora daqui e pegar os tacos."

26

Brian ainda estava jogando os restos e o lixo dentro do saco de tacos quando a picape fez a curva na rua da casa de Juanca.

Em vez de estacionar do lado de fora, Juanca me pediu que abrisse o portão para ele e estacionou de ré. Dessa forma, a caçamba ficaria escondida dos transeuntes.

Assim que entramos na casa, Juanca desapareceu no corredor e voltou com toalhas.

"Só tem um banheiro. Não façam bagunça lá dentro, ou a minha amá vai ficar brava. Não se orinen en el pinche piso. Decidam quem vai tomar uma chuveirada primeiro. Vou trazer algumas coisas pra vocês arrumarem o sofá e dormir. Sugiro que descansem um pouco."

"Você espera que eu durma um pouco depois da merda que a gente viu, cara?"

Brian sempre foi meio que um cara brincalhão. Ele era um viciado, com certeza, mas um viciado inteligente, espirituoso. Além disso, o gelo sempre lhe deu uma energia incontrolável. Agora tudo isso desapareceu, substituído por medo e uma atitude estranha. Ele queria o dinheiro, mas não sabia em que nível de merda havia se metido, e isso o estava afetando. Seus olhos estavam fundos e ele parecia ainda mais pálido do que naquela manhã. O lustro que cobria sua testa era, assim como sua fome e cansaço, um perpétuo lembrete da guerra química sendo travada em seu sistema.

"Perfeito, então. Tome uma ducha. Esse suor de quando você tenta ficar limpo é fedido. Eu tenho um pouco de Adderall, se você quiser. O remédio pode te ajudar com essa merda. Como eu te disse, precisamos de você afiado. Podemos até te arranjar um pouco de gelo, se precisar. Custe o que custar, só não estrague tudo."

"Eu me sinto cansado o tempo todo. A última vez que fumei metanfetamina foi... porra, antes de a gente pegar a estrada. Comecei a sentir cansaço algumas horas depois disso. Agora está pior. É como se eu tivesse dentro de mim a porra de uma nuvem escura, cheia de vozes que ficam me lembrando de todas as más decisões que tomei na minha vida, e elas me dão ordens pra eu me matar. Além do mais, nunca senti tanta fome."

"Está tudo bem, cara. Luego te va a doler la panza, güey. Te van a dar como calambres."

Brian olhou para mim. Ele parecia perdido. Panza. Calambres. Ele precisava de uma tradução.

"Cólicas", eu disse.

"Sim, cólicas", Juanca repetiu. "O Adderall pode te ajudar com tudo isso, e sua cabeça vai ficar limpa pra amanhã. Vou pegar os comprimidos pra você mais tarde. Agora tome a porra de uma ducha. Você está com cheiro de cachorro que dormiu na chuva."

Brian assentiu, jogou a toalha no ombro, pegou a mochila e foi para o banheiro.

Juanca entrou na cozinha. Eu me sentei no sofá e peguei meu celular para ver de novo as fotos do perfil de Melisa. Havia outro texto lá, lembrando-me de que minha dor tinha um preço, e eu ainda estava em débito. Ignorei e toquei no meu álbum de fotos.

Percorrer as fotos no meu celular era muito doloroso, mas ver o rosto de Melisa me trouxe uma estranha mistura de esperança e culpa.

A água do chuveiro começou a escorrer.

Nada havia mudado. Melisa não postou nada. Percebi que na verdade eu não estava esperando que ela publicasse alguma coisa, mas eu continuava verificando porque era uma desculpa para ver o rosto dela. Eu sentia saudade dela. Muita saudade. Minha culpa se tornou uma pedra que ficava em cima do meu peito o tempo todo, cada vez mais pesada sempre que eu pensava nela. O que eu tinha feito me tornava indigno de perdão, indigno do amor da pessoa mais importante da minha vida. Pensar nisso me estrangulava. E também me fazia querer machucar a mim mesmo por ser tão idiota.

Juanca voltou e se sentou ao meu lado. Eu queria pensar em outra coisa. Voltaram à minha mente os sons na caçamba da picape enquanto estávamos no túnel.

"Eu quero saber por que neste exato momento, enquanto a gente conversa, tem um cadáver sem entranhas sentado na traseira da picape. O que a gente vai fazer com ele?"

"Podemos hablar de eso luego, Mario, pero ahora necesito hablarte de otra cosa", Juanca disse. "Yo sé que estás solo y te sientes como la mierda, pero todo hombre debe tener el derecho a decidir si vive o muere si no ha hecho nada que amerite la muerte."

Eu sei que você está sozinho e se sente um merda, mas todo homem, se não fez nada que mereça a morte, deve ter o direito de decidir se vai viver ou morrer.

Ele disse isso rapidamente, seus olhos perfurando minhas pupilas. Eu não tinha ideia do que ele estava falando. Ele respirou fundo, os olhos ainda ancorados nos meus.

"Brian me dijo que te va a meter una bala en la cabeza mañana por la noche después de que terminemos el trabajo."

O Brian me disse que vai meter uma bala na sua cabeça amanhã à noite, depois que terminarmos o trabalho.

A voz dele quicou na minha cabeça, inchada com a promessa de morte, o fedor de uma amizade estripada, a ferroada da traição.

"Você realmente acha que o Brian vai me matar? Porque agora ele parece mais propenso a apontar a arma pra si mesmo. Para com essa merda do jogo mental, cara, aí quem sabe a gente pode se concentrar no que vai fazer amanhã." Em circunstâncias normais, minhas palavras teriam sido mais duras, mas eu não conseguia tirar da cabeça as imagens de tudo o que vi durante o dia. Juanca era doente. Eu não tinha tempo para seus joguinhos e manipulações.

Juanca olhou para a porta do banheiro, depois para mim e riu.

"El hijo de la chingada pode até tentar me matar. As pessoas ficam loucas pra caralho quando há dinheiro envolvido na jogada, entende o que eu estou dizendo?"

Ele passou as mãos pelas coxas e suspirou:

"Así es todo en la vida."

Ele se levantou e começou a vasculhar dentro de um armário. Permaneci sentado em silêncio, meus pensamentos na velocidade da luz. Eu queria me fundir ao sofá e desaparecer, viajar no tempo e me sentar de novo na frente daquele sofá caindo aos pedaços em Houston e atirar pedras nos ratos que entravam correndo com seus passinhos curtos e saíam chispando de baixo dele. Eu me recostei. A arma fez pressão contra o meu corpo. Seu formato quadrado e volumoso era um conforto, uma mensagem, uma premonição — era a mãozinha do meu anjo me dizendo para continuar vivo só mais um pouco.

Juanca voltou com alguns lençóis e dois travesseiros. Jogou tudo em cima do sofá ao meu lado.

"Vocês dois podem cuidar disso mais tarde. É um sofá-cama. Si lo abren caben los dos." Juanca tirou o celular do bolso e saiu da casa.

A água do chuveiro ainda escorria. Olhei para a tela do meu celular e o desbloqueei. Sem pensar, toquei no ícone da galeria de fotos. Rolei para baixo rapidamente três ou quatro vezes, as imagens se tornando um borrão de cores em movimento. Então parei.

Havia muito azul. Uma árvore deslumbrante gritando em verde silencioso contra um céu sem nuvens. Ao lado dessa imagem, uma grande massa de água e uma pequena cabeça saindo dela. Toquei nessa foto. O rosto de Anita preencheu a tela. Ela estava brincando em um lago ao qual a levamos alguns meses antes de ela adoecer. Passamos horas recolhendo conchas da margem. Sempre que encontrava uma concha aberta que ainda estava com as duas metades presas, ela a agitava no ar e a chamava de borboleta do lago.

Dei um close, usando meus dedos para ampliar a foto. O sorriso dela estava lá, uma coisa genuína e bela, intocada pela feiura do mundo. Isso me destroçou de novo. Meus olhos marejaram. Minha visão ficou embaçada. Eu pestanejei. Lágrimas deslizaram pelo meu rosto. Meu peito saltou uma, duas vezes — um animal preso numa armadilha. Soltei o celular e segurei meu rosto. As lágrimas continuaram a cair. Meus pulmões se recusaram a funcionar direito. Procurei a raiva. Ela era um refúgio. Não consegui encontrá-la. Eu queria abraçar minha menininha. Eu queria beijar minha esposa. Eu queria rir de alguma coisa, de qualquer coisa. Eu queria tudo o que eu tinha e perdi.

Juanca voltou. Abaixei a cabeça e tentei controlar a respiração. Um momento depois, senti a mão dele em meu ombro.

"Mira."

Não tive forças para levantar os olhos. A mão dele se afastou, mas um pouco de seu calor permaneceu, a respiração suave de um fantasma preguiçoso.

Enxuguei o rosto com as mãos.

"O banheiro é grátis." Juanca inclinou a cabeça na direção de Brian, que estava secando os cabelos com uma toalha.

"Esse banho me encheu de vida, cara. Estou me sentindo um pouco melhor. Você tem cereal ou algo assim, Juanca?"

"Na cozinha. O cereal está em cima da geladeira. Tem leite se você quiser. A porta ao lado da geladeira é a despensa. Pegue o que você quiser, só não faça barulho."

"Legal."

"Você quer pular no chuveiro ou quer que eu vá primeiro?"

Eu queria lavar o rosto, assoar o nariz. Queria fazer alguma coisa, me mexer, ficar longe de Juanca e Brian. Queria ficar sozinho por um tempo.

"Não, eu vou primeiro. Aí eu posso ajudar o Brian a arrumar o sofá e a gente tenta descansar um pouco."

Peguei minha toalha e depois minha mochila. A caminhada até o banheiro foi curta, mas tive a sensação de me distanciar de um mundo inteiro.

Liguei o chuveiro, deixei a água correr e tirei minha calça jeans, imunda por causa dos túneis. Minha roupa exalava um cheiro de terra, o que me fez lembrar de onde estivemos e do que vimos, e me fez pensar que voltaríamos em breve para lá. Tirei a cueca e me sentei no vaso sanitário. Vieram-me à memória mil banhos de chuveiro com Melisa. Alguns foram ótimos. Encontros sensuais com uma pitada de humor, porque ela adorava o fato de que fazer amor no chuveiro sempre parecia sensacional nos filmes e na vida real não era nada disso. Algumas outras duchas haviam sido carregadas de emoção e contiveram lágrimas. Nas raras ocasiões em que Anita tirava uma soneca, muitas vezes a colocávamos em nossa cama e tomávamos uma ducha juntos com a porta aberta para que pudéssemos conversar enquanto resolvíamos o problema de ter de achar tempo para tomar banho enquanto a menina dormia. Cada lembrança parecia um lugar melhor do que onde eu estava agora, incluindo as brigas e acusações, as discussões sobre dinheiro e as críticas sobre a minha incapacidade de encontrar um emprego melhor, apesar de ser bilíngue e inteligente. Um banho de chuveiro com Melisa era um lugar ao qual eu faria qualquer coisa para voltar. Não, era um lugar ao qual eu estava fazendo de tudo para voltar, e 200 mil dólares nos dariam um bom pontapé inicial. Com esse dinheiro, poderíamos passar um tempo em nossa nova casa e nos empenhar para nos amarmos, para nos reconectarmos, em vez da necessidade de nos preocuparmos com emprego, aluguel, contas da casa e o resto das merdas que se tornam o núcleo escuro e podre da vida da pessoa quando ela não tem dinheiro suficiente para cobrir todas as despesas da porra do mês.

A possibilidade é uma coisa perigosa. É quase tão perigosa quanto a esperança. Você começa a se perguntar o que precisa ser feito para que aquilo que está na sua cabeça, aquilo que está te invadindo, se torne real. Eu sabia que Anita não ia voltar. Os dias de desejar o impossível tinham acabado. Não existe máquina do tempo para desfazer a morte e trazer alguém de volta dos mortos. Mas Melisa estava viva. Talvez ela estivesse pensando em mim naquele exato momento, lembrando-se das minhas mãos em suas costas, dos seus dedos lavando minha cabeça depois de um dia difícil no trabalho. Talvez ainda restassem pedaços suficientes do que eu tinha quebrado para um recomeço. Dinheiro, um pedido de desculpas e uma promessa de mudança poderiam ser o ponto de partida, mas eu sabia que para isso acontecer precisava haver algo mais, algo enorme, e eu não tinha ideia do que poderia ser. Um novo lugar seria bom, mas não o suficiente. Um novo sonho para nós parecia uma ótima ideia, porém isso só poderia vir depois. Éramos jovens e poderíamos tentar de novo, mas somente isso não resolveria. Poderíamos fazer outro milagre.

Eu queria fazer outro milagre.

27

Quando saí do banheiro, Brian tinha ajeitado o sofá-cama e colocado os lençóis. Ele estava sentado em um canto, de frente para a TV e debruçado sobre o celular.

Do celular vinha uma voz. Brian disse algo que soou como "Sim, eu vou levar as três sinas", mas na verdade não consegui ouvir direito. Uma mulher respondeu. Ele encerrou a conversa e desligou. Provavelmente era Stephanie. Talvez ele estivesse tentando dizer "eu te amo", mas não conseguiu dizer com todas as letras porque a masculinidade é uma coisa frágil, e de alguma forma mostrar que se ama alguém nos torna menos machos. Ou ele poderia estar dizendo a ela que a hora estava quase chegando; ele atiraria na minha cabeça e pegaria meu dinheiro para que eles pudessem bancar uma nova vida para si e o bebezinho vindouro. De certa forma, eu os entendia.

"Você acha que a gente vai conseguir dormir um pouco?", Brian perguntou.

"Tenho certeza de que eu vou tentar, cara."

"Eu também vou, mas... sei lá. A gente viu muita merda hoje."

"Pois é."

"Uma vez um amigo meu me contou uma história. Ele disse que cresceu em Hill Country, no Texas. Os avós dele eram fazendeiros, tinham um montão de hectares em algum lugar nos arredores de Blanco. O fato é que ele me contou que havia uma coisa vivendo no celeiro deles, uma criatura estranha e cabeçuda com grandes olhos pretos que se escondia na floresta durante o dia e à noite entrava no celeiro pra dormir ou algo assim. Esse meu amigo, o Jake, não era chegado em bebida nem nada. Era um cara normal. Eu não tinha motivos pra não acreditar nele. E ele sempre repetia a mesma história. Você sabe, os mentirosos geralmente contam um monte de mentiras, mas quando alguém conta sempre a mesma história, provavelmente é porque é verdade..."

Brian respirou fundo. Eu não fazia ideia de para onde a história estava indo, mas continuei a dar ouvidos.

"O Jake me contou mais de uma vez que se recusava a ir ao celeiro à noite. Um dia o avô dele o mandou até lá pra pegar alguma coisa e ele disse que entrou e viu a coisa num canto, uma criatura humanoide e comprida. Ele se borrou de medo. Ele contou pro avô e no dia seguinte contou pra mãe. Ambos disseram que ele provavelmente tinha acabado de ver uma suindara, um tipo de coruja. Esses pássaros ficam muito grandes por aquelas bandas. Além disso, você sabe, ele era uma criança, estava escuro e tal.

"O lance é que o Jake ficou de olho vivo e viu a criatura mais algumas vezes — você sabe, em relances pela janela na calada da noite, ao acordar ou ir ao banheiro. Quando ele vislumbrava a coisa, ela estava sempre saindo do celeiro ou caminhando ao longo da linha das árvores atrás dele. Era sempre uma aparição rápida, um flash, um lampejo, sabe? Tipo, o suficiente pra saber que a coisa estava lá, mas nunca com nitidez o bastante pra realmente saber que porra era aquilo. O quarto de Jake tinha uma janela de onde dava para ver o celeiro, então ele ficou obcecado, e passava a noite inteira acordado tentando dar uma olhada melhor na maldita coisa que vivia enfurnada no celeiro. Ele nunca conseguiu vê--la de perto. Em vez disso, ele e seu avô começaram a encontrar animais mutilados na propriedade e na floresta dos arredores. Gatos, cachorros, gambás, guaxinins, alguns cervos, o que você conseguir imaginar. O estranho é que nenhum animal revirava os corpos pra comer a carniça; era como se estivessem envenenados ou algo assim. O Jake tentou fazer seu avô ouvir, mas o velho apenas disse a ele que as suindaras não matam cachorros grandes e que era melhor ele parar de assistir aos filmes que estavam fazendo apodrecer o cérebro dele. Acho que as coisas ficaram na mesma por algum tempo, mas eis que, numa noite como qualquer outra,

Jake estava na cama e ouviu algo parecido com o grito de uma pessoa ao longe. O som o acordou, e quando ele se virou para olhar pela janela, viu a coisa do lado de fora. Na descrição que ele me fez, a cabeça não tinha penas, e a boca redonda e desdentada estava escancarada. A coisa viu Jake se mover e, em vez de desaparecer, bateu a mão no vidro. Não era uma pata nem uma garra, cara, era tipo uma porra de mão. Jake correu para o quarto dos avós e arrastou os dois para seu quarto, mas quando eles entraram lá a coisa já havia sumido. O Jake ficou tão surtado com aquela coisa espreitando lá fora e espiando pela janela que conseguiu convencer o avô a pegar seu rifle e tentar perseguir a criatura. Depois de muita reclamação e resmungos, o avô finalmente concordou. Na noite seguinte, eles esperaram junto à janela. Não avistaram a maldita criatura. O Jake insistiu que eles deveriam tentar de novo, e seu avô disse que não, mas saíram na manhã seguinte e encontraram três galinhas mortas do lado de fora do galinheiro, os corpos despedaçados por algo que bebeu todo o sangue delas e, tipo, comeu as partes macias. A morte das galinhas deixou o avô de Jake furioso, então ele disse que tudo bem, eles passariam mais uma noite cochilando na frente da maldita janela. Bem, por volta de uma da manhã eles perceberam uma movimentação à esquerda do celeiro. Algo estava saindo da floresta e caminhando na direção da porta do celeiro. O avô instruiu o Jake a esperar dentro de casa e saiu com o rifle e uma lanterna. De acordo com o Jake, ele abriu fogo assim que entrou no maldito celeiro. Então o Jake ouviu um som estridente ao longe e, em seguida, um segundo tiro.

"O Jake e a avó saíram correndo quase ao mesmo tempo. Entraram no celeiro. Tinha sangue no chão e o rifle estava lá, um pouco torto, como se algum gigante tivesse tentado quebrá-lo, mas a princípio não conseguiram encontrar o avô. Por fim, chamaram a polícia, e dois caras apareceram pra ajudá-los a procurar o velho. Cerca de meia hora depois, um dos porcos fardados teve a brilhante ideia de apontar o facho da lanterna para cima. Foi aí que encontraram o avô do Jake. Ele tinha sido atacado por algo ou alguém, e depois esse algo ou alguém o puxou até uma viga exposta perto do telhado do celeiro e o pendurou lá. Tiveram que chamar os bombeiros com escadas das grandes pra descer o corpo.

"Da maneira como o Jake contou a história, o corpo do avô foi violentamente atacado. Alguém ou algo abriu um buraco no lado esquerdo do corpo dele. O Jake disse que dava para ver as costelas e os pulmões. E tinha também um imenso corte entre o pescoço e o ombro que fez os policiais pensarem que algum assassino maluco com um facão estava à solta na floresta. O problema é o seguinte: nunca encontraram uma arma nem alguém em quem pôr a culpa pelo assassinato. O Jake guardou na carteira a matéria que o jornal local publicou a respeito. Era um texto curto e vago pra caralho, mas dizia que o homem havia sido 'violentamente atacado por um agressor desconhecido'. Isso é conversa fiada pra gente lesada das ideias, sacou? Eu sei que o jornal disse isso porque o Jake me mostrava o tempo todo, ou pelo menos sempre que a gente bebia."

Brian tinha começado a falar do nada e fez esse relato. Em seguida, de forma igualmente abrupta, ficou quieto. Eu não tinha ideia do que ele estava tentando dizer.

"Por que você está me contando essa história, B?"

"Eu... não sei, Mario. Acho que estou tentando dizer que eu entendo, que eu aceito que às vezes coisas estranhas acontecem, tá legal? Mas hoje foi... foi muito. Talvez demais. Eu acredito no Jake. Acho que naquela floresta havia algo estranho que matou o avô dele. Talvez fosse um maníaco deformado ou um alienígena. Com base nas descrições, meu palpite seria um alienígena. De qualquer forma, o xis da questão é que eu aceito que a gente vive num mundo esquisito pra caralho. Ainda assim, o que a gente viu hoje... me deixa preocupado com o que vai se passar amanhã. Alguma coisa estranha aconteceu comigo quando o Vázquez colocou aquele lodo na minha testa. Eu vi coisas. Por alguns minutos parecia que eu estava caindo para trás, mas tudo durou só um segundo. E que porra a gente vai fazer com aquele maldito corpo enfiado na caixa na traseira da picape? Eu não sei, não, cara. A situação está ficando assustadora à beça pra mim, mas sei que é tarde demais pra desistir, e eu preciso desse dinheiro. Só quero fazer o que a gente tem que fazer amanhã à noite e depois ficar o mais longe possível de El Paso."

Brian estava fitando um ponto no chão perto da cozinha. Ele desviou o olhar dali e me encarou. Ele estava com medo. Eu também.

No entanto, eu não queria que ele soubesse. Quase sempre o medo é visto como fraqueza. Não era hora de ser fraco. Pensei no que Juanca dissera.

Se Brian planejava me matar, eu não queria que ele pensasse que seria fácil.

Eu me sentei no lado oposto do sofá-cama e peguei meu celular. Eu queria fazer algo de modo a reduzir a conversa ao mínimo. Até onde eu sabia, o homem sentado ao meu lado, o homem com quem eu dividiria aquele sofá-cama durante a noite, talvez estivesse planejando meter uma bala na minha cabeça como se eu fosse lixo, e ainda assim veio me contar uma história sobre uma criatura que matou um velho num celeiro. Por quê? Ele estava procurando por... conforto? Eu não fazia ideia.

Desbloqueei meu telefone. Nenhuma mensagem de texto me lembrando das minhas dívidas. Nenhum e-mail novo. Nenhuma nova notificação no Facebook. Melisa não tinha postado nada.

Juanca saiu de seu quarto carregando algumas roupas e entrou no banheiro. Entrei no Google e abri uma nova guia. Eu tinha cerca de vinte delas já abertas. Algumas eram sites de notícias. Outras eram coisas aleatórias nas quais eu havia clicado por curiosidade, ou pesquisas que fiz nos últimos meses. Comecei a fechá-las. Era algo para fazer. Assim que eu fechava uma, outra ficava visível. Aparentemente em algum momento eu quis saber o preço de venda da metanfetamina nas ruas. Eu não tinha nenhuma lembrança disso. Fechei essa aba e a seguinte, que era um artigo sobre o uso da expressão *não obstante*. No momento em que fechei essa, outra página apareceu. Tinha um textão. No topo havia um título do passado, palavras de uma época em que, desesperado, eu queria entender o que ninguém entendia: "Taxas crescentes de leucemia linfoblástica aguda em crianças hispânicas: tendências de incidência de 1992 a 2011". Aparentemente eu não tinha lido o artigo inteiro. Era mais uma coisa inacabada daquela época, mais uma ponta solta. Eu não queria ler agora, mas as coisas que li enquanto procurava desesperadamente por respostas, por uma solução, voltaram à tona com ímpeto. Eu me lembrei de que não entendia a maior parte do que eu lia e ficava frustrado por ninguém me dar uma resposta clara, quando tudo o que eu pedia era um pouco de esperança.

Olhei para as palavras na tela. Tanto conhecimento, tanta pesquisa, e ninguém foi capaz de salvar mi angelito. Ela era "um caso fascinante". A morte a tornava especial. Eu não queria que ela fosse especial. Eu queria que ela fosse como todas as crianças que entraram em remissão. Eu queria que ela fosse uma menina enfadonha e não um quebra-cabeça que desafiava os médicos e os colocava na nossa frente feito uns idiotas desnorteados, à procura de palavras que não significavam nada e nada fizeram por Anita.

E lembrei de que todos os artigos que li fizeram com que me sentisse estúpido. Eu não sabia o significado de algumas das palavras. Enquanto olhava para a tela, algumas dessas palavras e termos técnicos apareceram para mim.

Que porra é *histológica*? O que são *condições atópicas*? A ignorância é perigosa, mas o conhecimento exige tempo e esforço, e isso é algo que muitos de nós não têm. Cada hora que eu desperdiçava realizando alguma tarefa braçal em troca de um salário mínimo era tempo perdido que eu poderia ter investido para me tornar médico. Se eu fosse um oncologista ou um pesquisador, talvez pudesse ter salvado Anita. Ou talvez não. Talvez Melisa tivesse preferido sair com aquele amigo dela, que dá aulas de ioga e vive falando sobre veganismo, mas fuma dois maços de cigarro por dia. Talvez o problema tivesse sido o fato de Melisa ser magra demais. Eu me lembro de que ela não quis ganhar muito peso durante a gravidez.

Não. Culpar Melisa era uma burrice. Sempre foi. Mas eu não podia lutar contra isso, porque se era sua culpa, então não era minha. A culpa é uma coisa dolorosa, e os humanos têm um talento especial para encontrar maneiras de culpar os outros e assim evitar a dor.

Pensei em mandar uma mensagem de texto para Melisa. Não um daqueles textos longos em que você tenta ter uma discussão inteira, mas em vez de uma D.R., apenas um *Me desculpe*. Ou, melhor ainda, *Perdón*. Para tratar de coisas importantes, voltamos à nossa língua nativa. Voltamos à nossa língua nativa para falar da nossa mãe, da comida da nossa infância. Voltamos à nossa língua nativa para pedir perdão e rezar. Sei que Melisa leria um *Me desculpe* e entenderia, talvez até aceitasse, mas um *Perdón* ela sentiria no coração.

Guardei meu celular. Haveria tempo para enviar mensagens de texto para ela mais tarde. Haveria tempo para a reconstrução quando eu estivesse na minha casa, e não sentado a poucos metros de um viciado desesperado por dinheiro, na casa da mãe de um psicopata que mantinha um cadáver estripado na traseira da picape.

Lá fora a noite estava prenhe da possibilidade da terra devastada, com planos secretos e promessas de morte, mas todos esses estavam quietos, do jeito que as coisas são antes de efetivamente acontecerem. Prestei atenção ao que o silêncio me sussurrava.

28

Meu corpo precisava dormir, mas minha mente não conseguia desligar. O cadáver na caçamba da picape me deixou preocupado. Enviar uma mensagem para vingar a morte do irmão de Juanca era muito bom, mas não se isso nos matasse. E eu não gostava dos jogos mentais que Juanca insistia em jogar.

Brian ficou se remexendo e se revirando por alguns minutos, em seguida sua respiração mudou. Ele estava com o antebraço direito sobre os olhos e a boca aberta. Seu corpo inteiro relaxou na espuma empelotada do sofá-cama. Pensei em matá-lo.

Ele foi uma das únicas pessoas a me visitar após a morte de Anita. Quando a única coisa que você faz na vida é trabalhar, os amigos se afastam. Brian estava lá. Ele me ofereceu drogas e depois trabalhos. De certa forma, ele me ajudou.

Mas agora talvez eu fosse a única coisa entre ele e muito dinheiro.

Havia facas na cozinha. Não precisaria ser uma muito grande nem mesmo pontiaguda. Uma faca serrilhada daria conta do recado. Eu poderia cortar a garganta dele; Brian iria se debater e gorgolejar, mas tudo acabaria muito rápido, ainda mais se eu o esfaqueasse com força suficiente para cortar a jugular e a carótida em ambos os lados do pescoço. Seria tão difícil assim? Qual seria o melhor ângulo? Quanta pressão eu teria que aplicar? Certa vez, li sobre a quantidade de tempo que leva para alguém sangrar até a morte, e me lembrei dos muitos fatores que afetavam essa equação. Eu sabia que Brian entraria em pânico, o que funcionaria a meu favor. Eu cortaria veias importantes, o que tornaria tudo mais rápido. Também me lembrei da palavra que descreve o processo de esvair-se em sangue até a morte: *exsanguinação*. Eu nunca a tinha usado, mas aprendi porque ser um latino com sotaque é difícil, e saber palavras bonitas ajuda. Além do mais, *exsanguinação* é uma palavra melhor do que *histológica*. *Exsanguinação* soa como um ritual obscuro ou uma banda de death metal. *Histológica* me faz pensar em "história da lógica", e não há lógica nenhuma neste mundo.

Aos poucos a ideia de matar Brian foi embora, empurrada para longe ao sabor dos pensamentos sobre a quantidade de sangue que, no frigir dos ovos, haveria para limpar. Eu não queria que Margarita encontrasse um gringo morto em sua sala de estar.

Olhei para as janelas e pensei com meus botões como seria se de repente eu visse um rosto redondo com olhos grandes me encarando. Eu me perguntei se as mensagens que eu vinha tentando ignorar estavam escondidas também em meus próprios pesadelos, esperando que eu as visse e fizesse alguma coisa... ou fugisse correndo na direção oposta. Repassei as visões recentes que permaneceram comigo, as que eu tive após a morte de Anita:

O fantasma do meu vizinho me abordando em um estacionamento, o rosto coberto de pele, os pés pairando a poucos centímetros do chão.

Anita, meu doce anjo, pendurada num poste enquanto uma criatura gigante berrava no céu escurecido atrás dela.

Parei por aí. Nenhuma dessas imagens horríveis tinha algo a ver com o que eu vi nesse dia.

Fechei os olhos e afugentei essa escuridão, enchendo minha cabeça com o azul infinito do Caribe. Pensei no oceano. Pensei no sorriso de minha mãe, sua presença fugaz perturbando tudo ao redor com uma explosão de energia e beleza. Pensei nas suas duas tatuagens, dois peixinhos, ambos no tornozelo esquerdo, um ao lado do outro. "Seus irmãos... ou irmãs", ela me disse certo dia. "Um se perdeu no caminho para cá, porque meu corpo estava poluído. O outro era uma alminha cansada que não estava pronta para lidar com a feiura do mundo, então o coraçãozinho dele nunca nem sequer começou a bater". Depois das palavras sobre a morte, depois das palavras sobre bebês perdidos, um sorriso caloroso e triste. Em seguida, as palavras que me deram ânimo para seguir em frente em tempos terríveis: "Mas valeu a pena, mi hijo, porque después viniste tú".

Minha mãe era um fantasma que me assombrava em vida. Na morte, ela era às vezes uma lembrança tão doce que sufocava todo o resto, mas em outras ocasiões ela era um lembrete de como o vício pode transformar anjos em demônios decadentes.

Pensei no verde impossível de El Yunque, a floresta onde minha abuela me levou algumas vezes. Um dia, depois de chover, vi minhocas pequenas saindo dos buracos no solo. Isso escancarou minha cabeça. Saber que existia um universo inteiro sob meus pés era demais para meu jovem cérebro. Passei semanas pensando em minhocas debaixo da casa e da rua, minhocas sob a igrejinha da cidade e sob a mercearia, seus corpos lisos sempre escavando e se entocando na terra.

Em outra ocasião, encontramos caracóis enormes, de concha castanho-escura e do tamanho de pratos de sobremesa. Nesse dia tínhamos ido de carro até Loíza para assistir a um desfile, depois de algumas horas de caminhada pelas trilhas escorregadias da floresta tropical. Eu devia ter uns 10 anos na época. Paramos numa calçada apinhada de gente em Loíza e observamos crianças da minha idade tocando os ritmos bomba e plena enquanto marchavam pela rua com bandeiras tremulando. Depois vieram os adultos, a poderosa reverberação dos tambores era uma parede frenética de som que empurrava seus corpos para a frente. Por fim, vieram os demônios. Alguns tinham dois metros e meio, três metros de altura, vestidos com trajes coloridos. Seus rostos eram multicoloridos e deles brotavam chifres em todas as direções, alguns ostentavam bicos enormes e ameaçadores. Vejigantes. O medo tomou conta de mim. Os demônios dançavam e andavam pelas ruas, e as pessoas dançavam com eles, celebrando sua chegada. Perguntei à minha mãe sobre eles, escondendo metade do meu corpo atrás dela a pretexto de ouvir a resposta. Ela gritou algo sobre ser uma celebração e alguém matando mouros centenas de anos antes. Aí a minha abuela se intrometeu e disse que os vejigantes atacavam as pessoas com uma bexiga de vaca seca cheia de sementes. Meu cérebro foi tomado por imagens de demônios chifrudos abatendo gado no meio da noite para remover suas bexigas. Diante de mim, os imponentes demônios dançavam, e suas vestes esvoaçantes eram o oposto de seus chifres rígidos. Eles me assustaram. Os rostos sorridentes ao meu redor não faziam sentido, era como se estivessem possuídos. Os tambores eram muito barulhentos, incessantes, o som era um martelinho invisível golpeando meu peito e meus ouvidos.

Um vejigante parou na nossa frente. Era enorme. Metade de seu rosto era vermelho com pontos brancos, a outra metade era azul com pontos vermelhos. Três chifres brotavam de cada lado da cabeça, os de cima curvados para a frente como os de um touro mutante. Seu corpo alongado se movia de um lado para o outro. Eu tinha certeza de que ele ia despencar em cima de mim.

Por cima da música eu ouvi um grito, um som angustiante que me paralisou. O vejigante inclinou o corpo. Alguma coisa cintilou na luz do sol. Rápido como um raio, o braço comprido do vejigante veio na minha direção.

Mesmo depois de tantos anos, minha respiração ficava inconstante e úmida quando eu pensava no vejigante balançando acima de mim, seus chifres ondulando feito cobras epilépticas.

O passado é o presente encarcerado em um eco perpétuo.

O presente é apenas um amálgama de todas as coisas que o precederam, moldado com a memória.

O futuro é o desconhecido que flutua e oscila entre o nada e a possibilidade, entre a morte e os novos começos, entre a incerteza e a esperança.

Somos fragmentos de carne conscientes e insignificantes presos no espaço entre os três, cientes de que cada frase que começamos a dizer é composta de uma metade silenciosa à espera no futuro, e de que tudo o que acabamos de dizer já é um pedaço irrecuperável do passado.

Respirei fundo, inspirando o ar até as profundezas dos pulmões, em seguida expirei, num bafejo trêmulo.

A escuridão ao redor estava coalhada dos pequenos sons da noite. Um velho aparelho de ar-condicionado chocalhava em algum lugar próximo. A geladeira zumbia. De vez em quando, paria alguns cubos de gelo. Brian suspirou. Fiquei parado, imóvel, de olhos fechados.

Muita coisa dentro de mim estava focada no passado. Sempre estive no passado. Eu precisava ver o futuro. Eu precisava desaparecer, de alguma forma atravessar em disparada quilômetros de terra árida e escuridão e abrir meus olhos na minha própria cama, longe da fronteira e de Brian e Juanca e do cadáver na caçamba da picape e dos gritos do fantasma de Anita e da porra da culpa por aquilo que fiz com Melisa e o que nos esperava na noite seguinte. Eu queria dormir um sono sem sonhos e acordar sentindo que continuar era a decisão certa. Só isso.

Do lado de fora, um ou outro carro passava, repercutindo um som que parecia o de um inseto graúdo. De resto, eu estava sozinho com meus pensamentos. Nenhum deles se parecia com nada que eu quisesse abordar naquele momento e naquela situação.

Em algum momento, o zumbido da geladeira parou e eu perdi a batalha para o sono. O dia seguinte seria cheio de morte. Eu só tinha que dar um jeito de não ser a minha morte.

29

O som de Margarita saindo de seu quarto me fez acordar sobressaltado. Peguei meu celular. Quase meio-dia.

"Buenos días. Nomás los molesto porque tengo hambre. Ustedes duermen como Juanito, igual que los osos." Ela disse isso sem sorrir.

Dei-lhe bom dia e ela entrou na cozinha. Algo nesse gesto meio que me desconcertou. Eu esperava uma atitude um pouco mais carinhosa da parte dela. Eu precisava disso.

Poucos sons na vida são tão reconfortantes quanto uma velha senhora preparando alguma coisa na cozinha. Sempre me faz lembrar da minha abuela. Minha mãe nunca cozinhou, mas nosso período em Porto Rico foi repleto de deliciosas refeições caseiras. Foi quando aprendi que o sofrito é um milagre e que o arroz com habichuelas é algo que seu DNA faz você desejar ardentemente. Minha abuela cozinhava arroz com gandules, pollo asado, tostones e outras iguarias, e depois me alimentava até eu não conseguir mais respirar.

Margarita saiu da cozinha e apontou para Brian, que ainda dormia:

"¿El señor come chilaquiles?"

"Si usted va a hacer chilaquiles, a mí no me importa lo que este coma, señora."

Ela sorriu.

"Bueno, si no le gustan los chilaquiles puede comer cereal de ese que hay encima del refrigerador."

Ela deu meia-volta e entrou de novo na cozinha. Retornou um segundo depois.

"Disculpe que le pregunte, señor... ¿usted perdió una hija?"

Você perdeu uma filha?

Minha vida foi reduzida a uma perda.

Margarita se aproximou, seus velhos pés mal saindo do chão. Ela usava o mesmo roupão da noite anterior. O cabelo agora estava preso em um coque que não deixava fios soltos. O rosto era enrugado, mas ela parecia fresca, descansada.

"Quiero que sepa que Diosito tiene un lugar especial en el cielo para los padres de los angelitos que él se lleva antes de tiempo."

Eu quero que você saiba que Deus tem um lugar especial lá no céu para os pais dos anjinhos que ele leva antes do tempo.

O que você responde a uma frase dessas? Como se diz a uma doce velhinha que Deus está morto? Você a sacode e pergunta se perder dois filhos nas ruas não é prova suficiente de que não passamos de animais ímpios massacrando uns aos outros em nosso caminho rumo ao nada? Fiquei em silêncio. Ela deu mais um passo e colocou a mão na minha cabeça. Tinha cheiro de lavanda e naftalina. A pele sob seu braço pendia e tremia como a asa curta e grossa de um pacífico morcego. Na frente do meu rosto, sua outra mão tremia um pouco, a pele manchada e fina por cima de grandes tendões e veias esverdeadas.

Assim como na noite anterior, senti um aperto no peito. Eu tinha certeza de que o tempo das lágrimas havia chegado e passado; agora, porém, atos aleatórios de bondade abriram minhas feridas quase imediatamente, e meu coração empurrou água salgada de dentro dos meus olhos.

Margarita ergueu a mão, cuja presença quase desprovida de peso despertou lembranças de minha abuela tocando minha cabeça, segurando minha mão. Minha mãe me aconchegando. O abraço de Melisa. A mão macia de Anita. Uma vida inteira moldada por mulheres. Depois minhas próprias mãos, primeiro pegando Anita no colo, depois empurrando Melisa. Eu era o esquecimento. Eu não deveria existir.

Ergui os olhos para o rosto de Margarita, que se tornou um borrão por trás das minhas lágrimas. Ela me deu um aceno de cabeça e um sorriso triste. Ela entendeu que a minha dor era recente, profunda. Seu silêncio era reconfortante.

"Usted va a volver a ver a su hija. No esté triste."

Você vai ver a sua filha de novo. Não fique triste.

Margarita voltou para a cozinha e se deteve no meio do caminho. Ela se virou e falou de novo, sua voz muito mais baixa agora.

"Anoche tuve una visión mientras rezaba por ustedes."

Ontem à noite tive uma visão enquanto rezava por vocês.

Ela parou e olhou para Brian. Eu fiz o mesmo. A respiração dele era profunda. Sua boca estava entreaberta. Ele ainda estava nocauteado.

"Ese hombre es avaricioso. Si usted se despista, él lo va a matar."

Esse homem é ganancioso. Se você não prestar atenção, ele vai te matar.

Margarita estremeceu um pouco quando, a olhos vistos, um arrepio a percorreu. Ela teve de fato uma visão de Brian me matando ou foi Juanca quem a meteu nessa história? Muitas coincidências geralmente significam que não há coincidência alguma.

"Cuídese", Margarita disse, depois se virou e voltou para a cozinha. Fiquei sentado em silêncio, imaginando o que o dia traria, preocupado com minha morte e com o que eu tinha que fazer para evitar que isso acontecesse.

Alguns minutos depois, Juanca entrou na cozinha, vestindo uma camiseta azul e calça jeans limpa, usando botas de caubói e um cinto com uma fivela grande no formato do mapa do Texas.

"Olha só esse filho da puta preguiçoso..." Ele riu, com o polegar apontando para a sala de estar. "Ei, B, acorda, levanta essa bunda!"

Em resposta, Brian apenas gemeu.

"Descansou um pouco, Mario?", Juanca perguntou.

"Na verdade, não."

"Sem problemas; você vai dormir como um bebê assim que tudo isso acabar. O dinheiro é um ótimo travesseiro."

"Qual é o plano pra hoje?"

"O plano é simples: primeiro, comer. Depois temos um encontro com os caras que hoje à noite vão ficar de olho nas coisas de longe. Eles têm umas armas pro Don Vázquez. Temos que verificar tudo antes de colocarem na caçamba da picape o arsenal que a gente vai usar. Hoje é a noite decisiva. Queremos chegar cedo e preparar tudo, entende o que estou dizendo?"

Tomei uma chuveirada rápida. Como todas as nossas paradas até então tinham terminado em sangue, eu não estava exatamente interessado em fazer outra parada, sobretudo quando envolvia armas. Vesti uma camiseta preta e uma calça jeans limpa.

Quando saí do banheiro, todos estavam sentados à mesinha da sala de jantar. Os chilaquiles encheram a casa com um cheiro maravilhoso. Eu me juntei a eles e comemos em silêncio. Margarita poderia ter aberto seu próprio restaurante. Eu disse isso a ela; a velha me agradeceu com um sorriso que me fez lembrar de que viemos de mundos diferentes, mas habitávamos a mesma perda.

Juanca devorou a comida, depois se levantou e foi para seu quarto. Tive a sensação de que ele não queria ficar por perto e ter de responder às nossas perguntas na frente da mãe. Eu não fazia ideia do que se passava na cabeça dele, mas, fosse o que fosse, Juanca queria refletir sozinho. Brian continuou enfiando comida na boca como um homem que fazia sua última refeição. A meu ver, poderia muito bem ser exatamente isso.

Conversamos um pouco enquanto terminávamos de comer, mas a minha mente teimava em se desgarrar para o que Margarita dissera. Ela estava lavando a louça, mas de tempos em tempos olhava para nós por cima do ombro.

Brian fitou o nada e suspirou:

"Eu vou me sentir muito melhor quando voltar pra casa pra ficar com a Steph e curtir umas piscinas."

Ele deu um tapinha na barriga, soltando um arroto antes de se levantar. "Muy delicioso", ele bradou para Margarita. Ela meneou a cabeça para Brian, mas, antes de se virar, fez contato visual comigo. As palavras que ela me disse antes vieram para mim novamente.

Conversando com Stephanie, Brian tinha dito algo a respeito de "três sinas", mas não consegui ouvir mais nada. "Três sinas" não significava nada para mim. Então caiu a ficha. Curtir umas piscinas. "Três piscinas". Ou seja, um código para dizer "trezentos mil dólares". Mas não estava combinado que Brian voltaria para casa com três piscinas. Ele não receberia trezentos mil. Cada um de nós levaria duzentos mil dólares.

Porra.

Si usted se despista, él lo va a matar.

Uma promessa? Uma ameaça? Uma ideia?

Si usted se despista, él lo va a matar.

Uma mensagem de La Huesuda, me dizendo que eu tinha uma chance de ir embora com ela agora ou adiar nossa dança nas ruas do barrio que fica no lado escuro da lua.

Si usted se despista, él lo va a matar.

Um convite para atacar primeiro, a fim de garantir que a porra da bala ficasse no pente dele em vez de abrir caminho através do meu crânio, dilacerando as lembranças de Anita e Melisa, de minha mãe e da praia, de quilômetros na estrada e dos abraços dos bons amigos.

30

Voltamos quase que de imediato para a rodovia interestadual I-10, no sentido noroeste. Juanca disse que os homens com as armas tinham um lugar seguro, bem no ponto onde o Texas se encontrava com a fronteira do Novo México.

"Eles montaram um estabelecimento que funciona também como distribuidora de granito. Marmoraria Texas. É um negócio legítimo. Bem, vocês sabem, mais ou menos. A loja é uma fachada que torna mais fácil pra eles conseguirem todos os caminhões necessários, e eles também usam o lugar como pretexto pra comprar armas. Porque eles têm que proteger os negócios e as terras e tudo mais, vocês sabem. Vamos pegar algumas armas deles e transferir a caixa aí na nossa caçamba para outra picape que eles vão fornecer pra gente. Vai ser um carro limpo, com placas do Texas. A picape vai estar preparada pro carregamento das armas, e vai sobrar um espacinho pra gente guardar o dinheiro, provavelmente embaixo do banco de trás ou algo assim. Eles vão mostrar pra gente."

"Esses caras são os atiradores de elite de quem você falou na minha casa?", Brian perguntou.

"Eles são uns babacas, mas facilitam as coisas, saca o que estou dizendo? Eles encontraram jeitos de não se sujar muito e ganharem muito dinheiro com o mínimo de trabalho e quase nenhum risco. Os policiais do Novo México e El Paso estão no bolso deles, então, se algum caminhão envolvido em algo ilegal for pego em flagrante, eles conseguem falsificar um relatório alegando que o veículo foi roubado. Esses cabrones já fazem isso há um bocado de tempo. São sanguessugas, cara.

Umas pinches rêmoras. Graças a pequenos serviços como esses, em que preparam um carro ou atiram em alguém de longe, além das transações com armas, eles ganham lana."

Dirigimos mais algum tempo em silêncio, cada um de nós pensando na noite seguinte. Eu sabia de duas coisas: manteria meus olhos abertos e mataria Brian. Três piscinas? Foda-se ele. Ele era um drogado desesperado com um bebê a caminho. Cem mil dólares extras eram tentação demais.

O engraçado é que a ideia de matar Brian não causava em mim a sensação de matar um amigo; parecia mais um movimento para me manter vivo. Nosso instinto de sobrevivência não dá a mínima para o passado; preocupa-se apenas em manter nosso sangue dentro do nosso corpo. Cem mil dólares extras para permanecer vivo era um baita e maravilhoso bônus.

Continuamos na estrada por cerca de meia hora, e por fim paramos em frente a uma sólida cerca de madeira de quase dois metros de altura, do outro lado da qual não havia nada além de colinas marrons. Numa enorme lona branca pendurada sobre uma parte da cerca um pouco mais abaixo lia-se MARMORARIA TEXAS. Juanca pegou o celular e mandou uma mensagem de texto. Alguns segundos depois, o pedaço de cerca à nossa frente começou a deslizar para a esquerda, e passamos com o carro.

A estrada de terra se inclinava depois de uns quatro quilômetros. Despontou um conjunto de pequenos prédios brancos. Um deles era claramente a fachada do estabelecimento. Maior e mais branco do que os demais, a metade superior de boa parte da frente era feita de vidro. No interior, viam-se lajes de granito de várias cores. Não havia carros estacionados do lado de fora. Passamos por ele e continuamos em direção a outros prédios mais atrás. Ao nos aproximarmos do último edifício, cujo aspecto se assemelhava a um hangar em ruínas, com gigantescos portões para equipamentos de escavação ou qualquer outra coisa desse tamanho, sua porta começou a se abrir para cima. Juanca parou a picape e esperou. Depois deslizou devagar o veículo para dentro do prédio, estacionou e desligou o motor.

Do outro lado, dois homens altos nos esperavam, ao lado de uma escrivaninha coberta de papéis, um computador e pelo menos uma dúzia de copos de café descartáveis. Ambos eram corpulentos e barbudos.

Eles me faziam lembrar dos homens da churrascaria. O mais baixo usava calça jeans desbotada, botas de caubói marrons e uma camiseta preta com algo estampado. O outro, que devia ter pelo menos um metro e oitenta e três, usava calça jeans que parecia nova, botas de caminhada pretas e uma camiseta branca lisa. Tinha olhos azuis brilhantes, mas não pareciam simpáticos.

Saímos da picape e caminhamos até eles. Juanca se encarregou das apresentações.

"Mario, Brian, estes são Steve e Kevin."

O homem um pouco mais baixo estendeu a mão. A camisa dele tinha uma figura humanoide careca com a lateral do rosto toda desfigurada. Abaixo do rosto, lia-se GEORGE A. ROMERO em letras minúsculas; abaixo, MADRUGADA DOS MORTOS em letras grandes.

"Sou o Steve. Vocês podem me chamar de Stewie."

O homem maior também ofereceu a mão, com o mesmo rosto sério desde que chegamos.

"Kevin, mas vocês podem me chamar de Kevin."

Se era para ser uma piada, ninguém riu. O homem mais alto segurou a mão de Brian por um segundo depois que ele se apresentou.

"Vou dar um chute: acho que você não é mexicano, Brian."

"Seu chute está certo, Kevin. Nascido e criado em Austin. Morei algum tempo em Portland. Odiei. Voltei pro Sul e encontrei minha cidade cheia de universitários e hipsters."

"Quando você se cansar do rolê com estes filhos da puta aqui... bom, a gente sempre tem trabalho pra caras brancos que não se importam de sujar um pouco as mãos pra ajudar a gente a comprar armas. Apenas me dê um toque e a gente conversa. É uma grana boa e fácil, e é melhor do que andar por aí com drogas e encontrar uns malucos safados que não querem nada além de meter uma bala em você."

Juanca pigarreou:

"Melhor a gente tratar do trabalho que realmente interessa agora. Quero ter certeza de que tudo está em ordem."

"Relaxa, cara", Stewie disse. "Temos tudo sob controle, como sempre. Aqui não é o México."

Juanca o fuzilou com o olhar.

"Isso mesmo, temos umas belezuras pra mostrar a vocês", Kevin disse.

Kevin foi até a parede à direita e apertou um botão. A porta começou a descer. Em seguida o grandalhão foi na frente e nos conduziu às profundezas do espaçoso hangar.

Lá dentro havia oito ou nove veículos, quase todos desmontados, e algumas máquinas pesadas que já viram dias melhores. Mais do que uma distribuidora de granito, o lugar parecia uma oficina mecânica. Por toda parte viam-se portas de carros e pilhas de pneus e aros de roda. O chão estava coalhado de bancos traseiros, alguns abertos e sem o estofamento. Um dos veículos parecia aqueles carros de desenho animado quando sofrem um acidente e tudo o que resta é o chassi, motor, assentos e rodas. Kevin e Stewie foram até uma picape Ford vermelho-escuro. Nós nos posicionamos ao lado esquerdo dela, junto à caçamba. Stewie disse:

"Isto aqui, senhores, é uma F-150 2016. O interior está em muito bom estado. Ar-condicionado legal. Os bancos estão ótimos. Muito confortável. Quanto ao consumo de combustível, a relação custo-benefício é uma merda, bebe demais, mas é um Ford, certo? De qualquer forma, a beleza desta coisinha linda não está na frente. Não, a beleza deste bebezinho é tipo a qualidade mais cativante de Jennifer Lopez: está lá atrás. Vou mostrar. Você pode me passar aquele pé-de-cabra, Kev?".

O homenzarrão se abaixou e pegou um pé-de-cabra que estava no chão. Stewie agarrou a ferramenta e colocou-a debaixo do braço.

"Fizemos questão de que vocês possam usar o espaço na cabine pra guardar o dinheiro." Enquanto falava, Stewie remexeu no bolso de trás e tirou uma chave de soquete.

"As luzes ainda estão totalmente funcionais, então não se esqueçam de mencionar isso quando vocês entregarem o carro a quem for pegar as armas. Diga àqueles babacas que a gente gostaria de continuar usando este aqui por mais alguns meses. Toda vez a gente manda um carrão legal pra lá, os malditos selvagens arranham, amassam ou estragam alguma coisa. Tenho certeza de que eles foderam com o país inteiro, e é por isso que os cucarachas mal podem esperar pra vir pra cá!"

Stewie abaixou a porta da caçamba e usou a chave de soquete para soltar os parafusos que prendiam no lugar a lanterna traseira do lado esquerdo. Com os parafusos nas mãos, enfiou os dedos em torno da lanterna traseira e a puxou. A lanterna saiu com dois sonoros estalos. Na parte de trás da lanterna traseira estavam os cabos que levavam às lâmpadas, um marrom e o outro azul. Stewie torceu os dois e cuidadosamente puxou para fora as lâmpadas. Recolocou a chave de soquete de volta no bolso e inseriu o pé-de-cabra no buraco antes ocupado pela lanterna.

"Kevin, me dê uma ajuda, e tome cuidado pra não estragar a pintura."

Kevin contornou Stewie e pressionou as mãos na lateral da picape. Stewie se inclinou para trás enquanto segurava o pé-de-cabra no lugar e deu um puxão brusco. O metal guinchou e o painel lateral da carroceria da picape saltou. Kevin o pegou e o abaixou até encostar na lateral.

Dentro do painel havia alguns cabos e um material cinza que parecia espuma. Preso a ele com tiras de fita adesiva havia meia dúzia de fuzis AK-47 em duas fileiras de três, todos ligeiramente inclinados, seus canos se cruzando no meio. Mais perto da cabine e de onde ficava a lanterna traseira, mais armas, também fixadas ao material cinza.

"Puta merda!", Brian exclamou.

"Uma bela visão, não é?", Stewie perguntou. "Seis AK-47 e seis Glock 19. O total é de 47.600 dólares. Isso com um desconto camarada, é claro."

"Porra, como vocês enchem uma picape com AK-47s novinhas em folha? Vocês constroem os fuzis?", Brian quis saber.

"Não, cara, a gente compra tudo em lojas de armas legítimas", Kevin respondeu. "Lembra que eu te disse que tenho um trabalhinho pra você quando esse seu serviço estiver terminado? É disso que eu estou falando."

"Vocês compram tudo isso em lojas de armas comuns?"

"É fácil e sem riscos, cara", Stewie assegurou. "O dinheiro mais fácil que você já ganhou na vida. Além disso, a gente consegue ficar com algumas armas e patrulhar um pouco a fronteira. Você sabe como é, manter a ralé longe daqui e tudo mais."

"Mas como, porra?"

"Você precisa esquecer tudo o que você acha que sabe sobre traficantes de armas", Kevin explicou. "O tráfico de drogas dá um bom dinheiro, mas é perigoso pra caralho. É por isso que a gente se apega às armas o máximo que pode. Os cartéis precisam de armas, muitas armas, e nós fornecemos tudo de que eles precisam."

Isso quase me fez rir. Esses dois patriotas eram parte do problema. A situação do cartel era ruim, e as armas que a tornava tão ruim vinham de caras como Stewie e Kevin. Isso me deixou curioso.

"Como é que o Brian recebe uma oferta de trabalho e eu não? Esse dinheiro das armas parece música pros meus ouvidos", eu disse.

"Ah, não é nada pessoal... Miguel, né?", Kevin perguntou.

"Mario."

"Mario, certo. Não me leve a mal, mas este é um serviço pra pessoas com documentos. Brancos, sacou?"

Papéis. Ele estava insinuando que eu não era cidadão dos Estados Unidos da América. Ele estava me chamando de imigrante sem documentos por causa da cor da minha pele. Tive vontade de atirar na cara dele.

"Sou um cidadão norte-americano."

"Ah, isso é maravilhoso, cara. Porém, você ainda é... você sabe, hispânico... ou latino. Não sei como seu povo está se chamando hoje em dia. Também não dou a mínima. A questão é que os vendedores com quem a gente trabalha iam pensar que você estava comprando arsenal pros cartéis."

"E eles não pensam isso sobre brancos como você e eu?", Brian perguntou.

O fato de ele abrir a boca significava que o que aconteceu no carro depois que saímos da churrascaria o afetou. As palavras de Juanca sobre ele ficar em silêncio o cortaram até os ossos. Era sua culpa branca falando.

"Nem a pau!", Kevin disse. "Escuta, não se trata de racismo nem nada do tipo, tem a ver com o sistema e como ele funciona. Os brancos caçam. Nós protegemos nossa propriedade de... gente indesejável. De vez em quando nós vamos ao clube de tiro. É tudo de bom. Latinos são diferentes. A gangue Tango Blast. A gangue MS-13. A máfia mexicana. Os sureños. Um homem latino com uma arma na mão é encrenca na certa, e os vendedores de armas sabem disso. Não posso culpá-los."

"Tá legal, é o sistema, entendi. Quero saber como funciona", Brian disse.

"Mano, se você é um homem branco, isso significa que você pode entrar em qualquer loja de armas nesta cidade e comprar uma, sem necessidade de licença. É assim que fazemos no grande estado do Texas. É também como fazem em vários outros estados. Escuta, tudo o que você precisa fazer é preencher um pequeno formulário chamado 4473, emitido pelo Escritório de Álcool, Tabaco, Armas de Fogo e Explosivos dos Estados Unidos. Claro que você vai mentir um pouco no formulário, né? Umas mentirinhas, nada demais. O fato é que ninguém sabe nem se importa. Depois de preencher essa coisa e devolvê-la ao funcionário da loja, o papel vai ser guardado nos fundos, com milhares de outros idênticos. Esse formulário não precisa ser digitalizado nem nada, então no momento em que ele entra nas montanhas de outros iguais nos fundos da loja, todo mundo esquece e a arma vira um fantasma. Aí você está livre pra vendê-la aos mexicanos. Moleza. Um cara como você poderia ganhar um bom dinheiro comprando coisas pra nós. É só você dizer que está a fim, cara."

Estávamos lá para pegar um veículo cheio de armas, e de alguma forma Brian acabou recebendo uma oferta de trabalho e eu fui chamado de imigrante sem documentação. É assim que funciona o racismo sistêmico.

A coisa era tão idiota que quase chegava ser engraçada. Era a história da minha vida: minha educação e meu currículo nunca pareceram tão bons ou tão confiáveis quanto os de um homem branco de terno e gravata. Desta vez eu estava perdendo uma oportunidade de trabalho para um drogado suado com olhos vermelhos que comia comprimidos de Adderall como se fossem balinhas.

"Eu não dou a mínima pro que o Brian vai fazer depois que a gente voltar pra cá, mas o que me interessa é o que vai acontecer hoje à noite. Você falou com as pessoas que eu mencionei? Tenho certeza de que aqueles filhos da puta estão a caminho agora. Foi a última informação que eu tive."

Havia tensão na voz de Juanca. Ele estava preocupado e parecia tão irritado quanto eu. Ele não gostava de não estar no controle. E provavelmente também odiava esses idiotas tanto quanto eu.

"Está tudo de boa, cara!", Stewie disse. "Escuta, o Cartel de Sinaloa não mexe muito com as rotas que cortam caminho direto por El Paso, e eles evitam Juárez. Lembre-se de que estamos mais ou menos no meio, e Sinaloa fica na costa oeste. Temos um cara de olho nessa picape. Eles já fizeram a entrega em Houston e estão vindo pra cá."

Stewie foi até a escrivaninha e revirou um pouco a papelada. Pegou um mapa.

"Vem cá que eu vou te mostrar onde vamos atacar os caras."

Era um mapa topográfico. Parecia velho e usado, com uma mancha de café entre Albuquerque e Santa Fé. Kevin colocou o dedo indicador em algumas posições de tiro.

"Este é o lugar do qual você falou, a cordilheira da Flórida. Como você provavelmente notou, as coisas aqui são muito planas. Aqui nem tanto. Você diz que eles têm que passar por aqui, certo?"

"Sim", Juanca respondeu. "Eles não vão entrar no México por Nuevo León, Coahuila ou Chihuahua porque é perigoso. Eles vão usar a estrutura que construíram aqui mesmo, perto de Sinaloa. Este lugar é onde eles têm um de seus maiores túneis. Geralmente eles contornam este cume aqui pra ficar fora da vista. A entrada fica em algum lugar perto da estrada Whirlwind e da Pol Ranch. O lugar é escondido, e apenas os motoristas sabem onde fica. Eu já percorri esse trajeto várias vezes. De qualquer forma, a gente não quer correr o risco de esses cabrones chegarem muito perto, então vamos pra cima deles quando começarem a contornar essa área."

"Entendido", Kevin disse. "Juanca, você falou que precisavam estar bem perto, então vamos levar vocês até lá. O Stewie e eu vamos atirar nos pneus deles do topo deste espinhaço. Com isso eles vão ser obrigados a parar bem rapidinho. O terreno lá não é brincadeira. Aí vocês entram em cena e fazem o que precisam fazer. Assim que acabarem o serviço, recolhemos o dinheiro e queimamos o carro. Vocês três terão que pegar a rodovia estadual NM-9 e cair fora pra El Paso ou Juárez ou pro caralho qualquer aonde estejam indo. Como você sabe, é meio longe, meio fora de caminho, cerca de uma hora e meia de El Paso propriamente dita, então se organizem direitinho."

"Entre nós três já está tudo planejado. Estou aqui verificando vocês dois, não o contrário", Juanca rebateu.

"Escuta, Juanca", Stewie se intrometeu. "Eu sei que o serviço é seu e tudo mais, mas estamos arriscando nosso pescoço aqui e... bem, eu gostaria de saber o que é que você planejou fazer quando a gente parar os caras. Eles vão ficar nervosos, mano. Com certeza eles vão estar carregando uma montanha de dinheiro, e meu palpite é que os caras estão armados até os dentes com um arsenal pra garantir que a grana fique com eles. Além disso, você está levando quatro homens, o que me diz que você sabe que precisa acabar com eles bem rápido. Você pode pelo menos nos dizer o que a gente deve esperar caso as coisas deem errado por lá?"

Juanca aproximou-se do homenzarrão, que era pelo menos uns quinze centímetros mais alto que ele, e olhou-o nos olhos.

"Você quer saber o que vai rolar lá? Tá legal, eu vou te dizer, *Steve*: o que vai acontecer lá é que eu vou abrir uma caixa de puro inferno pra cima daqueles cabrones. Vocês podem ficar para trás e assistir enquanto esperam pelo seu dinheiro ou podem ir tomar no meio do cu e buscar seu dinheiro mais tarde com o Don Vázquez. Pra mim é tudo a mesma merda."

"Isso... não diz muita coisa, Juanca", Kevin retrucou.

Juanca voltou-se para o homem mais alto:

"Eu sei que não. Se eu contasse o que planejei, vocês dois iriam se acovardar feito uns bundas-moles. Apenas aprontem seus rifles e deem um jeito de acertar as rodas dos caras quando for necessário. Não quero que vocês errem o alvo por estar escuro ou porque vocês estão nervosos ou algo assim. Vocês têm a porra de um único trabalho pra fazer, então se virem pra fazer direito. Há muita coisa em jogo".

"Não somos amadores, cara!", Stewie protestou. "Temos equipamentos pra atirar à noite com o mesmo conforto que atiramos durante o dia."

"Isso é fantástico pra caralho, Steve. Então sugiro que vocês dois se preocupem com esses tiros e deixem que eu cuide do resto."

Stewie ergueu as mãos e deu um passo para trás.

"Como você quiser, Juanca."

"Que bom. Vou transferir algumas coisas da nossa picape pra outra. Vocês sabem, a menos que haja algo mais que..."

"Sim", Kevin disse. "Aquela garota que tem um pau ainda está trabalhando pro Vázquez? Faz um tempo que não ouvimos as histórias malucas."

"Verdade", Stewie disse antes que Juanca tivesse a chance de responder. "O seu irmão ainda está comendo ele... ela?"

A mão de Juanca fez um movimento para trás, depois se conteve. Ele deu um passo em direção a Stewie. Os dois pareciam prestes a se beijar. As mãos de Juanca se tornaram punhos cerrados, pendurados ao lado do corpo como duas granadas prontas para explodir.

"Se você mencionar meu irmão de novo, vou cortar suas bolas e enfiá-las na sua boca antes de esvaziar meu pente na sua cara, está claro?"

Ouvi Stewie engolir em seco. Kevin pigarreou.

"Tudo bem", Kevin disse.

Stewie recuou. Juanca permaneceu onde estava. Depois voltou a si e se virou para nós para dar a ordem:

"Vamos."

Eu me virei e dei mais uma olhada na picape cor de vinho. Os AKs fixados com fita adesiva pareciam uma espécie de obra de arte, uma instalação crítica à cultura de armas de fogo ou algo assim. Em vez disso, eram apenas máquinas de morte a caminho de fazer o que faziam. Eu não tinha ideia de que caras como Kevin e Stewie eram os responsáveis por todas as compras para os cartéis, mas quanto mais eu pensava a respeito, mais sentido fazia. O México leva toda a culpa e má fama, mas a maior parte do que o país produz é injetado, engolido, fumado e cheirado do outro lado da fronteira. E as armas vêm daqui, de babacas como Kevin e Stewie, sanguessugas que ganham uma fortuna trabalhando na fronteira enquanto também a patrulham para se divertir, provavelmente usando seus melhores equipamentos táticos comprados no Walmart. Por que eu esperaria que fosse diferente?

"Que porra foi essa?", perguntei a Juanca quando chegamos à nossa picape. "Você tem certeza de que a gente pode realmente confiar nesses caras?"

Sem tirar os olhos da caixa na caçamba da caminhonete, Juanca respondeu:

"Eu não confio neles. Eu não confio em ninguém".

Além do grande engradado metálico, havia outras duas caixas na caçamba. Brian nos ajudou a levar a maior para a picape vinho, e depois Juanca e eu carregamos as menores, porque Brian não parecia muito bem. A testa dele estava empapada de suor, e as olheiras davam a impressão de que ele não dormia havia uma semana. Junto à caçamba, ele contraiu as sobrancelhas, olhou para mim e depois para Juanca.

"Tudo transferido, chefe", Brian disse. "Você vai dizer qual é o lance do cara morto na maldita caixa?"

"Preciso dele pra fazer uma coisa", Juanca respondeu. "Em breve vocês vão ver o que estou querendo dizer. Não se preocu..."

"Ah, cara, estou cansado dessa merda. Não quero ver depois. Eu estou te perguntando agora. Qual é o..."

Juanca deu apenas um passo na direção dele. A expressão em seu rosto cortou a pergunta de Brian pela metade e o fez cruzar o braço direito na frente do rosto e erguer o cotovelo esquerdo. Ele parecia uma criança esperando o soco de um valentão na escola.

"Esses filhos da puta me deram nos nervos, e não tenho mais paciência pra suas besteiras, B", Juanca disse. "Você está sendo pago. Muito bem pago. Esta porra aqui é um trabalho. Você aceitou fazer. Agora faça a sua parte que eu faço a minha. Enquanto isso, cala a porra da tua boca e para de me incomodar com merdas que não têm nada a ver com você. É tarde demais pra encontrar outra pessoa, então me fala de uma vez por todas se você vai continuar sendo um pé no saco, tá legal?"

De repente, Brian achou seus próprios sapatos muito interessantes. Ele murmurou alguma coisa.

"Como é que é?", Juanca perguntou.

"Eu disse que está tudo bem. Estou apenas nervoso, só isso."

"Enfia seus nervos na sua bunda e deixa eles lá até a gente terminar, B. Sério."

"Sim, eu vou fazer isso, Juanca."

Juanca olhou para as caixas e depois nos instruiu a usar o banheiro nos fundos do estabelecimento. Tínhamos uma longa viagem de carro pela frente. Fui primeiro. Quando voltei, as coisas tinham se acalmado um pouco, e Juanca estava dizendo a Brian para pegar leve com os comprimidos. Aparentemente Brian abriu o frasco e engoliu mais alguns. Eu não sabia se era possível ter uma overdose de Adderall, mas se fosse, Brian estava a caminho de uma.

Brian foi ao banheiro. No momento em que ele entrou no minúsculo cubículo e fechou a porta, Juanca falou sem se virar para mim:

"Me tienes que decir qué vas a hacer para estar preparado."

Matar um homem é uma coisa, mas matar um homem que você conhece é outra. Atirar na nuca de algum babaca abusador de crianças é dar uma contribuição ao mundo, praticar uma boa ação. Matar um homem que está prestes a se tornar pai e que estendeu a mão para você em um momento de necessidade é uma coisa totalmente diferente. Porém, quando as opções são matar ou morrer, a resposta é sempre a mesma. Se Brian estava planejando me matar depois de pegarmos o dinheiro, isso significava que eu tinha que acabar com ele antes de ele tentar me matar, mas depois de terminarmos o trabalho. Isso significava atirar nele tão logo resolvêssemos a parada, mas eu também tinha que dar um jeito de não comer uma bala primeiro. De repente, eu queria que Juanca me ajudasse, desempenhasse algum papel, vigiasse o filho da puta. O peso desse assassinato era grande demais para carregar sozinho.

"Cuando se acabe el asunto, necesito que nos pidas que te ayudemos con las cajas, que nos mandes a buscarlas o algo", eu disse.

Se Juanca nos mandasse buscar as caixas para ele, teríamos uma desculpa para ir juntos à traseira da picape, e as mãos dele estariam ocupadas. Seria a minha chance de atirar em Brian.

"¿Y qué pedo con la lana?"

Lá estava, a pergunta que eu temia. *E quanto ao dinheiro?* Era uma pergunta curta, mas que continha mundos.

"No me importa. Si te parece la dividimos."

"Hecho. Ahora escucha: yo te ayudo y digo la mierda de las pinches cajas si después me ayudas a decorar a esos cabrones."

Eu não tinha ideia do que Juanca queria dizer com "decorar aqueles filhos da puta", mas concordei. Fosse o que fosse, empalidecia em comparação com o quanto eu precisava da ajuda dele.

"Hecho."

"Si crees en Dios, estáte tranquilo, Mario. Dios sabe que solo lo vas a matar porque él tiene planeado matarte a ti. La gente se va al infierno porque le hacen mal a alguien que no se lo merece, no por defenderse."

As pessoas vão para o inferno por fazerem coisas ruins a quem não merece, não por se defenderem.

Essas palavras, ali e naquele momento, significaram tudo para mim. Evoquei as palavras do padre Salvador: Os homens que fazem coisas más pelas razões certas são sempre perdoados aos olhos do Senhor...

Fechei os olhos e pensei na bala que mataria Brian. Ela sairia da arma para transpassar o cérebro que abrigava suas memórias. Explodir a cabeça de um homem é empurrar violentamente pedaços de seu passado para dentro do mundo. Era um pequeno preço a pagar para manter intactas minhas lembranças de Anita, um pequeno preço a pagar para viver outro dia e ter a chance de recomeçar minha vida do zero, abraçar Melisa novamente até que seu calor me fizesse esquecer para sempre o que eu tinha feito a ela. Sim, eu conheço a palavra *racionalização*. Melisa me ensinou. Ela gostava de citar essa palavra toda vez que julgava estar inventando desculpas por ter feito coisas estúpidas. Neste caso, eu não me importava.

"Pessoal, por que vocês não vão até a loja com a picape nova?", Kevin perguntou. "Vai ser estranho se sairmos todos de uma vez. Esperem um pouco e sigam a gente quando nos virem sair."

"Tudo bem", Juanca disse. "Diga ao Brian pra nos encontrar lá."

Entramos na picape e dirigimos até a frente da loja, mas não entramos.

À nossa frente, uma mulher corpulenta saiu da loja. Ela estava carregando um bebê e arrastando uma criança pequena pela mão. O bebê se esgoelava de tanto chorar. A criança pequena, uma menininha com uma cabeleira de cachos castanhos bagunçados e roupa cor-de-rosa cheia de personagens de desenhos animados sorridentes, resistia, gritava. Ela estava lutando do jeito que todos nós lutamos. Viemos ao mundo lutando, cobertos de sangue e chorando, e saímos do mundo lutando contra doenças, calamidades, velhice ou exsanguinação. O xis da questão é que precisamos lutar. Sempre. Desistir nunca é uma opção.

Brian voltou, e Juanca saiu para usar o banheiro. Ficamos sentados na picape em silêncio, observando a mulher corpulenta arrastar a criança pelo estacionamento até um surrado Honda Accord na ponta do prédio. De repente, um homem com o cabelo cortado bem rente saiu da loja segurando alguns folhetos. Era baixinho e usava short esportivo azul, chinelos e uma regata branca. Ele caminhou até a criança, agarrou o braço que a mulher estava segurando e, com um violento puxão, ergueu a menina, cujos pezinhos deixaram o chão e ficaram pendurados no ar. Na primeira vez que ele bateu nela, Brian aspirou o ar entredentes e disse: "Caralho!". Na segunda vez que ele bateu nela, abri minha porta. O homem abortou a terceira pancada porque eu gritei com ele. Ele olhou para mim. Confusão e raiva travaram uma batalha em seu rosto, e nenhuma delas venceu. Eu estava em cima dele antes mesmo de saber exatamente o que iria acontecer. Meu punho cerrado voou de lado. Acertei-o em cheio no queixo. *Soc!* Os nós dos meus dedos urraram de dor. Ele largou a menina, mas ela caiu de pé. Ele cambaleou para trás. O segundo murro foi um direto em linha reta, que aterrissou entre o nariz e a boca. Os dentes dele se cravaram na minha carne. A dor subiu em disparada até meu cotovelo. A cartilagem do nariz dele estalou como uma coxa sendo arrancada de um frango. Seus olhos ficaram brancos, e ele desabou para trás com força suficiente para fazer sua cabeça quicar contra o concreto ao atingir o chão. A mulher gritou como uma tempestade, segurando os filhos. As duas crianças estavam chorando.

"Quando ele acordar, diga que vou ficar de olho nele pelo resto da vidinha infeliz desse desgraçado. Se ele voltar a encostar um dedo nas crianças, vou estar esperando, e se eu tiver que bater nele de novo, só vou parar quando ele não estiver mais respirando, entendeu?"

Ela não entendeu. Ela não entendeu porque estava gritando. Eu senti mãos em mim.

"Mano, você está sangrando!"

Era Brian. Eu me virei e o empurrei. O filho da puta estava vindo para salvar o idiota que tinha acabado de bater numa criança?

"A porra da sua mão, cara! Você vai precisar dela hoje à noite."

Minha mão. A dor que estava escondida atrás de uma colina de adrenalina veio correndo e me deu um pontapé no cérebro.

"Porra...", Brian assobiou. "Tem que ser um monstro de verdade pra colocar as mãos numa criancinha como essa."

Senti um aperto no peito.

"Filhos da puta, deixo vocês dois sozinhos por um minuto e vocês espancam um babaca no estacionamento?" A voz de Juanca chegou por cima do caos. "Cara, entra no carro e vamos dar o fora daqui. A gente não precisa dessa merda agora."

Ele não estava errado, mas o que eu fiz parecia mais certo do que qualquer razão que Juanca pudesse ter, então eu não me importei.

31

No Caribe, a noite cai como se alguém apertasse um botão. O sol não rasteja pelo céu para se esconder atrás do oceano, ele despenca como um pedaço de fruta radioativa que algum garoto furioso acertou com um pedaço de pau. No Texas e no Novo México, não é assim. No sudoeste dos EUA, o sol se põe educadamente, como se estivesse avisando que está prestes a escurecer. Ele planta beijos machucados no céu e muitas vezes derrama sobre as nuvens aquarelas alaranjadas, cor-de-rosa, vermelhas e roxas.

As pradarias do Novo México são tão extensas e deslumbrantes quanto repetitivas e banais. Sim, isso soa contraditório, mas você tem que estar lá para entender. Por um lado, o terreno desolado que se estende infinitamente em todas as direções faz você perceber como o mundo pode ser incrível quando não há prédios por perto, shopping centers para estragar tudo, pessoas fazendo barulho ao redor. A terra aberta acentuada por montanhas baixas e céu infinito é um lembrete de uma época melhor, uma época anterior aos humanos.

Eu estava ciente de que Steve e Kevin nos seguiam quando saímos da rodovia interestadual I-10 para começar a percorrer o terreno fora da estrada, mas agora não conseguia vê-los. Eu tinha certeza de que os filhos da puta tinham fugido.

A picape andava bem, as rodas grandes e os bons amortecedores estavam fazendo seu trabalho, mas por causa do terreno irregular a caixa balançava e dava fortes pancadas nas laterais da caçamba. Saber que havia um corpo batendo de um lado para o outro lá atrás era perturbador.

À nossa frente, à direita, o terreno aos poucos escureceu e se ergueu. De perto, as montanhas da cordilheira da Flórida eram como cicatrizes marrons e secas na terra.

Juanca dirigiu até o leito seco de um rio, parou atrás de uma colina e desligou o motor. A escuridão engoliu tudo.

Ficamos parados por um minuto, acostumando os olhos ao breu.

"Este é o lugar", Juanca anunciou. "Espero que aqueles filhos da puta estejam se instalando nos arredores daqui. O topo de qualquer uma dessas colinas deve dar a eles uma visão clara do carro, sem ficarem expostos. Depois que eles estourarem um pneu, a gente entra em ação e faz o nosso trabalho."

"Existe alguma maneira de nós três chegarmos perto dos caras sem que nos vejam?", Brian perguntou.

"Na verdade, não, mas vai estar escuro e eles vão ficar desnorteados, então temos isso a nosso favor", Juanca disse.

Brian meneou a cabeça algumas vezes e olhou em volta.

"Você quer explicar o plano de novo pra gente, Juanca?", ele perguntou. "Eu estava imaginando o deserto, e todo esse...esse negócio de montanha está me assustando um pouco."

"Aqueles Proud Boys* do caralho vão escalar uma colina em algum lugar por aqui e se esconder no topo. O Kevin disse que eles têm uma tonelada de equipamentos sofisticados que vão ajudar a enxergar a picape antes de ela chegar aqui. Eles vão estourar pelo menos um dos pneus. Também pedi a eles que atirem numa janela, porque assim dá pra ouvir os gritos e tudo mais."

"Pra quê?", Brian perguntou.

"Pra aquilo ali", Juanca apontou para a caçamba da picape. "Quando o bicho começar a pegar, vou colocar nosso carro um pouco pra frente e deixar a porta da caçamba abaixada e a caixa aberta. Um de vocês tem

---

* Fundado em 2016 pelo militante canadense-britânico Gavin McInnes, o Proud Boys é um grupo extremista de ultradireita, nacionalista, supremacista branco, anti-imigrantes e exclusivamente masculino, com histórico de violência nas ruas dos EUA contra oponentes de esquerda.

que ficar atento, vigiando. O outro tem que me ajudar a descarregar o Rodolfo lá atrás. Assim que eles estiverem todos mortos, a gente pega o dinheiro. Trabalho fácil, dinheiro fácil, cabrones."

Fácil não era a palavra que eu tinha em mente.

"Porra, peraí um minuto", Brian disse. "Você está sugerindo que a gente faça exatamente o que com aquele saco de carne vazio dentro da caixa?" Juanca estava determinado a enviar uma mensagem que provavelmente causaria a morte de todos nós.

"Vocês vão ver." A boca de Juanca se esticou em algo parecido com um sorriso.

"Porra, eu sabia que você ia dizer algo assim. Você está sendo esquivo pra caralho com relação a isso. Parece aquele papo-furado sobre você não querer matar mais gente porque vai ultrapassar sua cota ou sei lá o quê. Você não vai bancar o espertinho e ficar dentro do carro e obrigar nós dois a fazer todo o trabalho, vai?"

Juanca se virou para olhar Brian.

"Não. Esses homens que eu vou matar, eles são os últimos. Depois disso, parei. Eu já disse. Vocês não imaginam o que aquele vidente me contou que eu vou ter de enfrentar se eu matar mais uma pessoa depois deste trabalho. Vão ser os últimos bandidos, e aí eu vou cair fora."

Eu ainda tinha dúvidas, e uma delas pressionava meus pulmões.

"E se aqueles dois racistas de merda não derem as caras?", perguntei. "Eles sumiram atrás de nós faz tempo."

"Eles vão aparecer."

"Como você sabe? Lá na loja dos caras me pareceu que você não confia neles."

"Eu não confio neles porra nenhuma, mas eles vão aparecer porque querem o dinheiro deles e provavelmente estão ansiosos pra ver alguns mexicanos mortos. Esses cabrones vestem aquelas merdas de equipamentos de caça de grife e patrulham a fronteira quando não têm nada melhor pra fazer. Eu não ficaria surpreso de saber que eles furam os galões de água que as pessoas deixam aqui pra quem faz a travessia a pé. E com certeza já pressionaram o gatilho contra algumas pessoas que passaram por aqui..."

"Que se foda", Brian disse.

"Não, que se fodam eles", Juanca disse. Em seguida, ele olhou para mim. "Não se preocupe, eles vão fazer o que estão sendo pagos pra fazer. Apenas tomem cuidado e mantenham os olhos bem abertos pro caso de eles tentarem matar nós três e levar todo o dinheiro."

Esse último comentário pairou entre uma piada e uma possibilidade.

Juanca ligou o rádio. As luzes do painel iluminaram seu rosto quando ele se virou para mim.

"Solo unos cuantos muertos más."

Apenas mais alguns caras mortos.

Brian respirou fundo.

"Caras, eu... eu não quero morrer aqui."

Ninguém disse nada. O silêncio se tornara nosso animalzinho de estimação, e a frase de Juanca o convidou a entrar no carro e se acomodar entre nós três. Juanca pegou o celular. Fiz o mesmo. Não havia nenhuma mensagem de texto me cobrando dinheiro, o que era uma raridade. Em vez de desbloquear o telefone, olhei para Juanca pelo canto do olho enquanto ele rolava a tela. Era difícil enxergar na escuridão. Tive a sensação de que ele estava escondendo algo. Todos nós estávamos. Essas coisas me preocupavam, especialmente as que Brian escondia.

Desbloqueei meu celular e fui para o Facebook. A última postagem de Melisa era a mesma que ela manteve durante meses, pedindo orações por Anita. Entrei de novo em suas fotos de perfil. Havia uma fotografia dela de chapéu, encostada em um muro de tijolos vermelhos. Eu mesmo tirei essa foto em alguma viagem, e Melisa a adorava, o que era estranho quando se tratava de fotos dela. Seu amor por essa foto era compreensível. Ela estava lindíssima. Seus olhos eram sóis castanho--claros irradiando carinho para o mundo, e seu sorriso era contagiante de tão genuíno. Fiquei um tempão fitando essa foto. Lembranças iam e vinham. Risadas. Brigas. Amor. Anita. Mais brigas. A maioria das brigas tinha a ver com dinheiro. Não havia dinheiro suficiente para pagar o aluguel. Não havia dinheiro suficiente para pagar a conta da internet. Não havia dinheiro suficiente para pagar o seguro do carro. Não havia dinheiro suficiente para pagar água, gás e eletricidade. Não havia dinheiro suficiente para pagar nossos empréstimos estudantis. Não havia dinheiro suficiente para pagar uma viagem de férias. Não havia dinheiro suficiente para custear um plano de saúde melhor. Não havia dinheiro suficiente para pagar bons jantares. Não havia dinheiro suficiente para comprar todos os mantimentos de que precisávamos. Não havia dinheiro suficiente para comprar um carro novo. Não havia dinheiro suficiente para ajudar a mãe dela. Não havia dinheiro suficiente para comprar um computador novo. Não havia dinheiro suficiente para consertar o maldito chuveiro. Não havia dinheiro suficiente para mudar de casa. Não havia dinheiro suficiente para dar a Anita tudo o que queríamos dar. Não havia dinheiro suficiente para deixar para trás nossa vida de merda. Não havia dinheiro para subir de classe social, que nesta porra de país é o único paliativo que existe para quem tem essa pele. Não havia dinheiro suficiente. Nunca há dinheiro suficiente. A porra do dinheiro, sempre.

Agora eu ia arranjar o dinheiro. Trezentos mil dólares. Tive uma sensação estranha no rosto. Percebi que estava olhando a foto de Melisa e pensando no dinheiro... e sorrindo pela primeira vez depois de muito tempo. Um sorriso estampado no meu rosto pouco antes de eu matar alguns homens.

32

Esperamos e depois esperamos mais um pouco, mas isso não nos incomodou. A música preenchia o espaço ao nosso redor, e nossos pensamentos e celulares nos mantinham entretidos, cada um habitando um mundo particular enquanto estávamos sentados na picape.

Na minha cabeça, o som de estática no formato do rosto de Brian me impedia de me concentrar por muito tempo em alguma ideia ou lembrança agradável. A atitude de Juanca era suspeita pra caralho, mas provavelmente ele estava pouco se lixando sobre com quem teria que dividir o dinheiro se um de nós matasse o outro, então por que me avisar sobre Brian?

Matar um homem que te fez mal, um homem que não deveria mais estar neste mundo, é uma coisa, mas matar alguém porque pode ou não vir a fazer algo no futuro é diferente.

O zumbido na minha cabeça tornou-se real. Uma mensagem de texto. Juanca leu.

"Hora do show, cabrones."

Juanca abaixou os vidros das janelas e desligou o ar-condicionado. Os sons do deserto entraram imediatamente na cabine. Insetos e vazio. Em seguida, um tiro. Um estalo que partiu a noite ao meio. Outro disparo. E outro. Juanca ligou o motor e seguiu em frente.

"Que porra você está fazendo, cara?"

"Tenemos que acercarnos."

Ele circundou a colina à nossa frente. Ouvimos um rugido de motor e, em seguida, a inconfundível batida de metal contra a terra empedernida, seguida de gritos e mais dois tiros.

Steve e Kevin fizeram seu trabalho.

Ao contornarmos a colina, vimos luzes vindo em nossa direção. Esperamos. Outro disparo, desta vez vindo do carro. Os fachos dos faróis se agitaram, desenfreados, depois o carro desacelerou até parar. Cerca de noventa metros à nossa frente estava o veículo que esperávamos, um enorme utilitário Suburban azul-escuro. Juanca desligou o motor e saltou.

"¡Ayúdenme!"

Saltei para fora do carro e me juntei a ele ao lado da caçamba. Ouvimos mais tiros vindos do carro. Juanca abaixou a porta da caçamba e pegou a caixa metálica. Agarrei o outro lado da caixa. Mais tiros, desta vez com alguma gritaria. Alguém estava berrando ordens, organizando os homens. Não conseguíamos enxergar o que estava acontecendo perto do carro. Arrastamos a caixa até a borda. Juanca enfiou a mão no bolso e pegou a chave do cadeado. Abriu a caixa e parou.

Mais tiros soaram, e um grito de dor ecoou pelas montanhas. Juanca me pediu ajuda para erguer a tampa pesada. Não havia tempo para perguntas. Fiz o que ele pediu. Nós dois a puxamos para cima. Assim que a abrimos, o fedor de morte e merda subiu pelo meu nariz e me fez engasgar.

"Entra no carro! ¡Rápido, cabrón!"

A voz dele tinha subido algumas oitavas. Corremos de volta e pulamos para dentro da cabine da picape. Juanca ligou o motor e fechou as janelas. Mais dois tiros soaram, seu barulho abafado pelo vidro.

Vi que no banco do passageiro do Suburban do cartel havia um homem de cabeça baixa, com sangue escuro escorrendo de um buraco no pescoço. Os demais homens flanqueavam as laterais do carro.

"Cadê o Rodolfo, porra?", Juanca perguntou.

"Quem se importa, caralho?" Preparei minha arma quando três homens correram em disparada para a direita, perto do veículo. Outra figura se moveu para trás. Três tiros soaram. Eles estavam mirando longe de nós. Tinham avistado Steve e Kevin.

Devia haver pelo menos dez homens lá na escuridão, os clarões dos disparos das armas iluminando a noite como fogos de artifício em uma festa.

"Foda-se, é por nossa conta agora. Vamos nessa."

Juanca abriu a porta da picape, saltou, sacou o fuzil e avançou agachado. Brian e eu o seguimos.

O som dos disparos ininterruptos veio de todos os lugares ao mesmo tempo, ricocheteando nas colinas ao nosso redor. Apontei para o carro e esperei que alguém se mexesse.

Atrás do enorme utilitário, um homem com um chapéu preto de caubói saiu correndo da escuridão e se abaixou como se fosse pegar algo no carro. Pressionei o gatilho. O estalo da minha bala açoitando o metal do carro ecoou. Atirei de novo. O homem deu um salto para trás. Meu terceiro tiro o acertou em algum lugar que o derrubou. A noite ficou mais escura. Eu queria mais.

À minha frente, Juanca estava ajoelhado e fazendo pontaria. Eu não tinha certeza, mas me pareceu que ele estava rindo enquanto atirava em alguém à esquerda que eu não conseguia ver. Em algum lugar atrás de mim, Brian também disparava. Não gostei de tê-lo atrás de mim com uma arma na mão, então corri até Juanca e fiquei ao lado dele.

Um cara esguio vestindo calça jeans e uma camisa amarela saiu de trás do Suburban. Seus olhos estavam cravados em nós. Certamente nossos tiros revelaram nossa posição. Ele segurava nas mãos alguma coisa comprida. Ele pressionou o gatilho. A terra à nossa frente voou no ar. Era a porra de uma metralhadora. Eu me arrastei para trás às pressas, cobrindo minha cabeça. Eu não conseguia engolir, de tanto medo. A saraivada cessou. O terreno atrás de nós era um tanto mais fundo, e ali tive certeza de que eles não podiam nos ver.

Detectei movimento à minha esquerda. Outra rajada, desta vez de tiros apontados na minha direção. Brian gritou. Ouvi seu corpo bater no chão. O ar escapou de seus pulmões.

"B, você está bem?"

"Eles me acertaram! Me acertaram, porra!"

Merda.

Levantei a cabeça e olhei para o homem de camisa amarela bem a tempo de ver o lado esquerdo da cabeça dele subir em meio a uma névoa vermelha. Meus ouvidos nem sequer registraram o tiro.

"Ah!", Juanca berrou. "Continuem atirando, pendejos!"

Um vulto se deslocou em direção ao homem que Juanca acabara de derrubar. Eu vi um short e uma camisa escuros e apontei para o centro daquela figura. Meu primeiro tiro não fez nada. O segundo a dobrou ao meio. A sensação foi maravilhosa, e logo em seguida me senti mal.

Outra arma automática disparou. À minha esquerda, onde pensei que Brian estava, o chão irrompeu para o céu noturno, uma chuva de areia caiu sobre nós um segundo depois.

"Porra!" Ouvir Brian gritar significava que ele ainda estava vivo.

Agachado, Juanca recuou às pressas. Eu o segui. Atrás de nós, alguém gritava ordens novamente. Entendi a palavra alrededor e senti um aperto no coração. *Cerquem.* Eles nos cercariam. Estávamos fodidos.

Fosse qual fosse a arma que Kevin e Stewie trouxeram, parecia diferente de todas as outras em uso naquele tiroteio. Mais do que fogos de artifício, cada tiro que eles davam era um estrondo que se assemelhava a uma demolição. Com o coração na mão, naquele momento eu desejei essa explosão de dinamite, mas eles deviam ter sido atingidos. Ou os covardes decidiram fugir. De qualquer maneira, estávamos sozinhos, desarmados e em menor número. Era apenas uma questão de minutos.

Juanca saltou para trás de um pequeno arbusto. Nós dois olhamos para o Suburban. Uma figura de calça jeans e camiseta branca correu na frente do carro com um rifle na altura do rosto. Mirei. Um tiro ecoou antes que eu pressionasse o gatilho. A cabeça do homem que corria foi arremessada para trás com um solavanco, uma pequena nuvem de névoa intumescendo no ar atrás dele. Seus braços se agitaram. O rifle saiu voando. O embalo o carregou para a frente mais alguns metros antes que ele desmoronasse de cara na terra.

O tiro veio de lado. Eu desviei o olhar. Brian estava mancando em nossa direção, rangendo os dentes.

Quando ele chegou perto o suficiente e se deixou cair ao meu lado, vi que estava com o cinto amarrado abaixo do joelho esquerdo.

"Te acertaram feio?", Juanca perguntou.

"Porra, tem como levar um tiro e isso ser bonito, cara? É uma dor filha da puta. Vamos pegar logo esses babacas e cair fora daqui. Eu preciso de um médico."

Juanca fez um muxoxo de desdém. Meus pensamentos eram mais sombrios.

Olhamos de novo para o carro. Os homens estavam se deslocando rápido demais, o que impossibilitava um tiro certeiro. Muitos haviam desaparecido. Eu estava preocupado com aqueles que eu não conseguia ver.

"Acho que eles estão dando a volta nesta colina", especulei. Nós três olhamos para trás, nossos olhos se esforçando para afugentar a escuridão quando apareceu um corpo redondo, uma silhueta em contraste com os faróis da picape. Levantei minha arma e dei um tiro. A bala atingiu de raspão o ombro esquerdo dele. Juanca e Brian dispararam quase simultaneamente. Ambas as balas encontraram seu alvo. O homem fez um barulho de gato se afogando em melado. Ele caiu de joelhos e, com as mãos trêmulas, levantou sua arma. Juanca atirou nele mais uma vez. A cabeça do homem foi arremessada para trás. Ele despencou com um baque.

A coreografia de violência que vemos nas telas do cinema e a natureza veloz e caótica da violência na vida real não têm nada em comum. A primeira é o balé dos filmes de artes marciais e as mortes rápidas e precisas que os heróis impingem aos bandidos e vilões que atrapalham seu caminho. A última é um tiro de espingarda que abre um buraco medonho no peito de alguém, as mandíbulas de um crocodilo puxando os intestinos de um homem, ou aquilo que estava acontecendo bem na nossa frente.

Ouvimos atrás de nós um rosnado ruidoso. Depois, quase que de imediato, outro.

"Que porra é essa?", Brian parecia em pânico. Eu me virei, arma em punho. Os caras fizeram um cerco. Tínhamos que matar o maior número possível deles antes que nos matassem.

"Rodolfo!", Juanca chamou em voz alta.

Um grito ficou preso na minha garganta. Pela primeira vez na vida, entendi por que as pessoas dizem "paralisado de medo". Rodolfo veio a passos trôpegos na nossa direção, com os olhos ocultos na sombra. A pele de seu rosto parecia estar se despregando e caindo.

"Relaxa, cabrón. Tenemos protección", Juanca disse antes de disparar outro tiro.

Um homem berrou algo perto da picape. Foi estranho, mas ouvi Rodolfo choramingar; um instante depois, a cabeça se virou com um solavanco na direção do grito. Em seguida ele saiu em disparada, com um andar que se classificava em algum lugar entre uma corrida em ritmo de trote e a maneira como as pessoas se movem quando estão caindo para a frente.

O homem avistou Rodolfo e atirou nele antes de se esconder atrás do Suburban do cartel. Se alguma das balas atingiu Rodolfo, isso não pareceu incomodá-lo. Ele soltou um grito horripilante e saltou feito uma onça. Achei que ele fosse cair no capô, mas passou por cima do carro e se chocou contra o homem. O rifle voou e desapareceu noite adentro.

Ouvimos um grito que se transformou em um gorgolejo molhado. Mais tiros foram disparados. Um homem magro com o cabelo cortado bem rente aproximou-se da área onde Rodolfo estava e ficou imóvel como se não fosse capaz de entender o que estava vendo. Juanca atirou no peito dele. O aperto do medo na parte de trás da minha cabeça se converteu na pressão de um torno.

Soou outro tiro. Um homem de boné, calça jeans e camisa branca atingiu Rodolfo no braço, empurrando-o um pouco para trás, mas de nada serviu para detê-lo. Ambas as figuras colidiram. O embalo fez os dois caírem e rolarem. Rodolfo voltou a ficar de pé imediatamente, como uma marionete puxada pelos cordões. Com uma das mãos, Rodolfo agarrou o homem que havia derrubado e o ergueu. Em seguida puxou o homem em direção ao rosto e o mordeu na bochecha. O sujeito urrou. Rodolfo recuou com um pedaço de carne entre os dentes.

O homem empurrou Rodolfo e depois acertou um soco nele. O punho atingiu o rosto e o jogou para o lado oposto, mas foi só isso. Rodolfo puxou o homem novamente, desta vez inclinando a cabeça e mordendo-o no pescoço. Quando se afastou, o buraco expeliu sangue. À luz lateral dos faróis, o sangue parecia preto.

"O que... que porra é essa?"

"Eso es un espíritu hambriento."

Um espírito faminto, só que era o cadáver de um homem que eu vi morrer um dia antes. Não fazia sentido, mas coisas que não fazem sentido acontecem o tempo todo.

O homem que Rodolfo mordeu uivava de dor. Por detrás dele e do meio da escuridão atrás do carro os tiros não cessavam. Os disparos serviam como um lembrete de que a qualquer momento alguém poderia se aproximar de nós por trás, mas era muito difícil desviar o olhar do espetáculo. Rodolfo continuava puxando o homem para lhe dar uma mordida e depois o empurrava de novo. O homem estava perdendo as forças. Seus joelhos se dobraram. Rodolfo — a coisa que outrora tinha sido Rodolfo — o segurou por um segundo e depois o deixou cair de cara no chão. O homem não se mexeu.

Rodolfo se virou para nós. Seu corpo refletia a luz que vinha dos faróis em um ângulo. O buraco em seu abdome parecia uma boca preta escancarada. A parte inferior de seu rosto estava encharcada de sangue. Rodolfo mastigava a carne do homem. Seus olhos pousaram em nós. A luz era suficiente para eu vê-los. Lágrimas escorriam por seu rosto ensanguentado. Ele olhou para mim e parou por um segundo. O grito pavoroso irrompeu de sua boca novamente. Não era raiva; era agonia. No monstro estava o homem, que fitava o mundo por trás daqueles olhos. Eu me lembrei da expressão no rosto de El Milagrito e entendi que ambos eram pessoas normais encarceradas em corpos que os traíram. Sob a carne encrostada e descamada da besta-fera, Rodolfo ainda era humano. Ele era, assim como eu, um homem assombrado que se tornou outra coisa.

De repente a coisa que outrora tinha sido Rodolfo virou violentamente a cabeça para o lado, caiu de quatro e mais uma vez desapareceu noite adentro. O tiroteio estava amainando um pouco.

"Ele provavelmente está tentando agarrar o último filho da puta. Um morto dentro do carro, mais um do outro lado do carro, dois que a gente acertou quando estavam correndo pra cá... e aquele gordo ali... o cara de camisa amarela, o filho da puta com o fuzil que acabou de ter a cara mastigada... são sete, então estão faltando mais um ou dois, pelo menos na minha última contagem. Acho que vamos pegar todos eles."

"Mas que porra, cara?! Que porra? Que porra é essa?" Brian parecia prestes a desmaiar no breu. A pele dele reluzia de suor. "É um monte de gente. Como foi que todos esses caras couberam dentro daquele maldito

Suburban? E que porra era aquela coisa? Ele não tinha barriga. Ele tinha um maldito buraco enorme no lugar das entranhas. Eu vi... eu vi aquele homem morrer, Juanca! Em que porra você me meteu aqui?"

"Relaxa, B. Acabou. Você mandou bem. Eu vi você acertar alguns."

Brian sorriu. "Sim, eu acertei." Ele respirou fundo e colocou a arma na parte de trás da calça. Olhou para a perna. A calça jeans estava ensanguentada, mas ele parecia relativamente bem.

"Vamos voltar pro carro."

Recuamos devagar, Juanca e eu com as armas em punho, e entramos na picape. Nossa respiração estava pesada. Juanca ligou o motor e acendeu as luzes.

"O que você está fazendo?"

"No puede quedar vivo ni un pinche cabrón."

Juanca pegou o celular e fez uma ligação enquanto acelerava a picape. O celular tocou e tocou. Ninguém atendeu.

Ele desligou.

Juanca deu a volta e dirigiu em direção ao Suburban. Paramos a cerca de cinco metros de distância. Ele deixou os faróis acesos e o motor ligado.

33

O chão ao nosso redor estava atulhado de cadáveres. O medo cavalgava meu sangue. Um dos homens ainda poderia estar vivo, de tocaia para meter uma bala em um de nós antes de dar seu último suspiro. Eu não queria fazer o que viria a seguir.

Juanca pigarreou e se virou para mim. A maneira como ele olhou em meus olhos continha um mundo de significados, que eu estava longe de ser capaz de decifrar.

"Caras, vocês se importariam de ir pegar duas caixas ali atrás enquanto eu envio uma mensagem de texto? Tenho que verificar algo bem rapidinho."

"Claro, cara", Brian disse. "Porra, qualquer coisa pra tirar a gente daqui." Ouvi a porta dele se abrir e instintivamente abri a minha.

Era isso. Chegou a hora de parar de pensar. A morte estava prestes a dar as caras de novo. La Huesuda. Caralho.

Girei meu corpo e pisei no solo seco do deserto.

Brian estava quase na traseira da picape. Mancava um pouco, andando devagar, sem pressa. Senti o pânico invadir minhas veias, ameaçando dominar meus músculos e me parar no meio do caminho. Eu me concentrei.

Sacar a arma.

Mirar.

Atirar.

Sobreviver.

Foi Brian quem me ensinou a usar uma arma. Eu recordava suas palavras e ações toda vez que empunhava uma.

Na minha cabeça, vi Brian arrancar das minhas mãos a arma que ele me deu no meu apartamento eras atrás. Ele virou a arma para o lado e me mostrou a trava de segurança a fim de me ensinar a usar meu polegar para destravá-la.

Duas mãos.

Não vire a arma de lado como os idiotas dos filmes fazem.

Pelo amor de Deus, lembre-se da porra da trava de segurança. E livre-se da arma.

Matar ou ser morto.

Matar ou ser morto. A decisão mais fácil de todas.

Matar ou ser morto. Um mantra. Um apelo.

Sem pensar, uma oração sussurrada escapou da minha boca, pedindo perdão, pedindo proteção, pedindo mão forte para deter a morte, um dedo forte que mudasse o mundo para sempre numa fração de segundo.

Padre nuestro que estás en el cielo...

"Ei, Mario, você vai me ajudar com isto aqui?"

... santificado sea...

"Sim, só um segundo."

... tu nombre; venga a nosotros tu reino...

Estendi a mão para trás e puxei a arma.

... hágase tu voluntad así en la tierra como en el cielo...

Meu polegar direito encontrou a trava de segurança e a soltou. Meu dedo indicador deslizou ao redor do gatilho.

... danos hoy nuestro pan de cada día y perdona nuestras ofensas...

Contornei a picape. Brian estava enfiando a mão no cós da cueca boxer. Ele mantinha sua arma lá porque dizia que não gostava da sensação de um coldre ou do metal pressionando sua lombar.

... así como también...

Levantei a arma. Brian continuou fuçando no cós da calça.

... nosotros perdonamos...

Brian olhou para mim.

34

A consequência de um tiro é um deus abrindo a boca e deixando escapar uma nota triste, um grito prolongado que anuncia o fim de uma vida.

Num segundo, Brian estava lá, seu crânio intacto, seu futuro uma coisa desconhecida que incluía Stephanie, um bebê, talvez ficar limpo e muito dinheiro. Um segundo depois ele estava no chão, a parte de trás de seu crânio uma mixórdia aberta derramando fluidos vitais, sangrando suas memórias terra adentro.

Olhei para o corpo dele no escuro.

Eu o matei, mas eu ainda estava vivo.

Não sei o que nos faz querer continuar vivendo, o que nos faz agarrar desesperadamente qualquer coisa que nos permita ficar mais um pouco neste mundo, apesar da dor que vem a reboque, mas sei que, seja lá o que for, em seu âmago reside o egoísmo; o egoísmo é seu coração obscuro e perigoso.

Pestanejei e percebi que ainda estava segurando a arma, cujo cano era uma ameaça silenciosa apontada para a imensidão escura do deserto do Novo México. Abaixei a mão e dei um passo na direção de Brian.

Os olhos dele estavam abertos, fitando o nada. A luz da lua se refletia em sua umidade. Mas ele já não era Brian, não de verdade. A coisa que o tornava quem ele havia sido fora removida pela bala que atravessou o interior de seu crânio. A coisa aos meus pés era um triste e doente saco de ossos, substâncias químicas, músculos e órgãos remanescentes.

Culpa. Dor. Alívio. Raiva. Um vaivém de sentimentos que se avolumaram em meu peito, entrechocando-se uns contra os outros feito ondas indômitas em um furacão.

"Você está bem?"

A voz de Juanca saiu de baixo de um cobertor molhado, quase imperceptível sob a prolongada nota daquele deus triste.

"Estou bem."

"Quer que eu pegue as coisas dele?"

Balancei a cabeça. Quando você enfia uma bala no crânio de um homem, o mínimo que pode fazer é tirar a carteira do bolso de trás da calça dele.

"Você fez o que tinha que fazer, entende o que o que estou dizendo? Não pense muito a respeito."

Coloquei a arma de volta dentro da calça e soltei o ar.

O corpo não era tão pesado quanto eu esperava. Quando agarrei o ombro de Brian para virá-lo, os ossos pressionaram minha mão. Ele parecia uma criança.

Virei Brian e levantei sua camiseta. A carteira estava no bolso traseiro direito. Eu a peguei e enfiei no bolso traseiro esquerdo da minha calça. Depois olhei para a nuca dele. Entre a escuridão e seu cabelo loiro ensopado de sangue, o estrago do tiro era uma bagunça amorfa, úmida e escura. A falta de detalhes foi uma coisa boa.

Quando voltei à picape, Juanca estava digitando uma mensagem de texto para alguém.

"O que vamos fazer com ele?", perguntei.

"Se você está preocupado com o corpo, podemos queimá-lo. Se não, vamos simplesmente deixá-lo aqui para as criaturas da área comerem. Entre o calor e os animais, ele vai sumir bem rapidinho. Como você preferir, cara."

Ele não parecia preocupado. Eu o invejei.

Diante de nós, a noite enchia o deserto.

"E agora?"

"Ahora tú me ayudas a mí."

Juanca saiu da picape.

"Vamos conferir um por um. Precisamos verificar se eles estão mesmo mortos."

O cara na frente do carro estava destroçado. Rodolfo havia arrancado todo o lado esquerdo do rosto dele. O olho estava pendurado por um fio sangrento, apoiado em músculo e sangue vermelho que cobria o osso malar. O estado do cara dentro do carro era quase tão lastimável quanto. A bala entrou na têmpora direita e fez um buraco, mas abriu um rombo muito maior ao sair do outro lado. Isso me fez pensar se Steve e Kevin também estavam mortos. O interior do carro estava salpicado de sangue, miolos e nacos de ossos. Ao lado do veículo, o barbudo havia sido eviscerado exatamente como Rodolfo. No entanto, em vez de ter as entranhas transformadas em comida de crocodilo, as dele estavam ao lado do corpo, os longos cordões e laços cor-de-rosa desenrolados estendendo-se na noite ao redor como uma mangueira de jardim caída. Dois outros homens estavam esparramados a alguns metros de distância, ambos rodeados por poças de sangue. Mais abaixo, vi mais algumas protuberâncias escuras no chão.

Juanca pegou o celular e caminhou até a traseira da picape, de volta ao corpo. De repente ele se deteve.

"Onde você está, porra?" Depois ouviu com atenção. "Como se eu desse a mínima. Se quiser seu dinheiro, venha buscar."

Juanca encerrou a ligação.

"Ya viene Steve. Espéralo ahí no más. Voy a buscar al último cabrón. Quiero verlo para estar seguro de que esté muerto."

"Então eles estão vivos?"

"Não, só o Steve."

"O que aconteceu?"

"O Steve disse que eles estouraram o pneu e depois a janela dos caras, mas o Kevin queria mais. Começou a descer do topo da colina e eles o avistaram. Ele levou um tiro no pescoço e sangrou até morrer na picape."

Procurei alguma coisa parecida com a tristeza dentro de mim e encontrei desprezo.

Juanca assentiu e entrou na picape. Dirigiu devagar, ziguezagueando um pouco, com os faróis altos ligados. Depois de cerca de 500 metros, as luzes incidiram sobre o último cara. O cadáver dele era um caroço imóvel no chão, uma versão em miniatura das colinas em que nos escondemos enquanto esperávamos por eles.

A picape avançou um pouco mais e parou. Juanca desceu e caminhou até o cadáver com a arma em punho. Depois entrou de novo no carro e retornou.

Enquanto ele se aproximava, vi um segundo par de luzes ao longe. Steve.

Juanca chegou onde eu estava e estacionou a alguns metros de distância. Saiu da picape e veio ficar ao meu lado. Esperamos por Steve em silêncio.

Alguns minutos depois, Steve parou ao lado de um cadáver e desceu. Deixou a picape ligada. Caminhou em nossa direção. O rosto dele estava vermelho, os olhos injetados. Em seu rosto via-se um risinho de satisfação.

"Gostou do show, Manuel?", ele perguntou.

"Mario."

"Certo, Mario. Desculpe."

"Não, eu não gostei."

"Que pena. Eu também não."

Ele olhou para baixo e sufocou um soluço. Depois grunhiu e limpou a garganta. Era como se a última fatia de humanidade que ainda restava nele estivesse tentando sair, mas ele não deixava.

"Cadê a porra do meu dinheiro?", Steve perguntou.

"Provavelmente em algum lugar lá atrás. Vou verificar."

Juanca foi até o Suburban, abriu a porta de trás e perscrutou. Depois caminhou até a parte da frente e tocou em algo antes de voltar e abrir a porta traseira, que deslizou suavemente. Steve olhava para ele, deslocando seu peso de um pé para o outro, bufando e chupando o nariz para devolver o ranho ao crânio a cada poucos segundos.

Havia várias mochilas na traseira do Suburban. Juanca puxou algumas, verificou-as e as jogou no chão a seu lado. Por fim ele puxou uma bolsa de ginástica marrom e soltou uma risada. Fechou de novo o zíper da bolsa e caminhou até nós.

"Tem certeza de que está tudo aí?", Steve perguntou.

"Eles não fazem negócios com pessoas que pagam em notas de 1 dólar, cara. Dois milhões não parecem muito quando são notas de cem. Está tudo aqui."

"Beleza! Então me pague pra gente poder dar o fora daqui. Fizemos um baita estrago. Eu já estava quase indo embora quando você ligou."

"Nada disso, você desistiu logo", Juanca disse. "Eu acho que você tentou dar o fora depois que o Kevin levou um tiro. Aí ele morreu e você ficou perdido, não sabia se ir embora significava que você nunca veria a cor do dinheiro, certo? É por isso que você se afastou só o suficiente pra ficar seguro, mas perto o suficiente pra talvez ficar de olho em nós debaixo da sua mira."

Steve fez cara de alguém que foi pego com as calças na mão. Eu não tinha ideia de por que Juanca estava falando com ele quando tínhamos coisas a fazer.

"Apenas me dê a porra do meu dinheiro", Steve pediu.

"Opa, claro. Quanto é mesmo?"

"Combinamos 47.600."

Juanca largou a sacola no chão e se ajoelhou. Segurou a ponta da sacola com dois dedos da mão direita, onde ainda segurava a arma, e usou a esquerda para abrir o zíper. As laterais da bolsa se afastaram um pouco, deixando à mostra um mar escuro de verdinhas. Eu nunca tinha visto tanto dinheiro na vida, e parte dele era meu. Meu futuro verde.

Steve se aproximou. Fungou de novo e esfregou as mãos. Ainda estava vestindo a camisa com a legenda Madrugada dos Mortos.

Juanca olhou para ele. Alguns segundos se passaram. Por fim, Juanca sorriu.

À minha direita, ouvi alguém correndo. O baque surdo de pés batendo no chão era inconfundível. Saquei minha arma.

"Ah, eu quase esqueci. O Don Vázquez mandou agradecer pelas armas e mandou você ficar de boca fechada sobre os negócios das outras pessoas."

"De que porra você está falando...?"

Rodolfo voou na direção da luz e, antes que Steve pudesse se virar, aterrissou em cima dele. Os dois caíram no chão. De alguma forma Steve conseguiu puxar uma pistola e disparar um tiro.

Rodolfo emitiu um som que ficava entre um latido e um silvo, e pulou em cima de Steve, e o mordeu e o arranhou. Logo ficou óbvio que Rodolfo era muito mais forte. Na segunda vez que ele se ergueu e investiu contra Steve, ouvi um ruído de trituração. Rodolfo saiu com a carne pendurada na boca. Eu me virei. Outra lamúria torturada rasgou a noite.

Os sons da luta de Steve logo desapareceram. Restou apenas o barulho úmido de Rodolfo dilacerando, mastigando e engolindo carne e cartilagem. Toda vez que ele parava, havia um ruído diferente sob toda essa bulha: ele estava chorando. Eu quis entrar no carro, mas Juanca não arredou pé. Então eu me lembrei de que estávamos protegidos.

Vi Rodolfo se levantar, com o rosto e o tronco cobertos de sangue, e farejar o ar da noite como um cachorro. Em seguida ele soluçou, caiu de novo e disparou escuridão adentro com outro uivo.

Juanca se aproximou de Steve. Manteve a arma apontada para o corpo, como se esperasse que Steve se sentasse e tentasse atirar nele. Então pensei que talvez eu fosse o próximo.

Minha mão se moveu imediatamente para a minha própria arma. Eu a saquei e percebi que em momento algum havia clicado na trava de segurança depois de atirar em Brian. Os nervos arruínam a pessoa, mas acrescente o medo à mistura e você terá a receita para o desastre.

Juanca chegou ao lado do corpo de Steve e o cutucou com a bota a cabeça.

"Está bien muerto."

Ele enfiou a arma de volta na calça. Fiz o mesmo. Aparentemente, eu não era o próximo.

"Vamos a decorar a esos hijos de puta para largarnos de aquí."

Decorar. Lá estava a palavra de novo. Não podia significar nada de bom. Nada nessa noite foi bom.

Juanca foi até nosso carro. Rodolfo me veio à mente. A escuridão envolvendo o pequeno espaço em que estávamos parecia interminável, sinistra.

"Ei, cara, e o Rodolfo?"

"O que é que tem ele?"

"Ele não vai... atacar outras pessoas? Talvez quem esteja tentando atravessar?"

"Não, esqueça dele. Ele vai vagar pelo deserto por algum tempo e depois vai desabar. Os efeitos nunca duram muito. Ele já se alimentou. Em breve ele vai ter um colapso e nunca mais vai se levantar... aquele filho da puta."

"O que... o que foi... isso?"

"O Rodolfo?"

"Sim."

"Não sei. A Gloria consegue... fazer coisas, você entende o que eu quero dizer? Eu não faço perguntas. Quem faz muitas perguntas acaba como o nosso amigo Steve ali."

"Eu tenho perguntas, mas acho que nem vou fazê-las."

Juanca riu. O som estava fora de lugar, um balbucio impensado e grotesco numa igreja silenciosa.

"Não, cara, eu não quis dizer isso", Juanca explicou.

"Tem certeza?", insisti.

"Sim, pode perguntar, manda."

"Nada, apenas... o que exatamente é a Gloria?"

"Você não vai querer saber. Uma bruxa. A porra de uma escrava. Quando o Don Vázquez a pegou, as coisas ficaram estranhas pra caralho. Muito estranhas. Ela matou alguns homens. Tiveram que arrancar os dentes dela e cortar suas mãos pra conseguir controlá-la. Não fiz perguntas, porque as coisas também começaram a dar certo e a gente começou a ganhar dinheiro. Quando mataram meu irmão, o Don Vázquez me disse que íamos usá-la pra enviar uma mensagem aos filhos da puta de Sinaloa. E aqui estamos nós." Ele apontou para a caçamba da picape.

"E agora?"

"Ahora los decoramos para que se vayan al infierno como mandaron a mi hermano al cielo."

Juanca se inclinou sobre a porta da caçamba e puxou para si uma das caixas, cujas abas estavam sobrepostas para mantê-las fechadas. Ele as abriu e enfiou a mão. Seu punho surgiu de volta agarrando uma faca.

"Só vou pegar as fotos e aí a gente começa a trabalhar."

Juanca colocou a faca de volta na caixa e caminhou até a frente do carro. Abriu a porta do passageiro e pegou o envelope no porta-luvas. Não precisei olhar o conteúdo do envelope; a imagem do homem com facas saindo de seus flancos como se ele tivesse visitado um acupunturista sádico estava gravada a ferro e fogo na minha mente.

Juanca pegou uma única foto e caminhou até o cadáver do barbudo.

Com a faca em uma das mãos e a foto na outra, Juanca fechou os olhos e abaixou a cabeça. Seus lábios se moveram. Ele estava rezando, assim como eu havia rezado enquanto matava Brian. Para alguém que em teoria é totalmente bom, Deus se mete em merdas horríveis.

Juanca se curvou, colocou a fotografia no centro do peito do morto e enfiou a faca em cima dela. A lâmina se cravou no torso do homem e parou. Juanca envolveu com a outra mão o punho fechado e se inclinou para a frente, empurrando o peso do corpo para cima da faca. Alguma coisa cedeu com um estalo alto, e a lâmina afundou no peito do homem até o cabo.

Pensei que ele tinha acabado. Não tinha. Juanca agarrou outra faca e outra foto e repetiu o processo perto do enorme buraco na barriga do homem. Desta vez, a lâmina penetrou de cabo a rabo na primeira tentativa. Depois ele fez isso de novo na coxa direita.

"Se você quer dar o fora daqui logo, me ajude."

A ideia de fincar a foto de um homem morto a um cadáver usando uma faca era tão ridícula que me fez ter dúvida se ele estava brincando, se aquilo era algum tipo de pegadinha cuja intenção seria tornar o clima mais leve. Não era piada. Assim como aconteceu quando estávamos com Don Vázquez, meu corpo entrou em ação antes que meu cérebro pensasse nisso. Peguei uma faca e uma foto e caminhei até o homem morto na frente do carro. Ele tinha caído de cara no chão. O lado que Rodolfo havia comido estava virado para o outro lado. Fiquei grato por não ter que ver isso.

Olhei de relance para a foto. O corpo arrebentado crivado de facas, o rosto rasgado com o bigode de alguma forma intocado pela violência. De imediato me ocorreu onde eu tinha visto aquele bigode antes. O irmão de Juanca.

Pensei no nome dele. Levei alguns segundos, mas me lembrei: Omar. Pensei no nome dele e imaginei sua mãe chorando, seu irmão arrasado. Ainda assim Juanca era um merda doentio, mas, pensando bem, eu também era.

Pressionei a ponta da faca contra as costas do cadáver e empurrei com força. A lâmina deslizou para dentro. A pele cedeu com um estalo e em seguida subiu em torno da lâmina, sugando-a lentamente feito uma boca desdentada. Ouvi um rangido, e algo arranhou a lâmina. Empurrei com mais força. E mais força.

Omar.

Anita.

Vingança.

Eu entendi.

La Reina. A foto do lado de fora do banheiro. As lágrimas dela. Tanta coisa fazia sentido que eu senti que precisava fazer uma pausa, sentar e assimilar tudo. Mas tínhamos um trabalho a fazer, e a noite estava longe de terminar.

Passamos a vida tentando infligir dor a quem nos feriu. Na ausência dessas pessoas, qualquer uma serve. É a natureza humana. Lutar contra isso é negar a nós mesmos, fechar os olhos para a feiura que nos torna humanos, o instinto animal que nos mantém em movimento enquanto tudo ao nosso redor arde em chamas.

Peguei outra faca e outra foto e voltei para o homem. Atrás de mim, Juanca chorava aos soluços. Coloquei a foto nas costas do homem e enfiei outra faca nele. Esta tinha um cabo azul com sinais de que vinha sendo usada havia anos. Eu a imaginei na mão de alguém, cortando pedaços de carne para sua família. A faca e eu não éramos tão diferentes. Ambos viemos de um lugar melhor e acabamos numa situação fodida. A diferença é que a faca ia ficar lá, e eu ia embora para casa, depois procuraria um novo lar.

Eu estava demorando muito. O homem barbudo parecia Omar na foto. Seu corpo inteiro estava cravejado de facas. Juanca colocou mais duas fotos nele, uma na perna esquerda e outra no rosto. As demais facas foram enfiadas sem fotos.

Juanca voltou trazendo a segunda caixa. O rosto dele estava molhado. As tatuagens e sua pele escura faziam com que ele parecesse parte da noite, uma criatura estranha que vivia no deserto e só saía da toca muito depois do pôr do sol.

"Tengo cuchillos para uno más. Agárra unos cuantos y termina con aquél. Yo me encargo del último."

Peguei algumas facas e fui terminar o que havia começado. Juanca caminhou até o último homem que ele queria decorar, o que estava dentro do carro.

A vingança é um dos motores do mundo. Queremos punir aqueles que nos machucam. Pelo menos todo mundo que eu conheço faz isso. Sim, algumas pessoas dizem que você precisa oferecer a outra face, mas só diz isso quem não levou um tapa forte o suficiente. Eu entendi Juanca. Parte de mim estava com raiva por ele não ter nos contado tudo, mas eu sabia que enviar uma mensagem ao Cartel de Sinaloa e reivindicar alguns cadáveres em nome de seu irmão era terapêutico. Minha única preocupação era que seria fácil identificar o autor da retaliação. Isso contrariava o anonimato sobre o qual ele havia falado na casa de Brian. Pensei em lhe perguntar, mas tinha visto a facilidade com que ele metia balas nas pessoas, e eu não queria sobreviver a Brian apenas para levar um tiro da arma de Juanca logo em seguida. Além do mais, não era meu irmão naquelas fotos.

Quando voltei para pegar outra faca, a caixa estava vazia. Meu cérebro martelava a ideia de que eu estava massacrando apenas uma massa de carne, como um porco abatido. Puxei uma das facas do torso de um dos mortos. A faca soltou um pequeno ruído de esmagamento, mas a lâmina saiu surpreendentemente limpa.

A essa altura eu mesmo poderia ser um cadáver. Qual era a diferença? Saquei minha arma algumas frações de segundos mais rápido que Brian, e agora o filhinho dele cresceria sem pai. Meus pensamentos estavam muito estridentes, então enfiei a última faca perto da nuca do homem morto. Essa foi a mais difícil, então a deixei pela metade.

Assim que me levantei, meus sentidos se reconectaram com o mundo ao redor, provavelmente numa tentativa de escapar da constatação de que eu havia me tornado um monstro.

A primeira coisa que ouvi foi um grunhido. Quando me virei, vi Juanca escarranchado em cima do homem no carro, esfaqueando-o. Ele não estava apenas enfiando as facas na carne; estava desferindo repetidas facadas no corpo do homem. Ele grunhiu de novo.

Em algum lugar atrás dele, um guincho irrompeu da escuridão. Isso me fez sentir frio, apesar da umidade da minha pele e do suor que escorria pelo meu corpo. Minha boca se abriu, uma pergunta prestes a sair, mas a lembrança das palavras de Juanca me deteve. Este gato a curiosidade não ia matar.

Juanca ainda mutilava o cadáver, agora mais devagar. Ele estava ficando cansado. Seu grunhido se transformou em soluços violentos. Por fim, ele parou. Desta vez, o grito veio dele.

Após o grito, Juanca deu um soco no homem e saiu de cima dele, sacou a arma e atirou algumas vezes na cabeça do morto.

Juanca enxugou o rosto e guardou a arma.

"Está pronto pra pegar a estrada?" Eu o queria de volta no controle.

"Sim, cara. Estou bem agora. Isso foi bom." Ele sorriu, caminhou até a bolsa de ginástica abarrotada de dinheiro e a pegou.

"Somos ricos, Mario."

35

Juanca estava com o celular na mão enquanto nos afastávamos das formas escuras e ensanguentadas espalhadas pelas colinas. O mapa na tela não mostrava nenhuma estrada, mas Juanca parecia saber para onde estava indo. Era agora ou nunca.

"Eu sei que você disse que a pessoa que faz perguntas acaba morta, mas eu preciso saber algumas coisas, especialmente porque a gente vai voltar pra Austin e eu nunca mais vou te ver e a gente nunca mais vai falar sobre isso de novo."

"Você acha que as respostas vão te ajudar a dormir? Saber alguma coisa sobre como Brian ia se livrar de você vai fazer com que a porra do fantasma dele te assombre menos?"

"Eu não preciso saber nada sobre o Brian. Só quero saber como é que dá pra ter certeza de que ninguém vai vir atrás de nós depois do que a gente fez com aquelas fotos..."

Juanca pousou o celular e segurou o volante. Ele não olhou para mim, mas eu podia sentir sua raiva pulsando por trás da mandíbula cerrada.

Por fim ele disse:

"Não tem como garantir que não virão, mas podemos desaparecer. Se eles vierem pegar alguém, virão atrás de mim. E eu não vou estar por perto, entende o que estou dizendo? Estou indo pro Norte, e vou levar minha amá comigo. Vou limpar meu rosto e deixar o cabelo crescer. Estou de saco cheio dessa merda".

Eu tinha mais uma pergunta. Eu me pressionei contra o meu banco, a arma empurrando meu cóccix. Sensação reconfortante.

"Só mais uma pergunta."

Interpretei o silêncio dele como uma permissão.

"Qual é o lance com a parceira do Vázquez, La Reina?"

Os músculos da mandíbula de Juanca se contraíram sob a pele. Quase parecia que ele estava sorrindo.

"Ela não é a nova parceira dele."

"Achei que você tinha dito que a parceira dele era uma mulher."

"E é, mas não é La Reina."

"Quem é então, porra?" Eu não estava com disposição para mais um dos jogos mentais de Juanca. Havia muito sangue dos corpos de outras pessoas incrustado na minha própria carne para brincar agora.

"A Gloria."

A imagem da bruja chupando a boca ensanguentada de Rodolfo e depois vomitando no ar passou num lampejo diante de mim. Bile subiu no fundo da minha garganta.

"A Gloria?" Não fazia o menor sentido.

"Esse é apenas um dos nomes dela", Juanca disse.

"Quais são os outros?"

"Si te digo, no me crees."

"Pode me testar."

"El Chamuco."

"A Gloria é o Diabo?"

"A Gloria é *um* Diabo. O demônio está em toda parte. Às vezes ele entra nas pessoas. Ele está dentro da Gloria."

"Mas ela é uma..."

"Uma mulher. Eu sei. Ela é uma velha bruxa que lidou com as merdas erradas e agora tem um demônio vivendo dentro dela. Você vai duvidar disso depois do que viu com seus próprios olhos?"

Eu me lembrei da mulher resistindo, dando pinotes, com os pés acima do chão. E lembrei da coisa que saiu de sua boca desdentada. E lembrei de Brian pelejando para contê-la. Em seguida olhei para a escuridão e pensei em Rodolfo. Ele era meio homem e meio demônio. Acreditei em Juanca. Era impossível não acreditar, e eu já sabia que o Diabo está em toda parte. Fechei os olhos e desejei que ele nos levasse para casa em segurança.

36

Apesar de ser bem tarde da noite, a El Imperio estava lotada. Juanca desligou o motor, saltou e pegou a bolsa de ginástica. Quando dobramos a esquina, Marta vinha em nossa direção. Ela franziu a testa e olhou para trás. Seus ombros maciços estavam luzidios de suor.

"¿Qué pedo con el gringo?"

"El gringo se hizo comida de coyote."

"¿Neta?"

"Mario le metió plomo en la cabeza."

Marta olhou para mim.

"¿Por qué te chingaste al gringo?"

"El gringo me quería chingar a mí."

Marta sorriu.

"Pues qué bueno que te lo chingaste primero."

Talvez ela estivesse flertando. Talvez não. Eu não me importava. A pele e os músculos lustrosos dela eram a melhor visão que eu tinha em muito tempo. Até as tatuagens pareciam sexys e misteriosas. Pensei em Melisa, em como dali a alguns meses eu talvez contasse a ela sobre a noite em que uma mulher que poderia facilmente esmagar minha cabeça entre as coxas flertou comigo.

Marta foi na frente, mostrando o caminho. Entramos pelos fundos do bar.

Pairava no ar um pesado cheiro de birita e suor, misturado com o odor de cigarro e o fedor agridoce de maconha. Mal notei essa barafunda de cheiros.

La Reina estava conversando com alguns homens no bar. Seu sorriso parecia mantê-los todos por perto. Ela nos viu e veio. Nossa presença era toda a comunicação de que ela precisava. Ela saudou Juanca com um abraço demorado. A música martelava nossos ouvidos. O calor e a umidade venceram qualquer batalha que tivessem travado com os aparelhos de ar-condicionado. La Reina finalmente se desvencilhou de Juanca e se virou para mim. Ela se inclinou para a frente e me abraçou. Algumas pessoas têm esse tipo de doçura. Ela era mais alta que eu e recendia a baunilha, morango e tequila. O abraço me pegou de surpresa, mas meus braços se ergueram e a abracei também. Existe alguma coisa que une os cidadãos fodidos do mundo. O sofrimento nos torna uma família. Essa mulher provavelmente sofria na pele tanta discriminação quanto eu. Uma mulher trans e um homem latino, abraçados por um breve momento. Era lindo e estranhamente reconfortante.

La Reina se afastou. Os olhos dela estavam úmidos. Eu a imaginei com Omar, ambos sorrindo como naquela foto na casa de Margarita. Quase entendi suas lágrimas. Ela arrumou a frente do longo vestido verde-menta e mandou Marta assumir o bar para ela.

Don Vázquez estava encostado em sua escrivaninha quando entramos. Usava um guayabera cinza e calça cáqui. Os homens atrás dele não eram os mesmos da última vez. Um era tão grandalhão quanto Osvaldito. Uma aba arredondada de carne coberta de pelos pendia de seu queixo. Ele parecia imóvel. O outro era um homenzarrão pançudo, mas muito musculoso, alto e com cabelo grisalho nas laterais da cabeça. Ambos estavam vestidos de preto. A cor combinava bem com os fuzis AKS pendurados a tiracolo.

"Mi querido Juanca", Don Vázquez disse enquanto dava um abraço em Juanca. "Como foram as coisas? Onde está o sr. Brian?"

"O Mario fez ele dançar com La Huesuda."

Don Vázquez virou-se para mim.

"Como chamam a morte lá de onde você veio, Mario?"

"Eles chamam de La Muerte, mas minha mãe sempre a chamou de La Huesuda."

"Ah, então sua mãe era mexicana, sim?"

"Não, meu pai era. Ele não esteve muito presente na minha vida, mas deixava algumas coisas com a minha mãe. Palavras e comida, principalmente."

Por um segundo me perguntei por que razão ele estava falando em inglês. Então me lembrei de que La Reina provavelmente não falava muito espanhol ou, se falasse, talvez não fosse fluente o suficiente para acompanhar conversas rápidas e longas com muitas partes cambiáveis.

"Ah, entendo. Bem, Mario, aqui no México a morte tem muitos nomes: La Huesuda, La Dama de la Guadaña, La Veleidosa, Doña Huesos, La Flaca, La Pálida, La Niña Blanca, La Catrina, La Jodida, La Patrona, La Tiesa, María Guadaña, La Seria, La Rasera... a lista continua. O que importa é que sabemos que ela está em todo lugar. Sabemos que ela pode vir nos buscar a qualquer momento e que pode tirar alguém do caminho para facilitar as coisas para nós. A morte não é uma coisa ruim... bem, nem sempre. Às vezes ela ajuda, às vezes ela vem nos levar embora. Eu já a vi muitas, muitas vezes na minha vida. Eu a considero um dos meus mais importantes parceiros de negócios, certo? Estou perto dela há tanto tempo que posso sentir seu cheiro, senti-la no ar. Eu sinto a morte perto de você. Talvez seja porque você fez algumas coisas, mas talvez seja porque ela quer dançar com você. Vou te dar algo para mantê-la longe, tá bom? Você vai levar consigo e tudo vai ficar bem."

Don Vázquez me deu um tapa no ombro e foi até sua escrivaninha. Enquanto ele caminhava, pensei em Gloria. Ele disse que La Huesuda era seu parceiro de negócios, mas aparentemente o Diabo também era. Talvez ele os visse como um só? Fazia sentido. O que quer que a Gloria tivesse feito, trouxe Rodolfo de volta dos mortos e nos protegeu dele...

Don Vázquez abriu a primeira gaveta de sua escrivaninha e tirou algo. Ele voltou até mim e me entregou. Era uma pequena estátua de Santa Muerte. A estatueta preta tinha todos os detalhes, desde o manto até a foice.

"Mantenha-a em seu bolso. Ela protegerá você. Ofereça algo a ela quando chegar em casa."

Don Vázquez voltou-se para Juanca e lhe pediu o dinheiro. Juanca lhe entregou a bolsa de ginástica. Em vez de abri-la, Don Vázquez a pousou sobre a escrivaninha e instruiu os homens plantados rente à parede a contar 600 mil e colocar em uma bolsa menor.

"Eu sei que combinamos 200 cada, mas vocês ficam com a parte de Brian. Vocês podem dividir como quiserem. É um belo bônus, não?" Ele sorriu e passou a língua pelos dentes. Em vez de rosada, sua língua era de um roxo muito escuro.

Os homens trouxeram uma pequena máquina de algum lugar e a alimentaram com as notas de cem dólares. A máquina de contar cédulas zumbia feito uma colmeia. Don Vázquez mandou La Reina arranjar outra bolsa. Ela saiu do escritório e voltou quase imediatamente com uma mochila cor-de-rosa com o desenho de um ratinho montado numa bicicleta.

"Vocês sabem o que precisa acontecer agora, não é?"

"Sim, Don Vázquez. Nós vamos sumir do mapa. O senhor não precisa se preocupar com nada."

"Ah, eu sei disso, Juanca. Só estou me certificando de que Mario entenda que ele precisa se tornar um fantasma. Você entende isso, certo, Mario?"

A ameaça em sua voz foi proferida uma oitava abaixo de sua voz normal. Ele falou mais devagar. O sorriso desapareceu.

"Sim, Don Vázquez. Eu vou embora de Austin assim que voltarmos."

"Que bom. Você sabe, é muito dinheiro. É mais dinheiro do que a maioria das pessoas vê na vida. Use-o para algo bom, certo?"

Algo bom. Havia cadáveres espalhados no deserto e um homem morto-vivo vagando por lá com pedaços de carne humana pendurados entre os dentes, mas agora Vázquez estava me dizendo para fazer algo bom. Então pensei em Brian, nos nacos de crânio e cérebro que agora serviam como seu último travesseiro. Era baboseira demais para aguentar.

"É isso que o senhor faz com seu dinheiro, Don Vázquez? Coisas boas?"

Dizer isso foi uma estupidez da minha parte, mas encarar a morte e sobreviver para contar a história faz você chutar o balde, acionar o botão de foda-se e não ligar pra mais porra nenhuma.

Don Vázquez sorriu e deu alguns passos em minha direção. Os dedos frios agarraram suavemente minha nuca. Ele disse:

"Eu faço o que tem que ser feito. É o que venho fazendo durante a maior parte da minha vida. Você está aqui porque tem uma... triste história de papai. Poupe-me de seu julgamento, ou terei que submetê-lo ao meu".

Lá estava. Seu tom glacial e a resposta eloquente me deixaram aturdido, e sua ameaça me pareceu a coisa mais real que eu já ouvi na vida. Engoli em seco.

"Vou gastar meu dinheiro em alguma coisa boa, Don Vázquez."

Ele sorriu. "Que bom."

Don Vázquez fez um movimento com a mão. O capanga mais velho se aproximou e agarrou a mochila cor-de-rosa de La Reina. Ele não tinha dois dedos. Na escrivaninha, ele colocou o dinheiro na mochila e a entregou a Juanca.

"Obrigado, Don Vázquez. Obrigado por me ajudar com isso."

"A ajuda foi mútua, Juanca. Eu adorava o Omar. La Reina também. Ele era um bom garoto. Você também é. De qualquer forma, as armas estão na picape?"

"Sim. No fim, saíram por conta da casa."

Vázquez arqueou uma sobrancelha. Algo parecido com confusão misturada com preocupação ondulou em suas feições.

"Digamos apenas que depois de conhecerem Rodolfo, eles não vão perguntar nem contar nada a ninguém nunca mais."

"Você se certificou de que eles estavam mortos?"

"Sim. Estaban bien muertos."

"Que bom. Viu só? Eu disse que tudo daria certo. Rodolfo fez a parte dele. Espero que ninguém encontre os ossos dele. Ele merece passar a eternidade cozinhando sob o sol."

Juanca ficou em silêncio. Don Vázquez assentiu. Nossa reunião estava terminada.

"Acompanhem La Reina. Ela ou Marta vão providenciar um carro. Basta deixá-lo na sua rua. Um dos meus homens vai buscá-lo em breve."

Don Vázquez abraçou Juanca de novo.

"Bem, eu vou cuidar das armas. Cuida a tu madrecita, chamaco. Ella se merece un poco de paz. Dásela."

Juanca assentiu. Don Vázquez apertou minha mão. Seus dedos grossos eram impossivelmente fortes. Ele segurou minha mão por muito tempo.

"Encontre sua esposa. Peça perdão. Faça-a feliz. É isso que a menina iria querer."

Eu olhei para ele alarmado: "Mas como...?".

Uma ligeira ondulação perpassou a pele dele. Algo passou por cima de seu olho esquerdo, eclipsando a esclera enquanto ainda estava aberta. A pergunta morreu enquanto saía da minha boca.

El Chamuco.

Às vezes ele entra nas pessoas.

O Diabo estava em toda parte.

Fiz que sim com a cabeça. Muito sério. E sumir não seria nenhum problema, porque eu nunca mais queria ver Don Vázquez.

La Reina foi na frente e nos conduziu pela El Imperio. Ela mandou uma mensagem ou ligou para alguém. Do lado de fora havia um carro à nossa espera, um Chrysler LeBaron marrom com pelo menos duas décadas de uso.

"Você sabe que eu queria ir com você, Juanca, mas o Vázquez precisa de mim aqui. As coisas estão ficando feias. Lamento que você tenha que passar por tudo isso. E eu sinto muito pelo Omar. Ele era um anjo. Ele sempre vai ter um pedaço do meu coração, e meu coração não é fácil de partir."

"Obrigado por dizer isso, Reina. O Omar te amava. Você esteve do lado dele quando... você sabe, quando ninguém estava."

Eles se abraçaram de novo. Em seguida La Reina me deu outro abraço rápido e voltou para a El Imperio fungando, o tecido de seu vestido dançando na noite como um fantasma feliz.

Juanca saltou para o banco do motorista e colocou a mochila cor-de-rosa sob o assento.

Rumamos para a oficina.

As ruas estavam vazias. Passavam por nós casas em ruínas. Carros de merda, umas latas-velhas. Paredes sem pintura. Quintais atulhados de lixo. O lugar tinha tudo o que eu havia conhecido na minha vida. Nunca morei numa parte pobre do México, mas há algo de universal na pobreza que nos permite entender as dificuldades de quem a compartilha conosco.

Debaixo do banco de Juanca, 300 mil dólares sussurravam um bufê de possibilidades.

Eu nunca morei num bairro onde as pessoas não amarrassem seus cães ou não os colocassem no telhado ou não empurrassem carrinhos de compras do supermercado ou da loja barateira de bugigangas até em casa para depois abandoná-los no meio-fio. Nunca tive a capacidade de pagar todas as contas da casa no mesmo mês. Nunca entrei num supermercado sem antes consultar o saldo da minha conta bancária no celular. Nunca vi um lugar na televisão e pensei: *vou viajar de avião para lá no mês que vem.* Nunca tive acesso a coisas bacanas, assim como nunca tive acesso às mesmas oportunidades que as pessoas ao meu redor. Cada emprego que tive na vida foi apenas o suficiente para sobreviver, para me manter à tona, para me permitir ter um carro, uma casa e um telefone e fingir que eu estava vivendo a porra do sonho americano. Não, eu era pobre e latino.

Isso estava prestes a mudar.

Juanca entrou em uma avenida maior. Cliquei no rádio. Os alto-falantes despejaram violões e violinos. Um homem estava falando em vez de cantar. "... edicar como siempre, con el mismo amor, cariño y respeto, a todas las mamás que esta noche me han venido a visitar, sobre todo para aquellas que están un poquito más lejos de mí." As pessoas gritaram. Era uma gravação ao vivo. A voz soou familiar. A música começou com um verso sobre alguém ser a tristeza dos olhos do cantor. Juan Gabriel. Eu me lembrei da canção. Minha mãe a ouvia sem parar depois que recebeu a ligação dizendo que minha abuela havia morrido. Minha abuela amava Juan Gabriel. Minha mãe tocou essa maldita música noite e dia durante uma semana inteira. Eu ia dormir ouvindo a música e acordava de manhã com a mesma coisa tocando. A lembrança foi tão poderosa que me arrebatou e eu perdi alguns versos. Voltei ao aqui e agora e ouvi o cantor dizer que desejava que os olhos de alguém nunca tivessem se fechado. Em seguida, duas palavras: amor eterno. Eu me lembrei do restante da letra que vinha a seguir, mas não estava a fim de pensar em ver alguém no além-mundo algum dia.

Foda-se a música. Fodam-se as palavras.

Mudei de estação. Surgiu um anúncio de comprimidos milagrosos. Lá fora, Juárez era um monstro adormecido. Dentro de mim, o medo estava lentamente sendo substituído pela dor.

37

Os seres humanos conseguem se acostumar com qualquer coisa se fizerem isso várias vezes. Quando entramos na oficina, meus olhos nem sequer esquadrinharam o lugar, tentando absorver tudo. Em vez disso, meu coração martelava no peito, sabendo o que estava por vir.

Assim como antes, nossos faróis iluminaram a terra cortada na frente do carro. As entranhas da terra nos acolheram com seu silêncio e escuridão sem fim. Embaixo, o estrondoso tinido soou mais alto do que antes. Rodas menores e amortecedores antigos significavam que tudo estava mais perto de nós agora do que antes na picape. Mesmo assim, eu preferia este carro, sem o corpo de um zumbi na caçamba.

O túnel se abriu diante de nós como uma ameaça. Sabíamos que as criaturas estavam por lá, mas fingimos que não falar nelas equivalia a não existirem.

Cada um lida com a tristeza e a dor como bem quiser; se você se esquecer delas por algum tempo, tudo ficará bem enquanto durar a amnésia. Mas elas sempre voltam. As minhas voltaram com força total, os eventos dos últimos dois dias agindo como uma lente de aumento para o sol da minha dor.

Pode-se cobrir momentaneamente uma ausência com qualquer coisa que seja capaz de chamar sua atenção e mantê-la por algum tempo. Essa coisa se torna um paliativo que permite que você esqueça temporariamente a dor. Contudo, você se acostuma tanto com aquilo que mascara sua dor que acaba tão fodido quanto antes de essa outra coisa ter aparecido de forma contundente em seu radar a ponto de desviar sua atenção para ela.

Enquanto descíamos o túnel, o rádio desligado e nossos pneus fazendo aquele estranho ruído de esmagamento na terra abaixo de nós, as rachaduras em meu coração, minhas feridas sagradas, começaram a latejar. Senti falta da Anita. Saudade da Melisa. Voltar para casa era sempre voltar para a minha menininha e para a mulher que eu amava, mas, agora, voltar para casa era voltar para a ausência delas.

O verdadeiro prazer é não querer nada. Claro, algumas coisas propiciam uma ótima sensação no instante em que as fazemos, mas muitas vezes não valorizamos o que temos e, volta e meia, o que temos é o suficiente. A risada de uma filhinha, por exemplo, é algo que nenhum grau de pobreza é capaz de atingir. Agora eu tinha dinheiro, muito dinheiro, mas não o usaria para comprar brinquedos para Anita.

Olha o barco, papai!

Aquela porra de barco, cujo plástico barato a fazia tão feliz.

"O que você vai fazer com o seu dinheiro?" A pergunta saiu da minha boca antes que eu me desse conta de ter falado. A conversa era uma fuga, um mecanismo de enfrentamento que me permitiu tirar da cabeça o lindo sorriso e os olhos castanhos brilhantes de Anita.

"Eu já te disse, cara, vou pro Norte. Provavelmente Oregon. Lá em cima tem umas praias onde a água é fria, e no oceano tem umas pedras enormes pra caralho. Eu vi fotos. Vou alugar um lugar bacana e depois trazer a Amá pra morar comigo. Eu quero que ela passe o resto de seus dias em paz, entende o que estou dizendo? Ela merece."

"Alugar? Por que não comprar? Agora você tem o dinheiro."

Juanca virou-se para mim por um segundo. Seu rosto estava amassado.

"Está falando sério?"

Eu não sabia o que dizer.

"Olha só pra mim, cara. Eu não vou entrar na porra de um banco e comprar uma casa. Isso não vai acontecer. Você não deveria comprar uma casa. Alugue uma. Sei lá, arranje um esquema ou algo assim. Contrate um advogado corrupto que possa arrumar documentos falsos dizendo que alguém morreu e deixou um pouco de lana para você. Não sei em que mundo você vive, cara, mas sua pele e seu sotaque são um *problema do caralho* pra muita gente aqui. Eu sei que sua mãe era cidadã, então você tem os documentos, mas mesmo que você carregasse essa papelada filha da puta grampeada na sua cara, isso não faria diferença nenhuma pros racistas, você saca o que estou dizendo? Um homem latino com 100 mil dólares no bolso e um terno de grife ainda vale um terço do que um homem branco com uma nota de vinte na carteira e uma calça jeans furada."

O mais bizarro nas palavras de Juanca é que pareciam um ataque. Minha primeira reação foi responder, dizer a ele que eu sabia exatamente do que ele estava falando. Eu queria dizer a ele que me negaram muitos empregos para os quais eu era mais do que qualificado, e que fui demitido de empregos por motivos de merda por pessoas que não eram mais inteligentes do que eu. Ou que nenhuma das pessoas que me demitiram era bilíngue. Em vez disso, fiquei de boca fechada porque o monstro do racismo tem muitas cabeças, e alguns de nós são mordidos por cabeças diferentes. Também fiquei de boca fechada porque ele estava certo.

Cada vez que passávamos por um daqueles buracos nas laterais do túnel, um pequeno arrepio percorria minha espinha. Meu cérebro me alimentava com cenários hipotéticos que eu não queria imaginar: nosso carro quebrado e aquelas coisas saindo aos borbotões pelos buracos. Um grupo delas parando o carro com pedras ou algo assim e a gente atirando nelas até ficar sem munição.

Por fim a plataforma assomou à nossa frente. Nenhum dos cenários hipotéticos em minha cabeça se materializou. Talvez Deus realmente quebrasse um galho e desse uma colher de chá às pessoas de vez em quando, assim como tinha feito com Brian lá no deserto. Sim, eu o matei com a ajuda de Deus. E agora era eu quem lucrava com as três piscinas.

Assim que entramos na oficina, Juanca sorriu.

"Bem-vindo aos Estados Unidos da América, cabrón. Tem algo a declarar?"

"Sim, temos mais de meio milhão de dólares dentro da porra de uma mochila cor-de-rosa."

"Haha. Chinga tu madre, güey. No juegues con mi dinero."

A porta se abriu e saímos pelas ruas de El Paso. Pareciam acolhedoras em seu vazio, como uma promessa asfaltada de coisas melhores por vir.

Dirigimos em silêncio até a casa de Juanca. Ele estacionou e saímos da picape, esticamos os braços e pernas.

"Vou jogar a mochila no meu carro. Daí a gente pode ir ao banheiro, abastecer e comer alguma coisa, depois voltar pra Austin."

"Essa sempre foi a melhor parte do plano, cara."

38

Compramos alguns petiscos na loja de conveniência do posto de gasolina quando paramos para abastecer. Juanca comprou uma sacola vermelha com uma estampa de carrinhos de desenho animado na frente. A loja tinha enormes estátuas de La Virgen de Guadalupe sob cartazes de John Wayne. Peguei um saco de rosquinhas minúsculas e outra lata de café gelado que prometia ter gosto de baunilha. Eu podia ouvir Melisa me dizendo que essas coisas iam entupir minhas veias, arruinar meu pâncreas e destruir meu estômago. Eu não via a hora de fazer uma longa viagem com ela. Eu esperava ansiosamente passar de novo pelo vexaminoso espetáculo que ela dava ao pegar o cardápio da Waffle House com apenas dois dedos enquanto fazia caretas e depois usava o guardanapo para limpar os talheres assim que nos trouxessem nossa comida.

O céu já não estava preto quando chegamos à rodovia interestadual I-10. Juanca havia brincado um pouco com seu celular e estávamos ouvindo um álbum estranho, em que o som de drones era perceptível sob belas vozes sobrepostas.

"O que a gente está ouvindo?", perguntei.

"Algo que me relaxa, mas posso encontrar umas músicas de Juan Gabriel, se você preferir."

"Que nada, eu estou bem. E aí, o que a gente vai dizer pra Stephanie?"

Juanca me olhou demoradamente antes de responder.

"Vamos contar a verdade, que ele morreu no deserto quando estávamos tentando deter aqueles filhos da puta. Ele levou um tiro. Ela sabia que era arriscado. O Vázquez acha que a parte do dinheiro do Stewie e do Kevin pode ajudá-la a seguir em frente e aguentar o tranco, tornar o remédio amargo mais fácil de engolir, você saca o que estou dizendo? Vamos dar a ela os 47 mil e chamar de presente do Vázquez. Você sabe... se você quiser."

Quarenta e sete mil dólares. Provavelmente era mais dinheiro do que Stephanie jamais tinha visto na vida.

Terminei meu café enlatado, que tinha gosto de bunda fria com um toque de baunilha, e comi mais da metade do pacote de minirrosquinhas. Eu tinha certeza de que a cafeína e o açúcar me manteriam acordado até chegarmos a Austin, mas as vozes do rádio estavam entrando em meu cérebro e me embalando suavemente.

Em algum momento, devo ter adormecido, porque quando dei por mim, Juanca estava me sacudindo para me acordar na frente da casa de Brian.

"A sua parte do dinheiro está nessa bolsa aí."

Com um aceno da cabeça, Juanca indicou o banco de trás, que parecia esquisito sem Brian enrodilhado feito uma boneca de pano. Saí do carro e estendi o braço para pegar a minha mochila e a sacola vermelha com a estampa de carrinhos de desenho animado. Minha mão bateu em algo frio e duro. Levantei minha mochila e vi o que era.

A arma de Brian.

Minha mão voou instintivamente para a protuberância em meu bolso traseiro esquerdo. A carteira de Brian ainda estava lá. Meu cérebro reproduziu a cena num loop: eu pressionei o gatilho. Brian caiu. A noite assistiu a tudo, sem me acusar. Eu virei o corpo e peguei sua carteira.

Uma acusação. Prova de um crime.

Padre nuestro que estás en el cielo...

"Ei, Mario, você vai me ajudar com isto aqui?"

... santificado sea...

"Sim, só um segundo."

... tu nombre; venga a nosotros tu reino...

Estendi a mão para trás e puxei a arma.

... hágase tu voluntad así en la tierra como en el cielo...

Meu polegar direito encontrou a trava de segurança e a soltou. Meu dedo indicador deslizou ao redor do gatilho feito uma cobra carnuda.

... danos hoy nuestro pan de cada día y perdona nuestras ofensas...

Contornei a picape. Brian estava fuçando no cós da calça, à procura de alguma coisa.

... así como también...

Levantei a arma.

... nosotros perdonamos...

Brian olhou para mim.

... a los...

"Mas que por...?"

Pressionei o gatilho.

Não houve explosão como acontece nos filmes, nada ficou em câmera lenta, nenhuma tomada aérea. Houve apenas o pequeno baque da arma, um coração metálico bombeando a morte para o mundo.

A bala perfurou a cabeça de Brian logo acima do olho esquerdo. Apareceu um pontinho escuro. Um minúsculo ponto final para dar fim à sentença de sua vida. Não era maior que uma moedinha, e o universo inteiro cabia nele.

... que nos ofenden...

Os braços de Brian despencaram. Sua mandíbula relaxou. Boquiaberto, ele soltou um grito silencioso que ouvirei pelo resto de meus dias.

... No nos dejes caer en la tentación...

Ele tombou de lado.

... y líbranos de todo mal...

O corpo de Brian desabou. Ele estava morto.

Amén.

No filme que se desenrolava dentro da minha cabeça, eu pegava a carteira de novo e de novo. Eu peguei a carteira. Apenas a carteira.

Uma pequena explosão que cresceu: eu nunca peguei...

Tudo parou. A imagem na minha cabeça congelou. Brian. O rosto dele na terra. A camisa levantada. A calça jeans suja. O cinto marrom em volta da perna.

Eu peguei a carteira. Eu não peguei a arma dele. Eu não peguei a arma dele porque não havia porra nenhuma de arma. Ele estava com ela na mão depois que atiramos em todo mundo, mas depois ele a deixou no carro, ele a deixou no banco de trás. Ele estava fuçando na calça porque a porra do cinto dele estava amarrada ao redor do ferimento na perna e não na cintura.

Eu atirei em um homem desarmado. Meu amigo.

39

A culpa explodiu no meu peito como o soco de um deus furioso. Pestanejei, peguei minhas coisas e entrei lentamente no carro. Cheguei em casa e me sentei no sofá, o que significa que em algum momento eu dirigi até minha casa, mas não tinha nenhuma lembrança disso. A única coisa em que eu conseguia pensar era naquela noite. Meu cérebro continuava repassando os eventos, reformulando-os. Eu consegui passar de agressor a vítima. Essa mudança era como oxigênio — algo necessário para sobreviver. Na minha cabeça, a noite já não me olhava sem uma expressão acusatória.

Desculpas. Era disso que eu precisava. Havia muitas.

Brian ia me matar. Ele era viciado em metanfetamina. Queria meu dinheiro. Ele me meteu nessa sabendo que o desfecho da história seria eu morrer em algum lugar no deserto. Brian era um lixo. Brian não deu a mínima para aqueles babacas da churrascaria. Lembre-se da regra de ouro: nunca confie em um drogado, pendejo.

Fiquei sentado no sofá e culpei Brian por tudo, da mesma forma que culpava Melisa por tudo. Eu tinha perdido os dois para a violência. Minha violência. A violência que parecia sensacional no começo e depois me fez em pedaços como uma estranha droga. Nenhuma das perdas trouxe Anita de volta.

Ouvi um barulho vindo do banheiro. Água espirrando. Um guincho. Eu me levantei. De novo veio o chapinhar.

Cada passo entre o sofá e o banheiro demorava uma vida inteira. Meu temor era o som desaparecer se eu chegasse mais perto, mas eu tinha que ir até lá, tinha que ver por mim mesmo.

Um silvo estridente chegou aos meus ouvidos. Eu o reconheci de imediato. Era o som da pequenina dobradiça enferrujada que mantinha unidos os dois lados do amado barquinho de plástico de Anita.

Meus pés avançaram como se fossem independentes do meu corpo. Ao mesmo tempo, eu ansiava por aquilo que me esperava no banheiro e temia seu desaparecimento mais do que qualquer outra coisa, e isso incluía tudo o que eu havia vivenciado nos últimos dias.

A porta do banheiro me mostrou um retângulo preto. A banheira estava à esquerda disso. O barulho era tão alto que tinha que ser real. Meu coração dava coices no peito feito um cavalo zangado.

Minha mão voou, perfurou a escuridão do banheiro e acendeu a luz. Dei um pulo. A banheira estava vazia.

A arma chegou à minha mão antes mesmo que eu pudesse pensar em sacá-la. A arma com a qual matei Brian. O cano atingiu meu dente da frente direito quando o coloquei na boca. Meu dedo se enroscou no gatilho. Meu polegar soltou a trava de segurança.

Um aperto. Um *bum*. Uma bala. Apenas isso bastaria. A dor desapareceria. Anita me receberia de braços abertos. Eu era capaz de fazer isso.

Só que não.

Havia 300 mil motivos ao lado do sofá. Razões para começar de novo com Melisa. Razões para continuar, para conhecer uma vida que nunca conheci.

Porra. Trezentos mil dólares. Depois de encontrar a arma de Brian, eu fugi. Nunca entreguei a Juanca a minha parte do dinheiro que deveria ser dada a Stephanie. Ela precisaria dessa grana. O filho de Brian precisaria dela. Era a coisa certa a fazer, já que eu matei Brian.

A arma deixou um gosto estranho na minha boca. Peguei a pequena mochila com a sacola dos carrinhos de desenho animado e voltei para a casa de Stephanie.

40

O sol ia alto no céu quando parei o carro em frente à casa de Brian, agora a casa de Stephanie. Saber que Stephanie estava lá era esmagador. Eu obviamente teria que dizer algo a ela, lidar com sua explosão de dor, com a culpa. Porra, como é que você encara a mulher cujo marido você matou?

Agarrei a mochila do banco de trás e saí do carro.

Subi os degraus perigosos e rangentes e bati à porta. Um momento depois, Stephanie a abriu. Ela usava um vestido parecido com o da última vez que a vi. Este era verde e destacava a cor dos olhos dela que era uma loucura.

"Mario!"

Ela pareceu surpresa. Estava com um aspecto radiante. Que porra Juanca disse a ela?

"Como você está?" Foi uma pergunta idiota que saiu da minha boca porque eu não tinha ideia do que dizer.

"Eu estou... eu não estou bem? Não sei." Ela parou de falar e olhou atrás de mim, como se esperasse a presença de outra pessoa.

"Posso entrar um segundo? Eu tenho uma coisa pra você."

"Eu... tudo bem", ela disse.

Stephanie deu um passo para o lado e entramos na casa. O cheiro de amônia já não era tão forte quanto da última vez que estive lá.

A porta se fechou atrás de nós. Stephanie se espremeu para passar por mim e entrou na cozinha. Ela estava preparando alguma coisa no fogão. Ela abaixou o fogo. Em cima do micro-ondas, uma nova caixa vermelha havia empurrado para trás os outros frascos. Na caixa estava escrito LEVOTIROXINA. Eu me lembrei do DHA. Eu também não fazia ideia do que era levotiroxina.

"O que é isso?", apontei.

Stephanie olhou para o micro-ondas. Parecia confusa.

"Levotiroxina. É remédio pra minha tircoide."

Levotiroxina. Esse nome fez minha cabeça entrar em parafuso. Quando ouvi Brian ao telefone, ele falou de um jeito que soou como "três sinas", e depois deduzi que era "três piscinas", um código deles para se referir a 300 mil dólares. Porra. Ele estava falando do remédio, não de dinheiro.

Stephanie pigarreou e sinalizou com a mão em direção ao corredor. Dei um passo para trás para que ela pudesse passar por mim, e ela foi para a sala, chegou ao sofá e se virou para mim.

Eu não queria ficar naquela maldita casa mais tempo do que o necessário, então coloquei a mochila no sofá e comecei a dizer o que tinha a dizer.

"Escuta, Steph, eu sei que isso não..."

"Quem foi?"

A voz veio do corredor. Eu me virei. Juanca entrou na sala.

"Mario."

O meu nome. Uma única palavra. Ele não disse mais nada. Foi o suficiente.

Stephanie contornou a mesinha de centro e se aproximou de Juanca.

Algo estava errado. Stephanie havia fechado a porta sem me perguntar nada sobre Brian. Agora ela olhou para Juanca. Por que ele ainda estava lá? Por que o filho da puta estava descalço? Os olhos dele pousaram em Stephanie e imploraram que ela dissesse alguma coisa.

"O que... o que você está fazendo aqui?", Juanca perguntou, com uma voz mais mirrada do que eu me lembrava.

Apontei para a mochila, feito um idiota.

A verdade muitas vezes chega de surpresa, sorrateira. Coisas que você deveria ter visto antes saltam sobre você num súbito bote, cobertas de insultos e gritos, perguntando como é que passaram despercebidas quando eram tão óbvias.

A sem-cerimônia de Juanca. O rosto preocupado de Stephanie quando ela me viu. A arma de Brian no banco de trás do carro.

Porra.

Porra!

Eu não me importava.

"Olha, cara, eu só vim dar algum dinheiro pra Steph", eu disse. "Vou entregar o dinheiro e cair fora daqui."

Juanca caminhou em minha direção e ficou entre a TV e a mesinha de centro.

"Qual é o problema, Mario?", ele perguntou.

"Nenhum. Vamos acabar logo com isso."

Stephanie foi para o corredor. Eu me virei para olhar, mas Juanca deu um passo à frente e eu voltei a encará-lo. A arma que ele me deu, a arma que matou Brian, estava pressionando a parte inferior das minhas costas, pedindo-me, aos sussurros, que a sacasse.

Os olhos de Juanca saltaram para o corredor e depois voltaram para mim. O filho da puta armou para cima de mim um esquema para eu matar Brian por ele. Agora eu tinha um fantasma nas minhas costas e ele tinha Stephanie e 100 mil dólares extras. Foda-se. Estendi a mão para trás, puxei minha arma e apontei para ele.

"¿Qué putas estás haciendo?" Ele parecia nervoso, mas suas mãos não se moveram.

Dei um passo para trás a fim de conseguir manter a arma apontada para ele enquanto pegava meu dinheiro no sofá.

"Por que você..."

O disparo e seu impacto foram quase simultâneos.

Uma bala perfurou o lado direito das minhas costas, perto do ombro. O ar saiu sibilando de mim. O impacto virou ligeiramente meu corpo. Dei um passo à frente enquanto girava. Minha canela bateu na mesinha de centro.

Stephanie estava parada no meio do corredor, ainda segurando nas mãos a arma com a qual atirou em mim. Ela pressionou de novo o gatilho.

O tiro me atingiu na barriga. Tudo o que havia dentro de mim se quebrou. Dei alguns passos para a frente e o tapete nojento veio ao encontro do meu rosto.

Um pé acertou o lado esquerdo da minha cabeça. O mundo escureceu. A dor no meu abdome era como eletricidade quente. Alguém puxou meu braço direito de baixo do meu corpo. Juanca. Ele arrancou a arma da minha mão. Abri os olhos. O pé descalço de Stephanie pousou alguns centímetros à minha frente.

Stephanie e Juanca recuaram. A dor explodiu novamente. Meu grito se transformou em um grunhido antes de escapar da minha boca. A escuridão retornou. A sala girou e se ergueu ao meu redor. Abri meus olhos mais uma vez. Juanca e Stephanie estavam tão próximos um do outro que seus corpos se tocavam. A mão esquerda dele segurava a lateral da barriga de Stephanie. A mochila vermelha — a minha mochila — estava pendurada no punho dele.

"Você está bem, docinho?"

Stephanie fez que sim com a cabeça, num movimento frenético que dizia o contrário.

Abri a boca para amaldiçoá-los, para perguntar por que, para gritar o nome de Brian. Em vez disso, uma tosse úmida tomou conta de mim e uma bola de sangue quente e metálico subiu por minha garganta e jorrou da minha boca. Virei para o lado, cuspi e tentei me levantar.

"Vai ficar tudo bem. Você fez exatamente o que tinha que fazer, docinho. Você atirou nele por nós, então não se preocupe. Estou ileso. Você me protegeu, ok? Você me salvou, e eu te amo por isso. Agora vamos terminar de pegar suas coisas e sair daqui."

A sala estava de lado. Juanca tentava consolar Stephanie. A mão direita dele, ainda segurando minha arma, estava atrás do pescoço dela, e a esquerda ainda afagava o barrigão. Ele a beijou nos lábios, depois beijou sua testa. Ela começou a chorar mais alto. Por fim ele foi embora com ela, levando consigo meu dinheiro, meu futuro.

Pressão. Eu precisava aplicar pressão na minha barriga. Eu precisava pegar meu telefone e ligar para a emergência. Mais uma vez tentei me levantar, cerrando os dentes contra a dor, permitindo que a raiva me inundasse com adrenalina para sobrepujar a dor no abdome.

Eu queria matar Juanca. Eu queria matar Stephanie. Eu queria matar Deus. Eu queria cortar o pescoço do mundo no gume afiado da minha tristeza.

Eu me sentei no momento em que a luz do lado de fora irrompeu sala adentro. Em seguida, a porta bateu com um estrondo.

A parede estava próxima, o canto dela pouco antes da abertura do corredor. Grunhindo, me arrastei até lá. A dor aguda ameaçava me derrubar a fim de permitir que a escuridão se infiltrasse e assumisse as rédeas. Pensei em Anita. Pensei em Melisa. Poderíamos começar de novo, mesmo sem o dinheiro.

Eu consegui içar o corpo para me sentar contra a parede. Eu tremia um pouco, e era difícil respirar. Precisava pegar meu celular, ou morreria naquela porra de chão imundo, baleado por um belo monstro. Eu ia morrer de exsanguinação. Era quase engraçado.

Enfiar a mão no bolso quase me fez desmaiar. O ar não estava entrando do jeito correto em meus pulmões. No meu abdome explodiam brasas ardentes, brilhando ao longo de todo o torso.

Dentro do meu bolso havia algum objeto, que eu puxei para fora e fitei. Santa Muerte. O sorrisinho arreganhado da estatueta estava lá, me observando morrer. Eu a joguei do outro lado da sala. Vi a imagem voar e pousar perto de uma figura escura e translúcida. Alguma coisa. Pisquei para forçá-la a sumir.

Na segunda vez que enfiei a mão no bolso, consegui pegar meu celular. Minhas mãos estavam ensanguentadas. Minha calça estava encharcada de sangue.

O vulto se aproximou. Olhei para ele. Meus olhos se encheram de lágrimas. A sombra parecia mais sólida agora. Era pequena e talvez humana. Com os dedos banhados em tanto sangue, não consegui desbloquear meu celular. Limpei-os na parte superior da camisa. A tela se iluminou. Digitei quatro números. O ano em que Anita nasceu. Desbloqueei o aparelho.

Eu precisava ligar para a emergência, mas fui para a lista de contatos e pressionei MELISA. Apertei o celular junto à orelha e o ouvi tocar. Fechei os olhos. Tocou de novo. E de novo. Ouvi um clique.

Você ligou para a Melisa. Vai ouvir um bipe... Você sabe o que fazer!

Olhei para a frente. A criatura em forma de sombra havia se transformado em algo azul em vez de preto. Ela avultou à minha frente, mas era muito menor do que eu esperava. Então, a partir de seu centro, uma figura se fundiu em algo cinza, sólido e reconhecível. Um elefante com um tutu, fazendo uma pirueta. Fechei os olhos por um segundo. Depois eu os abri e olhei para cima, pronto para ver a face de Deus.

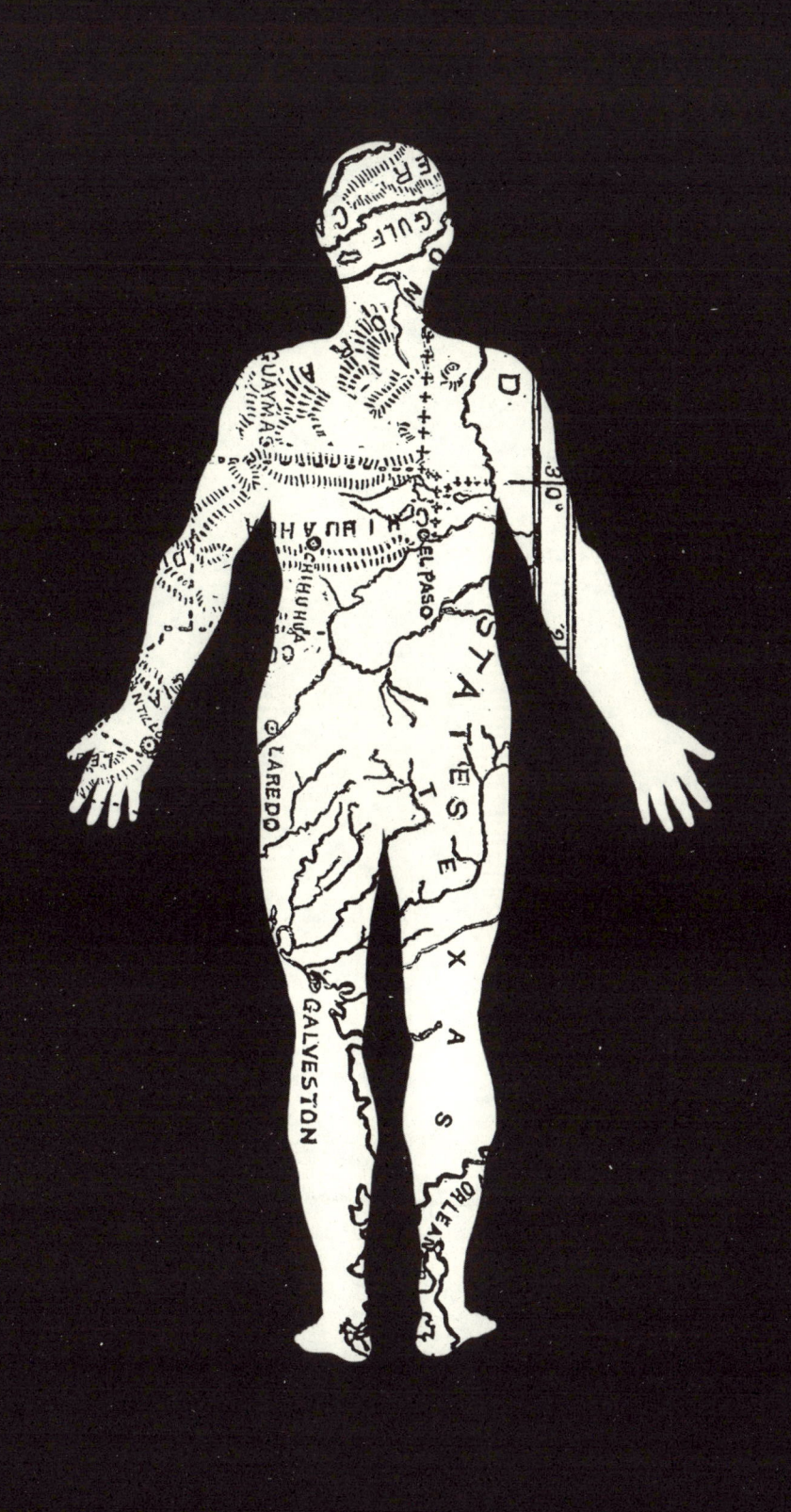

GABINO IGLESIAS é escritor, jornalista, professor e crítico literário, autor de dois romances premiados e aclamados pela crítica — *Zero Saints* e *Coyote Songs*. Os textos de não ficção de Iglesias já foram publicados no *New York Times*, *Los Angeles Times*, *Electric Literature* e *LitReactor*, e suas resenhas aparecem regularmente em sites e publicações como *National Public Radio* (NPR), *Publishers Weekly* e *San Francisco Chronicle*. Sua obra foi indicada duas vezes ao prêmio Bram Stoker e também ao Locus. *No Limiar do Inferno* foi indicado a inúmeras listas de melhores livros de 2022, ganhou o Bram Stoker e Shirley Jackson Award, e teve os direitos vendidos para o cinema. Iglesias vive em Austin, Texas, e leciona escrita criativa no programa MFA online da Universidade Southern New Hampshire.

MACABRA™
D̶A̶R̶K̶S̶I̶D̶E̶